Ludwig Schiller

Aeschylos Perser

Zweite Auflage

Ludwig Schiller

Aeschylos Perser
Zweite Auflage

ISBN/EAN: 9783744621908

Hergestellt in Europa, USA, Kanada, Australien, Japan

Cover: Foto ©Andreas Hilbeck / pixelio.de

Weitere Bücher finden Sie auf **www.hansebooks.com**

AESCHYLOS

PERSER

ERKLÄRT

VON

Dr. LUDWIG SCHILLER,

VORM. REKTOR DER STUDIEN-ANSTALT ZU ANSBACH.

ZWEITE AUFLAGE

DEARBEITET

VON

PROFESSOR Dr. C. CONRADT,

OBERLEHRER AM KÖNIGL. MARIENSTIFTS-GYMNASIUM IN STETTIN.

BERLIN

WEIDMANNSCHE BUCHHANDLUNG

1888.

EINLEITUNG.

1. Abfassungszeit und Verhältnis zu den Phoinissen des Phrynichos.

Die Perser des Aeschylos sind nach der Hypothesis des Stückes unter dem Archontat des *Μένων*, d. i. nach Diod. XI, 52 Ol. 76, 4, im J. 472, also bereits 8 Jahre nach der Schlacht bei Salamis in Athen zur Aufführung gebracht worden. Der Dichter war damals 53 Jahre alt[1]). Schon 25jährig (i. J. 500) hatte er sich an dem tragischen Agon beteiligt; doch nur langsam war er zur Anerkennung durchgedrungen[2]) und erst 485 mit dem ersten Preise geehrt worden. Doch nun mochte er nach seiner und seiner Mitbürger Schätzung der Mann sein, dem es gebührte, durch seinen Dichtermund die Rettung und den Sieg seiner Vaterstadt zu preisen.

Seine Tragödie, die einzige von geschichtlichem Inhalt unter den Stücken der drei großen Tragiker, führte somit den Zuschauern Ereignisse vor Augen, welche sie vor nicht langer Zeit selbst erlebt, an welchen viele von ihnen, wie der Dichter selbst[3]), einen thätigen Anteil genommen hatten. Aber eben

---

[1]) Aus der parischen Chronik n. Suidas ergiebt sich 525 als sein Geburtsjahr, aus dem *βίος Αἰσχύλου* 519. ‚Eine sichere Entscheidung ist nicht zu gewinnen.‘ Bergk, gr. Litt.-G. III, 278, Anm. 9.

[2]) 485 unterlag er auch mit einer Elegie auf die bei Marathon Gefallenen gegen Simonides (*βίος Αἰσχ.*). Bergk a. O. 279, Anm. 15.

[3]) *Γενναῖον δὲ αὐτόν φασι καὶ μετασχεῖν τῆς ἐν Μαραθῶνι μάχης σὺν τῷ ἀδελφῷ Κυνεγείρῳ* (bei Herodot einige Hdschr. *Κυναίγειρος*, vgl. Dindorf, Aesch. tr. Ox. III, schol. graec. p. 2 u. Bergk, a. O. 278, Anm. 12), *τῆς τε ἐν Σαλαμῖνι ναυμαχίας σὺν τῷ νεωτάτῳ τῶν ἀδελφῶν Ἀμεινίᾳ καὶ τῆς ἐν Πλαταιαῖς πεζομαχίας. Βίος Αἰσχ.* Bei Marathon *πολλὰ τρωθεὶς ἀνηνέχθη φοράδην* (Eustratios zu Aristot. Nic. Eth. 3, 2); er selbst legte auf die Teilnahme an dieser Schlacht besonderen Wert; denn gerade sie erwähnte er in seiner Grabschrift:

> *ἀλκὴν δ᾽ εὐδόκιμον Μαραθώνιον ἄλσος ἂν εἴποι*
> *καὶ βαθυχαιτήεις Μῆδος ἐπιστάμενος.*

(*τῶν μὲν ἄλλων ἐμνημόνευσεν οὐδενός* Paus. I, 35, 5. Athen. XIV, 627 C nennt ihn ebenfalls als Verfasser; das hat auch innere Wahrscheinlichkeit). Nach Paus. a. O. kämpfte er auch bei Artemision; doch für Salamis wenigstens wird nur seine Gegenwart durch den ihm persönlich befreundeten Ion bestätigt (Schol. M zu Pers. 429: *Ἴων ἐν ταῖς Ἐπιδημίαις παρεῖναι Αἰσχύλον ἐν τοῖς Σαλαμινιακοῖς φησι*). Dafs er zu Schiffe mit-

darum erkannte dieser es als unstatthaft, die Führer der Griechen
selbst, zumal in dem eigentümlichen scenischen Kostüm, auf
die Bühne zu bringen, die Tapferkeit des griechischen Heeres
aus dem Munde der eigenen Landsleute verkünden zu lassen:
die Herrlichkeit ihres Sieges kommt vielmehr durch den erschüt-
ternden Eindruck desselben auf die persische Hauptstadt zur Anschauung. Indem der Dichter so den Siegesjubel seines eigenen
Volkes nicht unmittelbar vorführt, sondern wie in einem Spiegel
nur an dem Rückschlag des Sieges auf die verschiedenen Reprä-
sentanten des persischen Volkes die ganze Größe der erlittenen
Niederlage zeichnet, war von vornherein der humanste Ausdruck
für jene Siegesfreude gefunden, derjenige nämlich, welcher
jeden Hohn über den Sturz des übermütigen Feindes durchweg ausschloß [4]).

In der Verlegung der Scene an den persischen Hof zu Susa
folgte Aesch. dem bereits von einem Vorgänger eingeschlagenen
Wege. Die Notiz im Anfange der Hypothesis aus der Schrift des
Glaukos [5]) περὶ Αἰσχύλου μύθων nennt die Perser eine Nach-

---

kämpfte, möchte man in der That bezweifeln dürfen. Er war schon
45 Jahre alt und eupatridischen Standes; also war er schwerlich Epibat,
und hätte er eine Triere geführt, würde es Ion erwähnt haben. So mag
er leicht zu den Schwerbewaffneten, die am Strande von Salamis aufgestellt
waren, gehört, nur etwa Psyttaleia mit gestürmt haben. Wenn jedoch
F. Ritter deshalb, weil Herodot von einer Teilnahme des Dichters an jenen
Kämpfen schweige, alle betreffenden Nachrichten für Erfindungen halten
wollte, so ist das wunderlich; da Aesch. in kriegspflichtigem Alter stand,
ist es selbstverständlich, daß er bei Marathon wenigstens und wohl auch
bei Plataä mitkämpfte. — Von den im βίος genannten Brüdern ist
Κυνέγειρος durch die Erzählung bei Herodot 6, 114 (wo ausdrücklich
ὁ Εὐφορίωνος) bekannt, welche Justin 2, 9 und andere ausgeschmückt
haben. Ἀμεινίας aber wird zwar auch von Diodor 11, 27, Aelian V.
H. 5, 19, [Themistokles] ep. 13, p. 751 Herch. als Bruder des Aesch.
genannt, heißt aber bei Herodot 8, 84, u. 93 Παλληνεύς (bei Plutarch,
Them. 14 Δεκελεύς), während Aesch. aus Eleusis stammte. Wenn nun
Herodot etwas davon wußte, daß die beiden Brüder waren, so mußte
ihm das doch bemerkenswert erscheinen; anstatt dessen hätte er das
Verhältnis geradezu dadurch verdunkelt, daß er den einen als den
Sohn des Euphorion, den andern als Pallener kennzeichnete. Und auch
im βίος wird anfänglich Aesch. nur Κυνεγείρου ἀδελφός genannt, und
Ἀμεινίας erst später, wohl in einem nachträglichen Zusatze, als νεώ-
τατος τῶν ἀδελφῶν erwähnt. ‚Aesch. mag einen Bruder Ameinias
gehabt haben, der aber sonst unberühmt war, und die Gleichheit des
Namens rief jenen Irrtum hervor.' Bergk a. O. 279, Anm. 13.

[4]) Ohne daß seine Dichtung die lebensvolle Wirklichkeit verlor,
während Goethe, als er 1815 für Berlin sein Festspiel ‚Des Epimenides
Erwachen' dichtete, zur Allegorie griff.

[5]) Wohl sicher des Glaukos von Rhegion, des Verfassers des Buches

bildung (παραπεποιῆσϑαι) der Phoinissen des Phrynichos. Es
ist kaum zu bezweifeln, daſs dieses Drama ein Denkmal des salaminischen Sieges und dasselbe gewesen sei[6]), von welchem,
freilich ohne Bezeichnung seines Titels, Plutarch Them. 5 erzählt,
daſs Themistokles Ol. 75, 4 (476) den Chor ausgerüstet und zum
Andenken an den in dieser Choregie errungenen Preis eine Ta-
fel[7]) aufgestellt habe mit der Aufschrift: Θεμιστοκλῆς Φρεά-
ριος ἐχορήγει, Φρύνιχος ἐδίδασκεν, Ἀδείμαντος ἦρχεν.

Das Stück des Phrynichos begann nach Glaukos mit einem
Prologe in Trimetern

$$Τάδ' ἐστι Περσῶν τῶν πάλαι βεβηκότων,$$

den ein Eunuch, natürlich vor dem Einzuge des Chors der Phoinissen, sprach, während er die Sessel den Beisitzern des Regent-
schaftsrates bereitete und gleich zu Anfang des Stückes die
Niederlage des Xerxes meldete. Man wird sich denken dürfen,
daſs die Nachricht von dieser zunächst an die Königin - Mutter
Atossa gekommen ist, diese dann als Vorsitzende des Rates ihre
πάρεδροι beschickt und zugleich einen ihrer ersten Diener beauftragt hat, eine Sitzung vorzubereiten. So wuſste dieser bereits,
was geschehen war, und konnte es vor den Zuschauern aussprechen; denn etwas anderes wird man unter ἀγγέλλων nicht zu
verstehen haben. Wie freilich zu dem τάδε in seinem Anfangs-
verse das Prädikat hieſs, läſst sich nicht mit Bestimmtheit sagen;
es geht nicht wie bei Aesch. auf die Ratsmitglieder selbst; denn
diese sind noch nicht anwesend, und wären sie es, so würde
der Eunuch sie ansprechen, wobei τάδε sich schlecht schickte.

περὶ ἀρχαίων ποιητῶν τε καὶ μουσικῶν. Vgl. Hiller, Rhein. Mus. 41,
die Fragmente des Glaukos von Rhegion S. 428 ff.

[6]) Nach Bentleys schöner Kombination (Epist. Phal. p. 293). Der
von Bülau (de Aesch. Persis, Gött. 1866) u. neuerdings von Brinckmeier
(Der Tragiker Phrynichos, Gymn.-Progr. Burg 1884 S. 10 f.) erhobene Einwand, daſs in diesem Falle Plutarch gewiſs den Titel genannt haben
würde, ist nicht genügend.

[7]) Πίνακα τῆς νίκης ἀνέϑηκε τοιαύτην ἐπιγραφὴν ἔχοντα. ,Der
siegreiche Chorege erhielt als Preis einen Dreifuſs, welcher aus der
Staatskasse bezahlt wurde; diesen lieſs er sodann auf seine Kosten in
der Nähe des Theaters aufstellen. Aus dem Monumente des Lysikrates
läſst sich darauf schliefsen, daſs diese Aufstellung nicht unerhebliche
Kosten verursachte. An dem Denkmale wurde zum Andenken an die
betreffende Choregie eine Inschrift angebracht.' A. Müller, Lehrb. der
griech. Bühnenaltertümer, S. 336 f. — Andere verstehen πίνακα als Ge-
mälde, namentlich Passow, Melet. crit. (Opusc. p. 11). Dann wäre wohl
an selbständige Aufstellung, etwa auf einer Säule, zu denken. Vgl.
Studniczka, Jahrb. d. arch. Inst. II, 151.

Aber auch nicht auf ganz Entlegenes, wie z. B. C. J. Hoffmann (Über Thespis u. Phryn. Arch. f. Phil. u. Päd. II, 44) verstehen wollte: ‚Das ist der Perser Unglück'; denn dem steht die Nachahmung des Aesch. entgegen. Es ist wohl an etwas wie des getreuen Rates Ehrensitze, der Ratssaal oder dergl., zu denken.

Nach seinem Abtreten zog der Chor der Phoinissen ein, wohl als Geleit der Königin zu denken. Seinem ersten Gesange mögen die bei dem Schol. zu Aristoph. Wespen 220 erhaltenen Fragmente angehören[8]):

Σιδώνιον ἄστυ λιποῦσα καὶ δροσερὰν Ἄραδον.
Καὶ Σιδῶνος προλιποῦσα ναόν.

Nach dem Chorgesange traten wohl die πάρεδροι als stummer Chor, wie die Bürger im Eingange der Septem, und Atossa auf. Bei Suidas unter Φρύνιχος fehlen in der Aufzählung der Stücke des Dichters die Phoinissen; dafür ist eines ihm eigen: Δίκαιοι ἢ Πέρσαι ἢ Σύνθωκοι (so ein Teil der Hdschr., in den andern fehlen die ἤ); deshalb hat man in diesen Titeln, ziemlich sicher wohl wenigstens in Σύνθωκοι, Nebentitel der Phoinissen zu sehen (freilich andere denken an eine Trilogie Πέρσαι, Σύνθωκοι, Φοίνισσαι), was aber keineswegs zu der Annahme zwingt, jene Σύνθωκοι hätten einen zweiten, ebenfalls singenden und tanzenden Chor gebildet[9]). Ihnen wurden ja Sessel aufgestellt, und offenbar auf der Scene, nicht der Orchestra, ganz abgesehen davon, dafs sonst zwei selbständige Chöre für eine Tragödie unerhört sind.

---

[8]) Wie der Dichter die Anwesenheit der Phönizierinnen am Königshofe zu Susa begründet hat, ist ganz unklar. Droysen meinte, sie hätten ihre Heimat verlassen, zu erkunden etwa, ob von den Ihrigen nicht Nachricht gekommen. O. Müller: Quod eae Sidonium templum reliquisse dicuntur, eandem vitae sortem et condicionem significare videtur, qua Euripidis Phoenissae utuntur, ut eas deo cuidam dicatas et rei divinae faciendae causa ad regiam Persarum missas esse poeta finxerit. Brinckmeier a. O. S. 12 läßt sie für Geiseln oder Teilnehmerinnen an der Feier des vorausgesetzten Sieges. Vielleicht waren sie gerade wegen mancher Kunstfertigkeit zum Dienst bei Hofe von Atossa herangezogen; vgl. ihre Worte bei Herod. 3, 134: ἐπιθυμέω γὰρ Λακαίνας τέ μοι γενέσθαι θεραπαίνας καὶ Ἀργείας καὶ Ἀττικὰς καὶ Κορινθίας.

[9]) So O. Müller, de Phryn. Phoen. prolusio, Gött. Lectionscat. 1835, abgedr. Arch. f. Phil. u. Päd. III, p. 637. Dagegen auch Brinckmeier, a. O., der jedoch meint, der Chor müsse schon in der ersten Scene zugegen gewesen sein (indes ἀγγέλλειν!) und deshalb die Angabe des Glaukos in d. Hyp. στορνύς τε für mifsverständlich hält; bei Phrynichos sei der Eunuch nur als στρώτης bezeichnet gewesen. — Über die Entstehung von Doppeltiteln s. Bernhardy, gr. Litt. II, 664, Bergk, gr. Litt. III, 65.

Über den weiteren Verlauf des Stückes sind wir ganz im
Unklaren. In dem bei Athen. XIV, 635 C angeführten Verse

$$\psi\alpha\lambda\mu o\tilde\imath\sigma\iota\nu\ \dot\alpha\nu\tau\dot\imath\sigma\pi\alpha\sigma\tau'\ \dot\alpha\varepsilon\dot\imath\delta o\nu\tau\varepsilon\varsigma\ \mu\dot\varepsilon\lambda\eta$$

ist aufser dem Zusammenhange die Beziehung von $\dot\alpha\varepsilon\dot\imath\delta o\nu\tau\varepsilon\varsigma$
völlig ungewifs[10]), und sonst ist nur übrig, dafs das Wort $\sigma\varphi\eta$-
$\varkappa\tilde\omega\sigma\alpha\iota$ vorkam. Xerxes wird wohl aufgetreten sein; ob sonst
noch eine Person, wissen wir nicht; Dareios schwerlich; das
verbot schon die Scene.

Nach diesem schattenhaften Bilde, das die Überlieferung
von der Dichtung des Phryn. hergiebt, ein Urteil über seinen
Wert zu fällen, ist unmöglich. Wir kennen seinen Plan und
Zweck nicht und dürfen ihm den des Aeschylos nicht unter-
legen, um ihn danach zu richten. Man sagt, er habe dadurch,
dafs er die Kunde von der Niederlage an den Anfang stellte, für
das Stück selbst nur unaufhörliche Klage übrig gelassen. Freilich lag in dem Lyrischen die Stärke des Phryn.[11]); aber doch
konnte manches neue Motiv Leben und Bewegung bringen, wie
etwa Nachrichten vom beginnenden Abfall in Ionien oder
auf Kypros, vom künftigen Übergang der Seeherrschaft an Athen
u. dergl. Ferner sieht man in der Wahl des Chores aus greisen
Perserfürsten bei Aeschylos einen Vorzug. Aber die phönizischen
Frauen gaben wieder den Vorteil leidenschaftlicher Anklage,
des Trotzes und der Drohung. Und dagegen, dafs Aeschylos
mit dem Eunuchen eine widerliche und untragische Figur fort-
geschafft habe, sagt Hermann de Aesch. Persis treffend: Certe
eunuchum non esse propterea ab Aesch. improbatum, quod ea
minus congruens tragoediae persona esset, ex eo intellegi potest,
quod ipse Aesch. in Agamemnone vigilem, in Choephoris nutricem,
humilioris sortis personas, introducere non dubitaverit. Quin
eunuchus ille Phrynichi fortasse ne erat quidem servus, sed mu-
nere aliquo insigni apud regem fungebatur. Natürlich, im Dis-
kant wird er nicht gesprochen haben, noch sein Mangel als Eunuch erwähnt sein.

---

[10]) Man sieht auch nicht, wie $\psi\alpha\lambda\mu o\tilde\imath\sigma\iota\nu$ zu konstruieren ist. Der
Vers wird neben anderen als Beleg für die Angabe des Aristoxenos an-
geführt, dafs die $\pi\eta\varkappa\tau\dot\imath\varsigma$ und $\mu\dot\alpha\gamma\alpha\delta\iota\varsigma$ ohne $\pi\lambda\tilde\eta\varkappa\tau\rho o\nu$ gespielt wurden;
diese Saiteninstrumente hätten auch verstattet, in Oktavenabständen zu
spielen ($\dot\alpha\nu\tau\dot\imath\sigma\pi\alpha\sigma\tau\alpha\ \mu\dot\varepsilon\lambda\eta$). O. Müller wollte das auf seinen Chor der
$\Sigma\dot\upsilon\nu\vartheta\alpha\varkappa o\iota$ beziehen: ita ut concentu diapason responderent muliebri
cantui. Vgl. Dissen zu Pindar II, 647.

[11]) Aristot. Probl. 19, 31: $\delta\iota\dot\alpha\ \tau\dot\imath\ o\dot\imath\ \pi\varepsilon\rho\dot\imath\ \Phi\rho\dot\upsilon\nu\iota\chi o\nu\ \tilde\eta\sigma\alpha\nu\ \mu\tilde\alpha\lambda\lambda o\nu$
$\mu\varepsilon\lambda o\pi o\iota o\dot\imath;\ \mathring\eta\ \delta\iota\dot\alpha\ \tau\dot o\ \pi o\lambda\lambda\alpha\pi\lambda\dot\alpha\sigma\iota\alpha\ \varepsilon\tilde\imath\nu\alpha\iota\ \tau\dot\imath\tau\varepsilon\ \tau\dot\alpha\ \mu\dot\varepsilon\lambda\eta\ \tau\tilde\omega\nu\ \mu\dot\varepsilon\tau\rho\omega\nu\ \dot\varepsilon\nu$
$\tau\alpha\tilde\imath\varsigma\ \tau\rho\alpha\gamma\omega\delta\dot\imath\alpha\iota\varsigma;$ Poet. 4, 15: $A\dot\imath\sigma\chi\dot\upsilon\lambda o\varsigma\ \tau\dot\alpha\ \tau o\tilde\upsilon\ \chi o\rho o\tilde\upsilon\ \mathring\eta\lambda\dot\alpha\tau\tau\omega\sigma\varepsilon.$ Vgl.
Aristoph. Av. 749 u. Wesp. 219 mit den Scholien.

Man wird sich begnügen müssen, zu sagen, dafs Aesch. für
seinen Zweck und sein Stück mit allen diesen Abweichungen,
ganz besonders aber mit der Einführung des Dareios, das Rechte
traf. Den Eunuchen liefs er fort, da nach Verlegung der Nachricht von Salamis in die Mitte des Stückes für einen προλογίζων
nichts übrig blieb, was nicht der Chor eindrucksvoller und
schöner hätte sagen können. Die ehrwürdigen Greise ferner,
die ersten Männer des Reiches und Stellvertreter des abwesen-
den Königs stellen in ihren Betrachtungen und ihrem Schmerze
die Schwere des Schlages, der Xerxes und sein Perservolk für
die Überhebung getroffen hat, mit weit gröfserer Wirkung dar,
als es durch den Jammer der fremden Frauen geschehen konnte.
Und in Dareios schliefslich hat der Dichter eine Person von der
überlegenen Hoheit und Autorität gewonnen, dafs sie über Xerxes und sein Thun richten und den sittlichen Grundgedanken
des Stückes zum klaren Ausdrucke bringen konnte.

Mancherlei spricht dafür, dafs Aesch. sich zu dem Stücke
des Phrynichos in einen bewufsten Gegensatz stellte: schon die
Wahl desselben Stoffes nach so kurzer Zeit, und zwar eines
historischen, worin er sonst dem Phryn., dem Schöpfer dieser
Gattung (seine Μιλήτου ἅλωσις wohl schon 493), nicht gefolgt
ist; dazu die zur Vergleichung herausfordernden übereinstim-
menden Eingangsworte. Auch darf man daraus, dafs Phrynichos
seinen Chor aus phönizischen Frauen trotz der Schwierigkeit,
sie nach Susa zu versetzen, bildete, zunächst den Schlufs machen,
dafs in seinem Stücke wesentlich nur der Sieg der griechischen
Flotte, und da bei Salamis die Phönizier den Athenern gegenüberstanden, vor allen die Athenerflotte und des Dichters Chorege
Themistokles gefeiert, ja vielleicht auf die Bestimmung Athens
zur Seeherrschaft hingewiesen wurde. Da nun Aesch. seiner
Geburt und Gesinnung nach offenbar zu Aristides und dessen
Politik stand, erklärt es sich, dafs er sich getrieben fühlte, das
einseitige Bild seines Vorgängers richtig zu stellen. Zu höchster
Ehre aber gereicht es ihm, dafs er nicht wieder ein Parteiinteresse
vertrat, sondern den Preis des Sieges seiner ganzen Vaterstadt,
ja dem ganzen Griechenvolke gab und fern von allen politischen
Nebenzwecken in den gewaltigen Ereignissen das Walten einer
göttlichen Gerechtigkeit nachwies [12]).

---

[12]) Die Ansicht, dafs Aesch. in seiner Parteinahme selbst auch der
Einseitigkeit insofern verfallen sei, als er dem Erfolge des Aristeides
auf Psyttaleia eine Wichtigkeit beilege, die er in Wahrheit nicht hatte,
beruht auf einer unrichtigen Auffassung des Zweckes und der Berech-

2. Scene.

Die Scene, sagt die Hypothesis, ist bei dem Grabmal des
Dareios. Dasselbe befand sich freilich (Ktesias Ecl. 15) wie auch
die Gräber der anderen persischen Könige (Diod. 17, 71) in
dem Gebirge bei Persepolis, wo die Grabstätte des Dareios noch
jetzt durch eine in eine Felswand eingegrabene Inschrift bezeugt
ist (die Beschreibung bei Duncker und Justi). Aber Aesch. hat
sich das Grab in der Nähe des von Dareios zur ersten bleiben-
den Hauptstadt des Reiches gewählten Susa gedacht (τόδ' ἄστυ
Σούσων 761, vgl. 119, 730).

Es wird auf der Scene seinen Platz an einer Seitenwand
gehabt haben, wohl auf der linken (vom Zuschauer gerechnet);
denn von rechts, der Seite der Heimat[13]), kommt Atossa mit den
Spenden, und sie wird nicht am Grabmale vorüber gegangen
sein und sich dann umgewendet haben. Erst in der zweiten
Hälfte des Dramas wird es für die Handlung von Bedeutung,
und darum wird auch nicht eher die Aufmerksamkeit des Zu-
schauers darauf gelenkt; doch hat sich der Dichter von vornherein die Bestandteile seiner Scene in einer unverfänglichen
Freiheit zusammengerückt. Nach der Dareios-Scene, als Xerxes
auftritt, von links, also so, daß er das Grabmal sogleich im Rücken
hat, ist es für die Handlung wieder nicht mehr da.

Schwierig ist die Frage, was die Hinterwand der Scene
darstellte. Der Chor wendet sich vor dem Auftreten Atossas mit
den Versen 140 ff.: ἀλλ' ἄγε, Πέρσαι, τόδ' ἐνεζόμενοι στέγος (M στέος, worin jedoch schwerlich etwas anderes steckt)
ἀρχαῖον, offenbar der Bühne und ihrer Hinterwand zu. Was
ist στέγος ἀρχαῖον? Schiller verstand darunter die Königsburg,
was ja in der That am nächsten zu liegen scheint. Dem Bedenken Hartungs, der Ausdruck sei für eine solche unpassend,
maß er eine geringere Bedeutung bei, und dem Einwande, daß
Atossa nach v. 607 bei ihrem ersten Auftreten im Wagen und
mit königlichem Prunke erscheine, sucht er durch die Annahme
zu begegnen, daß unter ὀχήματα ein Thronsessel zu verstehen
sei, auf dem die Königin getragen werde, wie es die mannig-
faltige Anwendung des Verbums ὀχεῖσθαι genügend rechtfertige.

_____

tigung dieses Verfahrens. S. unten S. 22. — Bergk, Litt. III, 292, bestreitet
überhaupt, daß man auf eine Hervorhebung der Verdienste des Themistokles durch Phrynichos aus den Resten seines Stückes schließen dürfe.

[13]) S. über die manchen Zweifeln unterworfene Bedeutung der
Zugänge jetzt die zusammenfassende Darlegung bei A. Müller, griech.
Bühnenalt. S. 157 ff.

Indes noch andere Schwierigkeiten entstehen. Man hat zu Ende
des Stückes nicht den Eindruck, als ob Xerxes unmittelbar in
seinen Palast eintrete. Besonders wenn es 1069 u. 1073 heifst:
$\dot{l}\dot{\omega}\ \dot{l}\dot{\omega}$, Πεϱσὶς αἶα δύσβατος, mufs man doch annehmen, dafs
er noch eine Strecke mitten durch sein klagendes Volk zu wan-
dern hat. Auch die Aufforderung πϱὸς δόμους ἴϑι (1038)
spricht, wenn ihr auch ἐς δόμους κίε (1068) gegenübersteht,
für die gleiche Auffassung. Ferner erledigt sich so die Frage,
wie es kommen kann, dafs Atossa zuletzt ausbleibt, während sie
doch dem Sohne mit neuen Gewändern entgegen gehen will.
Es wäre doch seltsam, wenn sie sich bei der gröfsten Nähe des
Palastes verspätete. So aber mag man sich denken, dafs sie
Xerxes auf dem weitern Wege entgegenkommt. Und schliefslich
will der Chor 140 (τόδ᾽ ἐνεζόμενοι στέγος ἀϱχαῖον) sich nicht
auf Stufen vor dem Gebäude, wie man meist versteht, sondern in
dasselbe setzen; aber in den Königspalast? So scheint L. Schmidt
(Päd. Arch. v. Langbein 1867, 526) das Richtige getroffen zu
haben, wenn er in dem στέγος ἀϱχ. ein βουλευτήϱιον sieht.
Es hat freilich für die Handlung selbst keine Bedeutung und ist
nur erfunden, um den Hintergrund passend abzuschliefsen [14]).

Zur Zeit der grofsen tragischen Dichter bestand wohl in
Athen, wie manche Forscher schon früher annahmen und die
neueren Ausgrabungen bestätigen [15]), noch kein steinerner Thea-
terbau. ‚Die ältesten Mauern des vorhandenen Bühnenge-
bäudes stammen ebenfalls (wie der ganze Zuschauerraum) aus
dem 4. Jahrhundert. — Vorher gab es im Dionysosbezirk n u r

---

[14]) Schneider und Hartung denken sich unter dem ‚alten Gemäuer‘
das Grabmal selbst: aber dafs die Greise in ihrer Besorgnis um den
Xerxes ‚die Stadt verlassen haben, um am Grabe des Dareios Trost zu
suchen und vielleicht eine Eingebung von dem Geiste des weisen Königs
zu erhalten‘ (Schneider), das findet bei dem Dichter keine Begründung.
Der Chor wird erst durch den Traum der Königin veranlafst sie auf
Dareios (ὅνπεϱ φῆς ἰδεῖν κατ᾽ εὐφϱόνην 221) zu verweisen, und man
wird durch nichts darauf geführt, dafs der Grabhügel des alten Königs
ausdrücklich gewählt worden sei, um dort Rat zu pflegen, wie z. B.
der des Ilus Il. 10, 415. Das Grabmal selbst ist nicht in der Orchestra
anzunehmen, in welche Atossa zur Darbringung der Totenspende herab-
steige (Genelli, Droysen), sondern auf der Bühne. At libatura cum choro
ibidem esse debet ubi est chorus? Profecto, si libatura esset cum choro.
Sed chorum iubens accinere, ipsa solam se sacra facturam esse profite-
tur. Sommerbrodt De Aeschyli re scenica. I, p. XXXI. Ebenso urteilt
Hermann über das Grab des Agamemnon in den Choephoren: de re scen.
in A. Orestea p. 9.

[15]) A. Müller, a. O. S. 82 ff., und Dörpfelds Mitteilungen ebenda
S. 415. Vgl. v. Wilamowitz, Hermes 21, S. 95 f.

eine grofse kreisrunde Orchestra, von welcher unter dem Bühnengebäude des Lycurg noch Reste erhalten sind.' Dörpfeld. Durch die letztere Angabe ist man sogar zu dem Schlusse genötigt, dafs selbst damals noch nicht einmal ein Holzbau, der stehen blieb [16]), vorhanden war, sondern dauernd nur der Tanzplatz selbst, der ursprünglichste Bestandteil der Bühne. Daraufhin hat v. Wilamowitz (Hermes 21, 106 f.) den Nachweis versucht, dafs die vier älteren Stücke des Aesch. noch ohne Bühnengebäude und Hinterwand auf jenem Rundplatze für den Chor und einer in der Mitte desselben erhöhten Estrade als Sprechplatz ($\lambda o \gamma \varepsilon \tilde{\iota} o \nu$) für die Schauspieler aufgeführt seien. Dafs aber schon längst vorher eine Hinterwand für die Scene vorhanden war, beweist aufs deutlichste der alte Kunstausdruck $\dot{\alpha}\pi\dot{o}\ \sigma\varkappa\eta-\nu\tilde{\eta}\varsigma$. Man schlug eben anfänglich ein Zelt auf, ehe man etwas Besseres hatte, in dem die Schauspieler sich an- und umkleideten, von dem aus die Personen, ohne den Kreis der Choreuten und Zuschauer durchschreiten zu müssen, auftreten konnten, in das sie, oft um den Tod zu erleiden, zurücktreten konnten. Vor dem Zelte spielten sie: darum $\tau\dot{\alpha}\ \dot{\alpha}\pi^{`}\ \sigma\varkappa\eta\nu\tilde{\eta}\varsigma$ im Gegensatze zu den Gesängen auf der Orchestra. Ja gerade die Perser beweisen die hinten geschlossene Bühne; denn das $\sigma\tau\acute{\varepsilon}\gamma o\varsigma\ \dot{\alpha}\varrho-\chi\alpha\tilde{\iota}o\nu$ ist für den Verlauf des Stückes ganz überflüssig; der Dichter hat es sich nur durch die einmal vorhandene und zu verbrauchende Hinterwand aufnötigen lassen.

Man brauchte also für die dramatischen Aufführungen nur einen Abschnitt jenes Rundplatzes, während er für die kyklischen Chöre von Männern und Knaben (Bergk, Litt. II, 501) ganz erhalten und verwendet wurde.

Die Vorgänge auf der Bühne waren leicht darzustellen. Dareios konnte, da der Grabhügel hoch war, ohne weiteres auf dessen Spitze erscheinen ($\chi\alpha\varrho\acute{\omega}\nu\iota o\iota\ \varkappa\lambda\acute{\iota}\mu\alpha\varkappa\varepsilon\varsigma$ oder $\dot{\alpha}\nu\alpha\pi\iota\acute{\varepsilon}\sigma-\mu\alpha\tau\alpha$ waren hier schwerlich nötig), und Pferde und Wagen konnten auf dem $\lambda o\gamma\varepsilon\tilde{\iota}o\nu$ ohne Schwierigkeit durchfahren (A. Müller, a. O. 134).

3. Plan und dramatischer Gehalt.

Das Stück hat, wie die des Aesch. regelmäfsig und die seiner Nachfolger meistenteils, vier Chorlieder und zerfällt da-

---

[16]) Trotz der bekannten Nachricht bei Suidas, dafs, als bei dem Wettstreite des Pratinas, Aeschylos und Choerilos i. J. 500 die Sitzbänke ($\ddot{\iota}\varkappa\varrho\iota\alpha$) zusammengebrochen waren, ein Theater erbaut wurde ($\vartheta\acute{\varepsilon}\alpha\tau\varrho o\nu\ \dot{\omega}\varkappa o\delta o\mu\acute{\eta}\vartheta\eta$).

durch in fünf Teile, Akte, von denen der erste, da hier ein *πρό-λογος* in Trimetern fehlt [17]), nur aus dem ersten Chorvortrag, die nächsten drei jedesmal aus dem Epeisodion und dem abschliefsen-den Chore, der letzte aus dem grofsen Threnos des Xerxes und des Chors besteht. Innerhalb dieses Rahmens hat sich der Dichter insofern mit Freiheit bewegt, als er das erste Epeisodion in zwei selbständige Scenen zerlegt, dagegen das zweite und dritte mit den zugehörigen Chorgesängen, die Beschwörung und Erschei-nung des Dareios, eng zusammengeschlossen hat.

I.

Anapästische Parodos (v. 1—64). In altertümlicher Einfachheit erklärt der Chor zuerst, wen er vorstelle [18]). Er und das ganze Land sei beunruhigt durch das Ausbleiben aller Nach-richten über den König und das Heer. Durch die Aufzählung der ausgezogenen Völker und ihrer Fürsten wird die massen-hafte Ausrüstung der Perser vergegenwärtigt. So giebt das Marschlied die wesentlichen Züge der Exposition und die Stim-mung für das beginnende Stück: zu der angstvollen Sorge, welche auf die Aufzählung führt, kehren die Gedanken nach dieser sofort zurück.

Melische Parodos. Erster Teil v. 65—113. In volle-ren Tönen werden jetzt nochmals dieselben Motive behandelt, die Streitmassen, der furchtbare Feldherr, die Überbrückung des Hellespont geschildert. Doch die Stimmung ist mannigfaltiger.

---

[17]) Sonst nur noch in den Supplices. Dies ist gewifs die ältere Weise; doch hatte man schon Prologe in Trimetern vor den Persern, wie die Phoinissen des Phrynichos, das älteste Beispiel, das man dafür kennt, beweisen. Vgl. Hiller, Rh. Mus. 39; zu d. Nachrichten über d. Anfänge d. Trag. S. 33. — Über die Gliederung nach den vier Chor-gesängen vgl. Westphal, Prolegomena zu Aesch. Trag. 10 ff.

[18]) Auch in den Suppl. hat der Chor die Exposition über sich selbst; doch dort ist die Erklärung, wen er darstelle, in die Erzählung verflochten. In den übrigen Stücken des Aesch. ist die Exposition kunstreich mit der Handlung verbunden. Vgl. Jacobs Verm. Schr. V, 592. — Seit Stanley haben manche angenommen, dafs Aesch. die Häupter der Stämme, in welche das persische Volk geteilt war und die den Rat des Königs bildeten, bei seinen Getreuen im Sinne habe. Es sind sieben Stämme; da aber der König seinen eigenen Stamm, den der Pasargaden, in diesem Rate vertrat, so sind es sechs Fürsten, die seinen Thron um-geben: sechs Perserfürsten stürzen auch mit Dareios den Thron des Gau-mata um. Jeder von diesen, meinte man nun, habe einen Begleiter oder Diener bei sich gehabt, wodurch die Zahl der Choreuten vervollständigt sei. Indes wird nirgends auf diese Diener hingewiesen, wie in den Schutzflehenden, und es reicht völlig aus, wenn man sich in dem Chore die im Rate des Königs vereinigten Edelsten der Perser vorstellt.

Zuerst schwingt sie sich zu stolzer Zuversicht auf die Unwider-
stehlichkeit dieser Sturmflut auf; dann aber erwachen ängstliche
Zweifel über den Ausgang eines Unternehmens, das eine von
den Göttern selbst gesetzte Grenze zu überschreiten scheint.
Denn durch göttliche Bestimmung ist den Persern von altersher
Kampf und Sieg in Landschlachten (rossetummelnden, burgstür-
menden) zugewiesen, aber sie haben jetzt auch auf das Meer sich
zu wagen gelernt und — wie der Gedanke zu ergänzen ist —
dadurch die göttliche Ahndung herausgefordert [19]).
    Z w e i t e r   T e i l: der Chor sinkt in noch bangere Furcht
zurück.

---

[19]) Schiller legte Wert auf diese seine Auffassung, und es ist
darum im Text nicht geändert. Er merkte an: ‚Ich halte bezüglich des
Zusammenhangs die Ansicht fest, die ich in dem Programm des Erlanger
Gymn. 1850, p. 24 dargelegt habe gegen O. Müller, welcher (Rhein.
Mus. 1837, p. 369) die Verse 94 ff. δολόμητιν. — φυγεῖν hinter v. 113
stellen wollte, weil die Unglücksweissagung nicht zwischen der II. und
III. ionischen Strophe ihren Platz haben könne. Diese Versetzung —
mit Verkennung des entscheidenden Gegensatzes in ἔμαθον δέ — hat
auch Heimsöth wieder aufgenommen (Die Wiederherst. d. Dramen des
Aesch. p. 365 ff.) und die neuesten Herausgeber Teuffel und Weil sind
ihm gefolgt. Das Richtige geben z. B. Klausen Theol. Aesch. § 39 (der
auch an v. 552 und 728 erinnert), Bamberger de carm. A. a part. chori
cant. p. 21, Halm in der Ztschr. f. Alt. 1838, nr. 62, zuletzt W. Hoffmann
im Philologus XV, 264. Auch was Hannak sagt (Das Historische in den
Persern des A., Programm d. akad. Gymn. in Wien 1865, p. 66), daſs
Aeschylos, wenn er den Frevel des Xerxes in der Aufstellung einer See-
macht sah, die Schlacht bei Mykale hätte ignorieren dürfen, ist
nicht zwingend. Wollte man ferner behaupten, daſs eine Epodos oder
Mesodos mitten zwischen den Strophenpaaren keinen Platz haben könne,
so ist unsere Kenntnis der strophischen Komposition doch noch nicht
so unumstöſslich sicher, daſs sich eine so gewaltsame Umstellung des
Textes rechtfertigen lieſse, und wäre es immerhin noch geratener, auf
die Versuche einzugehen, auch hier Strophe und Gegenstrophe herzustellen.‘ Jedoch der von Schiller gewollte ‚entscheidende Gegensatz‘
ist nur von ihm selbst hineingelegt. Denn weder wird in πολέμους
πυργαδαΐκτους u. s. w. irgendwie auf den Gegensatz zu Kämpfen jenseits des Meeres hingedeutet, noch liegt in ἔμαθον eine Verurteilung
wie ‚sie wagten es, verstiegen sich dazu‘. Und selbst eine solche angenommen, wäre die Begründung zu der δολόμητις ἀπάτα noch sehr
schief: denn wenn θεόθεν Μοῖρα b e k a n n t e r m a ſs e n jene Grenze
den Persern gesetzt hätte, übte sie eben keinen listigen Betrug mehr.
Vielmehr erst Dareios verkündet der Götter Willen und Ratschluſs, von
dem der Chor so wenig wuſste, daſs er noch v. 795 an einen erneuten
Zug gegen Hellas denken kann. Daſs aber mit O. Müllers Umstellung
sich der Gedankengang aufs beste schlieſst, liegt auf der Hand. (Vgl.
Muff, de choro Pers. fab. Aesch. Halle 1878, S. 17, der das Argument
hinzufügt, daſs die Begründung der Besorgnis erst mit ἀντιστρ. γ, nicht,
wie sich gehörte, mit στρ. γ gegeben würde.) .

II.

a) Erste Scene. v. 140—248.

Der Chor fordert sich zunächst zu einer Beratung in der bedenklichen Lage auf; dann sieht er die Königin erscheinen und begrüfst sie mit der von der Landessitte gebotenen Huldigung[20]). Auch Atossa teilt die sorgenvolle Sehnsucht nach dem entfernten Herrn des Königshauses und ist gerade jetzt durch ein Traumbild und ein Götterzeichen besonders geängstigt (das Unheil rückt näher: die einzige Zwischenstufe der Steigerung im Drama). Der Chor rät zu Gebeten und Opfern; insbesondere möge auch Dareios, der in jenem Traume erschienen war, um Abwehr der drohenden Übel angefleht werden (Vorbereitung der Dareios-Scene). Atossa bricht ab und läfst sich Auskunft über Athen geben; der Bescheid des Chores ergänzt die Exposition durch das Bild der gegnerischen Seite. — Diese unvermittelte Einschaltung erscheint auf den ersten Blick befremdlich, ist aber wohlberechnet. Sie wirkt durch die Ablenkung beruhigend und erfrischend, fast als wäre ein Chorgesang eingeschoben, und der Hörer ist dem neuen, gewaltigeren Eindrucke wieder offen[21]).

b) Zweite Scene. v. 249—531.

Der Bote tritt ein und verkündet die Vernichtung des persischen Heeres (Höhepunkt des Dramas in breit ausgeführter, fünfteiliger Scene). 1) Er giebt seine Trauerkunde im grofsen und ganzen, nur durch das Jammern des Chores erwidert. 2) Er berichtet Atossa das persönliche Schicksal des Königs und hervorragender Führer. 3) Auf die weiteren Fragen der Königin

---

[20]) die den Griechen so anstöfsig war. Isokr. Paneg. 151: τὰς δὲ ψυχὰς διὰ τὰς μοναρχίας ταπεινὰς καὶ περιδεεῖς ἔχοντες ἐξεταζόμενοι πρὸς αὑτοῖς τοῖς βασιλείοις καὶ προκαλινδούμενοι ... θνητὸν μὲν ἄνδρα προσκυνοῦντες καὶ δαίμονα προσαγορεύοντας. — Frauen waren der Tragödie anfänglich fremd. Suidas, II, 2, 1555: πρῶτος ὁ Φρύνιχος γυναικεῖον πρόσωπον εἰσήγαγεν ἐν τῇ σκηνῇ.

[21]) Auch das ist richtig, was Jacobs a. O. 590 sagt: ‚Träte nicht die gleichsam episodische Erwähnung von dem Zustande Athens ein, ehe der Bote mit seiner Schreckenspost erscheint, so würde sich diese an Atossens Hoffnungen allzu schroff und fast unvorbereitet andrängen.' Übrigens stand es dem Dichter wohl an, dem Hochgefühle von der moralischen Grundlage der griechischen Überlegenheit hier einen Ausdruck zu geben. Die Absicht einer Schmeichelei gegen die gierige φιλοδοξία der Athener (Blomfield, praef. XI) liegt der Stelle wie der ganzen Tragödie fern.

folgt die Erzählung von dem Verlaufe der Seeschlacht; 4) die von dem Nachspiele derselben, dem Kampfe auf Psyttaleia; 5) die von den Leiden des Rückzuges. — Die Steigerung ergab sich für den Dichter bei den ersten drei Teilen von selbst; für die letzten beiden hat er sie durch weites Hinausgehen über die geschichtlichen Thatsachen und erschütternde Darstellung erreicht.

Der Bote tritt ab und die Königin spricht aus, dafs sie das von dem Chore angeratene Opfer in Hoffnung auf eine bessere Zukunft dennoch darbringen werde. — Der kleine Abschnitt hat die Stelle des tragischen Moments im ausgebildeten Drama[22]): er bestimmt für die weitere Entwickelung die Richtung, wobei zu bemerken ist, dafs durch die neu ausgesprochene Hoffnung Atossas das schon 214 eingeführte Motiv: $\sigma\omega\vartheta\epsilon\grave{\iota}\varsigma\ \delta'\ \acute{o}\mu o\acute{\iota}\omega\varsigma$ $\tau\tilde{\eta}\sigma\delta\epsilon\ \varkappa o\iota\varrho\alpha\nu\epsilon\tilde{\iota}\ \chi\vartheta o\nu\acute{o}\varsigma$ wieder aufgenommen wird.

Zweiter Chorgesang v. 532—597. Einleitende Anapäste: Susa und Ekbatana sind in Trauer versenkt. Das Lied selbst führt, wie das erste, den in den Anapästen vorausgeschickten Gedanken lyrisch aus, indem es zugleich vorbereitend des Dareios glückliche Regierung erwähnt und zuletzt (im Gegensatz zu Atossa) tiefes Verzagen an der Zukunft der Perserherrschaft ausspricht.

III und IV.

III. v. 598—680. Atossa kehrt zu Fufs, ohne königlichen Schmuck zurück und schickt sich zum Opfer an. Anapäste des Chors kündigen den folgenden Gesang an und leiten ihn ein. Dieser selbst enthält die Anrufung und Beschwörung des Dareios[23]). — Die Steigerung in der Stimmung ist meisterhaft. Atossa setzt mit ruhiger Betrachtung ein, geht aber bald zum Ausdruck ihrer tiefen Angst über. Dann folgt das weihevolle, die Erwartung spannende Opfer, der Ruf des Chores hinunter in die Unterwelt, zuletzt die leidenschaftliche Beschwörung.

IV. v. 681—906. Dareios steigt herauf und fragt nach dem Grunde des allgemeinen Jammers. Der Chor wagt vor ehrfürchtiger Scheu nicht, diesen zu enthüllen; Atossa teilt ihm mit, was geschehen ist. Darin erkennt Dareios die durch den Über-

---

[22]) Vgl. G. Freytag, Technik des Dramas[3], S. 112 ff. Günther, Grundzüge der trag. Kunst, S. 82 ff.

[23]) Atossa bleibt während dieses $\sigma\tau\acute{a}\sigma\iota\mu o\nu$ auf der Scene, was sonst, abgesehen vom Prometheus, bei Aesch. nicht nachweisbar ist; wohl aber bei Soph. mehrfach. Besonders nahe liegt der Vergleich mit Phil. 827.

mut des Xerxes herbeigeführte Erfüllung alter Weissagungen [23a]).
— Seine Beurteilung des Xerxes und der Niederlage enthält einen
gewissen Fortschritt Atossa nahm den persönlichen Standpunkt
ein, der Chor wohl den allgemeinen, wie er denn nirgends um
eigene Angehörige, etwa Söhne, fürchtet oder trauert, doch beschränkt auf die gegenwärtige Lage. Dareios aber verkörpert
das geschichtliche Wesen des Persertums; daher auch die Vor-
führung der Reichsentwickelung.

Weiterhin verkündet er die künftigen Verluste bei Plataä
(Ergänzung des Botenberichtes). Sein Sohn ferner soll nach
seiner Rückkehr von jedem Gedanken an weiteren Kampf abgemahnt werden, Atossa ihm mit würdigem Schmucke entgegen
gehen und der Chor sich durch die Trauer die Freuden, die der
Tag bringe, nicht nehmen lassen. Dann verschwindet der König
und Atossa geht, um nach seinem Gebote zu thun.

Die Dareios-Scene hat absteigende Stimmung und führt zu
einer verhältnismäfsigen Beruhigung. Selbst die Ankündigung
der Niederlage bei Plataä erweckt nicht neuen Jammer; sie wird
vielmehr nur zur Begründung der Friedensmahnung gebraucht.
Und in den Abschiedsworten des Dareios an den Chor prägt sich
diese Richtung der Scene fast befremdend nachdrücklich aus.
Das Ziel nämlich, dem die Dichtung zustrebt, ist ein zusammengesetztes: nicht die volle Vernichtung des Xerxes, sondern nur
Fehlschlagen dieser Unternehmung, aber friedliche Sicherheit,
wenn er von neuer Überhebung absteht. Diese zweite Seite der
Lösung ist in den früher bezeichneten Motiven Atossas (v. 213 f.,
526 f.) und auch in der Entschuldigung 753 ff. vorbereitet; hier
wird sie zum Abschlufs gebracht und scheidet mit dem Ausblick,
dafs Atossa nachher dem Sohne seinen königlichen Schmuck
wieder umlegen wird, aus dem Stücke aus, da sie die Schlufsscene, die Wehklage des heimkehrenden Xerxes, lähmen würde [24]).

[23a]) Jacobs, Nachtr. zu Sulzer II, 2, 148, tadelte es streng, dafs
Dareios zuerst mit dem Unglücke des persischen Volkes unbekannt sei
und einen Augenblick darauf mehr wisse als alle die übrigen. Sch.
sah diese Kenntnis durch den Schlufs aus der teilweisen Erfüllung alter
Orakel auf den übrigen Teil (v. 802) für ausreichend begründet an. Das
Richtige wird in der Mitte liegen. Dareios weifs doch Genaueres, als
Orakel zu verkünden pflegen.
[24]) So erledigen sich die Anstöfse, die Köchly (Die Perser d. Aesch.
verdeutscht u. ergänzt, Heidelb. 1880) zu der Annahme veranlafsten, der
Schlufs der Aesch. Tragödie sei verloren gegangen. — Dafs der Dichter
Atossa von der Bühne entferne, weil ihn die Verteilung der Rollen unter
seine beiden Schauspieler dazu nötige, ist ein Irrtum. S. Anm. 28.

Das schliefsende Chorlied feiert das Herrscherglück des Dareios besonders durch Aufzählung seiner kriegerischen Erfolge. — Die ruhigere Stimmung der letzten Scene klingt aus und eine starke Kontrastwirkung der folgenden wird vorbereitet.

V.

Die Exodos, v. 908—1077, ein Threnos[25]). Xerxes selbst erscheint, mit zerrissenem Prachtgewand (1030)[26]), mit wenig Begleitern. In seiner Wehklage, dem gramvollen Bescheide auf die Fragen des Chors und seiner Gebrochenheit stellt sich die volle Furchtbarkeit seiner Niederlage den Zuschauern selbst vor die Augen. Zuletzt fordert er den Chor auf, sich mit ihm zu den Klagerufen zu vereinigen, unter denen er von ihm zu seinem Palaste geleitet wird.

Dafs die Handlung des Stückes nur schwach ist, springt besonders in die Augen, wenn man den Sophokleischen König Oedipus dagegenhält, in welchem gleichfalls ein schon geschehenes Unheil sich schrittweise offenbart (vgl. dessen schöne Besprechung bei G. Freytag, a. O. S. 148 ff.). Die Spannung in unserem Stücke wird abgesehen von der allgemeinen Besorgnis

---

[25]) Die Totenklage (κομμός von κόπτομαι; Aesch. selbst gebraucht den Namen Cho. 423: ἔκοψα κομμὸν Ἄριον) hatte eine uralte volks- und kunstmäfsige Ausbildung. Sie wurde von der Tragödie als ein wesentlicher Bestandteil aufgenommen und erhielt ihre Stelle naturgemäfs meist am Ende des Stückes; so bildet sie gerade wie in den Persern die Exodos in den Septem (der Schlufs von v. 1005 an ist spätere Zudichtung) und einen Teil derselben im Agamemnon; in d. Choeph. dagegen (315 ff.) ist sie, wie die Handlung des Stückes es mit sich brachte, in die Mitte gesetzt. Die Suppl. und Hiket. haben keinen tragischen Ausgang; deshalb schliefst hier an Stelle des κομμός ein Prozessionsgesang das Stück ab. — Der Prometheus weicht ab: er schliefst mit gröfseren respondierenden anap. Systemen. — Indem man die Form der eigentlichen Totenklage auch auf Trauerlieder überhaupt übertrug, führte man neben κομμός die Bezeichnung θρῆνος ein. Tzetzes π. τραγ. 66: κομμὸς δὲ θρῆνου πενθικώτερον πλέον· ὁ θρῆνος δ' ἐστὶν ἡρεμέστερον μέλος (so Bergk st. μέρος). Vgl. Westphal a. O. 19.

[26]) Denn daran ist gewifs nicht zu denken, dafs Xerxes vor seinem Auftreten von Atossa begrüfst und mit neuen Kleidern versehen worden sei, wie Hermann meinte (zu v. 886): Prodit Xerxes, regio ornatu, cum satellitibus, quorum unus vestem, quam in bello gestaverat, et arma tenet. Non enim squallidum et lacerum producere Aeschyleum est. Dagegen macht Volckmar im Philologus IX, 689 unter anderem geltend, dafs der Wechselklaggesang für den Xerxes regio ornatu geradezu unpassend würde. Auch würde Atossa dann im Geleite des Xerxes sein und dieser bereits Worte des Trostes von ihr gehört haben müssen.

nur durch den Traum der Atossa bewirkt, und auch dieser läfst
sich weder an Eindrucksfähigkeit noch an dramatischer Aus-
nutzung etwa mit dem der Klytämnestra in den Choephoren vergleichen. Und die absteigende Handlung ist noch schwächer.
Die auftretenden Personen ferner bleiben auf einem betrachten-
den und leidenden Standpunkte, und so sehen auch wir dem
Stücke mehr wie einem Bilde zu, als dafs wir wie im Oedipus
durch Furcht und Mitleid in die Seele der Personen hinein-
gezogen würden und ihr Schicksal miterlebten. Xerxes selbst,
der eigentlich die einzige dramatische Gestalt der Tragödie ist,
wird vom Dichter nur zu guterletzt benutzt, um an ihm selbst
zu zeigen, was wir schon von ihm wissen.

Dafs diese Schwäche des Stückes ihren Grund nicht in man-
gelndem dichterischen Vermögen des Aesch. ihren Grund hat,
beweist vor allem der 14 Jahre später gedichtete Agamemnon;
sie ergab sich vielmehr aus dem Stande der geschichtlichen Entwicklung der tragischen Kunst, für deren Erkenntnis gerade die
Mängel dieser ältesten [27]) aller erhaltenen Tragödien von höchstem
Interesse sind. Aesch. erst war es, der den zweiten Schauspieler
einführte [28]). Da er erst 485 den ersten Sieg gewann und vorher
zu einer so wichtigen Neuerung schwerlich die Autorität hatte,
so läfst sich erwarten, dafs in den Persern sich noch Spuren
von der Neuheit dieser Einrichtung vorfinden werden. In der
That lehrt ein Blick über den Plan des Stückes, dafs der Bote
seine Nachricht und Dareios seine Verkündigung auch wohl dem
Chore allein geben könnte; Atossa bringt Leben und Mannigfal-
tigkeit, ist aber für den wesentlichen Inhalt des Stückes nicht
durchaus notwendig. Denn den eigentlichen Nutzen für die
Entwickelung des Dramas hat Aesch. aus seiner glücklichen, ihm

---

[27]) neben den Supplices, die von manchen für früher gehalten
werden. Die Frage läfst sich nicht entscheiden. Vgl. neuerdings Bücheler,
Rh. Mus. 40, 629 und v. Wilamowitz, Hermes 21, 608. Wenn der letztere meint, auf Hermanns Ansatz, die Suppl. seien das älteste Stück,
würden wohl jeden Sprache, Versmafs und Komposition zurückführen,
so beweist die Sprache nichts, da sie um des barbarischen Chores willen
stark gefärbt ist, das Versmafs giebt kaum ein Mittel zur Entscheidung
und die Komposition spricht eher dagegen. Bergk meint zwar, der Chor
stehe hier der ältesten Weise noch am nächsten, da er selbst Träger
der Handlung sei; das lag aber wohl wie in den Eumeniden im Stoff.

[28]) Arist. poet. 4, 16: καὶ τό τε ὑποκριτῶν πλῆθος ἐξ ἑνὸς εἰς
δύο πρῶτος Αἰσχύλος ἤγαγε, καὶ τὰ τοῦ χοροῦ ἠλάττωσε, καὶ τὸν λόγον
πρωταγωνιστὴν παρεσκεύασε. — Der Bote wird dem Protagonisten zuge-
fallen sein; Atossa also dem Deuteragonisten; folglich wieder Dareios dem
Protagonisten; wem Xerxes, ist nicht zu entscheiden; wohl auch diesem.

in ihrer vollen Bedeutung anfänglich noch gar nicht klaren Neuerung erst nachträglich zu ziehen gelernt: das war die Möglichkeit, dem Spieler das Gegenspiel auf der Bühne selbst entgegen zu stellen. In den Septem ist der Kampf schon in die Gegenwart gerückt; aber es bleibt der feindliche Bruder und seine Verbündeten noch draußen; der Bote berichtet nur von ihnen. In den Supplices geschieht der nächste bedeutsame Schritt: in der Person des Heroldes tritt zu Ende des Stückes die Gegenpartei, wenn auch noch nicht selbst, so doch wenigstens in einem Vertreter, auf die Bühne. Auf derselben Stufe steht der Prometheus: zuletzt erscheint der Bote des Zeus. Dann aber im Agam. stehen sich der König und Klytämn. gegenüber: der alternde Dichter selbst hat noch die Höhe der dramatischen Kunst erstiegen [29]).

Außerdem wurde die Tragödie wohl auch längere Zeit durch ihren lyrischen Ursprung auf einer Einheit der Grundstimmung und Engheit der Handlung festgehalten. Wenigstens muß doch auffallen, daß der Dichter das anfänglich siegreiche Vordringen des Perserheeres und die Freudenbotschaft von der Eroberung Athens für sein Stück nicht benutzt und etwa mitten in den Siegesjubel die Schreckensbotschaft bringen ließ, was doch der Geschichte entsprochen hätte. Kontrastwirkungen wie die durch den Pan-Chor im Aias und den Bakchos-Chor in der Antigone scheinen der ältern Tragödie fremd.

Schließlich weist uns auch die Unbestimmtheit in der Charakteristik der Personen auf den Ausgangspunkt des Dramas zurück: sie stehen fast noch auf dem Standpunkte des Chors. Denn sie bringen noch nicht durch Entschließungen und den Kampf gegen entgegenwirkende Kräfte ihr Wesen mehr und mehr zur Erscheinung, sondern in ihrer feststehenden Art spiegeln sich die Ereignisse nur wieder. Das tritt, um von dem Boten zu schweigen, besonders bei Xerxes hervor; daß er *νέος ὢν νέα φρονεῖ* hören wir zwar von Dareios, aus seinen Klagen aber könnten wir es kaum entnehmen. Die Gestalt der Königin ist durch weibliche und mütterliche Züge, die des Dareios durch die weiser und milder Hoheit mehr belebt.

In vielen anderen Beziehungen aber ist der Dichter den Forderungen der dramatischen Kunst in bewundernswertem Maße gerecht geworden. Die erzählenden Bestandteile sind aus der epischen Ruhe durch tiefes und fortreißendes Mitempfinden

---

[29]) Vgl. Bergk, a. 0. III, 286.

Aeschylos, Perser. 2

des Erzählenden zu dramatischem Leben erhoben [30]), und die lyrischen Sätze in Fluſs und Fortschreiten der Stimmung gebracht [31]). Von der Hoheit, der Kraft und dem Reichtum der Sprache und der Gedanken zu sprechen ist unnötig. Hervorzuheben jedoch scheint noch die Plastik und Bedeutsamkeit des Bühnenbildes in den einzelnen Scenen. Zuerst Atossa in vollem königlichen Pompe, von den ehrwürdigen Greisen durch προςκύνησις begrüſst; dann, als der Bote eintritt, schweigend und den ersten Sturm des Schmerzes verhüllend, bis sie fürstliche Fassung errungen hat [32]). Nach der Botschaft von dem Sturze der Perserherrlichkeit erscheint sie dann ohne königlichen Schmuck; Dareios dagegen, nach der zur höchsten Wahrheit gebrachten Beschwörungsscene, in vollem Prunk und Glanz der vergangenen Zeit, durch die verstummende Ehrfurcht der Greise noch höher erhoben, als vorher durch ihren demütigen Gruſs Atossa. Zuletzt das Gegenbild des geschlagenen Königs, der jammernd sein zerrissenes Gewand und den leeren Köcher zeigt, die ebenso symbolisch bedeutsam sind, wie das königliche Gewand, mit dem Atossa ihm entgegengehen will: Würde und Herrschaft bleiben ihm erhalten.

4. Grundgedanke.

Während der historische Stoff des Dichters für die dramatische Behandlung manche Schwierigkeit bot, lag seine sittliche Beurteilung nahe und war gewiſs allgemein im griechischen Bewuſstsein dieselbe. Ein bis dahin glückliches und gesegnetes Herrscherhaus hatte durch gewaltthätige und frevelhafte Überhebung so groſses Unheil über sich und sein Volk gebracht, daſs das göttliche Gericht darin offenbar wurde.

Die Entwickelung des Grundgedankens geschieht schrittweise. Der Chor weiſs zunächst nur, daſs eine δολόμητις

---

[30]) Mit der in dieser Hinsicht zurückstehenden dreimal gebrachten Aufzählung der gefallenen Perser und dem Rückblick auf die Entwicklung des Perserreiches verfolgt der Dichter besondere Absichten.

[31]) Nur der Chor zum Preise der Herrschaft des Dareios hat eine altertümliche Starrheit. Die lange Wehklage zu Ende des Dramas, die für den Lesenden eintönig wird, ist gewiſs für den Hörenden und Schauenden durch den gewaltigen Kontrast zur Dareios-Scene, durch wirksam hervortretende musikalische Gliederung und Melodie und durch orchestische Bewegungen fesselnder und durchsichtiger gewesen.

[32]) ‚Der welt- und bühnenkundige Dichter gab damit nur die Natur treu wieder, denn curae leves loquuntur, ingentes stupent. Die Wirkung dieses Stillschweigens der Niobe oder des Achilles schildert Aristoph., Frösche 911.‘ Bergk, a. O. III, 347.

ἀπάτη θεῶν die Sterblichen in die ἄτη lockt[33]). Dann tritt in den Worten des Boten 354: ἦρξε τοῦ παντὸς κακοῦ φανεὶς ἀλάστωρ zuerst ein Hinweis auf eine Schuld hervor; aber noch ohne Beziehung auf die ὕβρις des Xerxes und nur in unsicherer Ahnung; denn der Bote fährt fort: ἦ κακὸς δαίμων ποθέν. Auch v. 362 sagt er nur, Xerxes habe den φθόνος τῶν θεῶν nicht erkannt, und Atossa 472: ὦ στυγνὲ δαῖμον, ὡς ἄρ' ἔψευσας φρενῶν Πέρσας. Erst Dareios, nicht der Chor, der also hier ebensowenig wie sonst der ideale Zuschauer ist, eröffnet die tiefere Anschauung: nicht der φθόνος[34]), sondern die νέμεσις θεῶν hat den Perserkönig gestürzt. Eine νόσος φρενῶν verführte ihn (750); so zog er σπεύδων αὐτός (742) das Unheil auf sich herab und die Leiden der Perser sind ὕβρεως ἄποινα κἀθέων φρονημάτων· οἳ γῆν μολόντες Ἑλλάδ' οὐ θεῶν βρέτη ᾐδοῦντο συλᾶν κτλ. (808); v. 820 ff. sprechen schließlich in voller Klarheit die Lehre aus, welche die Leichenhaufen der Perser den kommenden Geschlechtern verkünden:

ὡς οὐχ ὑπέρφευ θνητὸν ὄντα χρὴ φρονεῖν.
ὕβρις γὰρ ἐξανθοῦσ' ἐκάρπωσε στάχυν
ἄτης, ὅθεν πάγκλαυτον ἐξαμᾷ θέρος.

Man darf nicht sagen, daſs die ἀπάτη θεῶν des Chors und der φθόνος θεῶν des Boten dem von Dareios ausgesprochenen geläuterten Gedanken widerstreiten; dort haben wir unvollkommene, volkstümliche Anschauungen, welche nur, wenn als Beweggrund der Götter ,die Furcht, als könne ihrer Majestät Eintrag geschehen, und der Neid, wenn ihre bevorzugte Stellung von den Menschen irgendwie erreicht scheint' (Nägelsbach, Nachhom. Theol. 49), angenommen wird, die niedere, besonders

---

[33]) Eine von den Göttern ausgehende Täuschung wird auch anderwärts bei Aeschylos für möglich gehalten: θεῖον ψῦθος Ag. 478, vgl. 273 μὴ δολώσαντος θεοῦ. Aber, wie der Dichter fr. 278 sagt, ἀπάτης δικαίας οὐκ ἀποστατεῖ θεός. Gegen die gemeine Vorstellung, daſs auch schuldloses Glück Elend erzeuge, erhebt er offenen Widerspruch: δίχα δ' ἄλλων μονόφρων εἰμί Ag. 757. Das Leiden ist die Folge der sündigen Handlung: παθεῖν τὸν ἔρξαντα Ag. 1564 (vgl. zu Pers. 813).

[34]) Von Kyros heiſst es 772: θεὸς γὰρ οὐκ ἤχθηρεν, ὡς εὔφρων ἔφυ. — Das Bild, das die Athener im Tempel zu Rhamnus der Nemesis aufrichteten, fertigte nach der Sage nach dem Pausanias I, 33 Pheidias aus dem parischen Marmorblock, den die Perser nach Marathon mitgebracht hatten, um ein Siegesdenkmal daraus zu machen. — Das Verhältnis zwischen dem durch die Orakel verkündeten Schicksalsplane (μοῖρα) und der von Xerxes veranlaſsten Bestrafung wird als für das Stück unwesentlich nur kurz gestreift (739 ff.): die Niederlage der Perser war vorausbestimmt, nicht aber, daſs sie schon unter Xerxes eintreten sollte.

bei Herodot[35]) meist hervortretende Auffassung ergeben; wenn
aber die menschliche Verschuldung durch Überhebung angenommen wird, die sittliche des Aeschylos.

Etwas Richtiges, wenn auch nicht den Grundgedanken des
Stückes, trifft auch Aristophanes, wenn er Ran. 1026 dem Aesch.
die Worte in den Mund legt: εἶτα διδάξας Πέρσας μετὰ τοῦτ᾽
ἐπιϑυμεῖν ἐξεδίδαξα νικᾶν ἀεὶ τοὺς ἀντιπάλους. Daſs das
Drama von einer mannhaften Vaterlandsliebe durchweht ist, ist
gewiſs richtig; doch dergleichen würde sich noch manches anführen lassen[36]).

5. Behandlung des geschichtlichen Stoffes.

Zunächst ist bemerkenswert, daſs sich der Dichter diesem
Stoffe gegenüber auch in der Ausschmückung von der Mythen-
und Heroenwelt fern und in dem Gebiete des Geschichtlichen hält.
Alte Sagen lagen nahe, z. B. der Ursprung des Königshauses

---

[35]) Vgl. Hoffmeister, Lebensansicht des Herodot. — Übrigens darf
man den Historiker nicht ohne wesentliche Einschränkung mit dem Dichter
in Parallele stellen. Die einzelnen Weltbegebenheiten gehen nicht nach
den moralischen Gesetzen, die uns der Dichter zeigt, und es war für
die Geschichtschreibung des Herodot schon eine Befreiung, wenn er
nicht die νέμεσις, sondern nur den φϑόνος der Götter nachzuweisen
versuchte. Sein grofser Nachfolger Thukydides machte sich auch noch
von dieser Schranke frei. — ‚Der Neid der Götter‘ kehrt bei griechischen
und römischen Schriftstellern der verschiedensten Zeiten wieder; die
Stellen sind öfters gesammelt, z. B. von den Auslegern zu Her. 1, 32
und 3, 40, zu Pindar Ol. 8, 86. 13, 25. Isthm. 6, 39, zu Eur. Alc. 1154:
von Lehrs, Populäre Aufsätze aus dem Alterth. 1856; von Nägelsbach,
Th. a. a. O.

[36]) Sinn und Zweck der Dichtung ist nicht immer richtig erkannt
worden; insbesondere wurde die Schlufsscene so gefafst, dafs der Dichter
die Perser und ihren König verächtlich und lächerlich machen wolle.
Pauw, Rochefort, Lady Grainville hatten manchen Zug in dem Stücke
komisch gefunden, Vauvillers nannte es geradezu eine Komödie; ein
wahrhaft merkwürdiger Scharfsinn aber wurde von Siebelis in seiner
Diatribe aufgeboten, um durch alle Scenen hindurch nichts als Spafs
und Hohn und die überraschendsten Erfindungen zur Belustigung der
Athener nachzuweisen. Diese Abhandlung ist zwar nur als eine Curio-
sität zu betrachten; aber auch Blomfield meinte die vestigia veteris
tragoediae, quae circa res ludicras versabatur, zu erkennen. J. H. Vofs
wollte die Perser kein Trauerspiel nennen; die Scene, in welcher Xerxes,
der armselige Wicht, mit seinen knechtischen Unterthanen den Athenern
um die Wette vorwinselt, erschien ihm als der Gipfel und der wahre
Triumph der komischen Laune (Heid. Jahrb. 1816, p. 600), und Hartung
findet nicht nur bezüglich dieser Scene die einzige Entschuldigung darin,
dafs eben der Dichter der Neigung seiner Zuschauer ein Opfer gebracht
habe, sondern er urteilt auch über die ganze Tragödie darum ungünstig,
weil sie statt der Rührung Schadenfreude beanspruche.

von Perseus und Andromeda, auch Phrixos und Helle, Memnon
(Strabo 728: φησὶ δὲ καὶ Αἰσχύλος τὴν μητέρα Μέμνονος
Κισσίαν); aber sie werden kaum gestreift (χρυσογόνου γενεᾶς
79; τὸ πατρωνύμιον γένος ἡμέτερον 146; Ἀθαμαντίδος
Ἕλλας 71). Der Dichter strebt vielmehr, durch geographische
und historische Bilder (bes. in der Aufzählung der alten Perser-
könige und der Eroberungen des Dareios) dem Stücke Hintergrund und Fülle zu geben.

Was nun die Handlung selbst angeht, so hatte der Dichter
die Aufgabe, aus der mannigfachen und wirren Fülle der Ereignisse einen einheitlichen Körper für seinen einen Grundgedanken zu gestalten [37]).

Er läßt demnach auch von persischer Seite nicht daran
erinnern, daß die Athener durch Unterstützung der aufstän-
dischen Ioner den Perserkönig herausgefordert, Sardes mit jenen
niedergebrannt und seine Gesandten wider das Völkerrecht ge-
tötet hatten; auch daran nicht, daß sie nach ihren Siegen in
Griechenland ihrerseits zum Angriff in Asien übergingen.

Die gleiche Abstreifung des Störenden und Hervorhebung
des Typischen zeigt sich darin, daß weder die Ioner als Mitkäm-
pfer auf persischer Seite bei Salamis noch die Thebaner und die
übrigen Mederfreunde bei Plataä erwähnt werden, daß ferner
weder von dem Widerstreben so mancher Perserfürsten gegen
den Kriegszug und ihren Warnungen, noch von der Zwietracht
der griechischen Flottenführer die Rede ist. Der übermütige
Angriff und die entschlossene Abwehr stehen sich ohne Ab-
schwächung gegenüber.

Auch der Verlauf des Kampfes der Perser gegen die Griechen
ist für den poetischen Gebrauch zusammengedrängt. Des Dareios
Angriffe und erneute Rüstungen sind verschwiegen, ja Atossa
erkundigt sich sogar erst nach Lage und Stärke Athens [38]). Xerxes

---

[37]) Goethe, vor ‚Des Epim. Erwachen‘:
　　Der Dichter sucht das Schicksal zu entbinden,
　　Das, wogenhaft und schrecklich ungestaltet,
　　Nicht Maß, noch Ziel, noch Richte weiß zu finden
　　Und brausend webt, zerstört und knirschend waltet.
　　Da faßt die Kunst, in liebendem Entzünden,
　　Der Masse Wust, die ist sogleich entfaltet u. s. w.

[38]) Es ist aufgefallen (Pauw), daß Atossa so unbekannt mit Dingen
erscheint, um die sie sich doch schon früher hätte kümmern müssen.
In der That übte sie nach Herod. großen Einfluß auf Dareios und war
die erste, die ihn zum Kriege gegen Hellas antrieb (3, 134; 7, 3). Hermann a. O. p. XI wahrt dem Dichter sein Recht, derartige Erläuterungen
auch an einer Stelle der Handlung, wo sie unwahrscheinlich sind, ein-

beginnt und verschuldet ihn allein. Für den Zug des Heeres
dann ist der poetisch sehr ausgiebige Übergang über den Hellespont als typisch ausgewählt; von dem ganzen Marsche durch
Thracien und Thessalien hören wir nichts. Weiter aber auch
nichts von Thermopylä und Artemision, nichts von dem Vordringen in Attika hinein, selbst nichts von der Einnahme
Athens [*]): in der Schlacht bei Salamis ist der ganze Zusammen-
stofs der feindlichen Völker zusammengefafst. Auch die folgenden Ereignisse sind poetisch zusammengedrängt. Xerxes flieht
sofort nach der Schlacht, während er doch nach Herodot (8, 97 ff.)
zum Schein noch einen Angriff auf Salamis vorbereitet, und
weder von dem Zurückbleiben des Mardonios in Thessalien (Her.
8, 113) ist in dem Hauptbilde, das der Bote entwirft, die Rede,
noch von dem Geleite des Artabazos mit seinen 60000 Mann bis
zum Hellespont (Herod. 8, 126). Und da auch die Vernichtung
der Perser in der Landschlacht bei Plataä hier zunächst fortbleiben mufs, hatte der Dichter um so mehr das Recht, in den
Kampf auf Psyttaleia und die Flucht des Xerxes die Bedeutung
und die Folgen derselben mit hinein zu ziehen und sie über die
historische Wahrheit hinaus zu steigern.

Auch in der Art, wie die Botschaft den Persern in der Heimat zukommt, greift der Dichter kühn durch, um zu poetischer
Einfachheit und Anschaulichkeit zu gelangen. Man weifs n i c h t s
von dem Heere, nichts von der Eroberung Athens; da plötzlich
kommt der erste Bote, nicht eine briefliche Meldung bringend,
wie sie durch die persische Reichspost (Herod. 8, 98) besorgt
wurden, sondern ein Augenzeuge.

Besonders scharf tritt schliefslich die künstlerische Einsicht
und die kühne Freiheit des Dichters gegenüber dem historischen
Stoffe in der Darstellung des Dareios hervor. Gewifs war die
besonnene, segensreiche Regierung des Dareios eine Zeit des
Gedeihens und Glanzes des Perserreiches; einen Kambyses hätte
Aesch. dem Xerxes nicht als Gegenbild gegenüberstellen können.
Aber was jenes Wesentliche im Bilde des Dareios trübte und den
Gegensatz abgestumpft haben würde, hat der Dichter getilgt und
ihn zu einem Idealbilde alles dessen, was tüchtig und herrlich in

zuflechten. Siebelis (Diatribe de Aesch. P., p. 55) bemerkt, Aesch. denke
sich Atossa als eine Frau, die in ihrem Harem ebenso wie die Athene-
rinnen im Innern ihres Hauses vollkommen unwissend über solche aus-
wärtige Verhältnisse bleiben konnte.

[39]) Sie wird 347 ff. zwar gestreift, aber absichtlich durch eine
ausweichende Wendung des Boten in den Hintergrund geschoben.

der Perserherrschaft war, erhoben. Er schweigt also von dem Übergange über den Bosporos und dem Skythenzuge, schweigt auch von Marathon [40]), ja, er geht so weit, von $\dot{\epsilon}\pi\iota\sigma\tauo\lambda\alpha\acute{\iota}$ des Dareios zu sprechen (783), die Xerxes gewarnt und abgemahnt hätten, während ihn doch geschichtlich nur der Aufstand Ägyptens und der Tod abhielten, selbst gegen Griechenland zu ziehen.

Auch Art und Sitte der beiden feindlichen Völker werden in grofsen, einheitlichen Zügen vorgeführt. Bei den Persern werden zum öftern der Reichtum an Gold, die Üppigkeit, besonders auch der immer wieder in den Vordergrund gerückten Weiber, die mafslos leidenschaftliche Wehklage hervorgehoben. Die Zahl des Volkes ist unermefslich, aber es wird vom König und seinen harten Führern wie eine Herde in den Kampf getrieben; den tapferen Fürsten gegenüber ist die grofse Masse blofs Zahl; ihre Personen werden immer zuerst und fast allein gerechnet [41]). Aber auch selbst für die Führer gilt Zwang anstatt der Pflicht und des willigen Eifers: $\pi\tilde{\alpha}\sigma\iota\ \sigma\tau\acute{\epsilon}\varrho\epsilon\sigma\vartheta\alpha\iota\ \varkappa\varrho\alpha\tauo\varsigma\ \overset{?}{\eta}\nu\ \pi\varrho o\varkappa\epsilon\acute{\iota}\mu\epsilon\nuo\nu$ (371). Der einzige freie Mann ist der Despot selbst, der als ein Gott über seinem Volke thront.

Dem gegenüber steht das Bild Athens mit dem $\pi\lambdao\tilde{\upsilon}\tauo\varsigma$ $\dot{\epsilon}\pi\alpha\varrho\varkappa\acute{\eta}\varsigma$, seiner bürgerlichen Freiheit und seinen mit williger Tapferkeit kampfbereiten Bürgern, das Bild des Griechenheeres bei Salamis, das mit frommem Liede heranzieht und sich selbst mit dem Rufe befeuert: $\tilde{\omega}\ \pi\alpha\tilde{\iota}\delta\epsilon\varsigma\ \dot{E}\lambda\lambda\acute{\eta}\nu\omega\nu\ \check{\iota}\tau\epsilon,\ \dot{\epsilon}\lambda\epsilon\upsilon\vartheta\epsilono\tilde{\upsilon}\tau\epsilon$ $\pi\alpha\tau\varrho\acute{\iota}\delta\alpha$ (403); hier nirgends ein einzelner Name, nicht einmal der des Themistokles oder Aristeides; das ganze Volk war der Sieger [42]).

Auch abgesehen von diesen für das Stück wesentlichen Zügen der persischen Volksart bringt der Dichter die Barbaren-

---

[40]) In der Behandlung der Niederlage bei Marathon zeigt sich Aesch. als ein sehr bühnengewandter Dichter. In einem Stücke, das von Dareios und seiner Regierung sprach, mufste jedem Zuschauer die Erinnerung an jene Schlacht lebendig werden und ihre Übergehung ungehörig erscheinen. So befriedigt der Dichter diese Erwartung in mehreren Nebenbemerkungen (236, 244, 475); für die Haupthandlung aber ist dergleichen gar nicht vorhanden. — Ähnlich verfährt der Dichter mit den Ioniern im Heere des Xerxes 771, 897 ff.

[41]) Um diesen Zug scharf hervortreten zu lassen, greift Aesch. dreimal zu jenen poetisch undankbaren Namenaufzählungen.

[42]) Indes ist auch das richtig, dafs, wenn die Namen von Personen genannt wären, die zum Teil unter den Zuschauern safsen, die Illusion gestört und die Dichtung von ihrer freien Höhe in den Streit der Meinungen und die Unvollkommenheit des Wirklichen und Gegenwärtigen herabgezogen wäre.

welt der Phantasie seiner Zuschauer durch eine gewisse lokale
Färbung näher. Doch verfährt er hierin mit weiser Mäfsigung.
Die gehäuften barbarischen Namen, die zahlreichen, zum Teil
persischen Interjektionen (116 ὀᾶ Schol. M Περσικὸν ϑρήνη-
μα), der mehrfach absichtlich fremdartige Ausdruck, besonders
im dritten Strophenpaare der Beschwörung des Dareios, und
asiatisch anklingende Melodieen (Μαριανδυνοῦ ϑρηνητῆρος
ἰαχάν 937, ἐπιβόα τὸ Μύσιον 1054, βάρβαρα σαφηνῆ ἱέντος τὰ παναίολ' αἰανῆ δύςϑροα βάγματα 634 f.) genügten
ihm zu seinem Zwecke. Im übrigen benutzt er die in seinen
Zuschauern lebendigen griechischen Anschauungen, um des Ein-
druckes nicht zu verfehlen. So entnimmt er die Sühngebräuche
nach dem Traume der Atossa (201), die Totenspende am Grabmal des Dareios (523), die Anrufungen und Vorstellungen bei
der Beschwörung[43]) desselben (628) dem griechischen Cultus
und läfst die Perser den Zeus und Phoibos, Poseidon, Ares,
Hermes und Aidoneus nennen.

6. Stellung in der Tetralogie.

Die Hypothesis berichtet, dafs Aeschylos die vier Stücke
Φινεύς, Πέρσαι, Γλαῦκος und Προμηϑεύς zusammen zur
Aufführung gebracht habe. Dafs sie in einem stofflichen Zusammenhange nicht standen, liegt auf der Hand; zwischen uralte mythische Stoffe, die auch unter einander aufser Zusammenhang stehen, ist ein historischer Stoff aus der Gegenwart mitten
hineingestellt. Möglich dagegen, wenn auch bei unserer höchst
dürftigen Kenntnis von dem Inhalte der übrigen Stücke unsicher und nicht beweisbar, ist eine gewisse innere Verkettung,
die Welcker und andere aufzusuchen sich bemüht haben. Glück-
licherweise jedoch ist die Frage für das Verständnis gerade dieses
Stückes von geringer Bedeutung, da bei der Geschlossenheit
desselben die übrigen nur in einer Parallelstellung, nicht be-
gründend und abschliefsend zu ihm gestanden haben können.

Phineus, der blinde thrakische König, welcher der Weissagung kundig nach seiner Befreiung von den Harpyien[44]) den

---

[43]) Übrigens ist die Totenbeschwörung (ψυχαγωγία, ψυχομαντεία,
νεκρομαντεία) dem Orient nicht fremd: Siebelis erinnert an die Hexe von
Endor. Unheil abwendende Opfer Plut. de Iside 46: Ζωροάστρης ἐκάλει
τὸν μὲν Ὡρομάζην, τὸν δ' Ἀρειμάνιον — ἐδίδαξε τῷ μὲν εὐκταῖα
ϑύειν καὶ χαριστήρια, τῷ δ' ἀποτρόπαια καὶ σκυϑρωπά, — — τὸν
ᾅδην ἀνακαλοῦνται καὶ τὸν σκότον.

[44]) Auf diese beziehen sich das einzige aus Aeschylos' Phineus er-
haltene Fragment bei Athenäus 10, 421 f.:

Argonauten Ratschläge über ihren Weg gab, verkündigte bei Aeschylos vielleicht die künftigen Kämpfe zwischen Asien und Europa[45]), von denen der Argonautenzug als ein Vorspiel erscheinen mochte, wie denn die Auffassung, dafs in den Perserkriegen ein von uralter Zeit her bestehender Gegensatz zwischen Hellenen und Barbaren ausgekämpft worden sei, nach Herodot 1, 1 ff. damals nicht nur bei den Griechen, sondern auch bei den Persern herrschend war: der Raub der Medea wird dort als Rechtfertigung für den Raub der Helena genannt. Aber auch das ist aus Herodot zu ersehen, dafs man sich viel mit angeblich alten Weissagungen, namentlich des Bakis und Musäus trug (8, 20. 77. 96; 9, 43), die durch Onomakritus, den Begleiter der Pisistratiden, dessen Thätigkeit als $\delta\iota\alpha\vartheta\acute{\epsilon}\tau\eta\varsigma$ $\chi\varrho\eta\sigma\mu\tilde{\omega}\nu$ von Herodot 7, 6 charakterisiert wird, auch am persischen Hofe bekannt geworden waren. Also wären die von Dareios 739 f. erwähnten Weissagungen auch ohne solche von Phineus den griechischen Zuschauern nicht befremdlich gewesen.

Noch dunkler ist die Frage, wenn man nach einem Zusammenhang in der Trilogie sucht, bezüglich des Glaukos, vor allem weil Aeschylos zwei Stücke dieses Namens geschrieben hat, einen $\Gamma\lambda\alpha\tilde{\upsilon}\kappa o\varsigma$ $\Pi o\tau\nu\iota\epsilon\acute{\upsilon}\varsigma$ und einen $\Gamma\lambda\alpha\tilde{\upsilon}\kappa o\varsigma$ $\Pi\acute{o}\nu\tau\iota o\varsigma$, und bei dem älteren Scholiasten (cod. Med.) $\acute{\epsilon}\nu\acute{\iota}\kappa\alpha$ — $\Gamma\lambda\alpha\acute{\upsilon}\kappa\psi$ ohne Beisatz steht, erst bei dem jüngeren $\Gamma\lambda\alpha\acute{\upsilon}\kappa\psi$ $\Pi o\tau\nu\iota\epsilon\tilde{\iota}$[46]). Kolster, welcher mit Hermann sich für den Potnieus als drittes Stück

---

$\varkappa\alpha\grave{\iota}$ $\psi\epsilon\nu\delta\acute{o}\delta\epsilon\iota\pi\nu\alpha$ $\pi o\lambda\lambda\grave{\alpha}$ $\mu\alpha\varrho\gamma\acute{\omega}\sigma\eta\varsigma$ $\gamma\nu\acute{\alpha}\vartheta o\nu$ (- $\sigma\alpha\iota\varsigma$ $\gamma\nu\acute{\alpha}\vartheta o\iota\varsigma$ Nauck)
$\dot{\epsilon}\varrho\varrho\upsilon\sigma\acute{\iota}\alpha\zeta o\nu$ $\sigma\tau\acute{o}\mu\alpha\tau o\varsigma$ $\dot{\epsilon}\nu$ $\pi\varrho\acute{\omega}\tau\eta$ $\chi\alpha\varrho\tilde{\iota}$,
(wohl von Phineus den Argonauten erzählt).

[45]) Auch G. Hermann, der in den Abhandlungen de comp. tetral. trag. und de A. Prom. soluto jeden Zusammenhang zwischen den Stücken der Persertrilogie leugnete, sagt im Kommentar zu v. 740: Oracula ista non Darii dictio, ut scholiastes putat, sed a Phineo nuntiata fuerunt. Nitzsch (s. Sagenpoesie der Gr. 579) meint, auch der Argonautenzug sei von Aesch. als Folge asiatischer Hybris, da der Tod des Phrixos durch Aietes verschuldet sei, dargestellt worden. So verbinde ein fortwirkendes tragisches Motiv die beiden Stücke.

[46]) Bergk, a. O. III, 291, meint, der jüngere Scholiast habe eine teilweise bessere und vollständigere Handschrift benutzt. Doch Dindorf, poet. scen. p. 102 urteilt wohl richtig: $\Pi o\tau\nu\iota\epsilon\tilde{\iota}$ post $\Gamma\lambda\alpha\acute{\iota}\kappa\psi$ additum ab recentiore grammatico. Glaukos ist als Sohn des Sisyphos ein Korinther: der Name Potniä knüpft sich zunächst an seine Pferde ($\Pi o\tau$-$\nu\iota\acute{\alpha}\delta\epsilon\varsigma$ $\pi\tilde{\alpha}\lambda o\iota$ Eur. Phoen. 1132), die er an jenem Ort gehalten habe (Schol. Eur. und Probus), oder besser, die dort rasend wurden (infolge des Trinkens aus einer gewissen Quelle nach Pausanias und Aelian) und ihren Herrn zerrissen. Vgl. die ausführliche Darstellung der Sage nebst der Angabe der Litteratur bei Roscher, Lex. der griech. u. röm. Myth. 1688.

der Persertrilogie entscheidet, begnügt sich zu sagen, es werde die Hybris des Glaukos der des Phineus und des Xerxes analog gewesen sein und die Hindeutung auf die Schlacht bei Plataä nicht gefehlt haben, das nicht fern von Potniä lag.

Andere halten sich an die Notiz bei Pausanias 6, 20, 9: ἔστι δὲ καὶ ἐν Ἰσθμῷ ταράξιππος Γλαῦκος ὁ Σισύφου, d. h. auf der isthmischen Rennbahn ist ein Denkmal des Glaukos, an welchem die Pferde gern scheu wurden, wie das Gleiche von einem Grabmal zu Olympia ebendort erzählt wird (σχῆμα βωμοῦ περιφεροῦς). Den Grund der Erscheinung, die dem Geiste des Verstorbenen zugeschrieben wurde, sucht Hermann, Opusc. VII, zu erklären; Schneider deutet sich aber folgendes heraus (Einl. zu d. Persern p. XV): ‚Wahrscheinlich erschien Glaukos als Taraxippos, der die persische Reiterei bei Plataä geschreckt hat.‘ Doch weifs man von einer solchen Erscheinung nichts; denn wenn Oberdick (Zeitschr. f. d. östr. Gymn. 1868, 4) meint, bei Aesch. habe Glaukos das Rofs des Masistios (Herod. 9, 22) scheu gemacht, so widerspricht diese Kombination der Überlieferung, dafs es von einem Pfeil getroffen sich bäumte und ihn abwarf. Auch was E. A. J. Ahrens (in der Didotschen Ausg. des Aesch. p. 195) sich denkt, ist ohne irgendwelche Grundlage: Fuit Glaucus non aliter adiumento Graecis quam Oedipus in tragoedia, quae Oedipus in Col. inscribitur, insequenti tempore eos adiuturus dicitur, in quorum terra conditus sit. Neque defuit dei auxilium, quia non plures gladio interierunt ex exercitu Persarum quam fame et omnium rerum inopia. Glaukos wird dabei zu einem böotischen Heros gemacht, sogar zu einem deus indigena, die Schlacht war in iisdem fere locis, in quibus magna Glauci veneratio fuit et religio (?).

Auf den ersten Blick ansprechender als diese Vermutungen ist die von Welcker (Trilogie p. 470 ff. Nachtrag p. 177. Über die Perser, im Rhein. Mus. 1837, Bd. V), dafs nicht der Glaukos von Potniä, sondern der Meerglaukos das dritte Stück gebildet habe. Glaukos, der zum Meerdämon gewordene Fischer von Anthedon, Νηρῆος θείοιο πολυφράδμων ὑποφήτης (Apoll. Rhod. 1, 1311), der alljährlich einmal die Küsten und Inseln besucht (Schol. zu Plat. Rep. 10, 611), könnte von einer Fahrt erzählt haben, die er in die sicilischen Gewässer gemacht und bei der er den Sieg des Gelon am Himera über die Karthager, der nach der Angabe der sicilischen Griechen (Her. 7, 166) mit der salaminischen Schlacht gleichzeitig war[46a]), mit angesehen habe. Auf

---

[46a]) Nach Diodor 11, 24 ist der Sieg des Gelon mit dem Kampfe

jene Lokalität nämlich führt das Fragment bei Schol. Pind. Pyth. 1, 79 εἰς ὑψίκρημνον Ἰμέραν ἀφικόμην und ein zweites bei Hesychius Ξιφίρου λιμήν· Αἰσχύλος Γλαύκῳ Ποτνιεῖ, ὁ πορθμός· ταῦτα γὰρ πάντα τὰ περὶ Ῥήγιον [ὠρείων], wo der Titel Ποτνιεῖ leicht mit Hermann in Ποντίῳ zu ändern ist[47]). Die Zusammenstellung dieser beiderseitigen Kämpfe gegen die Barbaren wird auch durch die Parallele bei Pindar a. a. O. (vgl. Diodor 11, 23) nahe gelegt. Spielte das Stück ferner in Anthedon[48]), am Strande des Heimatsortes des Glaukos, nicht weit von dem Schlachtfeld von Platää, so könnte auch diese Schlacht, welche Dareios in den Persern vorherverkündet, in diesem dritten Stücke benutzt worden sein, vielleicht so, dafs, als Glaukos von dem Ereignis in Sicilien erzählt hatte, die Botschaft von dem Sieg bei Platää gebracht wurde. So könnte, wie die Perser mit Phineus, auch wieder Glaukos mit den Persern durch eine Prophezeiung verbunden gewesen sein[49]). Doch gegen die ganze Kombination steht der Einwand, dafs der Stoff für eine Tragödie zu dürftig und niedrig und eines und das andere, was aus dem Γλαῦκος πόντιος citiert wird, eher auf ein Satyrspiel als auf eine Tragödie hinzuweisen scheint. Dafür ist namentlich Hermann (de Aesch. Glaucis 1812)[50]).

bei den Thermopylen gleichzeitig. Niebuhr berechnet, dafs Gelon erst nach der Schlacht bei Salamis den Thron bestiegen habe (Röm. Gesch. herausgegeben v. Zeifs IV, 138). Dagegen Bergk ‚Über den Dreifufs des Gelon‘, Vortrag auf d. Philol.-Verslg. in Halle 1867.

[47]) Das unverständliche letzte Wort gehört nach M. Schmidt (Philol. XIX, 598) zu einer Euripideischen Glosse, aus Ion 1153 ὅ τε ξιφήρης Ὠρίων.

[48]) Man erfährt wenigstens aus Paus. 9, 22, 6, dafs Aeschylos sich bei den Anthedoniern nach der Lokalsage erkundigte.

[49]) Die Stelle Aristot. Poet. 23, 3 ὥσπερ γὰρ κατὰ τοὺς αὐτοὺς χρόνους ἥ τ᾽ ἐν Σαλαμῖνι ἐγένετο ναυμαχία, καὶ ἡ ἐν Σικελίᾳ Καρχηδόνων μάχη, οὐδὲν πρὸς τὸ αὐτὸ συντείνουσαι τέλος konnte nur irrtümlich als ein Tadel der Persertrilogie verstanden werden (Welcker, Trilogie; Bode, Gesch. d. hell. Dichtk. III, 1), da in jenem Kapitel gar nicht von der Tragödie gehandelt wird, sondern vom Epos. Vgl. Gruppe, Ariadne p. 92. Nitzsch, Sagenpoesie p. 582. Über die Einheit des Endzwecks in jenen Kämpfen, welche Aristoteles leugnet, berichten Ephoros und Diodor entgegengesetzt. Vgl. Duncker, Gesch. des Alt. II, p. 883. Mommsen, röm. Gesch. I, p. 324. 492. — Vermutungen über den Inhalt des Dramas im einzelnen bei Welcker, Droysen, Gruppe (Ariadne 87) u. Nitzsch (a. O. 582).

[50]) Das schwerwiegendste von den Argumenten hierfür ist Schol. Theocr. IV, 62: Τοὺς σατύρους ἀκρατεῖς οἱ πλείονές φασιν, . . ὡς Αἰσχύλος μὲν ἐν Γλ᾽ύκῳ, Σοφοκλῆς δὲ ἐν Ἀνδρομίδα. — Bergk, a. O. III, 291, urteilt ganz ablehnend: ‚Die Vermutungen der Neueren über den

Bei der Unsicherheit über Inhalt und Gang der verlorenen
Stücke ist Gruppes Meinung (Ariadne p. 116. 147), dafs in der
neuen Trilogie des Aeschylos nur das Mittelstück eine genauere
dialogisch dramatische Ausführung erhielt, dagegen das erste und
letzte sich mehr nur als Introduktion und Schlufs verhielten,
oder, wie Bernhardy sagt (II, 581), als Vorgrund und Nachspiel,
erst recht ohne Grundlage.

Das Satyrdrama Prometheus, welches an die Persertrilogie
sich anschlofs, enthielt nach Welcker die Einsetzung der Προμή-
θεια, die Stiftung des Fackellaufes, dessen Gründer Prometheus
nach einer attischen Sage war.   Ob es in einem stofflichen Zusammenhang mit der Trilogie stand, ist völlig ungewifs. Am
fernsten liegt die von Klausen (Theolog. Aesch. § 39) angenom-
mene Weissagung des Prometheus, dafs Athen aus den Flammen
herrlicher hervorgehen werde.   Gruppe (Ariadne p. 97) denkt
an die Anzündung des heiligen Feuers als ein Symbol für den
anbrechenden Tag Griechenlands, Droysen an den Anfang eines
neuen Lebens, wie es einst auch durch den Feuerraub den
Menschen gegeben wurde. Wecklein (vgl. Hermes VII, 446 und
Einl. zur 3. Aufl. der Ausg. der Perser v. Teuffel S. 40) erinnert an
die Erzählung bei Plut. Arist. 20: Als nach der Schlacht bei
Platää der Pythische Gott geheifsen hatte, erst zu opfern, nachdem
alles Feuer im Lande ausgelöscht (ὡς ὑπὸ τῶν βαρβάρων με-
μιασμένον) und reines in Delphi (ἀπὸ τῆς κοινῆς ἑστίας) an-
gezündet wäre, übernahm es der Platäer Euchidas, dasselbe aufs
schnellste zu holen, und kam in Delphi an. Ἁγνίσας δὲ τὸ
σῶμα καὶ περιρρανάμενος ἐστεφανώσατο δάφνῃ· καὶ λα-
βὼν ἀπὸ τοῦ βωμοῦ τὸ πῦρ δρόμῳ πάλιν εἰς τὰς Πλαταιὰς
ἐχώρει καὶ πρὸ ἡλίου δυσμῶν ἐπανῆλθε, τῆς αὐτῆς ἡμέρας
χιλίους σταδίους κατανύσας. Ἀσπασάμενος δὲ τοὺς πολί-
τας καὶ τὸ πῦρ παραδοὺς εὐθὺς ἔπεσε καὶ μετὰ μικρὸν
ἐξέπνευσεν. Die Möglichkeit, dafs der Dichter an dies Ereignis
anknüpfte, wird man zugeben müssen. — Auch der Name ist
streitig: in dem Katalog der Aeschyleischen Dramen im cod. Med.
wird ein Προμηθεὺς πυρφόρος genannt, welchen die meisten
hierher beziehen. Diejenigen dagegen, welche in dem πυρφόρος
das erste Stück der Prometheus-Trilogie suchen, nehmen an,

Inhalt und die speziellen Beziehungen des Γλαῦκος Πόντιος schweben
ganz in der Luft, da sie nur auf der unerwiesenen Voraussetzung beruhen, dafs eben dieses Stück zur Persertrilogie gehört habe.' Vgl.
auch die klare und bestimmte Auseinandersetzung von Weil in der prae-
fatio zu seiner Ausg. Giefsen 1867.

daſs das zu den Persern gehörende Satyrspiel *Προμηϑεὺς πυρκαεύς* geheiſsen habe, dessen als Titels eines Aeschyleischen
Stückes bei Pollux 9, 156; 10, 64 gedacht wird (S. Gruppe,
Ariadne p. 56 und namentlich Welcker, Nachtr. z. Tril. p. 30 ff.).
Bergk a. O. 319 entwickelt die Ansicht, daſs die Prometheus-Sage
in jener Trilogie vom Dichter in zwei Tragödien zusammenge-
faſst sei, dem *Πρ. δεσμώτης* und *λυόμενος*; das Satyrspiel habe
einen Doppeltitel *Πρ. πυρφόρος* und *πυρκαεύς* gehabt.

Charakteristisch für die Behandlung des Stoffes in diesem
Stücke ist Plut. de inim. util. II, p. 86 F: *τοῦ δὲ σατύρου τὸ
πῦρ, ὡς πρῶτον ὤφϑη, βουλομένου φιλῆσαι καὶ περιλα-
βεῖν, ὁ Προμηϑεύς·*

> *Τράγος γένειον ἆρα πενϑήσεις σύ γε.*

Nach allem ist das einzig Sichere, was wir über unsere Tetralogie aussprechen können, eben jenes negative Resultat, daſs
die Stücke weder in einem stofflichen Zusammenhange noch in
einem innern derart gestanden haben können, daſs das Verständnis des einen das andere bedingte. Das ist nun aber gerade
bei der ältesten Tetralogie, die wir kennen, höchst merkwür-
dig. Denn wenn Aeschylos wirklich der Erfinder der tetralo-
gischen Form war, wie meist angenommen wird und neuerdings
Bergk (a. O. III, 222 ff. u. öfter) eingehend zu erweisen gesucht hat,
so kann er doch mit einer so wichtigen Neuerung nicht vorge-
gangen, geschweige denn durchgedrungen sein, ehe er seinen
ersten Sieg (485) gewonnen hatte. Und nun soll er, der Gesetz-
geber der neuen Kunstform selbst, sie so bald schon wieder
durchbrochen haben, und dabei nicht etwa wieder, was sich
noch eher denken lieſse, zu jener vorausgesetzten einen groſsen
Tragödie zurückgekehrt sein, sondern zu einer Reihe von Einzel-
dramen gegriffen haben, was doch den Eindruck macht, als habe
die Vierzahl der Stücke längst und ein für allemal festgestanden.
Es ist doch auch sehr auffallend, daſs wir niemals von der Aufführ-
rung zweier oder auch wieder von mehr als drei Tragödien hören,
daſs das Satyrspiel, seitdem es einmal eingeführt war, durchaus
geliefert werden muſste, während die Dichter in den Formen der
Tragödie selbst keineswegs sich so unfrei bewegen. Alles das wäre
erklärt, wenn man nachweisen könnte, daſs die Trilogie und Tetralogie etwas von auſsen Gegebenes, von vornherein durch die
Einrichtung des tragischen Agons Bedingtes wäre. Als Peisistra-
tos diesen von staatswegen ordnete, lag doch sicher das Schwer-
gewicht auf dem Chore. Die wetteifernden Chöre können nun
weiter unmöglich durch beliebige Wahl aus den Bürgern gebildet,

sondern müssen aus bestimmten Volksabteilungen genommen
worden sein. Aus welchen aber? Die zehn Phylen des Kleisthe-
nes bestanden noch nicht[51]), und über die ältere Volks- und
Landeseinteilung liegt in vieler Beziehung Dunkelheit. Das Satyrspiel ist, wie man wohl mit Sicherheit annehmen darf, erst
später, zur Zeit des Pratinas, hinzugethan; ursprünglich hätte man
also drei Trilogien gehabt, deren Chöre wohl aus den besitzen-
den Klassen besetzt wurden. Vielleicht darf man da an die Zahl
der neun Archonten, auch wohl an die drei Landesteile, die sich
nach Solons Gesetzgebung feindlich gegenüberstanden, erinnern.
Auch scheinen im Satyrdrama neue Volkskreise, die vordrängten,
eine festliche Vertretung von staatswegen erhalten zu haben, und
schliefslich wieder neue in der Komödie.

7. Zweite Aufführung in Syrakus.

Hiero, der damals an seinen Hof die bedeutendsten Dichter
Griechenlands zu ziehen suchte, hatte schon drei Jahre vor Aufführung der Perser, i. J. 475, Aesch. nach Syrakus eingeladen,
wo der Dichter die Gründung der Stadt Aetna mit seinen *Aiτ-
ναῖαι* verherrlichte.

Es ist also von vornherein eine glaubliche Nachricht, ganz
besonders falls der Glaukos der Persertrilogie den Sieg bei
Himera feierte, wenn es im *βίος Αἰσχ.* heifst: *Φασὶν ὑπὸ Ἱέρωνος ἀξιωθέντα ἀναδιδάξαι τοὺς Πέρσας ἐν Σικελίᾳ λίαν
εὐδοκιμεῖν*; man wird annehmen dürfen, im nächsten Jahre
nach der Aufführung in Athen, 471. Eine Bestätigung nun erhält diese Notiz besonders durch das Zeugnis des Eratosthenes
in den leider verwirrten und verderbten Scholien zu Aristoph.
Ran. 1028. Hier sagt nämlich Dionysos: *Ἐχάρην γοῦν, ἡνίκ᾽
ἀπηγγέλθη[52]) περὶ Δαρείου τεθνεῶτος, ὁ χορὸς δ᾽ εὐθὺς*

---

[51]) Dafs der tragische Chor bei seiner Stiftung 50 Choreuten gehabt
habe, wie man meist nach den kyklischen Chören annimmt, erscheint
nicht glaubhaft. Schol. Aeschin. Tim. p. 721 R.: *ἐξ ἔθους Ἀθηναῖοι
κατὰ φυλὴν κατέστησαν πεντήκοντα παίδων χορὸν ἢ ἀνδρῶν, ὥστε
γενέσθαι δέκα χορούς, ἐπειδὴ καὶ δέκα φυλαί*, setzt ganz richtig diese
Zahl mit der Einteilung in zehn Phylen in Verbindung; es waren soviel
Choreuten wie Buleuten. Aber den tragischen Agon brachte man mit
der Phyleneinteilung erst nach dem peloponnesischen Kriege in Einklang,
als man fünf Tetralogien aufführen und je zwei Phylen einen Chor stellen
liefs (Bergk, a. O. 27 f.). Danach möchte man für die frühere Zeit ver-
muten, dafs die vier Phylen je eine Tetralogie vorgeführt und die Chöre
aus ihren je 12 Naukrarien gestellt hätten. Vgl. über die Zahl der auf-
geführten Tetralogien A. Müller a. O. 320.

[52]) Das von einer einzigen Hdschr. gebotene *ἀπηγγέλθη* scheint nur

τὼ χεῖρ᾽ ὡδὶ συγκρούσας εἶπεν ἰαυοῖ, und der Scholiast bemerkt: ἐν τοῖς φερομένοις Αἰσχύλου Πέρσαις οὔτε Δαρείου
θάνατος ἀπαγγέλλεται, οὔτε ὁ χορὸς τὰς χεῖρας συγκρούσας λέγει ἰαυοῖ, ὅ ἐστιν ἐπιφώνημα πρὸς τὸν Διόνυσον λε-
γόμενον χαρᾶς ἐπελθούσης — Ἡρόδικος δέ φησι διττοῦ
γεγονέναι τοῦ θανάτου· καὶ τὴν τραγῳδίαν ταύτην περιέ-
χειν τὴν ἐν Πλαταιαῖς μάχην. δοκοῦσι δὲ οὗτοι οἱ Πέρσαι
ὑπὸ τοῦ Αἰσχύλου δεδιδάχθαι (Bergk ἀναδιδάχθαι) ἐν Συ-
ρακούσαις, σπουδάσαντος Ἱέρωνος, ὥς φησιν Ἐρατοσθένης
ἐν γ΄ περὶ κωμῳδιῶν. Für die offenbar verdorbenen Worte
διττοῦ γεγονέναι κτλ. ist eine ganz überzeugende Herstellung
nicht gefunden [49]). Die Worte οὗτοι οἱ Πέρσαι erklären sich
am natürlichsten so: „diese Perser, in welchen das von Aristophanes Erwähnte vorkommt“, also der Gegensatz zu ἐν τοῖς
φερομένοις Πέρσαις. Man hatte also, wie es scheint, aus der
Stelle des Aristophanes geschlossen, dafs die Perser nach einer
veränderten Recension des Textes in Syrakus auf die Bühne
gebracht worden seien (ebenso lautete das folgende Scholion:
Δίδυμος, ὅτι οἱ περιέχουσι θάνατον Δαρείου οἱ Πέρσαι τὸ
δρᾶμα. διό τινες διττὰς καθέσεις, τουτέστι διδασκαλίας,
τῶν Περσῶν φασι, καὶ τὴν μίαν αὐτῶν μὴ φέρεσθαι). Doch
die Worte ὥς φησιν Ἐρατοσθένης κτλ. beziehen sich höchst
wahrscheinlich wegen der Stellung nur auf σπουδάσαντος
Ἱέρωνος, so dafs danach die zweite Aufführung in Syrakus That-
sache ist und das δοκοῦσι nur auf die Benutzung dieser That-
sache zur Erklärung der in der Aristophanes-Stelle liegenden
Schwierigkeit geht.

Was die Verse des Aristophanes betrifft, so sehen wir vor
allem von den Versuchen ab, den Dareios aus der Stelle wegzu-
bringen (Schol. Χάρις δέ φησι τὸ Δαρείου ἀντὶ τοῦ Ξέρξου·
σύνηθες γὰρ τοῖς ποιηταῖς ἐπὶ τῶν υἱῶν τοῖς τῶν πατέρων

aus den Scholien entnommene Korrektur für das metrisch fehlerhafte
ἤκουσα, welches nach Dindorfs Annahme selbst nur die lückenhaft überlieferte Stelle ausfüllen sollte (er vermutete zuletzt ἡνίκα φάσμ᾽ ἐφάνη
(Philol. XIII, 495), früher ἡνίκ᾽ ἄιον ἐγώ; andere Versuche von Thiersch,
Fritzsche, Pernice haben nichts gefördert). Aber die Scholien beweisen
selbst, dafs wenigstens ein Begriff wie ἀπηγγέλθη dagestanden hat.

[49]) Schütz διττὸν γ. τὸ δρᾶμα, Blomfield διττὰ γ. τὰ δράματα,
Naeke δίχα γ. τοῦ θανάτου (distat, dissidet a morte Darii et continet
haec tragoedia pugnam apud Plataeas), Welcker nach Naekes Änderung,
aber in anderem Sinn, nicht von der Zeit, sondern das Stück sei ohne
den Tod des Dareios, enthalte ihn nicht; Fritzsche nimmt eine Lücke an,
die er sehr unwahrscheinlich ausfüllt: διττὰς γεγονέναι [τὰς καθέσεις,
ἂν μίαν ἄρχεσθαι ἀπὸ τοῦ Δαρείου] θανάτου.

ὀνόμασι χρῆσθαι, Thiersch Δαρειογενοῦς τεθνεῶτος): auch die Vorschläge haben keine Wahrscheinlichkeit, das ἰαυοῖ in einer anderen Tragödie unterzubringen (im Phineus Welcker 1837, im Glaukos Gruppe, in dem statt des Phineus völlig willkürlich angenommenen Stück Phönissen Vater de A. Persis in Jahns Archiv 1843, IX, 2), oder an das Wohlgefallen des Chores an dem Stück beim Einstudieren zu denken (Welcker 1824). Das ἰαυοῖ selbst nehmen manche für eine Interjektion des Schmerzes (wofür jedenfalls Fritzsche sich nicht hätte auf ἰαῦ Ran. 272 berufen sollen), und da diese in unserer Tragödie nicht vorkommt, so meinen sie entweder, sie habe in der anderen Textesrecension gestanden (Spanheim in der sicilischen, Petersen in der athenischen, da sich Aristophanes darauf bezieht, wonach wir jetzt die sicilische haben würden), oder sie sei aus unserem Text durch ein Versehen ausgefallen, wo sie denn an dieser oder jener Stelle dieselbe einsetzen wollen, (wie z. B. Blomfield v. 644 schreibt Δαρεῖ', ἰαυοῖ)[54]). Jedoch ist kein genügender Grund vorhanden, die Angabe des Scholiasten zu verwerfen, dafs ἰαυοῖ ein Ausruf der Freude sei, wie juchhei, wodurch man auf Hermanns Ansicht geführt wird, dafs Dionysos, gemäfs der lächerlichen Rolle, die ihn Aristophanes in den Fröschen spielen läfst, die Schmerzensrufe des Perser-Chores mifsversteht. Ebenso Naeke (ind. prael. hib., Bonn 1832): immanis Dionysi aberratio et confusio, quod chorum videre sibi in Persis visus est manus prae laetitia complodentem et exclamantem laetabile ἰαυοῖ. Aristophanes mochte zugleich, wie Seidler (Recens. von Blomfields Ausgabe in Jen. Litt.-Ztg. 1816 Nr. 105) vermutete, durch diese dem Chore des Aeschylos scherzend beigelegte Interjektion die fremdartigen Ausrufungen, die in den Persern vorkommen, lächerlich machen wollen.

Man darf in dieser Auffassung der Stelle wohl sogar noch etwas weiter gehen. Das Stück des Aesch. durfte Aristophanes bei seinen Zuschauern allgemein als so bekannt voraussetzen, dafs jeder den Spafs auffafste, wenn dem Dionysos eine tolle und lächerliche Verwirrung im Stile des Trimalchio in allen Hauptpunkten des Stückes begegnete. Denn es wird dort wohl etwas gemeldet, aber nicht der Tod des Dareios, und der Chor schlägt wohl die Hände zusammen und klagt ὀᾶ, aber aus Schmerz um

---

[54]) Dindorf meint (Philol. XIII, 495), das komische ἰαυοῖ müsse durch eine ähnliche dreisilbige Interjektion veranlafst sein, weshalb er ἰωά am Anfang der dritten Strophe 658 einsetzt.

Salamis und nicht mit dem Jubelgeschrei ἰαυοῖ⁵⁵). (Schiller
meinte: Δαρεῖος τεθνεώς ist gewifs nichts anderes als der
Geist des toten Dareios, das Zusammenschlagen der Hände mag
bei der Beschwörung vorgekommen sein, περὶ τεθν. bedeutet
also nicht ‚als ich vom Tode des Dareios hörte‘, sondern ‚als die
Erscheinung des verstorbenen Dareios angekündigt wurde‘).

Die erste Aufführung der Persertrilogie fand jedenfalls in
Athen statt, und dafs der Dichter zum Zweck der zweiten Aufführung in Syrakus daran geändert habe (wie namentlich Welcker
in der Trilogie annahm und Lange-Pinzger aus den in den
Scholien hier und da erwähnten Varianten folgern wollten), dafür
fehlt nach dem oben Gesagten alle sichere Begründung. Auch
die beiden aus den Persern citierten und hier nicht zu findenden
Ausdrücke ὑπόξυλος und νήσους νηριτοτρόφους berechtigen
nicht zu der Annahme einer zweiten Bearbeitung; s. unten zu
v. 914. Es wäre denkbar, dafs der Dichter geändert hätte, um
in Syrakus sicilische Verhältnisse zu berühren, aber ganz seltsam,
wenn er aus irgend welchen anderen sachlichen oder ästhetischen
Gründen ein Stück für Syrakus umgearbeitet hätte, mit dem er
in Athen doch den Preis davongetragen hatte⁵⁶).

Der Text der vorliegenden Ausgabe beruht auf der Handschrift, welche wohl sicher die einzige, unbestritten wenigstens
die erste Autorität ist, auf dem codex Mediceus (Laurentianus),
dessen Lesarten und Scholien nunmehr in der Ausgabe Weckleins (Aesch. fab. cum lectionibus et scholiis cod. Medicei ab Hier.
Vitelli denuo collatis. Berl. 1885) am zuverlässigsten vorliegen.
Die jüngeren Scholien, die für den Text keinen quellenmäfsigen
Wert haben, sind nach Dindorfs Ausgabe (Aesch. trag. tom. III.
Oxf. 1851) angeführt, jedoch ohne die für den Zweck dieser
Ausgabe überflüssige Scheidung nur als jüngere (Schol. rec.)
bezeichnet, wie auch die jüngeren Handschriften nach dem Vor-

---

⁵⁵) Wie viel ferner liegt z. B. der Witz, wenn Goethe im Egmont
Vansen von Friedrich dem Krieger sprechen läfst.
⁵⁶) Auch Bergk meint freilich (a. O. 295), wo Dareios zur Atossa
sage, sie solle aus dem Palaste Kleider, wie sie für den König sich
ziemten, holen, dem Sohne entgegengehen und ihn trösten, erkenne man
deutlich, wie hier eine spätere Scene schon vorbereitet werde. Uns
liege offenbar die zweite Bearbeitung vor, wo der Dichter den Schlufs
abgeändert habe, ohne jedoch jene Verse zu tilgen. Vgl. oben An-
merkung 24.

gange Weckleins zusammenfassend nur als solche (rec., recc.)
bezeichnet sind.

Von den überaus zahlreichen Konjekturen, mit welchen die
Perser bedacht worden sind[57]), ist in dem kritischen Anhange
nur eine Auswahl aufgeführt; desgleichen sind abweichende Erklärungen nur in beschränkter Zahl erwähnt.

Die Verszählung in Weckleins Ausgabe, welche auf die Abteilung der Zeilen im cod. Mcc. zurückgeht, wird hoffentlich
allgemein angenommen werden. Für jetzt ist jedoch die frühere
noch unentbehrlich, und deshalb die Weckleins nur über dem
Texte hinzugesetzt.

---

[57]) Jetzt vollständig gesammelt in d. Ausg. Weckleins.

ΑΙΣΧΥΛΟΥ
ΠΕΡΣΑΙ.

3*

ΤΑ ΤΟΥ ΔΡΑΜΑΤΟΣ ΠΡΟΣΩΠΑ.

ΧΟΡΟΣ ΓΕΡΟΝΤΩΝ. ΕΙΔΩΛΟΝ ΔΑΡΕΙΟΥ.
ΑΤΟΣΣΑ. ΞΕΡΞΗΣ.
ΑΓΓΕΛΟΣ.

ΥΠΟΘΕΣΙΣ.

Γλαῦκος ἐν τοῖς περὶ Αἰσχύλου μύθων ἐκ τῶν Φοινισ-
σῶν φησι Φρυνίχου τοὺς Πέρσας παραπεποιῆσθαι. ἐκτίθησι
δὲ καὶ τὴν ἀρχὴν τοῦ δράματος ταύτην,

Τάδ' ἐστὶ Περσῶν τῶν πάλαι βεβηκότων.

πλὴν ἐκεῖ εὐνοῦχός ἐστιν ἀγγέλλων ἐν ἀρχῇ τὴν τοῦ Ξέρξου
ἧτταν, στορνύς τε θρόνους τινὰς τοῖς τῆς ἀρχῆς παρέδροις,
ἐνταῦθα δὲ προλογίζει χορὸς πρεσβυτῶν. [τῶν δὲ χορῶν
τὰ μέν ἐστι παροδικά, ὅτε λέγει δι' ἣν αἰτίαν πάρεστιν, ὡς
τὸ ,Τύριον οἶδμα λιποῦσα' (Eur. Phoen. 202), τὰ δὲ στάσιμα,
ὅτε ἵσταται καὶ ἄρχεται τῆς συμφορᾶς τοῦ δράματος, τὰ δὲ
κομματικά, ὅτε λοιπὸν ἐν θρήνῳ γίγνεται.] καὶ ἔστιν ἡ μὲν
σκηνὴ τοῦ δράματος παρὰ τῷ τάφῳ Δαρείου· ἡ δὲ ὑπόθεσις, Ξέρξης στρατευσάμενος κατὰ Ἑλλάδος καὶ πεζῇ μὲν
ἐν Πλαταιαῖς νικηθείς, ναυτικῇ δὲ ἐν Σαλαμῖνι διὰ Θεσσα-
λίας φεύγων [διεπεραιώθη] εἰς τὴν Ἀσίαν.

Ἐπὶ Μένωνος τραγῳδῶν Αἰσχύλος ἐνίκα Φινεῖ, Πέρσαις,
Γλαύκῳ, Προμηθεῖ.

[Πρώτη ἔφοδος Περσῶν ἐπὶ Δαρείου ἐδυστύχησε περὶ
Μαραθῶνα, δευτέρα Ξέρξου περὶ Σαλαμῖνα καὶ Πλαταιάς.]

Von den fünf erhaltenen Hypotheseis (die zu den Suppl. und den
Choeph. sind verloren gegangen) giebt nur die zu den Eumeniden den
Verfasser an: Ἀριστοφάνους γραμματικοῦ ὑπόθεσις; gemeint ist Arist.
von Byzanz, der Vorgänger des Aristarch in dem Vorsteheramte der
Alexandrinischen Bibliothek. Es ist jedoch wahrscheinlich, daſs auch
die übrigen Hypoth. in wesentlichen Stücken auf ihn zurückgehen. Dafür
sprechen hier im Besondern die Ähnlichkeiten (πλὴν ἐκεῖ, ἡ μὲν σκηνή)
mit der unter dem Namen des Arist. zu Soph. Antigone überlieferten.
τῶν δὲ χορῶν κτλ. ein Grammatikerexcerpt, das hier an ungehö-
riger Stelle eingeschaltet ist; ausgeschieden von Blomfield.
ἐν Πλαταιαῖς νικηθείς, schiefe Angabe; Oberdick: ἐν Ψυτταλείᾳ,
wozu πεζῇ aber auch nicht pafst; es hiefs urspr. wohl nur καὶ νικη-
θεὶς φεύγων εἰς τ. Ἀ. — διεπεραιώθη tilgt Weil; vgl. die Form der
Inhaltsangabe bes. in der Hypoth. z. den Septem.
Γλαύκῳ Ποτνιεῖ recc.

Τάδε μὲν Περσῶν τῶν οἰχομένων
Ἑλλάδ' ἐς αἶαν πιστὰ καλεῖται,
καὶ τῶν ἀφνεῶν καὶ πολυχρύσων
ἑδράνων φύλακες, κατὰ πρεσβείαν
οὓς αὐτὸς ἄναξ Ξέρξης βασιλεὺς   5
Δαρειογενὴς
εἵλετο χώρας ἐφορεύειν.

Ἀμφὶ δὲ νόστῳ τῷ βασιλείῳ
καὶ. πολυχρύσου στρατιᾶς ἤδη

1. *Τάδε δεικτικῶς. ἑαυτοὺς λέγουσι πιστώματα Περσῶν* (vgl. 171)
Schol. M. Das Neutrum („was hier
auftritt‘), wie selbst in Prosa *οὐκ
Ἴωνες τί δε εἰσίν* Thuk. 6, 77, vgl.
681 *ὦ πιστὰ πιστῶν*; am häufigsten bei Superlativen, wie 851 *τὰ
φίλτατα*, Eum. 487 *ἀστῶν τὰ βέλ-
τατα*. *πιστός* hier w. ö. der, dem
vertraut wird; sich anlehnend an
den Namen der *Πιστοί*, welche den
vertrauten Rat des Königs bilden
(Xen. An. I, 5, 15: *σὺν τοῖς παρ-
οῖσι τῶν πιστῶν*): die jüngeren
sind mitgezogen (443), die älteren
zurückgeblieben. — *καλεῖσθαι* auch
bei Aesch. öfter das *εἶναι* einschlie-
ßend (242. Sept. 928). — *Ἑλλὰς
αἶα, γῆ, χθών, χώρα*; ungef. ebenso
oft *Ἑλλὰς* allein, bes. im Trimeter;
aber *Περσίς* allein bei Aesch. nur
= Perserin.

4. *ἑδράνων* des Königssitzes. Diodor 17, 6 berichtet, welchen Reichtum Alexander dort aufgehäuft fand.
Aristagoras bei Herodot 5, 49 von
der Hauptstadt Susa: *ἔνθα βασιλεύς τε μέγας δίαιταν ποιέεται,*

*καὶ τῶν χρημάτων οἱ θησαυροὶ
ἐνθαῦτά εἰσι. Ἑλόντες δὲ ταύτην τὴν πόλιν θαρσέοντες ἤδη τῷ
Διῒ πλούτου πέρι ἐρίζετε.* — *κατὸ
πρεσβείαν, κατὰ τιμὴν αἱρεθέντες*
Schol. M, vgl. *πρέσβος* 623.

5. Bei Homer Od. 20, 194 ist *βα-
σιλῆϊ ἄνακτι* unmittelbar verbunden: hier *βασιλεὺς Δαρειογενής*
selbständigere Appos., die Würde
bezeichnend; *ἄναξ* spectat ad pro-
vidam Xerxis curam. Abresch. —
ἐφορεύειν, ἐπόπτας εἶναι Schol. M.

8. *βασιλείῳ . . στρατιᾶς*, wie
Soph. Oed. Tyr. 267 *τῷ Λαβδακείῳ
παιδὶ Πολυδώρου τε.* In Stellen
wie 16 *τὸ Σούσων . . καὶ τὸ Κίσσινον ἕρκος* hat der Wechsel der
Struktur auch für uns nichts Auf-
fallendes. — *πολυχρ.* vgl. Herod. 7,
41 u. 84. Der Goldreichtum wird
als charakteristisch immer wieder
hervorgehoben, 3, 45, 53 (s. Einltg.
S. 23). — *ὀρσολ.* Schol. M: *διαπολε-
μεῖται, ταράσσεται, θορυβεῖται.* Der
stürmische Ares heißt bei Anakreon
ὀρσόλοπος, wahrscheinl. = *ὀρθῶν
τὸν λόγον* (urspr. wohl vom Hahne,

κακόμαντις ἄγαν ὀρσολοπεῖται 10
θυμὸς ἔσωθεν.
πᾶσα γὰρ ἰσχὺς Ἀσιατογενὴς
ᾤχωκε, νέον δ' ἄνδρα βαΰζει
κοὔτε τις ἄγγελος οὔτε τις ἱππεὺς
ἄστυ τὸ Περσῶν ἀφικνεῖται· 15
Οἴτε τὸ Σούσων ἠδ' Ἐκβατάνων
καὶ τὸ παλαιὸν Κίσσινον ἕρκος
προλιπόντες ἔβαν, τοὶ μὲν ἐφ' ἵππων,
τοὶ δ' ἐπὶ ναῶν, πεζοί τε βάδην
πολέμου στῖφος παρέχοντες· 20
Οἷος Ἀμίστρης ἠδ' Ἀρταφρένης

den Kamm sträubend). Hymn. in Merc. 308: ἦ με βοῶν ἕνεχ' ὧδε χολούμενος ὀρσολοπεύεις;

12. πᾶσα. Vgl. 718. Her. 7, 21 τί γὰρ οὐκ ἤγαγε ἐκ τῆς Ἀσίης ἔθνος ἐπὶ τὴν Ἑλλάδα Ξέρξης; — βαΰζει, τὴν νεότητα πᾶσαν ἀνακαλεῖται ἡ Ἀσία, ἢ ἡ ψυχή μου, Schol. rec., ungewiſs, ob Ἀσία aus Ἀσιατογενής zu entnehmen, oder θυμός herunterzuziehen. Vielleicht aber ist aus dem Folgenden ἄστυ τὸ Περσῶν vorauszunehmen: der Gedanke wie 512 u. 922 (s. Anh.). — βαΰζειν. Ioannes Alex.: τὸ βαῦ κατὰ μίμησιν κυνὸς ὀξύνεται .. ἐξ οὗ τὸ βαΰζειν ὑλακτεῖν, ἀσαφῶς λέγειν. Agam. 449 τάδε σῖγά τις βαΰζει, Schol. M: σιωπηλῶς βοᾷ μετὰ ὀργῆς, δίκην κυνός. (Vgl. Lucr. 2, 17 nil aliud sibi naturam latrare.)

14. ἄγγελος, ungenauer Gegensatz zu ἱππεύς: kein Bote, weder zu Fuſs noch zu Roſs. Cäsar sagt öfter milites equitesque. — ἄστυ, die Hauptstadt. Vgl. 119. 761.

16. οὔτε frei auf das Hauptsubjekt der vorigen Periode bezogen. In der Aufzählung zwei Hauptteile: bis v. 32 die herrschenden Stämme, von da ab die unterworfenen Völker· (nur Ägypter, Lyder, Myser, Babylonier mit Namen; die Phö-

nicier hier nicht; Gegensatz gegen Phrynichos?). — Κίσσινον. Herod. 5, 49: γῇ Κισσίη, ἐν τῇ παρὰ ποταμὸν Χοάσπην κείμενά ἐστι τὰ Σοῦσα. (Strabo XIV, p. 728 sogar: λέγονται καὶ Κίσσιοι οἱ Σούσιοι.) Aesch. hält es für eine Stadt (vgl. 121). ἕρκος heiſst die Mauer.

18. μὲν .. δὲ .. τε, Wechsel zwischen Gegenüberstellung und Zusammenfassung. — ἐπὶ ναῶν: Herod. 7, 96 u. 184 ἐπεβάτευον δὲ ἐπὶ πασέων τῶν νεῶν Πέρσαι καὶ Μῆδοι καὶ Σάκαι .. χωρὶς ἑκάστων τῶν ἐπιχωρίων ἐπιβατέων. — βάδην wegen des Gegensatzes zu ἐφ' ἵππων und ἐπὶ ναῶν hinzugesetzt, obgleich nun schon in πεζοί (statt οἱ δὲ) enthalten. (Sch. zog es mit Herm. zu στῖφ. παρ.)

21. Ἀρταφρένης M, aber Ἀρταφρείνης m, und Schol. M: ὑπέρθεσις διὰ τὸ μέτρον, also lag auch ihm -φρένης vor. Die Formen auf -φρείνης hat Stein auch bei Herod. als die älteren und ursprünglichen (persisch -frana inschr. nachweisbar) hergestellt. — Schol. M: τὰ μὲν τῶν ὀνομάτων ἱστόρησεν, τὰ δὲ τελείως ἔπλασεν. Bei Herod. 7, 74 ein Anführer der Lyder und Myser Artaphernes, der mit Datis bei Marathon geschlagene Neffe des Da-

καὶ Μεγαβάτης ἠδ' Ἀστάσπης,
ταγοὶ Περσῶν,
βασιλῆς βασιλέως ὕποχοι μεγάλου,
σοῦνται, στρατιᾶς πολλῆς ἔφοροι,   25
τοξοδάμαντές τ' ἠδ' ἱπποβάται,
φοβεροὶ μὲν ἰδεῖν, δεινοὶ δὲ μάχην
ψυχῆς ἐν τλήμονι δόξῃ·
Ἀρτεμβάρης θ' ἱππιοχάρμης
καὶ Μασίστρης,   30
ὅ τε δοξοδάμας ἐσθλὸς Ἰμαῖος,
Φαρανδάκης θ',
ἵππων τ' ἐλατὴρ Σοσθάνης.

reios. Ein *Μεγάβαζος ὁ Μεγαβά-*
τεω ist unter den Flottenführern
bei Her. 7, 97 (bei Diodor 11, 12
Megabates). Astaspes erinnert an
Hystaspes, den Bruder des Xerxes,
Führer der Baktrier und Saker
Her. 7, 64. Die sämtlichen in diesem Drama vorkommenden persischen Namen behandelt bezüglich
ihrer Etymologie Hannak, Das Historische in den Persern des Aeschylos.
Progr. des akad. Gymn. zu Wien
1865, p. 46 ff., und Keiper, Die Perser
des A. als Quelle für pers. Alertumsk.
Erlangen 1878 nebst Fleck. Jahrb.
1879, 93. (Weil verweist auf Bréal,
De persicis nominibus apud scriptores graecos. Paris 1863.) Über
die Bemerkung Herodots, alle pers.
Namen gingen auf *s* aus (I, 139),
vgl. Stein z. St.

24. βασιλῆς, auch 44; Ag. 230
βραβῆς; die Form auf -ης auf att.
Inschr. bis 350 herrschend (Meisterhans, Gramm. d. att. Inschr. S. 56);
entstanden aus dem altatt., inschrift-
lich von Dittenberger, Hermes XVII,
34 f. nachgewiesenen -ηης (vgl. -εως,
-εᾶ, -εᾶς). Die unkontr. Form τοκέες
63, 580. — σοῦσθαι (aus σόεσθαι,
vgl. λοῦσθαι) nachhom. poetische,
bes. dramat. Nebenform v. σεύεσθαι.
Bei Aeschylos noch Imper. σοῦσθε

(Suppl. 836, 842 und Sept. 31 sogar
im Trimeter); bei Soph. nur einmal
σούσθω Ai. 1414, bei Eur. nicht.

28. δόξα hier Entschliefsung, Entschlossenheit, wie λῆμα 55. So
wohl auch Thuk. 2, 42 z. E. ἅμα
ἀκμῇ τῆς δόξης μᾶλλον ἢ τοῦ δέους.
Vgl. Pind. Nem. 3, 39 f.: οὐδέ μίν
ποτε φόβος ἀνδροδάμας ἔπαυσεν
ἀκμὰν φρενῶν. συγγενεῖ δέ τις
εὐδοξίᾳ μέγα βρίθει. — τλήμονι: καρτερική Schol. rec. (Ein anderes Schol., dem Sch. beistimmte:
δόξαν πᾶσιν παρέχουσιν ὡς ἄρα
δεινοὶ πρὸς τὸ μάχεσθαι ἐν καρ-
τερίᾳ ψυχῆς.)

29. Ἀρτεμβάρης, hier ᾱ, 302 ᾱ, wie
in Φαρανδάκης 31 u. 957. Der erste
Name kommt bei Herod. 1, 114 u.
9, 122 vor, ein Masistes unter den
Führern des Fufsvolks 7, 82, Pha-
randates 7, 79. 9, 76. Zu Σοσθάνης vgl. die sonst bekannten Ὀστά-
νης und Ὀτάνης. — ἱππιοχάρμης.
χάρμη ist nach Aristarch zu Hom.
Il. 13, 82 ἡ εἰς τὸν πόλεμον προ-
θυμία. [Xen.] Cyr. VIII, 8, 19:
ἣν ἐπιχώριον αὐτοῖς (den Persern)
μὴ ὁρᾶσθαι πεζῇ πορευομένοις,
οὐκ ἄλλου τινὸς ἕνεκα ἢ τοῦ ὡς
ἱππικωτάτους γίγνεσθαι. (dreifach
hervorgehoben: v. 26, 32, wie auch
der Bogen mehrfach).

Ἄλλους δ' ὁ μέγας καὶ πολυθρέμμων
Νεῖλος ἔπεμψεν· Σουσισκάνης,
Πηγασταγὼν Αἰγυπτογενής,   35
ὅ τε τῆς ἱερᾶς Μέμφιδος ἄρχων
μέγας Ἀρσάμης, τάς τ' ὠγυγίους
Θήβας ἐφέπων Ἀριόμαρδος,
καὶ ἑλειοβάται ναῶν ἐρέται
δεινοὶ πλῆθός τ' ἀνάριθμοι.   40
Ἀβροδιαίτων δ' ἕπεται Λυδῶν
ὄχλος, οἵτ' ἐπίπαν ἠπειρογενὲς
κατέχουσιν ἔθνος, τοὺς Μητρογάθης
Ἀρκτεύς τ' ἀγαθός, βασιλῆς δίοποι,
καὶ πολύχρυσοι Σάρδεις ἐπόχους   45
πολλοῖς ἅρμασιν ἐξορμῶσιν,
δίρρυμά τε καὶ τρίρρυμα τέλη,

33. πολυθρέμμων, πολυκήτης Νεῖλος Theocr. 17, 98. vgl. Strabo XV, 22 z. E. — Σουσισκάνης. Die Exposition (Bernhardy, Synt. p. 68) neu anhebend mit dem Nominativ. 35. Πηγασταγών. Schol. M: Τινὲς δὲ διαιροῦσι τὸ Σουσισκάνης (schr. mit Blomfield Σοῦσις καὶ Κάνης) καὶ Πηγὰς καὶ Ταγών· τὰ γὰρ ὀνόματα πέπλακα καὶ οὐκ ἔστιν Αἰγυπτιακά. Lange-Pinzger: Πηγ. est nomen appellativum ab A. novo ausu compositum ex πηγαί et ταγείν. (Teuffel πηγαῖς ταγα΄ν oder ταγὸς πηγῶν; indes stände πηγαῖς kahl, und die drei Hauptteile Ägyptens, Unterägypten, Oberägypten und das Delta, sind bezeichnet.) — In v. 960 ist Susiskanes aus Ekbatana, doch kommt auch ein doppelter Arkteus 45 und 312 vor. — ἱερᾶς Μεμφ. Schol. rec.: διὰ τὸ τιμᾶσθαι τὸν Ἄπιν καὶ μυστήρια τοῖς Αἰγυπτίοις γίγνεσθαι; vgl. Herod. 2, 153. — Ἀρσάμης, bei Her. 7, 69 Sohn des Dareios, Befehlshaber der Araber u. Äthiopen. — ἑλειοβάται, bei Thuk.

1, 110 ἕλειοι, im Nildelta.
41. Schol. rec.: πολυτελῶν ἔν τε τροφαῖς καὶ ἐνδύμασιν. — ἠπειρογενὲς ἔθνος prädikativ zu κατέχουσι, intr. ‚wohnen‘; so freilich nur hier, aber auch ἔχειν so nur selten; mit κατά Xen. Cyr. IV, 2, 2: οἱ κατὰ τὴν Ἀσίαν ἔχοντες. (Schol. M: οἱ διόλου τὴν ἤπειρον οἰκοῦντες). ἐπίπαν des Gegensatzes wegen hinzugesetzt: die Äg. stellten auch ναῶν ἐρέτας. — δίοποι, Sch. M: διέποντες. Aeschyleisches Wort. — Während die Griechen die Streitwagen bald nach dem Homerischen Zeitalter aufgaben (nur bei den kyprischen Griechen noch 498 v. Chr., Herod. V, 113), spielten sie in den orientalischen Heeren nach wie vor eine hervorragende Rolle, Herod. VII, 86 (Helbig, Das Homer. Epos², S. 346). 45. πολύχρυσοι. Her. 5, 101 Πακτωλὸν ποταμόν, ὅς σφι ψῆγμα χρυσοῦ καταφορέων ἐκ τοῦ Τμώλου διὰ μέσης τῆς ἀγορῆς ῥέει. — Herodot nennt nur den Artaphrenes als Führer der Lyder. Sardes

φοβερὰν ὄψιν προςιδέσθαι.
Στεῦται δ᾽ ἱεροῦ Τμώλου πελάται
ζυγὸν ἀμφιβαλεῖν δούλιον Ἑλλάδι,   50
Μάρδων, Θάρυβις, λόγχης ἄκμονες
καὶ ἀκοντισταὶ Μυσοί· Βαβυλὼν δ᾽
ἡ πολύχρυσος πάμμικτον ὄχλον
πέμπει σύρδην, ναῶν τ᾽ ἐπόχους
καὶ τοξουλκῷ λήματι πιστούς·   55
τὸ μαχαιροφόρον τ᾽ ἔθνος ἐκ πάσης
Ἀσίας ἕπεται
δειναῖς βασιλέως ὑπὸ πομπαῖς.

ganz Lydien vertretend; vgl. Herod. VII, 1: διὰ τὴν ἐς Σάρδεις ἐσβολήν. — τέλη. Schol. M ἀντὶ τοῦ τέθριππα καὶ ἑξάϊππα τάγματα (nach Xen. Cyr. VI, 1, 28 ff. führte Kyros eine schwerere Bauart der Streitwagen ein mit Sicheln an den Axen. Xen. freilich rechnet nur vier Pferde auf den Wagen).

49. Das Hom. στεῦται in d. Trag. nur hier. ‚Aesch. war mit dem altertümlichen poetischen Sprachschatze wohl vertraut. Vieles verdankt er dem Homer und den Lyrikern.‘ Bergk. (ὄρχαμος 129, τέ . . ἠδέ 26, u. ä.). Das ankündigende Verb im Sing. (σχῆμα Πινδαρικόν) häufig (auch pros.) bei ἔστι u. ἦν; s. Herm. zu Soph. Trach. 520: ἦν δ᾽ ἀμφίπλεκτοι κλίμακες. Schol. M führt an: ‚κλῦθ᾽, Ἀλαλά, Πολέμου θύγατερ, ᾷ θύεται ἄνδρες‘ ⟨Πίνδαρος⟩ ἐν διθυράμβοις. — ἱερὸς Τμῶλος auch Eur. Bacch. 64: dem Bakchos heilig; vgl. Ag. 285: Ἀθῷον αἶπος Ζηνός. — πελάται: ἔνοικοι, γείτονες Schol. M; das letztere richtig; die Myser hier so genannt (Strabo XIII, 625: Τμῶλος . . περιοικοῦσι δὲ Λυδοὶ καὶ Μυσοί), wohl um sie ebenfalls als ein Volk des Binnenlandes zu kennzeichnen. An den Ionern geht Aesch. offenbar absichtlich vorüber. — ζυγὸν δ., hiernach wohl Herod.

VII, 8: ἕξουσι δούλιον ζυγόν. — ἄκμονες: ἀκίνητοι ὑπὸ λόγχης, ὡς ἄκμων ὑπὸ σφυρῶν Schol. M. Bei Shakesp. Aufidius zu Coriolan (IV, 5): Here I clip the anvil of my sword. λόγχης auch zu ἀκοντισταί; Eur. Phön. 139 f.: σακεσφόροι . . λόγχαις τ᾽ ἀκοντιστῆρες εὐστοχώτατοι. Herodot VII, 74: Μυσοὶ εἶχον ἀσπίδας σμικράς, ἀκοντίοισι δὲ ἐχρέωντο ἐπικαύτοισι spricht von dem grofsen Haufen.

54. σύρδην, die sich daherwälzen (σύρονται) wie ein Strom. Vgl. Hermann z. St. — ναῶν ἐπ.: als Bemannung für die am Meere erbauten Schiffe, dazu tauglich wegen der Bekanntschaft mit dem grofsen Strome. — λῆμα ist nicht blofs der Wille, Entschlufs, wie bei Simon. 125 Schn. εὐτόλμῳ ψυχῆς λήματι πειθόμενοι, sondern auch Entschlossenheit, Mut (Fragm. 146 ἀρείφατον λῆμα), also mit τοξουλκῷ ähnlich verbunden wie Pind. Nem. 3, 38 χαλκότοξον ἀλκάν.

56. ἐκ πάσης Ἀσ. gegenüber 19 f. nicht klar zusammenfassend; sonst freilich sind nur Führer und volkstümliche Waffengattungen genannt. Der Dichter findet sich so zugleich mit den Völkern Innerasiens kurz ab. (Andere denken bei μάχ. ἔθνος an die 10000 Unsterblichen; indes Herod. VII, 61 ff. sagt ausdrücklich,

Τοιόνδ' ἄνθος Περσίδος αἴας
οἴχεται ἀνδρῶν,   60
οὓς πέρι πᾶσα χθὼν Ἀσιᾶτις
θρέψασα πόθῳ στένεται μαλερῷ,
τοκέες τ' ἄλοχοί θ' ἡμερολεγδὸν
τείνοντα χρόνον τρομέονται.

στρ. α'. Πεπέρακεν μὲν ὁ περσέπτολις ἤδη   65
βασίλειος στρατὸς εἰς ἀν- τίπορον γείτονα χώραν,
λινοδέσμῳ σχεδίᾳ πορ- θμὸν ἀμείψας Ἀθαμαντίδος Ἕλλας,   70
πολύγομφον ὄδισμα ζυγὸν ἀμφιβαλὼν αὐχένι πόντου.
ἀντ. α'. Πολυάνδρου δ' Ἀσίας θούριος ἄρχων
ἐπὶ πᾶσαν χθόνα ποι- μανόριον θεῖον ἐλαύνει   75

---

dafs Schwerter zur Bewaffnung vieler Völker gehörten.)

61. οἷς πέρι: gebräuchlich bei Verben des Affekts der Dativ (auch hier Weckl. οἷς); doch wenigstens bei ἀμφί der Acc. daneben: μέριμνα ἀμφὶ πτόλιν Sept. 828; θυμὸν εὔφρανας ἀμφ' Ἰόλαον Pind. isth. VI, 9. — στένεται: das poet. Medium auch Sept. 859; auch κλαίομαι mehrfach; τρομέονται 64. — τείνοντα: μηκυνόμενον Schol. M.

65. Κωμῳδεῖ ταῦτα Εὔπολις ἐν Μαρικᾷ „Πεπέρακε μὲν ὁ περσέπτολις ἤδη Μαρικᾶς". Schol. M.

68. λινοδέσμῳ σχεδίᾳ die durch Flachs, d. h. durch flächsene Taue (λίνεα ὅπλα .. τῆς σχεδίης Her. 7, 36) verbundene Schiffbrücke; πολύγομφον nicht wie γομφοδέτῳ δορί Suppl. 846 und νηῶν πολυγόμφων bei Hesiod Op. 660 auf den Bau der Schiffe zu beziehen (Blomfield: singulae naves clavis compactae), sondern auf die Bohlenlager über den Tauen; Her. a. O.: κορμοὺς ξύλων ἐπετίθεσαν, .. θέντες δὲ ἐπεξῆς ἐνθαῦτα αὖτις ἐπεζεύγνυον,

‚sie befestigten die Bohlen durch Querhölzer' Stein. — Ἕλλας. Schol. rec. ἡ μὲν Ἕλλη ὀλισθήσασα τοῦ κριοῦ, πίπτει ἐντὸς τοῦ πελάγους, ἀφ' ἧς Ἑλλήσποντος κέκληται.

72. ζυγόν. wie in dem Orakel des Bakis bei Her. 8, 20 ὅταν ζυγὸν εἰς ἅλα βάλλῃ βύβλινον. ζυγόν prädikativ.

75. χθόνα, Schol. M: τὴν Εὐρώπην; besser Schol. rec.: ἠλπίζετο γὰρ Ξέρξης πᾶσαν τὴν γῆν δουλώσειν, μήτοι γε τὴν Ἑλλάδα. — θεῖον: über das menschliche Mafs. — ποιμανόριον von ποιμάνωρ (241) wie ποιμνίον von ποιμήν; ποιμάνωρ Komp. mit ἀνήρ (vgl. Hom. ποιμένα λαῶν, Ποίμανδρος, Εὐφράνωρ), nicht unmittelbar von ποιμαίνω, ,quod a verbis in -αινω, -εινω, -ύνω nullum producitur nomen in -νωρ' Lob. Paral. S. 218. — πεζονόμοις nimmt neben ἔκ τε θαλάσσης den Begriff von ὁφέταις schon vorweg (vgl. πεζοί 19). ἐκ θ.: ἐκ, weil Xerxes selbst zu Lande zieht (Krüger 68, 17, 3); vgl. Choe. 507 τὸν ἐκ βυθοῦ κλωστῆρα σῴζοντες.

διχόθεν, πεζονόμοις ἔκ τε θαλάσσας ἐχυροῖσι πι-
    ποιθὼς   79
στυφελοῖς ἐφέταις χρυ- σογόνου γενεᾶς ἰσόθεος φώς.

στρ. β′. Κυάνεον δ᾽ ὄμμασι λεύσσων   φονίου δέργμα δρά-
        κοντος,
πολύχειρ καὶ πολυναύτας, Σύριόν θ᾽ ἅρμα διώκων,
ἐπάγει δουρικλύτοις ἀν- δράσι τοξόδαμνον Ἄρη. 85
ἀντ. β′. Δόκιμος δ᾽ οὔτις ὑποστὰς μεγάλῳ ῥεύματι φωτῶν
ἐχυροῖς ἕρκεσιν εἴργειν ἅμαχον κῦμα θαλάσσας· 90
ἀπρόςοιστος γὰρ ὁ Περσᾶν στρατὸς ἀλκίφρων τε
    λαός.

— ἐφέταις, vgl. ἐφιέναι antreiben,
Il. XVIII, 108. 124, ἐφετμή und ἐφίε-
σθαι gebielen (Weil vergleicht Eur.
Her. 393: Πεδία .. ἐς τάδ᾽ οὐκ ἐφῆ-
κέ πω στρατόν). Sonst das Wort
nur von den betr. Richtern in Athen
(nach Lange οἱ ἐπὶ τοῖς ἔταις ὄντες, schwerlich richtig).

80. χρυσογόνου, Schol. M διὰ τὸ
τὸν Περσέα ἀπὸ χρυσοῦ γεγεννῆ-
σθαι. Soph. Ant. 950 von der Danae:
καὶ Ζηνὸς ταμιεύεσκε γονὰς χρυσο-
ρύτους. Her. 7, 61: ἐπεὶ δὲ Περσεὺς
ἔσχε Ἀνδρομέδαν, γίνεται αὐτῷ
παῖς, τῷ οὔνομα ἔθετο Πέρσην,
τοῦτον δὲ αὐτοῦ καταλείπει .. ἐπὶ
τούτου δὴ τὴν ἐπωνυμίην ἔσχον
(Πέρσαι). Vgl. Stein z. St. . Perseus
als Stammheros des Achämeniden-
hauses auf Münzen der pontischen
Könige (Ztsch. f. Num. IV, 232. XV,
207). — ἰσόθεος φώς nach Homer.

81. κυάνεον, nicht sicher zu entscheiden, ob -εον mit ungewöhnl.
Synizese oder υ konsonantisch zu
lesen ist; wahrscheinlicher ist das
letztere. Über κύανος, eigentl. lapis
lazuli, Helbig, a. O. 101. — λεύσσων
δέργμα, vgl. 305 πήδημα .. ἀφήλατο.

84. πολυναύτας viele Schiffe ha-
bend; vgl. χιλιοναύτης Ag. 45. —
Σύριον, Schol. M ἀντὶ τοῦ Ἀσσύ-
ριον (vgl. Her. 7, 63). Beziehung
auf den Ausspruch der Pythia ὀξὺς

Ἄρης, Συριηγενὲς ἅρμα διώκων
(Her. VII, 140). — δουρικλύτοις ..
τοξόδαμνον, Lanze und Bogen in
demselben Gegensatze 147.

87. δόκιμος wie μόνιμος — μένω
von δίχομαι (Stamm δεκ; att. δεχ
,hysterogene Bildung, vgl. δωρο-
δόκος, u. ä.' G. Curtius); bes. von
Münzen: ἀργύριον δόκιμον, gang-
bar, vollgültig; daher hier: voll-
wertig, vollkräftig, um die Abwehr
leisten zu können (Schol. rec. ἱκα-
νός, Hesych. χρήσιμος). Schol. M
δόκησιν περὶ ἑαυτοῦ ἔχων μεγάλην,
Stanleys exspectandus, Hartungs ,es
läfst sich von niemand erwarten'
beruhen auf der irrigen Etymol. von
δοκέω. — ὑφίστασθαι standhalten
sowohl mit Acc. als Dat.: Eur. Herc.
f. 1349: Ταῖς ξυμφοραῖς γὰρ ὅστις
οὐχ ὑφίσταται, οὐδ᾽ ἀνδρὸς ἂν
δύναιτ᾽ ὑποστῆναι βέλος.

90. κῦμα (Sept. 64 κῦμα χερ-
σαῖον στρατοῦ. 114. κῦμα πνοαῖς
Ἄρεος ὀρόμενον) Fortsetzung des
Bildes von ῥεύματι, nicht mit Hermann speziell auf die copias na-
vales zu beziehen. — ἕρκεσιν, der
Schol. erinnert an Il. 5, 90, wo der
Vergleich des Tydiden mit dem Berg-
strom, τὸν οὔτ᾽ ἄρα ἕρκεα ἴσχει.

92. ἀπρόςοιστος von προσφέρε-
σθαί τινι mit jemand anbinden,
also = ἄαπτος. Das Wort noch

μεσ. Δολόμητιν δ' ἀπάταν θεοῦ τίς ἀνὴρ θνατὸς ἀλύξει;
τίς ὁ κραιπνῷ ποδὶ πηδή- ματος εὐπετέος ἀνάσ-
σων;   95
φιλόφρων γὰρ ⟨ποτι⟩σαίνουσα τὸ πρῶτον
παράγει βροτὸν εἰς ἄρκυας ἄτας,
τόθεν οὐκ ἔστιν ὑπὲρ θνα- τὸν ἀλύξαντα φυγεῖν. 100

στρ.γ΄. Θεόθεν γὰρ κατὰ Μοῖρ' ἐκράτησεν
τὸ παλαιόν, ἐπέσκηψε δὲ Πέρσαις
πολέμους πυργοδαΐκτους   105
διέπειν ἱππιοχάρμας τε κλόνους πόλεών τ' ἀνα-
στάσεις.

ἀντ.γ΄. Ἔμαθον δ' εὐρυπόροιο θαλάσσας

Isocr. Euag. 198 E, wo ἀπροσοί-
στως καὶ χαλεπᾶς εἶχον Gegensatz
zu ἐπὶ πραότητα καὶ μετριότητα
προήγαγεν.
93. Über die Stellung der μεσῳδός
s. Einl. S. 11. — 95. Vgl. Prom. 771 :
τίς οὖν ὁ λύσων ἐστίν; Suppl. 571 :
τίς ἦν ὁ θέλξας; Schol. M : Ὅμηρος
(Il. 9, 505) ‚ἡ δ' Ἄτη σθεναρή τε
καὶ ἄρτιπος, φθάνει δέ τε πᾶσαν
ἐπ' αἶαν'. Doch dies Citat verfehlt,
da hier die ἀπάτη umgarnt, nicht
verfolgt. Das überlieferte ἀνάσσων
scheint nicht unmöglich : ‚über den
(nötigen) leichten Sprung gebietend,
verfügend' (vgl. δεσπότης μαντευμάτων, zu κώπης ἄναξ 379). S.
Anhang.
98. Lieblingsbild des Aeschylos :
Prom. 1078 εἰς δίκτυον ἄτης, Ag. 359
ὑπερτελέσαι γάγγαμον ἄτης, Ag.
1375 ἀρκύστατ' ἂν φράξειεν ὕψος
κρεῖσσον ἐκπηδήματος, Eum. 112
κούφως ἐκ μέσων ἀρκυστάτων ὠ-
ρουσαν. — φιλόφρων, Schol. rec.
φιλοφρόνως ἔδει εἰπεῖν, πρὸς δὲ
τὸ ὄνομα τοῦτο μετήνεγκεν, richtig; denn thatsächlich ist die ἀπάτη nicht φιλόφρων. Vgl. Hes. Th.
771 vom Kerberos : ἐς μὲν ἰόντας

σαίνει ὁμῶς οὐρῇ τε καὶ οὔασιν
ἀμφοτέροισιν, ἐξελθεῖν δ' οὐκ αἰ-
τις ἐᾷ πάλιν.
102. θεόθεν = ἡ ἐκ θεῶν μοῖρα.
Die Schicksalsbestimmung beruhend
auf göttlicher Fügung. Agam. 1025
τεταγμένα μοῖρα ἐκ θεῶν. Eum. 391
θεσμὸν τὸν μοιρόκραντον ἐκ θεῶν
δοθέντα. — κατά Tmesis. 101. 669.
— τὸ παλαιόν : Schol. M ἐξ ἀρχῆς; ebenso τἀρχαῖον Suppl. 325.
— πυργοδαΐκτους, Schol. rec. οἳ
τοὺς πύργους κατακόπτουσιν, hier
akt., wie κοπάνων ἀνδροδαΐκτων
Choe. 860, χερὸς ἐκ δορυπάλτου
Ag. 116, ἄτης παναλώτου Ag. 361
(an sich auch die pass. Bedeutung
statthaft : Kriege, in denen Burgen
zerstört werden; καθαρμοῖς χοιρο-
κτόνοις Eum. 283 u. and. Beisp. zahl-
reich bei Lobeck zu Soph. Ai. 324).
106. ἱππιοχάρμας κλόνους. Ag.
404 ἀσπίστορας κλόνους λογχίμους
τε καὶ ναυβάτας ὁπλισμούς. Eur.
El. 444 μόχθους ἀσπιστὰς τευχέων.
Pind. Isthm. 1, 23 ὁπλίταις δρόμοις.
— πόλις weiter als πύργος : Um-
sturz von Staaten.
108. εὐρυπόροιο, Homerisch, Il.
15, 381 u. sonst. Um so näher lag

πολιαινομένας πνεύματι λάβρῳ   110
ἐςορᾶν πόντιον ἄλσος,
πίσυνοι λεπτοδόμοις πεί- σμασι λαοπόροις τε μαχαναῖς.

στρ. δ'. Ταῦτά μοι μελαγχίτων   φρὴν ἀμύσσεται φόβῳ, 115
δᾶ Περσικοῦ στρατεύματος,   τοῦδε μὴ πόλις πύθηται κένανδρον μέγ᾽ ἄστυ Σουσίδος,
ἀντ. δ'. Καὶ τὸ Κισσίων πόλισμ᾽   ἀντίδουπον ᾄσεται, 120
δᾶ, τοῦτ᾽ ἔπος γυναικοπλη- θὴς ὅμιλος ἀπύων,
βυσσίνοις δ᾽ ἐν πέπλοις πέσῃ λακίς. 125

die epische Form. — ἐςορᾶν. Hor. Carm. 1, 3, 18 qui siccis oculis .. vidit mare turgidum. — ἄλσος. Suppl. 868 ἀλίρρυτον ἄλσος. Das Wort ist von dem gottgeweihten Hain auf andere geweihte Räume übertragen worden (κἂν ᾖ ψιλά Strabo 9, 632), zuletzt ohne solche Nebenbeziehung Μαραθώνιον ἄλσος in der Grabschrift des Aeschylos. Cic. Arat. 129: Neptunia prata secantes.

112. λεπτοδόμοις, Schol. M τοῖς λεπτῶς κατεσκευασμένοις; wohl eher: mit denen schwach gebaut ist. Vgl. λινοδέσμῳ σχεδίᾳ 69, μηχαναῖς .. πόρον 722. S. Anh.

114. Ταῦτα, Schol. rec. διὰ ταῦτα. Kühner, 410, 3, 6. — Schol. M: παρὰ τὸ ,σὺ δ᾽ ἔνδοθι θυμὸν ἀμύξῃς‘ (Il. 1, 243). τὰ γὰρ τοῦ σώματος πάθη δοκοῦμεν καὶ τὴν ψυχὴν πάσχειν. So auch μελαγχίτων von der Trauerkleidung übertragen (φάρεσιν μελαγχίμοις Cho. 11; ἔφοδοι μελανείμονες der Erinyen Eum. 375). Verwandt, aber doch anderer Art sind Cho. 413 σπλάγχνα μοι κελαινοῦται, Suppl. 785 κελαινόχρως καρδία mit dem Schol. M: ἀντὶ τοῦ τεταραγμένη. ἡ δὲ μεταφορὰ ἀπὸ τῆς θαλάσσης, ἥτις ἐν τῷ ταράσσεσθαι μελαίνεται. Vgl. das Hom. φρένες ἀμφιμέλαιναι und dessen

versch. Auslegungen bei Ebeling. Lex. hom.

116. ὀᾶ, Schol. M περσικὸν θρήνημα. Ähnliches im Hebr., in dem neutestam. οὐαί und dem lat. vae. Im folgenden ist der Text verderbt. Schol. M: μὴ πύθηταί τις τῶν ἑτέρων πόλεων κενὸν ἀνδρῶν ὂν τὸ ἄστυ (etwa wie μάχης ἐπύθοντο καὶ ἄλλοι Il. 15, 224 ?); offenbar verfehlt. Sch. hielt für das relativ Beste, mit Herm. Περσ. στρατ. τοῦδε von κένανδρον abhängen zu lassen: die Furcht, die Bürgerschaft möchte vernehmen, dafs Susa des Heeres beraubt sei (235 ἀνδροπλήθεια στρατοῦ). Doch κεν. ist die Stadt schon jetzt: ἄνθος οἴχεται ἀνδρᾶν, und auch τοῦδε mindestens überflüssig. Eher ist noch ὀᾶ Περσ. στρ. zu verbinden (αἰαῖ στρατοῦ φθαρέντος 283); dann τοῦδε zu πύθηται: dafs die Bürgerschaft (ἄστυ App. zu πόλις) diese Trauerkunde erfahre (vgl. Ag. 1334 ‚μηκέτ᾽ ἐσέλθῃς‘, τάδε φανῶν). Aber s. Anh. — Die Konstruktion φόβῳ μὴ πύθηται wird mit ᾄσεται und πέσῃ fortgesetzt. Beispiele für diesen Wechsel bei Matthiä Gr. § 519, 7. ὅμιλος ἀπύων Appos. zu πόλισμα. — τοῦτ᾽ ἔπος, Eum. 510 τοῦτ᾽ ἔπος θροούμενος, ἰὼ δίκα. — λακίς, vgl. 199. 537. 835. 1060.

στρ. ι΄. Πᾶς γὰρ ἱππηλάτας καὶ πεδοστιβὴς λεὼς
σμῆνος ὡς ἐκλέλοι- πεν μελισσᾶν σὺν ὀρχάμῳ
στρατοῦ,
τὸν ἀμφίζευκτον ἐξαμείψας ἀμφοτέρας ἅλιον πρῶ-
να κοινὸν αἴας.   130

ἀντ. ι΄. Λέκτρα δ᾽ ἀνδρῶν πόθῳ πίμπλαται δακρύμασιν·
Περσίδες δ᾽ ἁκροπεν- θεῖς ἑκάστα πόθῳ φιλά-
νορι   136
τὸν αἰχμάεντα θοῦρον εὐνα- τῆρ᾽ ἀποπεμψαμένα
λείπεται μονόζυξ.

Ἀλλ᾽ ἄγε, Πέρσαι, τόδ᾽ ἐνεζόμενοι   140
στέγος ἀρχαῖον,
φροντίδα κεδνὴν καὶ βαθύβουλον
θώμεθα, χρεία δὲ προσήκει,
Πῶς ἄρα πράσσει Ξέρξης βασιλεὺς

126. γάρ an die Sorge und zugleich an κένανδρον u. γυναικοπλη-
θὴς anknüpfend, freilich ziemlich
lose. Enger stellt die Strophenpaare
δ᾽ u. ε΄ um, wodurch der Gedankengang auch nicht geschlossener wird.
— ἐκλείπειν ohne Acc. nicht selten, hier vielleicht technisch: Xen.
Oec. VII, 38 ὅταν ἐκείνη (ἡ ἐν τῷ
σμήνει ἡγεμών) ἐκλίπῃ. Sept. 218
ἀλλ᾽ οὖν θεοὺς τοὺς τῆς ἁλούσης
πόλεος ἐκλείπειν λόγος. Μήποτε
.. λίποι θεῶν ἄδε πανάγυρις. Vgl.
Xen. An. VII, 4, 2. — ἅλιον πρῶνα
nicht Meervorsprung (Schol. M τὸν
Ἑλλήσποντον), sondern wie 879
das vorragende Gestade; κοινὸν (zu-
sammengehörend, vgl. κοινὸν αἷμα
u. dgl.) proleptisch, da erst durch
das ἀμφιζευγνύναι bewirkt.
136. Περσίδες .. ἑκάστα .. λείπεται. Il. 16, 264 οἱ δ᾽ ἄλκιμον ἦτορ
ἔχοντες .. πᾶς πέτεται. — πόθῳ τι
ἀκροπενθεῖς; ἑκάστα ist zwischen-
gestellt, weil schon bei φιλάνορι

an den Mann jeder einzelnen gedacht wird. δ᾽ parataktisch für γάρ,
143. — μονόζυξ, metaphora ducta
ab equis eidem iugo adsuetis, iam-
que inter se disiunctis. Schütz.
140. ἐνεζόμενοι verstand Sch. vom
Niedersitzen auf den Stufen vor dem
στέγος; es kann aber doch nur hei-
ßen: wir wollen uns hineinsetzen
in das altehrwürdige Haus (Soph.
Phil. 153 αὐλᾶς ἔνεδρος, Hom. Od.
4, 272 (ἵππος), ἵν᾽ ἐνήμεθα πάντες,
dagegen Suppl. 189 πάγον προσ-
ζειν). Die für die Handlung un-
wesentliche und unausgeführt blei-
bende Aufforderung wohl nur erfunden, um eine passende Aufstellung
(lange Linie, der Scene zugewandt)
für die προσκύνησις vorzubereiten.
143. Schol. M ὁ δὲ ὄντι τοῦ
γάρ, nach Hom. Weise.
144. πῶς abh. von φροντίδα θ.
(wäre es direkte Frage, müßte der
Chor sich schon gesetzt haben). —
ἄρα nach den angegebenen Um-

Δαρειογενής,　　　　　　　　　　　　　　　145
τὸ πατρωνύμιον γένος ἡμέτερον·
πότερον τόξου ῥῦμα τὸ νικῶν,
ἦ δορυκράνου
λόγχης ἰσχὺς κεκράτηκεν.

Ἀλλ᾽ ἥδε θεῶν ἴσον ὀφθαλμοῖς　　　　150
φάος ὁρμᾶται μήτηρ βασιλέως,
βασίλεια δ᾽ ἐμή, προςπίτνω.
Καὶ προςφθόγγοις δὲ χρεὼν αὐτὴν
πάντας μύθοισι προςαυδᾶν.

Ὦ βαθυζώνων ἄνασσα Περσίδων ὑπερτάτη,　155

ständen, die noch einmal abgewogen werden sollen (τίς ἄρα ῥύσεται Sept. 92).

146. Des Perseus Geschlecht (Sprofs, Hom. Il. 19, 180 ἤ δ᾽ ἄρ᾽ ἔην θεῖον γένος), nach dessen Stammvater wir Perser heifsen. Die richtige Beziehung der Glieder des Kompos. πατρ. überläfst der Dichter nach seiner Weise. Die Perser selbst leiteten das Geschlecht ihrer Könige von der Sonne her.

147. ῥῦμα das Anziehen; sonst ‚Schutz‘, Suppl. 84 βωμὸς φυγάσιν ῥύμα. — Ähnlicher Gegensatz Suppl. 761: βύβλου δὲ καρπὸς οὐ κρατεῖ στάχυν von Ägyptern und Argeiern.

148. δορυκράνου Blomfield: cuspide praefixus. Aber nicht δόρυ, sondern λόγχη ist die Lanzenspitze: δοῦρε δύω κεκορυθμένα χαλκῷ Il. 3, 18. εἶχον αἰχμὰς σμικράς, λόγχαι δὲ ἐπῆσαν μεγάλαι Her. 7, 78. Also ist δορυκρ. die den Speerkopf bildende Spitze, bei Soph. Trach. 856 λόγχα δορός. (κρᾶνον Haupt nur in Kompos. wie κιονόκρανον, ἐπίκρανον, πρόσκρανον; davon κρανίον.)

150. ὀφθαλμοῖς, Schol. rec. ἡμῶν. θεῶν sc. φάει. (Sch. verband wie Schütz den Dativ mit ἴσον: lumen,

quale ex deorum oculis emicat, nobis exoritur, wogegen der Plur. spricht.)

152. προςπίτνω. Agam. 919 βαρβάρου φωτὸς δίκην χαμαιπετὲς βόαμα. — πίτνω von πετ- wie κάμνω, τέμνω, doch auch πιτνῶ nach ἱκνοῦμαι, ὑπισχνοῦμαι sprachgemäfs; die Handschr. pflegen zu schwanken (hier πίτνω M, πιτνῶ recc.). ἔπιτνον ist Impf., nicht Aor., da sonst das ν schwände. — Der Paroemiacus, weil die προσκύνησις nun stattfindet. Aelian, v. h. I, 21 νόμος ἐστὶν ἐπιχώριος Πέρσαις τὸν εἰς ὀφθαλμοὺς ἐλθόντα τοῦ βασιλέως μὴ πρότερον λόγου μεταλαγχάνειν πρὶν ἢ προσκυνῆσαι αὐτόν. Vgl. die ruhig würdige Begrüfsung der Klytämn. Ag. 258.

155. βαθυζώνων. Etym. M. 185, 33 βαρβάρων γυναικᾶν τὸ ἐπίθετον· ἀπὸ τοῦ βαθέως ζώννυσθαι, d. h. nach den alten Erklärern, so gegürtet, dafs das Gewand tief, über die Knöchel, hinabfällt; doch Il. IX, 594 steht es von einer Griechin, und die Hom. Hymnen und Hesiod gebrauchen es allgemein (βαθυζώνων τε γυναικῶν u. ä.). Helbig a. O. 210 erklärt jetzt mit Studniczka: mit tief zurücktretendem Gürtel, also mit schlanker Taille.

μῆτερ ἡ Ξέρξου γεραιά, χαῖρε, Δαρείου γύναι,
θεοῦ μὲν εὐνάτειρα Περσῶν, θεοῦ δὲ καὶ μήτηρ
  ἔφυς,
εἴ τι μὴ δαίμων παλαιὸς νῦν μεθέστηκε στρατῷ.

ΑΤΟΣΣΑ.

Ταῦτα δὴ λιποῦσ᾽ ἱκάνω χρυσεοστόλμους δόμους
καὶ τὸ Δαρείου τε κἀμὸν κοινὸν εὐνατήριον.   160
καί με καρδίαν ἀμύσσει φροντίς· ἐς δ᾽ ὑμᾶς ἐρῶ
μῦθον, οὐδαμῶς ἐμαυτῆς οὖσ᾽ ἀδείμαντος, φίλοι,
μὴ μέγας πλοῦτος κονίσας οὖδας ἀντρέψῃ ποδὶ
ὄλβον, ὃν Δαρεῖος ἦρεν οὐκ ἄνευ θεῶν τινός.
ταῦτά μοι διπλῆ μέριμνα φραστός ἐστιν ἐν φρεσί,   165
μήτε χρημάτων ἀνάνδρων πλῆθος ἐν τιμῇ σέβειν,

156. ἡ γεραιά Nom. als Appos.
zum Vok. (ὦ γυναῖκες αἱ καθημέ-
ναι), vgl. 832. — εὐνάτειρα noch
Vokativ, die Fortsetzung θεοῦ δὲ
καὶ μῆτερ ist wegen des folgenden
Bedingungssatzes verändert. — δαίμων (Schol. M ἡ εὐδαιμονία) i. e.
nisi fortunae vices Xerxem morta-
lem esse evincant.
159. Atossa im Texte selbst nirgends genannt. — ταῦτα wie 114.
— χρυσεοστόλμους δ. Im Palast
zu Ekbatana (Polyb. X, 27, 10)
waren Tragbalken, Deckenfelder,
Säulen mit Gold- und Silberblech
überzogen. Helbig, a. O. 438. —
με καρδίαν, Il. 18, 73 τί δέ σε
φρένας ἵκετο πένθος;
161. Die Unruhe und den weiblichen, Zwischengedanken nachfol-
genden Sinn prägt Aesch. durch
eine weniger logische Satzfügung
aus (vgl. 598, auch Klytämnestras
Rede Ag. 320). Bei μῦθον (162)
denkt sie an den Traum, der ihr
Sorge um Xerxes und das Heer
macht; dann schaltet sie ein, dafs
sie auch für sich, d. h. als Hü-
terin des Hauses und seiner Schätze,
sich ängstige; mit 170 kehrt sie zu
dem ersten Gedanken zurück.
162. ἐμαυτῆς, Soph. Oed. r. 234

δείσας φίλου, ep. περιδεδιέναι τινός.
163. Der πλοῦτος kühn personifiziert: ,dafs er fortstiebe, in stäu-
bender Hast enteile, und dabei den
Bau des Glückes umstofse'. πλοῦτος und ὄλβος auch 250 und 252
unterschieden; κονίσας οὖδας nach
Il. 14.145 κονίσουσιν πεδίον (Schol.
οἱ γὰρ φεύγοντες κατὰ τὸν δρόμον
ἐγείρουσι κόνιν), vgl. Soph. Ant. 1275 λαξπάτητον
ἀντρέπων χαράν; auch λὰξ πατεῖν,
ἀπολακτίζειν Lieblingsbilder des
Aeschylos.
164. οὐκ ἄνευ θεῶν τινος sprich-
wörtliche Wendung. — μέριμνα
hic sententiam significat, ut in
Eurip. simili loco Or. 631, Herm.
— φραστός, Verbaladj. zweier End. ,po-
tissimum hiatus effugiendi causa',
Lob. z. Ai. 224. — φρ. ἐν φρεσί
vgl. Hom. φραζέσθω .. κατὰ φρένα
καὶ κατὰ θυμόν.
166. σέβειν (nicht τινά zu erg.):
,der Gedanke, dafs ich weder ..
achten darf, noch dafs (mit Verän-
derung der Konstr.) ein Mann ohne
Reichtum einen seiner Kraft ent-
sprechenden Glanz (Schol. rec. εὐ-
δαιμονίαν) behauptet' (vgl. Pind.
Pyth. V, 1 mit Schol.) — ἀνάνδρ.,

μή τ' ἀχρημάτοισι λάμπειν φῶς, ὅσον σϑένος πάρα.
ἔστι γὰρ πλοῦτός γ' ἀμεμφής, ἀμφὶ δ' ὀφϑαλμοῖς
   φόβος·
ὅμμα γὰρ δόμων νομίζω δεσπότου παρουσίαν.
πρὸς τάδ', ὡς οὕτως ἐχόντων τῶνδε, σύμβουλοι
   λόγου   170
τοῦδέ μοι γένεσϑε, Πέρσαι, γηραλέα πιστώματα·
πάντα γὰρ τὰ κέδν' ἐν ὑμῖν ἐστί μοι βουλεύματα.

ΧΟ. εὖ τόδ' ἴσϑι, γῆς ἄνασσα τῆσδε, μή σε δὶς φράσαι
μήτ' ἔπος μῆτ' ἔργον ὧν ἂν δύναμις ἡγεῖσϑαι ϑέλῃ·
εὐμενεῖς γὰρ ὄντας ἡμᾶς τῶνδε συμβούλους καλεῖς.   175

ΑΤ. Πολλοῖς μὲν ἀεὶ νυκτέροις ὀνείρασι
ξύνειμ', ἀφ' οὗπερ παῖς ἐμὸς στείλας στρατὸν
Ἰαόνων γῆν οἴχεται πέρσαι ϑέλων·

Schol. M χωρὶς γὰρ ἀνδρῶν ἄχρη-
στα τὰ χρήματα.
167. γάρ, auf den überwiegen-
den ersteren Gedanken. — ἀμεμφής Atribut, nicht Präd. — ὀφϑαλμοῖς, oculis offusus est metus, Herm.
— ὅμμα, das Köstlichste, Edelste.
Cho. 934 ὀφϑαλμὸν οἴκων. Eum.
1025 ὅμμα πάσης χϑονός; bes.
häufig bei Pindar.
170. πρὸς τάδε, πρὸς ταῦτα was
das angeht (730,829); ὡς οὕτ. ἐχ. τ.
dazu nur ausführend. Da At. sich
über ihre eigenen Pflichten und
Sorgen klar geworden ist, will sie
jetzt über die schlimmen Vorbe-
deutungen für Xerxes Rat einholen.
τάδ' und τῶνδε weisen auf das
Vorausgehende, τοῦδε auf das Folgende. — πιστώματα ,in Treue
Verbundene', so nur hier; abstr.
pro concr., vgl. πιστωϑείς Hymn.
Merc. 536 und μίασμα Ag. 1645
von Klytämn., Soph. Oed. r.85 ἄναξ,
ἐμὸν κήδευμα; νύμφευμα, πρέσ-
βευμα u. s. w.
173. φράσαι, d. Inf. aor., weil
in εὖ ἴσϑι der Begriff ,erwarte'
mitenthalten ist. Soph. Ai. 1082

ταύτην νόμιζε τὴν πόλιν χρόνῳ
ποτέ .. εἰς βυϑὸν πεσεῖν (vgl.
Herm. z. St. u. Classen zu Thuk.
3, 7). Ähnlich bei λέγειν mit dem
Nebenbegr. des Versprechens: Ag.
1653 δεχομένοις λέγεις ϑανεῖν σε,
Sept. 429 φησίν, οὐδὲ τὴν Διὸς
ἔριν — ἐμποδὼν σχεϑεῖν.
174. δύναμις kühn personifiziert:
,worin unsere Kraft uns führen
will'; (Meineke u. Weil: ,worin
dir voranzugehen uns die Macht
ist'). — καλεῖς in consilium vocas.
176. ἀεί hat ᾱ, doch alter Zweifel,
ob, wo ᾱ, zu schreiben sei αἰεί;
die Hdschr., auch M, schwanken.
So schon bei Homer (Od. 13, 109)
Zweifel, ob ἀενάοντα oder αἰεν.
Meisterhans, a. O. Anm. 68: von
361 an inschr. herrschend 'εἰ, vorher daneben αἰεί. (Vgl. v. Bamberg,
Jahresber. d. phil. Ver. zu Berlin.
XII, 13).
178. Schol. Arist. Ach. 104 πάντας τοὺς Ἕλληνας Ἰάονας οἱ βάρβαροι ἐκάλουν, und so sind hier
und 563 die Griechen überhaupt zu
denken. Her. VII, 9 sagt Mardonios:
Ἴωνας τοὺς ἐν Εὐρώπῃ κατοικημέ-

ἀλλ' οὔτι πω τοιόνδ' ἐναργὲς εἰδόμην
ὡς τῆς πάροιθεν εὐφρόνης, λέξω δέ σοι.　　160
Ἐδοξάτην μοι δύο γυναῖκ' εὐείμονε,
ἡ μὲν πέπλοισι Περσικοῖς ἠσκημένη,
ἡ δ' αὖτε Δωρικοῖσιν, εἰς ὄψιν μολεῖν,
μεγέθει τε τῶν νῦν ἐκπρεπεστάτα πολὺ
κάλλει τ' ἀμώμω καὶ κασιγνήτα γένους　　185
ταὐτοῦ· πάτραν δ' ἔναιον ἡ μὲν Ἑλλάδα
κλήρῳ λαχοῦσα γαῖαν, ἡ δὲ βάρβαρον.
τούτω στάσιν τιν', ὡς ἐγὼ 'δόκουν ὁρᾶν,
τεύχειν ἐν ἀλλήλαισι· παῖς δ' ἐμὸς μαθὼν
κατεῖχε κἀπράϋνεν, ἅρμασιν δ' ὕπο　　190
ζεύγνυσιν αὐτὼ καὶ λέπαδν' ὑπ' αὐχένων

νους. Genesis X, 2 *Javan*, persisch
Yaunà. — γῆν οἴχεται, vgl. 15, 451.
— εὐφρόνης temporal wie 200.
183. *Δωρικοῖσιν.* Her. 5, 87: ἡ
Ἑλληνικὴ ἐσθὴς πᾶσα ἡ ἀρχαίη
τῶν γυναικῶν ἡ αὐτὴ ἦν τὴν νῦν
Δωρίδα καλέομεν. Das altgriechi-
sche, später dorisch genannte Frauen-
kleid ist der wollene, ärmellose,
über den Schultern mit Spangen
festgehaltene, kürzere Chiton, der
ionische ein leinener genähter, bis
auf die Füße reichender Ärmel-
chiton. In Athen hatte sich der
letztere in der ersten Hälfte des
sechsten Jahrhunderts auf einige
Zeit eingedrängt, seit der Mitte des
fünften gingen dann beide Trachten
neben einander her (Hermann, gr.
Antiqu.³ IV, 186, Helbig, a. O. 162 ff.).
184. τῶν νῦν, der Superl. mit
der Konstr. des Komparativs, dessen Begriff er einschließt; besonders Hom., ὀϊζυρώτατον ἄλλων u. ä.
185. Der Dativ κάλλει auffallender
als μεγέθει, den Grund angebend
anstatt der Beziehung. Hom. εὐρύ-
τερος δ' ὤμοισιν u. ä. — κλήρῳ,
wie bei der Teilung des Zeus und
seiner Brüder (παλλομένων Il. 15,
191). Schol. M Ἄνδρων ὁ Ἀλικαρ-
νασεὺς φησι· Ὠκεανὸς .. ἴσχει

ἐκ μὲν Παρθενόπης Εὐρώπην καὶ
Θράκην, ἐκ δὲ Πομφολύγης Ἀσίαν
καὶ Λιβίην'. Hesiod, Th. 357 u. 359
sind Eur. u. As. unter den Töchtern
des Ok. u. der Thetys. Doch dgl.
wohl nur entfernterer Anlaß zu der
Erfindung hier; Aesch. scheint die
Gleichberechtigung, vielleicht auch
die Verwandtschaft der Völker im
Sinne gehabt zu haben. — Herod.
I, 4 τὴν γὰρ Ἀσίην καὶ τὰ ἐνοι-
κέοντα ἔθνεα βάρβαρα οἰκειεῦνται
οἱ Πέρσαι, τὴν δὲ Εὐρώπην καὶ
τὸ Ἑλληνικὸν ἥγηνται κεχωρίσθαι.
— βάρβαρον, wie 225, 337. Ebenso
im Munde des Thoas bei Eur. Iph.
T. 1170 u. ö.
189. τεύχειν, Attraktion an ὡς
ἐδόκουν ὁρᾶν, 565; bes. bei Herod.,
doch auch attisch.
190. ἅρμ. ὑπό, d. h. unter das
Joch; λέπαδνα, Hesych. πλατεῖς
ἱμάντες, οἷς 'ναδεσμοῦνται οἱ τρά-
χηλοι τᾶν ἵππων πρὸς τὸν ζυγόν
(so auch Schol. rec. hier u. Schol. A
zu Il. 5, 730). Die Herausg. meist
mit jüng. Hdschr. ἐπ' αὐχ.; doch
ὑπό (ὑπαυχένων M) sachgemäßer;
Il. 19, 393 steht ἀμφί: sie werden
um oder unter d. Halse befestigt:
Pollux 1, 147 τὰ ὑπὸ τοὺς αὐχένας
τῶν ἵππων ἑλιττόμενα. Es steht

τίθησι. χἠ μὲν τῆδ' ἐπυργοῦτο στολῇ
ἐν ἡνίαισί τ' εἶχεν εὔαρκτον στόμα,
ἡ δ' ἐσφάδαζε, καὶ χεροῖν ἔντη δίφρου
διασπαράσσει, καὶ ξυναρπάζει βίᾳ   195
ἄνευ χαλινῶν καὶ ζυγὸν θραύει μέσον.
πίπτει δ' ἐμὸς παῖς, καὶ πατὴρ παρίσταται
Δαρεῖος οἰκτείρων σφε· τὸν δ' ὅπως ὁρᾷ
Ξέρξης, πέπλους ῥήγνυσιν ἀμφὶ σώματι.
καὶ ταῦτα μὲν δὴ νυκτὸς εἰσιδεῖν λέγω.   200
ἐπεὶ δ' ἀνέστην καὶ χεροῖν καλλιρρόου
ἔψαυσα πηγῆς, σὺν θυηπόλῳ χερὶ
βωμὸν προςέστην, ἀποτρόποισι δαίμοσι
θέλουσα θῦσαι πέλανον, ὧν τέλη τάδε.
ὁρῶ δὲ φεύγοντ' αἰετὸν πρὸς ἐσχάραν   205
Φοίβου· φόβῳ δ' ἄφθογγος ἐστάθην, φίλοι·

zwar ὑπό mit Gen. zur Bezeichnung der Richtung selten, doch s.
Hes. Theog. 717 τοὺς μὲν ὑπὸ
χθονὸς πέμψαν und Od. 5, 346;
u. gerade bei τίθημι steht auch ἐν.
192. στολῇ, der Einspannung
(Schol. M auffallend verkehrt: τῇ
περσίδι, δεικτικῶς); vgl. Cho. 766
παῖς ἐσταλμένον; .. εἰ ξὺν λοχί-
ταις εἴτε καὶ μονοστιβῆ; — ἐπυργοῦτο, Il. 15, 266 (ἵππος) κυδιόων·
ὑψοῦ δὲ κάρη ἔχει.
194. M ἐσφάδαζε; doch auf -αζω
σφαδάζω, ματάζω lehrt Herodian
π. μ. λ. 23, 7. — ἔντη durch διασπα-
ράσσειν, zerreifsen, auf die Zügel
beschränkt. ξυναρπάζει, Schol. M
τὸν δίφρον ἀχαλίνωτον γενόμενον.
199. σφε wie νιν bei d. Trag.
sowohl Sing. als Plural. — ὅπως
temporal bei Dichtern und Herodot.
— ῥήγνυσιν Schol. M αἰδεσθεὶς τὸ
πτῶμα. Die Scham steigert seinen
Schmerz.
202. πηγῆς, Eurip. bei Aristoph.
Ran. 1340 ὡς ἂν θεῖον ὄνειρον
ἀποκλύσω. — χερί, nicht Schar,
sondern Hand = σὺν θυέσσιν (Il.
6, 270). Vgl. σὺν δορὶ καὶ χερὶ

πράκτορι Aristoph. Ran. 1289 aus
Aesch. Ag. 111. Od. 11, 359 πλειο-
τέρῃ σὺν χειρί. — βωμὸν, griech.
Sitte; Xen. Symp. IV, 33 οὐκοῦν ..
ἐάν τι ὄναρ ἀγαθὸν ἴδῃς, τοῖς
ἀποτροπαίοις θύεις; (vgl. Martial
VII, 54); aber gegen pers. Sitte;
Her. 1, 132 οὔτε βωμοὺς ποιεῦν-
ται, οὔτε πῦρ ἀνακαίουσι, μέλ-
λοντες θύειν. — ἀποτρόποισι wie
Klytämnestra χάριν ἀπότροπον κακῶν μωμένα Choeph. 44. — τέλη
Amt: οἵτινες εἰσὶ τῶν τοιούτων ἔφοροι Schol. rec, vgl. τελεῖν 217. (Sch.
verstand mit Hesych. τὰ ἱερά, nach
Soph. Trach. 238 τέλη ἔγκαρπα.)
205. αἰετός. Dindorf sagte noch:
Ionicae est dialecti, non atticae.
Jetzt Meisterhans, a. O. S. 14, nach
d. att. Inschr.: αἰετός behält in d.
klass. Zeit immer den Diphthong bei.
— ἐσχάραν Φοίβου dasselbe was
vorhin βωμόν. — ἐστάθην, die
passive Form: blieb wie gebannt
stehen; bei Hom. nur einmal, Od.
17, 463 ἐστάθη ἠΰτε πέτρη (‚stand
wie angewurzelt‘, Ameis); Pind.
Ol. III, 22 θάμβαινε σταθείς; bei
d. Trag. zieml. häufig.

4*

μεθύστερον δὲ κίρκον εἰςορῶ δρόμῳ
πτεροῖς ἐφορμαίνοντα καὶ χηλαῖς κάρα
τίλλονθ᾽· ὁ δ᾽ οὐδὲν ἄλλο γ᾽ ἢ πτήξας δέμας
παρεῖχε. ταῦτ᾽ ἔμοιγε δείματ᾽ εἰσιδεῖν,   210
ὑμῖν δ᾽ ἀκούειν. εὖ γὰρ ἴστε, παῖς ἐμὸς
πράξας μὲν εὖ θαυμαστὸς ἂν γένοιτ᾽ ἀνήρ,
κακῶς δὲ πράξας οὐχ ὑπεύθυνος πόλει,
σωθεὶς δ᾽ ὁμοίως τῆςδε κοιρανεῖ χθονός.

ΧΟ. Οὔ σε βουλόμεσθα, μῆτερ, οὔτ᾽ ἄγαν φοβεῖν
λόγοις   215
οὔτε θαρσύνειν. θεοὺς δὲ προςτροπαῖς ἱκνουμένη,
εἴ τι φλαῦρον εἶδες, αἰτοῦ τῶνδ᾽ ἀποτροπὴν τελεῖν,
τὰ δ᾽ ἀγάθ᾽ ἐκτελῆ γενέσθαι σοί τε καὶ τέκνοις
σέθεν
καὶ πόλει φίλοις τε πᾶσι. δεύτερον δὲ χρὴ χοὰς
γῇ τε καὶ φθιτοῖς χέασθαι· πρευμενῶς δ᾽ αἰτοῦ
τάδε   220
σὸν πόσιν Δαρεῖον, ὅνπερ φῂς ἰδεῖν κατ᾽ εὐφρόνην,

207. κίρκον, obwohl schwächer.
Il. 17, 757 κίρκον, ὅ τε σμικρῇσι
φόνον φέρει ὀρνίθεσσιν (wo Schol.
AV ὁ γὰρ ἀετὸς μεγάλα φονεύει).
— δρόμῳ, Il. 22, 139 κίρκος . ., ἐλα-
φρότατος πετεηνῶν. — τίλλονθ᾽,
wie in dem Wahrzeichen Od. 15,
527. — οὐδὲν ἄλλο ἤ u. die ähnl.
ellipt. Fragen τί ἄλλο ἤ, ἄλλο τι
ἤ in Prosa häufiger.
214. ὁμοίως, der Bdtg. ‚gleich-
wohl‘ sich nähernd (Eum. 358 κρα-
τερὸν ὄνθ᾽ ὁμοίως μαυροῖμεν):
‚ebenso, wie wenn das κακῶς πρᾶ-
ξαι nicht eingetreten wäre‘. (Andere mit Schol. rec. ὥσπερ καὶ
πρώην; der Bdtg. nach möglich.)
Eine Niederlage des Xerxes, der
niemand verantwortlich ist, dürfte
also auch in dem Chore kein anderes Gefühl als das des Schreckens
erregen (aber s. Anh.).
215. μῆτερ, vgl. 664 πίτερ. —
προςτροπή Bittgang. Cho. 85 ἐπεὶ

πάρεστε τῆςδε προςτροπῆς ἐμοὶ
πομποί.
217. εἴ τι .. τᾶνδε, εἴ τι kollek-
tivisch, Sept. 196 εἴ τις .. κατ᾽
αὐτῶν, wie allg. bei ὅςτις, ὃς ἄν.
— ἀποτροπήν. Rarior licentia, ubi
praepositio verbo iungitur. Porson
zu Eur. Or. 64. Oben 203 kurz.
218. τέκνοις, nur Xerxes ist gemeint, wie mit φιλοῖς 229 nur Dareios. (Sch. schrieb mit recc. τέκνῳ.)
Vgl. Wunder zu Soph. Oed. r. 361.
220. χέω (Cho. 87 ff.) u. χέομαι
ohne Unterschied. Soph. Oed. C.
477 f. χοὰς χέασθαι .. χέω τάδε.
— γῇ, 523, 629, 640. — πρευμενῶς, zu πρηΰς (ion. f. πραΰς), wie
εὐμενής zu ἠΰς. πρηΰμενής in einer
spätgriech. Inschr., Kaibel, Ep. gr.
618, 40. Sch. verband πρευμ. mit
πέμπειν (vgl. 685); dann müßte
τάδε vorläufig die Verba πέμπειν
u. μαυροῦσθαι vertreten. Andere
ziehen es einfacher zu αἰτοῦ; wenn

ἐσθλά σοι πέμπειν τέκνῳ τε γῆς ἔνερθεν ἐς φάος,
τἄμπαλιν δὲ τῶνδε γαίᾳ κάτοχα μαυροῦσθαι σκότῳ.
ταῦτα θυμόμαντις ὢν σοι πρευμενῶς παρήνεσα·
εὖ δὲ πανταχῇ τελεῖν σοι τῶνδε κρίνομεν πέρι.   225

ΑΤ. ἀλλὰ μὴν εὔνους γ' ὁ πρῶτος τῶνδ' ἐνυπνίων
     κριτὴς
παιδὶ καὶ δόμοις ἐμοῖσι τήνδ' ἐκύρωσας φάτιν.
ἐκτελοῖτο δὴ τὰ χρηστά· ταῦτα δ' ὡς ἐφίεσαι
πάντα θήσομεν θεοῖσι τοῖς τ' ἔνερθε γῆς φίλοις,
εὖτ' ἂν εἰς οἴκους μόλωμεν. κεῖνα δ' ἐκμαθεῖν
     θέλω,   230
ὦ φίλοι, ποῦ τὰς Ἀθήνας φασὶν ἱδρῦσθαι χθονός·

ΧΟ. τῆλε πρὸς δυσμαῖς ἄνακτος Ἡλίου φθινασμάτων.

ΑΤ. ἀλλὰ μὴν ἵμειρ' ἐμὸς παῖς τήνδε θηρᾶσαι πόλιν.

---

die χοαί 609 πρευμενεῖς heifsen,
kann es hier auch die Bitte (Schütz:
humaniter roga). — πέμπειν, wie
Agamemnon angerufen wird Choeph.
147 ἡμῖν δὲ πομπὸς ἴσθι τῶν ἐσ-
θλῶν ἄνω, σὺν θεοῖσι καὶ γῇ καὶ
δίκῃ νικηφόρῳ. — γαίᾳ κάτοχα.
Eum. 1007 τὸ μὲν ἀτηρὸν χώρας
κατέχειν, τὸ δὲ κερδαλέον πέμπειν. Turnebus auch hier γαίας;
doch γαίᾳ nicht lokal, sondern
instrum. gedacht wie ὕπνῳ κάτο-
χον Soph. Tr. 978. — Blomf. will
μαυρᾶσαι, doch der Wechsel der
Konstr. ist absichtlich wie 166 f.
— μαυρόω neben ἀμαυρόω seit
Hesiod bei ält. Dichtern; der Be-
deutungsübergang ‚verdunkeln —
beseitigen, vernichten‘ wie bei ἀφα-
νίζειν.
224. θυμόμαντις, Gegens. von
θεόμαντις. Eur. Andr. 1072 πρό-
μαντις θυμός. Schol. M οὐ φύσει
μάντις, ἀλλ' ἀπὸ λογισμοῦ καὶ ὑπὸ
ἐνθυμήσεως. — τελεῖν intr. (Sept.
659; Cho. 1021: οὐ γὰρ οἶδ' ὅπη
τελεῖ) und Fut.; dagegen Schol.
rec. τοὺς θεοὺς καὶ τὸν πόσιν,
nicht annehmbar, da 520: ὑμεῖς
δὲ φαύλως . . ἐκρίνατε vor dem

Gebete an jene gesagt wird.
226. ὁ πρ. κρ. Appos. zum Subj.
Vgl. ὀνειροκρίτης u. κρίνειν 225,
520. — ἐκύρωσας hast diese Auslegung geltend gemacht. (Weil:
hoc faciendum decrevisti, nach 521;
doch dies erst im nächsten Verse
mit ταῦτα δέ.) — ὡς ἐφ., sc. θεῖ-
ναι, in der Weise, wie. — κεῖνα.
Dindorf κεῖνο; aber wie oft τάδε,
ταῦτα (159), so bisw. auch ἐκεῖνα
auf einen Gegenstand. Ag. 1330:
καὶ ταῦτ' ἐκείνων μᾶλλον. (Kühner
§ 366, Anm.)
232. φθίνειν in diesem Sinne nur
bei Aesch., Ag. 7 ἀστέρας, ὅταν
φθίνωσιν; vgl. 377. Für Ἡλίου
φθίνοντος zunächst Ἡλ. φθινασμάτων, abstr. pro concr. (Plur., weil
die Sonne täglich erlischt), wodurch
der Doppelausdruck δυσμαῖς φθι-
μασμ. entsteht; vgl. dazu 436. 543.
Prom. 6 δεσμῶν πέδαις, 806 νᾶμα
πέρον. So Il. 17, 384 ἔριδος νεῖκος neben ἔρις καὶ νεῖκος 21, 513,
bei Sophokles ἀγὼν μάχης, θρήνων ὀδυρμοί u. a. — ἄνακτος, so
gerade bei Ἥλιος Hom. mehrfach;
Soph. Oed. r. 1426.
233. ἀλλὰ μήν oft ‚atqui, Ein-

ΧΟ. πᾶσα γὰρ γένοιτ' ἂν Ἑλλὰς βασιλέως ὑπήκοος. 234

ΑΤ. ὧδέ τις πάρεστιν αὐτοῖς ἀνδροπλήθεια στρατοῦ;

ΧΟ. καὶ στρατὸς τοιοῦτος ἔρξας πολλὰ δὴ Μήδους κακά.

ΑΤ. πότερα γὰρ τοξουλκὸς αἰχμὴ διὰ χερός σφιν ἐμπρέπει; 239

ΧΟ. οὐδαμῶς· ἔγχη σταδαῖα καὶ φεράσπιδες σαγαί. 240

ΑΤ. καὶ τί πρὸς τούτοισιν ἄλλο; πλοῦτος ἐξαρκῆς δόμοις; 237

ΧΟ. ἀργύρου πηγή τις αὐτοῖς ἐστι, θησαυρὸς χθονός. 238

ΑΤ. τίς δὲ ποιμάνωρ ἔπεστι κἀπιδεσπόζει στρατῷ;

ΧΟ. οὔτινος δοῦλοι κέκληνται φωτὸς οὐδ' ὑπήκοοι.

ΑΤ. πῶς ἂν οὖν μένοιεν ἄνδρας πολεμίους ἐπήλυδας;

ΧΟ. ὥστε Δαρείου πολύν τε καὶ καλὸν φθεῖραι σρατόν.

ΑΤ. δεινά τοι λέγεις ἰόντων τοῖς τεκοῦσι φροντίσαι. 245

würfe und Schwierigkeiten einlei-
tend'. Krüger.

234. πᾶσα γάρ. Isokr. Paneg. 68
νομίζοντες πρὸς μίαν μὲν πόλιν
κινδυνεύσειν, ἁπασῶν δ' ἅμα κρατήσειν.

235. ὧδε, in dem Mafse; der ein-
fache Ausdr. ἀνδροπληθὴς στρατός
schwebt vor. — Herod. I, 136 τὸ
πολλὸν δ' ἥγέαται (Πέρσαι) ἰσχυρὸν
εἶναι. Auch Mardonios (VII, 9) pocht
auf πλῆθος καὶ χρημάτων δύναμις.

236. τοιοῦτος ἔρξας = ὅς ἔρξε
oder ὥστε ἔρξαι, wie Dem. de cor.
45 τοιουτονί τι πάθος πεπονθό-
των — οἰομένων. Plato Rep. 10,
603, E. τοιᾶσδε τύχης μετασχών,
υἱὸν ἀπολέσας. Soph. Ai. 184 ἔβας
τόσσον, ἐν ποίμναις πίτνων. (Indes
ist wohl hinter τοιοῦτος zu inter-
pungieren, so dafs τοιοῦτος mit ὧδε
parallel steht, gleichfalls begrün-
dend zu v. 234; ,so grofs' ist nicht
die Hauptsache, also korrigierend:
ja, und von solcher Art ein Heer,
welches ..) — Herodot in Erinnerung an diese St. VII, 5: Ἀθηναίους
εἰργασαμένους πολλὰ δὴ κακὰ τοὺς
Πέρσας.

239. πότερα in der einfachen
Frage, da die zweite leicht zu er-

gänzen ist. Agam. 274. Sept. 94.
— αἰχμή Waffe, Pr. 925 τρίαιναν,
αἰχμὴν τὴν Ποσειδῶνος. — σφιν
ἐμπρέπει mit Hermann, s. Anh. —
σταδαῖα für die σταδία μάχη; Il.
15, 283 ἐπιστάμενος μὲν ἄκοντι,
ἐσθλὸς δ' ἐν σταδίῃ. Gegen langen
Speer und Schild sind die Perser bei
Plataeä ratlos: τὰ γὰρ δόρατα ἐπι-
λαμβανόμενοι κατέκλων οἱ βάρβαροι, und: πρὸς γὰρ ὁπλίτας
ἰόντες γυμνῆτες τὸν ἀγῶνα ἐποι-
εῦντο (Her. IX, 62 u. 63). Vgl. die
δουρίκλυτοι ἄνδρες 85 u. 148. Die
Hauptwaffen der Barbaren, τόξα
καὶ αἰχμὴ βραχέα, werden mit Ver-
achtung dagegen genannt Her. 5, 49.

238. ἀργύρου. Schol. M ἐν Θορικῷ
γάρ ἐστι μέταλλα καὶ ἐν Λαυρίῳ.
Vgl. Her. 7, 144.

242. κέκληνται. Vgl. 2 καλεῖται.
Il. 4, 60 σὴ παράκοιτις κέκλημαι.

243. πῶς οὖν. Schol. M μὴ ἔχοντες τὸν ἐφεστηκότα. Bei Herod.
VII, 103 Xerxes: ὑπὸ μὲν ἑνὸς ἀρ-
χόμενοι (Ἕλληνες) ἴοιεν ἂν ἀναγ-
καζόμενοι μάστιγι ἐς πλεῦνας ἐλάσ-
σονες ὄντες· ἀνειμένοι δὲ ἐς τὸ ἐλεύ-
θερον κτλ. — ἐπήλυδας, ἐπιόντας.
— ὥστε, sc. οὕτως ὑπομένουσι.

245. ἰόντων τοῖς τεκοῦσι, sub-

ΧΟ. ἀλλ' ἐμοὶ δοκεῖν τάχ' εἴσει πάντα ναμερτῆ λόγον·
　　τοῦδε γὰρ δράμημα φωτὸς Περσικὸν πρέπει μαθεῖν,
　　καὶ φέρει σαφές τι πρᾶγος ἐσθλὸν ἢ κακὸν κλύειν.

ΑΓΓΕΛΟΣ.

Ὦ γῆς ἀπάσης Ἀσιάδος πολίσματα,
ὦ Περσὶς αἶα καὶ πολὺς πλούτου λιμήν,　　　　　　250
ὡς ἐν μιᾷ πληγῇ κατέφθαρται πολὺς
ὄλβος, τὸ Περσῶν δ' ἄνθος οἴχεται πεσόν.
ὤμοι, [κακὸν μὲν πρῶτον ἀγγέλλειν κακά·
ὅμως δ' ἀνάγκη πᾶν ἀναπτύξαι πάθος,
Πέρσαι·] στρατὸς γὰρ πᾶς ὄλωλε βαρβάρων.　　　255

στρ. α.' *ΧΟ.* Ἄνι' ἄνια κακὰ νεόκο- τα καὶ δάϊ'. αἰαῖ,
　　　　διαίνεσθε, Πέρ- σαι, τόδ' ἄχος κλύοντες.
ΑΓΓ. Ὡς πάντα γ' ἔστ' ἐκεῖνα διαπεπραγμένα·　　260
　　χαὐτὸς δ' ἀέλπτως νόστιμον βλέπω φάος.

---

stantivierte Partic. mit Genet. ,sae-
pissime quidem tria, συνάρχων,
τεκών, προσήκων', Lobeck zu Ai.
360. — ἰόντων, derer, die den Weg
machen, unterwegs sind; so heifst
es ἄγγελλ' ἰοῦσα (Cho. 779), aber
λέγοις ἂν ἐλθών (Suppl. 928).
245. Der Chor sieht den Boten
zuerst; dieser betritt also wohl auf
der hintern linken Ecke die Scene,
sieht demnach zunächst auch nur
den Chor, um so mehr, als Atossa
bald schweigend zurücktritt.
247. Περσικόν wohl nicht prädikativ (so Sch.: als eines Eilboten
vom persischen Heere), sondern
attrib. — ὅδε φὼς Περσικὸς τρέ-
χων (vgl. zu 232), πρέπει conspi-
cuus est, μαθεῖν so dafs man ihn
wahrnehmen kann (Suppl. 719: πρέ-
πουσι — ἰδεῖν).
249. Blomfield Ἀσίδος, wie 763;
doch wenigstens in den melischen
Partieen beide Formen sicher und
hier der Rhythmus absichtlich heftig
und stofsend, wie 251 (ohne Cäsur)
schwer und schleppend (zu 465).

— λιμήν Sammelplatz (Soph. Ant.
1000 παντὸς οἰωνοῦ λιμήν).
253. κακὸν μέν, Schol. M citiert
Soph. Ant. 277 στέργει γὰρ οὐδεὶς
ἄγγελον κακῶν ἐπῶν. S. Anh.
256. ἄνιος sagt Aesch. für ἀνια-
ρός. — νεόκοτα inusitato furore
saevientia, Schütz. (Nach anderen
blofs — νέα, wegen der oft ab-
geblafsten Bdtg. ,im Widerspruch
stehend'. Soph. Phil. 1191 ἀλλο-
κότῳ γνώμᾳ τῶν πάροι.) — δῆιος
bei Homer aktivisch ,vernichtend,
feindlich' (δηίῳ ἐν πολέμῳ), wie
auch hier und 271; bei den Trag.
auch passivisch ,gequält, unglück-
selig' (δαῖα Τέκμησσα Soph. Ai.
784); so nachher 282, 286. (von
δαίω brenne, G. Curtius). — διαίνω
netze, nur Aesch. von den Thränen.
260. ἅς .. γέ ,ja weint; denn',
vgl. Soph. Phil. 117 ὡς τοῦτό γ'
ἔρξας δύο φέρει δωρήματα (Sch.
fafste ὡς als Ausruf). — διαπεπρ.
vgl. 517 διαπεπραγμένου στρατοῦ,
wo Schol. M richtig πεφονευμένον.
— νοστ. φάος das Heil der Heim-

ἀντ. α΄. ΧΟ. Ἡ μαχροβίοτος ὅδε γέ τις αἰὼν ἐφάνθη
γεραιοῖς, ἀκού- ειν τόδε πῆμ' ἄελπτον. 265

ΑΓΓ. Καὶ μὴν παρών τε κοὐ λόγους ἄλλων κλύων,
Πέρσαι, φράσαιμ' ἂν οἷ' ἐπορσύνθη κακά.

στρ. β΄. ΧΟ. Ὀτοτοτοῖ, μάταν τὰ πολλὰ βέλεα παμμιγῆ
γᾶς ἀπ' Ἀσίδος ἦλθ' ἐπ' αἶαν δᾴαν Ἑλλάδα χώραν.

ΑΓΓ. Πλήθουσι νεκρῶν δυσπότμως ἐφθαρμένων [270
Σαλαμῖνος ἀκταὶ πᾶς τε πρόσχωρος τόπος.

ἀντ. β΄. ΧΟ. Ὀτοτοτοῖ, φίλων ἁλίδονα μέλεα πολυβαφῆ 275
κατθανόντα λέγεις φέρεσθαι πλαγκτοῖς ἐν διπλά-
κεσσιν.

ΑΓΓ. Οὐδὲν γὰρ ἤρκει τόξα, πᾶς δ' ἀπώλλυτο
στρατὸς δαμασθεὶς ναΐοισιν ἐμβολαῖς.

στρ. γ΄. ΧΟ. Ἴϋζ' ἄποτμον ⟨πότμον⟩ 280
δυσαιανῆ βοάν,
ὡς δάοις πάντα παγκάκως

kehr, 797 νοστίμου σωτηρίας. (Sch.
,Tag der Heimkehr‘, nach Od. 5, 220
νόστιμον ἦμαρ ἰδέσθαι; doch dort
der Gegensatz des langen Fernseins,
hier des Umkommens.)
264. ἐφάνθη nobis oblatus est,
contigit, Soph. El. 154 οὗτοι σοὶ
μούνᾳ, τέκνον, ἄχος ἐφάνη βροτῶν.
— μαχροβ. τις als ein allzu langes;
τις, ethicus pronominis usus, ut res
loquentem propius tangere isque
eam considerare sive reputare apud
se significetur, Ellendt im Lex.
Soph. . Der Inf. = ὥστε ἀκούειν.
266. τί .. καί, obgleich die Glieder
dasselbe besagen, wie βίᾳ τε κοὐχ
ἑκών Soph. Oed. C. 935, πολλάκις
τε κοὐχ ἅπαξ Oed. r. 1275, ἐμοῦ
τε κοὐκ ἄλλης El. 885.
269. παμμιγῆ (vgl. 53), Schol.
M διαφόρων ἐθνῶν.
275. πολυβ., undis saepe mersa,
Schütz. (Schol. M ὑπὸ τοῦ αἵματος; das für treibende Leichen nicht
charakteristisch, und das Wasser

spült ab). — πλαγκ. ἐν δ. (vgl. 553
βαρίδεσσιν). Schol. M erklärt 1) αἶς
ἂν εἴποι τις διαύλοις. τὰ γὰρ κύ-
ματα ἐκχεῖται καὶ ὑπονοστεῖ. Hermann: in mente habuit hoc Euripidis Hec. 29 πολλοῖς διαύλοις κυ-
μάτων φορούμενος. Die Erklärung
wäre annehmbar, wenn πλαγκτός
als Subst. (wie κωκυτός u. ä.) nachweisbar wäre, was nicht der Fall
ist. 2) ταῖς δύο πλαξί, τῆς θαλάσσης τε καὶ γῆς, unstatthaft. 3) ἢ
ἐν Σαλαμῖνι καὶ Πλαταιαῖς, un-
sinnig. Hermann versteht δίπλαξ
wohl richtig hier wie bei Homer
= χλαῖνα διπλῆ, von dem weiten
medisch-persischen Kaftan, κάνδυς.
πλαγκτοῖς, quae in mari nantibus
mortuis late expansae huc illuc
ferebantur.
280. Eur. Hip. 1144 δάκρυσι διοί-
σω πότμον ἄποτμον, (Alc. 116 ἄπο-
τμος μόρος). — βοάν Acc. des In-
halts. — δάοις, uns Elenden, Schol.
M διακεκομμένοις.

⟨θεοὶ⟩ θέσαν· αἰαῖ στρατοῦ φθαρέντος.

ΑΓΓ. Ὦ πλεῖστον ἔχθος ὄνομα Σαλαμῖνος κλύειν·
φεῦ, τῶν Ἀθηνῶν ὡς στένω μεμνημένος.   285

ἀντ.γ́. **ΧΟ.** Στυγναί γε ⟨δὴ⟩ δαΐοις·
μεμνῆσθαί τοι πάρα
ὡς πολλὰς Περσίδων μάταν
εὔνιδας ἔκτισσαν ἠδ᾽ ἀνάνδρους.

ΑΤ. Σιγῶ πάλαι δύστηνος ἐκπεπληγμένη   290
κακοῖς· ὑπερβάλλει γὰρ ἥδε συμφορὰ
τὸ μήτε λέξαι μήτ᾽ ἐρωτῆσαι πάθη.
ὅμως δ᾽ ἀνάγκη πημονὰς βροτοῖς φέρειν
θεῶν διδόντων· πᾶν δ᾽ ἀναπτύξας πάθος
λέξον καταστάς, κεἰ στένεις κακοῖς ὅμως,   295
τίς οὐ τέθνηκε, τίνα δὲ καὶ πενθήσομεν

284. ἔχθος. So Aesch. θεῶν στύγος. σωφρόνων μισήματα; schon Il. 2, 235 κάκ᾽ ἐλέγχεα.

288. μάταν, Schol. M μηδὲν βλαψάσας; vgl. Prom. 342 μάτην γάρ, οὐδὲν ὠφελῶν, ἐμοὶ πονήσαις, ‚für nichts‘. Sch. fand den Gedanken unpassend und verband μάτην εὔνιδας ἠδ᾽ ἀνάνδρους: ‚so dafs ihr mütterliches und eheliches Glück nun eitel und nichtig ist. Man kann ἔρειν μάτην, Choeph. 846 θνήσκοντες μάτην, Soph. Phil. 947 εἴδωλον ἄλλως vergleichen‘. Damit εὔνιδας ἠδ᾽ ἀνίνδρ. nicht eine Tautologie bilde, ist εὔν. mit Schol. M zu verst.: ὀρφανάς, ἐστερημένας τᾶν παίδων, wie νιῶν εὖνιν Il. 22, 44. — ἔκτισσαν, Schol. M zu Eum. 17: κτίσας· ποιήσας. ἰδίωμα δὲ τοῦτο Αἰσχύλου. Alte Beobachtungen ähnl. Art zu Prom. 256: συνήθης αἰτᾶ ἡ χαλᾶ φωνή; zu Eum. 626: τιμαλφούμενον· συνεχὲς τὸ ὄνομα παρ᾽ Αἰσχύλω, διὸ σκώπτει αὐτὸν Ἐπίχαρμος.

291. ὑπερβάλλει intrans. (ὑπερβάλλει τάδε Eur. Bacch. 785) und prägnant, das Hindern einschliefsend; daher die Konstr. τὸ μήτε

λέξαι (Sch. trans.: das Unglück übersteigt das Reden und Fragen). — λέξαι absolut. — βροτοῖς hinter πημονάς, quod idem est ac τοῖς οὖσι βροτοῖς, quoniam mortales sumus. Herm.

294. ἀναπτύξας. Sch. merkte an: ‚nicht durch ἀνάπτυξον aufzulösen: der Bote hat bereits das Unglück nach seinem allgemeinen Umfang mitgeteilt 254‘. Aber der Gedankengang legt doch die Auffassung explicans refer nahe, und ebenso das Bild selbst: entfaltet wird etw., damit man das Einzelne betrachte. V. 254 scheint also aus 293 u. 294 gemacht zu sein.

295. καταστάς, Schol. M κατάστασιν τοῦ θορύβου λαβών. — ὅμως mit der hypothet. Protasis verschmolzen, wie Choeph. 115 κεἰ θυραῖός ἐσθ᾽ ὅμως, Sept. 712 καίπερ οὐ στέργων ὅμως, vgl. Pers. 840 ἐν κακοῖς ὅμως. Lobeck zu Soph. Ai. 15 vergleicht damit das Ovidische quamvis tamen oderat illam. — τίς οὐ τέθνηκε. Atosse n'ose nommer son fils par une crainte délicate d' apprendre plus qu'elle ne veut savoir. Brumoi. —

τῶν ἀρχελείων, ὅστ᾽ ἐπὶ σκηπτουχίᾳ
ταχθεὶς ἄνανδρον τάξιν ἠρήμου θανών.
ΑΓΓ. Ξέρξης μὲν αὐτὸς ζῇ τε καὶ βλέπει φάος.
ΑΤ. ἐμοῖς μὲν εἶπας δώμασιν φάος μέγα   300
καὶ λευκὸν ἦμαρ νυκτὸς ἐκ μελαγχίμου.
ΑΓΓ. Ἀρτεμβάρης δὲ μυρίας ἵππου βραβεὺς
στυφλοὺς παρ᾽ ἀκτὰς θείνεται Σιληνιῶν.
χὠ χιλίαρχος Δαδάκης πληγῇ δορὸς
πήδημα κοῦφον ἐκ νεὼς ἀφήλατο·   305
Τέναγων τ᾽ ἄριστος Βακτρίων ἰθαιγενὴς
θαλασσόπληκτον νῆσον Αἴαντος πολεῖ.

τίνα δὲ καὶ = λέξον μὲν τίς οὐ τέθνηκα, λέξον δὲ καὶ τίνα π.. Porson zu Eur. Phön. 1373: Ita solet copula interrogativis τίς, πῶς, ποῖ, ποῦ, ποῖος postponi. — Das ep. ὅστε im Trimeter nur bei Aesch. — σκηπτουχίᾳ, Schol. rec. ἀρχῇ καὶ ἐξουσίᾳ. Homer σκηπτοῦχοι βασιλῆες. Absichtlich sind Worte gewählt, die Xerxes einschliefsen. — τάξιν ‚cohortem' Schütz; vielmehr Stelle, Posten, auf ταχθείς zurückgreifend.
298. ἄνανδρον ‚ohne den, der ihn inne hatte' (167); prädikativ proleptisch.
299 μὲν .. 322 δέ, wie 730 .. 732. — βλέπει φάος. Ag. 1646. Od. 4, 541 ζώειν καὶ ὁρᾶν φάος ἠελίοιο.
300. φάος .. νυκτός wie Ag. 522 φῶς ἐν εὐφρόνῃ φέρων, ἐκ wie Ag. 900 κάλλιστον ἦμαρ εἰσιδεῖν ἐκ χείματος. — μελάγχιμος (vgl. δύσχιμος neben δυσχείμερος), eigentlich Compos., doch mit verblafster Bdlg. des zweiten Teils; sogar μελάγχιμα γυῖα Suppl. 685 (vgl. Dettweiler, Gymn.-Pr. Giefsen, S. 30).
302. Das persönliche Schicksal des Xerxes und demnächst der Fürsten geht für Atossa als Weib und Barbarin dem öffentlichen Unglücke vor. — Ἀρτεμβάρης, Ἀριόμαρδος, Θάρυβις erscheinen bei allen drei Aufzählungen, in d. Parodos, hier u.

im Schlufsthrenos, Ἀμίστρης, Ἀρσάμης, Ἀρκτείς hier zum andern Male; die übrigen Namen sind neu.
303. ἵππου kollektiv wie 315; auch pros., wie λόγχη, αἰχμή; τῇ καμήλῳ Her. 1, 80. ἀσπὶς μυρία Xen. An. 1, 7, 10. — θείνεται, Schol. rec. σφάττεται (so Sept. 959, Cho. 387); doch παρά, ‚längs der Küste', und der Zusatz von στυφλός führen auf ‚wird gestofsen, herumgestofsen' (vgl. 965). — Σιληνίαι αἰγιαλὸς Σαλαμῖνος, πλησίον τῆς λεγομένης Τροπαίου ἄκρας ὡς Τιμόξενοι ἐν τῷ ζ᾽ περὶ λιμένων. Schol. M.
304. μυριάρχαι, χιλιάρχαι, ἑκατοντάρχαι, δεκάρχαι die Offiziere des Perserheeres nach Herod. VII, 81.
305. πήδημα, Il. 12, 385 ἀρνευτῆρι ἔοικας. 16, 745 ἦ μάλ' ἐλαφρὸς ἀνήρ, ὡς ῥεῖα κυβιστᾷ. Nach Volksweise derb anschaulich und mit bitterem Humor; vgl. den Wächter im Eingang des Agam. — ἰθαιγ., der geborene Baktrier, jetzt, wie 318 sein Landsmann Artames, ein μέτοικος der felsigen Insel. Die Verbindung mit ἄριστος jedoch sehr hart (Lange-Pinzger: ἄριστος Βακτρίων, ἰθαιγενής, sc. αὐτῶν); Blomfields ἄριστευς beseitigt leicht allen Anstofs.
307. πολεῖ. Ohne Acc. Eur. Alc. 30 τί σὺ τῇδε πολεῖς, Or. 1269 τίς

Ἀλλαῖος, Ἀρσάμης τε κἀργήστης τρίτος,
οἵδ' ἀμφὶ νῆσον τὴν πελειοθρέμμονα
νικώμενοι κύρισσον ἰσχυρὰν χθόνα·   310
πηγαῖς τε Νείλου γειτονῶν Αἰγυπτίου
Ἀρκτεύς, Ἀδεύης, καὶ Φερεσσεύης τρίτος,
Φαρνοῦχος, οἵδε ναὸς ἐκ μιᾶς πέσον.
Χρυσεὺς Μάταλλος μυριόνταρχος θανών,
ἵππου μελαίνης ἡγεμὼν τρισμυρίας,   315
πυρσὴν ξαπληθῆ δάσκιον γενειάδα
ἔτεγγ' ἀμείβων χρῶτα παρφυρέᾳ βαφῇ.

ὅδ' ἄρ' ἀμφὶ μέλαθρον πολεῖ, im
Sinne von πωλεῖσθαι (Od. 2, 55 ἐς
ἡμέτερον πωλεύμενοι ἤματα πάντα, 4, 384 πωλεῖταί τις δεῦρο γέρων, Hesych: πωλεῖται· συνεχῶς
ἐπὶ τὸν αὐτὸν τόπον παραγίνεται).
Hier aber mit Acc. wohl συνεχῶς
παραγίγνεται εἰς τὴν νῆσον, als
Leiche nämlich sie umkreisend 451;
vgl. Soph. Phil. 244 τίνι στόλῳ
προσέσχες τήνδε νῆσον; (Schneider:
trans., umkreist die Insel als Leiche;
Sch. erklärte mit Schol. rec. κατοι-
κεῖ; doch die Leiche wohl sicher
noch im Wasser gedacht.)
309. πελειοθρέμμονα, Schol. M
τὴν πολιτρήρωνα Σαλαμῖνα, παρὰ
τὸ Ὁμήρου πολυτρήρωνά τε Θίσβην
(Il. 2, 502); von Reichtum an Tauben
dort weiß man sonst freilich nichts
(Herm. denkt an eine der kleinen
Nachbarinseln). — Hesych: κύρισ-
σει· κερατίζει. Schol. M: ἀπὸ με-
ταφορᾶς τῶν ἀλόγων ζώων τῶν
τυπτόντων τοῖς κέρασιν (verwan-
dtes Bild κεροτυπίω Ag. 655, μὴ
ἀπολακτίσῃς λέχος Prom. 651 mit
Schol.); ἰσχυρὰν, wohl wieder mit
bitterem Scherz: einen zu starken
Gegner, so daß sie besiegt wurden.
S. Anh. — κύρισσον. Das syllab.
Augment wird nach ep. Weise von
den Tragikern in den ῥήσεις ἀγγε-
λικαί bisw., am häufigsten in Vers-
anfängen, weggelassen; πέσον 313,
τροποῦτο 376, παίοντ' 416, κυκλοῦντο 458, θάνον 490, πίπτον 506.

311. πηγαῖς Νείλου, vgl. die un-
bestimmten geogr. Vorstellungen
des Dichters über diese Gegenden
Prom. 811 mit Hermanns Exkurs.
312. Ἀρκτεύς 44 ein Anführer
der Lyder. Die persischen Truppen
behielten im Felde nicht die hei-
mischen Führer, Herod. VII, 96. —
Der Schluß d. V. auffallend, teils
wegen des abermaligen καί .. τρίτος wie 308, noch mehr weil ein
vierter Name nachfolgt: s. Anh. —
Der Φαρνούχης Herodots (VII, 89)
blieb krank in Sardes. — ναός,
Schol. rec. ἐνικήθησαν ἐκ μιᾶς
νηὸς τῶν Ἀθηναίων; natürlicher:
sie stürzten aus einem Schiff, vgl.
305, 962. — Der Dichter strebt,
die undankbare Aufzählung durch
wechselnde und wirkungsvolle Motive zu schmücken, freilich ohne
Homerischen Reichtum zu erreichen,
zumal er sich kurz und allgemein
halten muß.
314. Χρύσα kommt mehrfach als
Name von Orten und Inseln vor. —
Neben τρισμυρίας müßte man μυριόνταρχος allgemein als Führer
von Myriaden verstehen; die Stelle
gewinnt, wenn man v. 315 mit Weil
versetzt hinter 318. — μελαίνης
beziehen die Schol. auf die Farbe
der Pferde, Bothe richtig auf die
Reiter, unter denen Herod. VII, 87
Inder und Libyer (μελανθὲν ἡλιό-
κτυπον γένος Suppl. 154) nennt. —
βαφῇ wie in dem Gleichn. Il. 4,

καὶ Μᾶγος Ἄραβος, Ἀρτάβης τε Βάκτριος,
σκληρᾶς μέτοικος γῆς ἐκεῖ κατέφθιτο.
Ἄμιστρις Ἀμφιστρεύς τε πολύπονον δόρυ   320
νωμῶν, ὅ τ᾽ ἐσθλὸς Ἀριόμαρδος ἄρδεσιν
πένθος παρασχών, Σεισάμης θ᾽ ὁ Μύσιος,
Θάρυβίς τε πεντήκοντα πεντάκις νεῶν
ταγός, γένος Λυρναῖος, εὐειδὴς ἀνήρ,
κεῖται θανὼν δείλαιος οὐ μάλ᾽ εὐτυχῶς·   325
Συέννεσίς τε πρῶτος εἰς εὐψυχίαν,
Κιλίκων ἔπαρχος, εἰς ἀνὴρ πλεῖστον πόνον
ἐχθροῖς παρασχών, εὐκλεῶς ἀπώλετο.

Τοιῶνδε ⟨μέν δὴ τῶνδ᾽⟩ ὑπεμνήσθην πέρι·
πολλῶν παρόντων δ᾽ ὀλίγ᾽ ἀπαγγέλλω κακά.   330
ΑΤ. αἰαῖ, κακῶν ὕψιστα δὴ κλύω τάδε,
αἴσχη τε Πέρσαις καὶ λιγέα κωκύματα.
ἀτὰρ φράσον μοι τοῦτ᾽ ἀναστρέψας πάλιν,

141, Ag. 239 κρόκου βαφάς. Weil will πυρσήν prädikat. mit ἔτεγγε verb., doch πυρσός nicht blutrot. Freilich Arist. Equ. 900 von der Schamröte, wie ‚feuerrot werden‘; doch Aesch. fr. 111 πυρσοκόρου λέοντος, Eur. Phön. 32 πυρσαῖς γέννυσιν ἐξανδρούμενος vom jungen Oedipus, wo Schol. ξανθαῖς; Hippokrates bezeichnet das Gelbe vom Ei als πυρσόν. Auch geht δάσκιος nicht wohl auf dunkle Farbe (δάσκιος ὕλη). Also erst blond, dann purpurrot. — Μᾶγος ἐθνικόν, Ἄραβος κύριον Schol. Med. Vgl. Herod. 1, 101; freilich sonst Μάγος; aber der Araber hiefs Ἄραψ (Weil: Μάγος Ἄραμβος). — μέτοικος, Choeph. 684 μέτοικον, εἰς τὸ πᾶν ἀεὶ ξένον, θάπτειν.
320. πολύπονον, viel, hart kämpfend; σύμμαχον δόρυ Eum. 773. — ἄρδεσιν (Prom. 880), Gegensatz zu δόρυ; παρασχών, sc. ἐχθροῖς 328.
325. Λυρναῖος, unsicher, ob von Aesch. irrig gebildet st. Λυρνήσ-

σιος, oder ob die Landschaft dort Λύρνη hiefs. — οὐ μάλα durchaus nicht, regelm. Stellung, 384; οὐ μ. εὐτυχῶς (vgl. 1012) auffallend matt; etwa im eigentl. Sinne ‚gut zutreffend‘? vgl. γλᾶσσαν ἐν τύχᾳ νέμων Ag. 685, τυχόντες καλῶς Cho. 950. Schol. rec.: παρὰ τὴν ἀξίαν, οὐ γὰρ ἔδει τὸν τηλικοῦτον τὴν ὥραν ἀθλίως ἀπολωλότα κατὰ γῆς ἐρρίφθαι. — Κίλιξ Συέννεσις Ὠρομέδοντος auf der Flotte Herod. VII, 98. — εἰς εὐψυχίαν, so auch in Prosa διαφέρειν εἰς ἀρετήν, εὐδόκιμος εἰς σοφίαν. — εἰς πλεῖστον, Soph. Ai. 1340 ἕν᾽ ἄνδρ᾽ ἰδεῖν ἄριστον Ἀργείων, häufige, auch pros., Verstärkung des Superl. (lat. unus omnium maxime).
329. τοιῶνδ᾽ Neutr.; vgl. 200.
331. Schol. Μ ἰαμβικὸς ὁ στίχος. Da δή sich, den Superl. urgierend, eng an ὕψιστα schliefst, zerfällt der Vers in seine Dipodien.
333. ἀναστρέψας πάλιν, Eur. Phoen. 1214 ἀνελθέ μοι πάλιν,

πόσον δὲ πλῆθος ἦν νεῶν Ἑλληνίδων,
ὥστ' ἀξιῶσαι Περσικῷ στρατεύματι   335
μάχην συνάψαι ναΐοισιν ἐμβολαῖς;

ΑΓΓ. πλήθους μὲν ἂν σάφ' ἴσθ' ἕκατι βάρβαρον
ναυσὶν κρατῆσαι. καὶ γὰρ Ἕλλησιν μὲν ἦν
ὁ πᾶς ἀριθμὸς ἐς τριακάδας δέκα
ναῶν, δεκὰς δ' ἦν τῶνδε χωρὶς ἔκκριτος·   340
Ξέρξῃ δέ, καὶ γὰρ οἶδα, χιλιὰς μὲν ἦν
ὧν ἦγε πλῆθος, αἱ δ' ὑπέρκοποι τάχει
ἑκατὸν δὶς ἦσαν ἑπτά θ'· ὧδ' ἔχει λόγος.
μή σοι δοκοῦμεν τῇδε λειφθῆναι μάχῃ;
ἀλλ' ὧδε δαίμων τις κατέφθειρε στρατόν,   345
τάλαντα βρίσας οὐκ ἰσορρόπῳ τύχῃ.

Iph. T. 256 ἐκεῖσε δὴ 'πάνελθε.
— πόσον δέ, die Anknüpfung ohne
Rücksicht auf das zwischengescho-
bene ἀτὰρ φράσον, wie Ag. 617
σὺ δ' εἰπέ, κήρυξ, Μενέλεων δὲ
πεύθομαι. Xen. Mem. 2, 9, 2 εἰπέ
μοι, κύνας δὲ τρέφεις, ἵνα .. ἀπε-
ρύκωσιν; Die Änderungen τι, τό,
τοσόνδε sind unnötig.
337. μέν, darauf ἀλλά 345. — ἕκατι. Dem. Ol. 3, 14 πάλαι γὰρ ὂν ἕνε-
κά γε ψηφισμάτων ἐδεδάκει δίκην.
‚Die Trag. zogen nicht selten die
durch Wohllaut oder fremdartigen
Klang sich empfehlenden Formen
des dor. und äol. Dialekts vor.‘
Bergk, Lit. III, 102.
339. ὁ πᾶς ἀριθμ.; danach möchte
man mit Schol. M die δεκάς (340)
in die 300 einrechnen (dann χωρίς
adverb., u. τῶνδε Gen. part.); doch
dagegen die Berechnung der Perserschiffe 342; also τῶνδε χωρίς zu-
sammengehörig, vergl. 400 ὁ πᾶς
στόλος. Herod. VIII, 82 zählt 382
griech. Schiffe; Grote meint, Aesch.
sei hierin eine bessere Autorität
als Her.; indes scheint Aesch. die
vorausgesetzte ungenaue Kenntnis
des Boten (ἐς τρ. δ.) zu benutzen,
um die Zahl herabzudrücken. Auch
Demosthenes giebt aus rhetorischen
Gründen 300 an. — καὶ γὰρ οἶδα

(καὶ nicht steigernd, nur ‚etenim‘
wie 338) begründet die Genauig-
keit der Angabe für die pers. Seite.
342. Die Übereinstimmung mit
Herod. in der Zahl (1207, auch nach
Kontingenten aufgeführt) beweist,
dafs die 207 bei den 1000 nicht
eingerechnet sind (wie Blomf. und
Vischer meinten). — ἑκατόν und
Ag. 509 ὕπατος im Trimeter bei
Aesch. die einzigen Beispiele von
Anapästen durch Positionslänge.
Herm., praef. Eur. Bacch. XLII. —
ὧδ' ἔχει λόγος. Dieselben Worte
Sept. 225 und Coeph. 521, hier =
so ist das Verhältnis.
344. Vgl. Prom. 959 μή τί σοι
δοκῶ ταρβεῖν; — λειφθῆναι, in
Streitkräften zurückgestanden. τῇδε von μάχη zu trennen (Heath:
hac ex parte) ist nicht möglich; es
heifst ‚in einem Kampfe, den wir
unter solchen Verhältnissen begannen‘, (wenn nicht μάχη = certa-
men; bitter scherzend: ‚in diesem
Streite um die Mehrzahl hintenan
geblieben‘). — ὧδε, in dem Mafse
war ein Dämon darauf aus (Imperf.),
zu verderben; nämlich so sehr,
dafs die Überzahl nichts half. (Sch.
mit Herm. ‚unter diesen Umständen‘.) — βρίσας, Schol. M τὰ τῶν
Περσῶν ζυγὰ βαρήσας. ‚Ῥέπε δ'

θεοὶ πόλιν σώζουσι Παλλάδος θεᾶς.
ΑΤ. ἔτ ἀρ' Ἀθηνῶν ἔστ' ἀπόρθητος πόλις;
ΑΓΓ. ἀνδρῶν γὰρ ὄντων ἕρκος ἐστὶν ἀσφαλές.
ΑΤ. ἀρχὴ δὲ ναυσὶ συμβολῆς τίς ἦν; φράσον.   350
τίνες κατῆρξαν, πότερον Ἕλληνες, μάχης,
ἢ παῖς ἐμός, πλήθει καταυχήσας νεῶν;
ΑΓΓ. ἦρξεν μέν, ὦ δέσποινα, τοῦ παντὸς κακοῦ
φανεὶς ἀλάστωρ ἢ κακὸς δαίμων ποθέν.

Ἀνὴρ γὰρ Ἕλλην ἐξ Ἀθηναίων στρατοῦ   355
ἐλθὼν ἔλεξε παιδὶ σῷ Ξέρξῃ τάδε,
ὡς εἰ μελαίνης νυκτὸς ἵξεται κνέφας,
Ἕλληνες οὐ μενοῖεν, ἀλλὰ σέλμασιν
ναῶν ἐπανθορόντες ἄλλος ἄλλοσε
δρασμῷ κρυφαίῳ βίοτον ἐκσωσοίατο.   360
ὁ δ' εὐθὺς ὡς ἤκουσεν, οὐ ξυνεὶς δόλον
Ἕλληνος ἀνδρὸς οὐδὲ τὸν θεῶν φθόνον,
πᾶσιν προφωνεῖ τόνδε ναυάρχοις λόγον·
εὖτ' ἂν φλέγων ἀκτῖσιν ἥλιος χθόνα

αἴσιμον ἦμαρ Ἀχαιῶν'. Il. 8, 72; 22, 212. Sch. merkte an: ‚Es ist allerdings natürlicher, das Bild im Homerischen Sinne zu nehmen, als umgekehrt, wie Her. 7, 139 ταῦτα ῥέψειν ἔμελλε'. Doch in der Perser Schale liegt die Überzahl, in die der Griechen legt der Dämon das bessere Glück, also das schwerere. — Παλλάδος, vgl. Eum. 668. 869.

348. ἀπόρθητος, dasselbe Wort in dem Orakel bei Her. 7, 141, aber dort von der hölzernen Mauer. — Quum constaret inter omnes captas esse vastatasque esse Athenas brevi ante pugnam Salaminiam, maluit poeta subindicare hanc rem, sed cum laude Atheniensium, quam non attingenda dissimulasse cladem videri. Hermann.

349. nicht eorum qui viri sunt (Hermann), auch ist nicht ἕρκος zweimal zu denken (Döderlein de brachyl. c. 1), sondern: wenn die Männer noch da sind (wie Ag. 966 ῥίζης γὰρ οὔσης), steht die Stadtmauer (die eigentliche, wesentliche) fest. Das γάρ setzt die Bejahung der Frage voraus. Auf den Vorwurf des Eurybiades, daß Themistokles ein ἀνὴρ ἄπολις sei, antwortet dieser bei Her. 8, 61: ἑαυτοῖσι ὡς εἴη πόλις μέζων ἤπερ κείνοισι, ἔστ' ἂν διηκόσιαι νῆές σφι ἔωσι πεπληρωμέναι. Schol. M Ἀλκαῖος ‚Ἄνδρες γὰρ πόλεως πύργος ἀρήϊος'. Nikias bei Thuk. 7, 77: ἄνδρες γὰρ πόλις καὶ οὐ τείχη.

352. Der Vers gebaut wie 251.

354. ἀλάστωρ wahrsch. von ἀλάομαι, ἀλαίνω, der sinnverwirrende Geist, der den Xerxes blendet. — γάρ, weiter ausholend, der eigtl. Grund erst 361 f. — δρασμῷ. Her. 8, 75 der von Themistokles abgeschickte Sikinnos: ὅτι οἱ Ἕλληνες δρησμὸν βουλεύονται καταρρωδηκότες.

λήξῃ, κνέφας δὲ τέμενος αἰθέρος λάβῃ,   365
τάξαι νεῶν στῖφος μὲν ἐν στοίχοις τρισὶν
ἔκπλους φυλάσσειν καὶ πόρους ἁλιρρόθους,
ἄλλας δὲ κύκλῳ νῆσον Αἴαντος πέριξ·
ὡς εἰ μόρον φευξοίαθ᾽ Ἕλληνες κακόν,
ναυσὶν κρυφαίως δρασμὸν εὑρόντες τινά,   370
πᾶσι στέρεσθαι κρατὸς ὃν προκείμενον.
τοσαῦτ᾽ ἔλεξε κάρθ᾽ ὑπ᾽ εὐθύμου φρενός·
οὐ γὰρ τὸ μέλλον ἐκ θεῶν ἠπίστατο.
οἱ δ᾽ οὐκ ἀκόσμως, ἀλλὰ πειθάρχῳ φρενὶ
δεῖπνόν τ᾽ ἐπορσύνοντο, ναυβάτης τ᾽ ἀνὴρ   375
τροποῦτο κώπην σκαλμὸν ἀμφ᾽ εὐήρετμον.
ἐπεὶ δὲ φέγγος ἡλίου κατέφθιτο
καὶ νὺξ ἐπῄει, πᾶς ἀνὴρ κώπης ἄναξ
ἐς ναῦν ἐχώρει, πᾶς δ᾽ ὅπλων ἐπιστάτης·
τάξις δὲ τάξιν παρεκάλει νεὼς μακρᾶς,   380

365. τέμενος wie ‚coeli templa‘ bei
Ennius u. Lucrez 6, 1226, vgl. ἄλσος
111. — ἔκπλους. Also die Hauptmacht hat die Aufgabe, die Meerenge zu schliefsen, sowohl nach
dem Peiraieus als nach der Eleu-
sinischen Bucht zu (darum Plural);
sie schob sich also westwärts fah-
rend an der attischen Küste entlang, bis ihr rechter Flügel jenseits
der Stadt Salamis die dort sich
nordwärts wendende Strafse nach
Eleusis verschlofs.
368. ἄλλας δέ, sc. τάξαι; πέριξ,
wie Eur. Herc. f. 243 βωμὸν πέριξ
u. mehrfach bei Herod. mit d. Acc.
oder Gen.; häufiger als Adverb wie
418. τάξαι ν. πέριξ kann nur
heifsen ‚rings um die Insel aufstellen‘. Diese Schiffe hatten also
die Aufgabe, niemand von der Insel,
auch nicht auf Kähnen, entkom-
men zu lassen. Der Perserkönig
wollte die ganze Athenermacht, die
auf der Insel war, abfangen. S.
Anhang.
371. πᾶσι, sc. ναυάρχοις 363. —
ὑπ᾽ εὐθ. φρ., ὑπὸ causa efficiens.

374. οἱ δέ, jetzt das ganze Heer.
Die gute Disciplin (δεῖπν. ἐπ. nur
eingeschoben, — nachdem sie) wird
doppelt hervorgehoben; nur des
Xerxes Befehl selbst hat die Schuld
am Fehlschlagen (Sch., bei οἱ δέ an
die Feldherrn denkend, mit Schol.
rec. ‚ἀκέσμως· ὑπ᾽ αὐτὸν οὐκ ἀτά-
κτως, d. h. nicht widerstrebend).‘ —
τροποῖτο. Die Flottenmannschaft
rastete schon längere Zeit bei Pha-
leron. Schol. M τροπωτὴρ δὲ ὁ λῶ-
ρος ὁ δεσμεύων τὴν κώπην πρὸς
τῷ σκαλμῷ. — Schol. rec. τὴν
εὐήρετμον κώπην. ἢ οὕτως, ἀμφὶ
τὸν σκαλμὸν τὸν εὐήρετμον. Die
Stellung empfiehlt das zweite, ‚für
das Ruder gut eingerichtet‘.
379. ἐπιστάτης wie vorhin κώπης ἄναξ, wofür Eurip. Hel. 1285
ἐρετμῶν ἐπιστάτας (neben κώπης
ἄνακτας Cycl. 86, ὅπλων ἄνακτες
Iph. A. 1260). So χειρῶνοξ, Sept.
27 δεσπότης μαντευμάτων, hier
Umschreibung für ἐρέτης und ἐπι-
βάτης. — πᾶς δέ ohne vorherge-
hendes μέν, wie 403. Vgl. Anh.
380. παρεκάλει wird erklärt ‚ex-

πλέουσι δ᾽ ὡς ἕκαστος ἦν τεταγμένος,
καὶ πάννυχοι δὴ διάπλοον καθίστασαν
ναῶν ἄνακτες πάντα ναυτικὸν λεών.
καὶ νὺξ ἐχώρει, κοὐ μάλ᾽ Ἑλλήνων στρατὸς
κρυφαῖον ἔκπλουν οὐδαμῇ καθίστατο·   385
ἐπεί γε μέντοι λευκόπωλος ἡμέρα
πᾶσαν κατέσχε γαῖαν εὐφεγγὴς ἰδεῖν,
πρῶτον μὲν ἠχῇ κέλαδος Ἑλλήνων πάρα
μολπηδὸν ηὐφήμησεν, ὄρθιον δ᾽ ἅμα
ἀντηλάλαξε νησιώτιδος πέτρας   390
ἠχώ· φόβος δὲ πᾶσι βαρβάροις παρῆν
γνώμης ἀποσφαλεῖσιν· οὐ γὰρ ὡς φυγῇ
παιᾶν᾽ ἐφύμνουν σεμνὸν Ἕλληνες τότε,
ἀλλ᾽ ἐς μάχην ὁρμῶντες εὐψύχῳ θράσει.
σάλπιγξ δ᾽ ἀϋτῇ πάντ᾽ ἐκεῖν᾽ ἐπέφλεγεν·   395

hortabatur'. Aber wozu? Etwa das Verfahren, die Aufstellung planmäfsig zustande zu bringen? (vgl. παραγγέλλειν.) — νεώς kollekt., μακρός, Schol. M πολεμικῆς.

382. δή urgierend, einen stillen Vorwurf enthaltend. Herod. 8, 76 οὐδὲν ἀποκοιμηθέντες παραρτέοντο. — δι. καθίστασαν. Schol. rec. ἐποίουν διαπλέοντα. Vgl. Eur. Andr. 635 ὅς κλάοντά σε καταστήσει (Sch.: ,sie stellten auf').

384. οὐ μάλα .. οὐδαμῇ leichte Ironie; vgl. zu 325.

386. γε hinter ἐπεί den ganzen Satz als entscheidend hervorhebend; häufiger wie τραχύς γε μέντοι δῆμος Sep. 1044. — λευκόπωλος ἡμ. auch Soph. Ai. 673; Od. 23, 244 von der Eos; vgl. ἅρμα νυκτός Ch. 660.

388. ἠχῇ ,lautschallend'. Geibel: ,und stimmet ein mit Schalle'; auch Il. 2, 209 allein, sonst ἠχῇ θεσπεσίῃ; vgl. Hesiod. Sc. 438. — ὄρθιον, nicht mit Blomf. sc. νόμον, sondern adverbial ,hell, laut', wie ὀνακωκίσας λιγύ 468. Eur. Her. 830 ἐπεὶ δ᾽ ἐστήμην᾽ ὄρθιον σάλπιγγι.

391. φόβος, Schreck. Stadtmüller will τάφος, unnötig.

392. Vgl. Soph. Ai. 1382 καί μ᾽ ἔψευσας ἐλπίδος πολύ, Eur. Iph. A. 472 ἐλπίδος δ᾽ ἀπεσφάλην. — οὐ nur zu ὡς φυγῇ, genau würde folgen ἀλλ᾽ ὡς ἀφορμῇ. — παιᾶνα .. ἐς μάχην ὁρμῶντες: Thuk. 1, 50 ἤδη ἐπεπαιάνιστο αὐτοῖς ὡς ἐς ἐπίπλουν, wozu Schol. δύο παιᾶνας ᾖδον οἱ Ἕλληνες, πρὸ μὲν τοῦ πολέμου τῷ Ἄρει, μετὰ δὲ τὸν πόλεμον τῷ Ἀπόλλωνι. Der Schlachtrufselbst erst unmittelbar am Feinde: Xen. Anab. 1, 8, 18. — Von den Zwistigkeiten im Heere der Griechen kann der Bote nichts wissen; so darf der Dichter davon schweigen.

395. πάντ᾽ ἐκ. alles dort, Schol. M τὰ τῶν Ἑλλήνων. — ἐπέφλεγεν, Schol. rec. λαμπρῶς ἐπεῖχε, erfüllte mit hellem Tone, ὕμνοι φλέγονται Bacchyl. 13, 12; Virg. A. 10, 895 clamore incendunt coelum. Soph. Oed. r. 186 παιὰν δὲ λάμπει. Vgl. κτύπον δέδορκα Sept. 103. (Sch. mit Schol. M ἐξέκαιεν καὶ ἀνήγειρεν, Virg. A. 6, 165 aere ciere viros, Martemque incendere cantu;

εὐθὺς δὲ κώπης ῥοθιάδος ξυνεμβολῇ
ἔπαισαν ἅλμην βρύχιον ἐκ κελεύματος,
θοῶς δὲ πάντες ἦσαν ἐκφανεῖς ἰδεῖν.
τὸ δεξιὸν μὲν πρῶτον εὐτάκτως κέρας
ἡγεῖτο κόσμῳ, δεύτερον δ᾽ ὁ πᾶς στόλος   400
ἐπεξεχώρει, καὶ παρῆν ὁμοῦ κλύειν
πολλὴν βοήν· ‚ὦ παῖδες Ἑλλήνων ἴτε,
ἐλευθεροῦτε πατρίδ᾽, ἐλευθεροῦτε δὲ
παῖδας, γυναῖκας, θεῶν τε πατρῴων ἕδη,
θήκας τε προγόνων· νῦν ὑπὲρ πάντων ἀγών.‘   405
καὶ μὴν παρ᾽ ἡμῶν Περσίδος γλώσσης ῥόθος
ὑπηντίαζε, κοὐκέτ᾽ ἦν μέλλειν ἀκμή.
εὐθὺς δὲ ναῦς ἐν νηὶ χαλκήρη στόλον
ἔπαισεν· ἦρξε δ᾽ ἐμβολῆς Ἑλληνικὴ

aber der Aufbruch auf das Signal im folg. Verse mit εὐθὺς δέ als etwas Neues gebracht). — αὐτῇ, Homer. Wort. — ξυνεμβολῇ, das gleichzeitige Einschlagen nach dem vom κελευστής angegebenen Takte. — ῥοθιάδος, βρύχιον, auch rhythmisch malend.

399. δεξιόν. Nach Diodor 11, 18 standen die Agineten und Megarer auf dem rechten Flügel, nach Herodot 8, 85 die Lakedämonier. Die Athener standen nach beiden auf dem linken, westlichen Flügel. Trotzdem Schol. M zu δεξιόν: τὸ Θεμιστοκλέους. Dies setzt voraus, daß der Bote vom persischen Standpunkte aus rechnet, was doch unwahrscheinlich. Freilich wurde der Kampf auf dem westlichen Flügel eröffnet (zu 409); doch ἐκφανεῖς, ἡγεῖτο, ἐπεξεχώρει deuten hier erst auf den Übergang in die Schlachtlinie, welche dann ohne Halt sofort vorging (408 εὐθύς. Her. 8, 84 ἀναγομένοισι δέ σφι αὐτίκα ἐπεκέατο οἱ βάρβαροι). — εὐτάκτως auf die Aufstellung, κόσμῳ auf das Fahren. Her. 8, 86 τῶν μὲν Ἑλλήνων σὺν κόσμῳ ναυμαχεόντων κατὰ τάξιν. — παῖδες Ἑλλ., vgl. Homers υἷες

Ἀχαιῶν. — ὁμοῦ· ὁμοῦ τῷ κινεῖσθαι Schol. rec. (Weil: ex propinquo.) — ἕδη. Schol. rec. τὰ ἀγάλματα; vielmehr die Tempel; ἕδος sonst immer bei Aesch. ‚Sitz‘. (Timaeus lex. Plat.: ἕδος τὸ ἄγαλμα καὶ ὁ τόπος ἐν ᾧ ἵδρυται) Plat. leg. 3, 699 ἤμυνεν ἱεροῖς τε καὶ τάφοις καὶ πατρίδι καὶ τοῖς ἄλλοις οἰκείοις τε ἅμα καὶ φίλοις.

406. ῥόθος graecum narratorem prodit. Weil. Indes der Gegensatz zu dem μολπηδὸν εὐφημῆσαι (389) wenigstens mufste auch dem Perser auffallen. Curt. 3, 10: iam in conspectu utraque acies erat, cum priores Persae inconditum et trucem sustulere clamorem. — ἀκμή, Schol. rec. καιρός. Soph. Ai. 811 οὐχ ἕδρας ἀκμή u. s. ö. Mehr in eigentl. Bdtg. Ag. 1353 τὸ μὴ μέλλειν δ᾽ ἀκμή.

408. χαλκ. στόλον, das erzbeschlagene Rüstzeug, d. h. τὸν ἔμβολον; vgl. 416.—Ἑλληνική. Aesch. sagt nicht einmal, daß es ein athenisches gewesen (angedeutet durch Φοινίσσης, vgl. Her. 8, 85: κατὰ μὲν Ἀθηναίους ἐτετάχατο Φοίνικες), geschweige dafs er dessen Führer nennt, den Ἀμεινίας (s. Einleitung S. 2), wie denn auch nicht ein

ναῦς, κἀποθραύει πάντα Φοινίσσης νεὼς 410
κόρυμβ', ἐπ' ἄλλην δ' ἄλλος ηὔθυνεν δόρυ.
τὰ πρῶτα μέν νυν ῥεῦμα Περσικοῦ στρατοῦ
ἀντεῖχεν· ὡς δὲ πλῆθος ἐν στενῷ νεῶν
ἤθροιστ', ἀρωγή γ' οὔτις ἀλλήλοις παρῆν,
αὐτοὶ δ' ὑφ' αὑτῶν ἐμβολαῖς χαλκοστόμοις 415
παίοντ', ἔθραυον πάντα κωπήρη στόλον·
Ἑλληνικαί τε νῆες οὐκ ἀφρασμόνως
κύκλῳ πέριξ ἔθεινον, ὑπτιοῦτο δὲ
σκάφη νεῶν, θάλασσα δ' οὐκέτ' ἦν ἰδεῖν,
ναυαγίων πλήθουσα καὶ φόνου βροτῶν. 420
ἀκταὶ δὲ νεκρῶν χοιράδες τ' ἐπλήθυον,
φυγῇ δ' ἀκόσμως πᾶσα ναῦς ἠρέσσετο,
ὅσαιπερ ἦσαν βαρβάρου στρατεύματος.
τοὶ δ' ὥστε θύννους ἤ τιν' ἰχθύων βόλον

mal des Themistokles Name vorkommt. (Schol. rec. ναῦς Ἀθηναϊκή,
ἤγουν ὁ Λυκομήδης ὁ Αἰσχραίου
παῖς mit Plutarch Them. 15; aber
dies Verwechselung mit der Schlacht
bei Artemisium, Her. 8, 11). Ander-
seits nahmen die Agineten jene
Ehre bei Salamis für sich in An-
spruch, Her. 8, 84, weil kurz vor
Beginn der Schlacht das κατὰ τοὺς
Αἰακίδας (8, 64) nach Ägina entsandte Schiff zurückkehrte und sich
gewifs erst durchzuschlagen hatte.
— δόρυ, Schol. M τὴν ναῦν, wie
Eur. Hel. 1630 Ἑλλάδ' εὐθύνειν δόρυ
und Cycl. 15. Auch Aesch. πόντος
ἠρόθη δορί Suppl. 1007 u. ö.
ηὔθ., so hier auch M (773). Meisterhans, a. O. 78: Temporales Augment
nehmen in der guten Zeit auch die
mit εὐ beginnenden Verba an.
413. ἐν στενῷ ἤθρ., indem die
Schiffe der hinteren Linien sich
nach vorn drängten. Herod. VIII, 89.
414. γ' für δ' (so M) Prince;
γέ den Gegensatz schärfend wie
168, Eur. Andr. 239 σύ δ' οὐ λέγεις γε, δρᾷς δέ.
415. ἐμβολαῖς χαλκ., das Abstr.

,mit erzgeschnäbeltem Einrennen'
poetischer als das von Stanley ein-
gesetzte ἐμβόλοις. (Thuk. 7, 70 stellt
zwar die ἐμβολή als absichtliches
Einrennen der προσβολή als dem
zufälligen Anrennen entgegen, doch
eben nur durch die scharfe Gegenüberstellung der Präpos. an dieser
Stelle.) — στόλον remorum appara-
tum. Schütz. — φόνου. Schol. rec.
γέμουσα τῶν νεκρῶν. Soph. Ai.
548 νεοσφαγής φόνος ,das erwürgte
Vieh'.
422. ἀκόσμως, während 470 ἀκόσμῳ, weil hier von den einzelnen
Schiffen.
424. Von den ungeheuren Scharen,
in denen die Thunfische im Mittel-
meere ziehen, wissen die Alten
viel zu erzählen, z. B. Philostr.
Imag. 1, 13. Oppian Halieut. 3, 643.
Plin. N. H. 9, 2. Die Vergleichung
mit dem Harpunieren der Fische
auch Od. 10, 124 ἰχθῦς δ' ὣς πεί-
ροντες. S. Anh. — ἤ τιν' vel alium
quempiam iactum piscium. Bothe.
βόλος wie ,iactus' eigentl. der mit
einem Wurf des Netzes gemachte
Fang, dann allgem. ἄγρα, wie Schol.

ἀγαῖσι κωπῶν θραύμασίν τ' ἐρειπίων 425
ἔπαιον, ἐρράχιζοῖ, οἰμωγὴ δ' ὁμοῦ
κωκύμασιν κατεῖχε πελαγίαν ἅλα,
ἕως κελαινῆς νυκτὸς ὄμμ' ἀφείλετο.
κακῶν δὲ πλῆθος, οὐδ' ἂν εἰ δέκ' ἤματα
στοιχαγοροίην, οὐκ ἂν ἐκπλήσαιμί σοι. 430
εὖ γὰρ τόδ' ἴσθι, μηδάμ' ἡμέρᾳ μιᾷ
πλῆθος τοσοῦτ' ἀριθμὸν ἀνθρώπων θανεῖν.

ΑΤ. Αἰαῖ, κακῶν δὴ πέλαγος ἔρρωγεν μέγα
Πέρσαις τε καὶ πρόπαντι βαρβάρων γένει.
ΑΓΓ. εὖ νῦν τόδ' ἴσθι, μηδέπω μεσοῦν κακόν· 435
τοιάδ' ἐπ' αὐτοῖς ἦλθε συμφορὰ πάθους,
ὡς τοῖσδε καὶ δὶς ἀντισηκῶσαι ῥοπῇ.
ΑΤ. καὶ τίς γένοιτ' ἂν τῆσδ' ἔτ' ἐχθίων τύχη;
λέξον τίν' αὖ φῆς τήνδε συμφορὰν στρατῷ
ἐλθεῖν κακῶν ῥέπουσαν ἐς τὰ μάσσονα. 440

M. — οἰμωγή, wohl derer, die in Not sind, κακ. der zum Tode Getroffenen: Jammern u. Wehgeheul. — πελαγίαν, Od. 5, 335 ἁλὸς ἐν πελάγεσσιν. — νυκτὸς ὄμμα. Schol. M ἡ νὺξ ἐπιγινομένη. ‚So wird auch anderwärts der Nacht ein Auge zugeschrieben, weil auch sie nach einer volkstümlich-poetischen Vorstellung trotz der Dunkelheit dasjenige sieht, was während ihrer Dauer geschieht.' Köchly zu νυκτὸς ὄμμα λυγαίας Eur. Iph. T. 110. Einfacher, aber weniger poet., Hartung: ὄμμα ‚das Angesicht, die Erscheinung der Nacht'. An den Mond (Klotz zu Eur. Phön. 546, wie Sept. 390 πανσέληνος νυκτὸς ὀφθαλμός) ist nicht zu denken. — ἀφείλετο, ohne Obj.: ‚dem ein Ende machte'; vgl. 418 ἔθεινον, παραγγείλας 469 u. zu 128. Xen. Hell. l, 2, 16 μέχρι σκότος ἀφείλετο. (Schol. M erg. τὴν μάχην, Blomf. οἰμωγίην; eher τὸ ἔργον: Thuk. 4, 134 ἀφελομένης νυκτὸς τὸ ἔργον.)
429. δέκ' ἤματα. Od. 3, 115 οὐδ'

εἰ πεντάετες κτλ. — στοιχαγ., Schol. M ἐφεξῆς λέγοιμι, στοιχομυθοίην. Verbum aliunde non magis cognitum quam στοιχομυθεῖν, quod Hesychius et Photius annotarunt per τὸ ἑξῆς λέγειν interpretati. Dindorf. Vgl. zu 337.
433. ἔρρωγεν. Die prägnante Bedeutung ‚die Hemmnisse brechen u. hereinstürzen' auch beim Simpl. nicht selten: Eur. Hipp. 1338 σοὶ τάδ' ἔρρωγεν κακά; selbst im Präs. Soph. Oed. r. 1076 ὁποῖα χρῇζει ῥηγνύτω.
435. μεσοῦν (Inf.), Eur. Med. 60 ἐν ἀρχῇ πῆμα κοὐδέπω μεσοῖ. — ἐπί mit Dat. dichterisch bei Verben d. Bewegung (Sept. 714), besonders feindlicher, vgl. 943 (d. Acc. Prom. 864). — ἀντισ. ῥοπῇ, was Ag. 574 kurz ἀντιρρέπει.
439. συμφορὰν κακῶν wie 436 συμφ. πάθους. Auch im übrigen nimmt Atossa die Worte des Boten wieder auf. — ἐς τὰ μάσσονα, adverbiell; Oed. r. 700 σὲ γὰρ τῶνδ' ἐς πλέον, γύναι, σέβω.

5*

ΑΓΓ. Περσῶν ὅσοιπερ ἦσαν ἀκμαῖοι φύσιν,
    ψυχήν τ' ἄριστοι κεὐγένειαν ἐκπρεπεῖς,
    αὐτῷ τ' ἄνακτι πίστιν ἐν πρώτοις ἀεί,
    τεθνᾶσιν αἰσχρῶς δυσκλεεστάτῳ μόρῳ.
ΑΤ. οἲ 'γὼ τάλαινα συμφορᾶς κακῆς, φίλοι.   445
    ποίῳ μόρῳ δὲ τούςδε φῂς ὀλωλέναι;
ΑΓΓ. νῆσός τις ἐστὶ πρόσθε Σαλαμῖνος τόπων,
    βαιά, δύςορμος ναυσίν, ἣν ὁ φιλόχορος
    Πὰν ἐμβατεύει, ποντίας ἀκτῆς ἔπι.
    ἐνταῦθα πέμπει τούςδ', ὅπως, ὅταν νεῶν   450
    φθαρέντες ἐχθροὶ νῆσον ἐκσῳζοίατο,
    κτείνοιεν εὐχείρωτον Ἑλλήνων στρατόν,
    φίλους δ' ὑπεκσῴζοιεν ἐναλίων πόρων,
    κακῶς τὸ μέλλον ἱστορῶν. ὡς γὰρ θεὸς
    ναῶν ἔδωκε κῦδος Ἕλλησιν μάχης,   455
    αὐθημερὸν φάρξαντες εὐχάλκοις δέμας

447. *νῆσος*. Her. 8, 76 ἐς τὴν νη-
σῖδα τὴν Ψυττάλειαν, μεταξὺ Σα-
λαμῖνός τε κειμένην καὶ τῆς ἠπείρου, πολλοὺς τῶν Περσίων ἀπε-
βιβάσαντο. Jetzt Lipsocatalia. —
Schol. rec. ἐρήμοις οὗτος ὁ θεὸς
ἐνδιατρίβειν εἰώθει stimmt zu
Strabo 9, 395 νησίον ἔρημον καὶ
πετρῶδες. Vgl. Hom hymn. 18, 6
ὃς πάντα λόφον νιφόεντα λέλογχε
.. καὶ πετρήεντα κέλευθα. (Sch.
zog π. ἄκτης ἔπι zu ἐμβατεύει, ohne
das Komma, nach Theokr. 5, 14 τὸν
Πᾶνα τὸν ἄκτιον; dort weilt der
Gott, weil der Strand einsam zu sein
pflegt; indes hier unpassende Beschränkung.) Pausanias 1, 36, 2
spricht von den kunstlosen Pan-
Bildern auf der Insel. (Die Erscheinung des Gottes im ersten Krieg
Her. 6, 105).
450. *νεῶν* zu ἐκσῳζ. — *φθαρέν-*
τες, vgl. Eur. Iph. T. 276 ναυτίλους
ἐφθαρμένους. (Sch. zog den Gen.
zu φθαρέντες, wie Od. I, 195 βλά-
πτουσι κελεύθου und Theogn. 223
νόου βεβλαμμένος ἐσθλοῦ'.) — *νῆ-*
σον, vgl. 178 γῆν; in ἐκσῳζοίατο

liegt der Begriff der Bewegung; das
Präs.: sich zu retten versuchten. —
„Der Präsensstamm zeigt bis 160
v. Chr. beständig Iota prosgegram-
menon, welches vereinzelt auch
in die anderen Tempora eindringt.'
Meisterhans, a. 0. 87.
452. *στρατόν* auffallend; wohl
εὐχείρ. στρατόν ironisch, als ob
die Griechen haufenweise hinfliehen
würden, die Perser nur einzeln. —
Her. 8, 76 ἵνα τοὺς μὲν περιποιώσι,
τοὺς δὲ διαφθείρωσι, offenbar im
Hinblick auf diese St. — *πόρων* wie
367. — *ἱστορῶν*, Schol. M σκοπῶν,
vielmehr ‚kennend‘, wie Eum. 455.
— Il. 8, 216 ὅτε οἱ Ζεὺς κῦδος ἔδω-
κεν. — *ναῶν .. μάχης*, gesperrte
Stellung, weil *ναῶν* im Gegensatz
steht. — *φάρξαντες*, zwar Herod.
VIII, 95 παραλαβὼν πολλοὺς τῶν
ὁπλιτέων, οἳ παρατετάχατο παρὰ
τὴν ἀκτὴν τῆς Σαλαμινίης χώρης ..
ἀπέβησε. Doch auch von den Schiffen
werden Hopliten gekommen sein;
freilich stellt man sich die Epibaten
wenigstens schon in Hoplitenrüstung
vor. — *φάρξαντες* Dindorf (ebenso

ὅπλοισι νεῶν ἐξέθρῳσκον· ἀμφὶ δὲ
κυκλοῦντο πᾶσαν νῆσον, ὥστ' ἀμηχανεῖν
ὅποι τράποιντο· πολλὰ μὲν γὰρ ἐκ χερῶν
πέτροισιν ἠράσσοντο, τοξικῆς τ' ἀπὸ   460
θώμιγγος ἰοὶ προςπίπτοντες ὤλλυσαν·
τέλος δ' ἐφορμηθέντες ἐξ ἑνὸς ῥόθου
παίουσι, κρεοκοποῦσι δυστήνων μέλη,
ἕως ἁπάντων ἐξαπέφθειραν βίον.
Ξέρξης δ' ἀνῴμωξεν κακῶν ὁρῶν βάθος·   465
ἕδραν γὰρ εἶχε παντὸς εὐαγῆ στρατοῦ,
ὑψηλὸν ὄχθον ἄγχι πελαγίας ἁλός·
ῥήξας δὲ πέπλους κἀνακωκύσας λιγύ,
πεζῷ παραγγείλας ἄφαρ στρατεύματι
ἵησ' ἀκόσμῳ ξὺν φυγῇ. τοιάνδε σοι   470
πρὸς τῇ πάροιθε συμφορὰν στένειν πάρα.

ΑΤ.   Ὦ στυγνὲ δαῖμον, ὡς ἄρ' ἔψευσας φρενῶν

ναύφαρκτος 950, 1028); φράξαν-
τες M. „Das Altattische bildet die
Tempora vom Stamme φαρκ- (vgl.
lat. farc-io). Später dringt die Analogie des Präsensstammes durch.'
Meisterhans, a. O. 89.
458. ἀμηχανεῖν, Schol. M τοὺς
Πέρσας; welche auch in dem zugehörigen γάρ-Satze Subjekt bleiben;
mit ἐφορμηθέντες 462 aber wird
wieder an κυκλοῦντο angeknüpft.
Das γάρ 459 auf den Zwischengedanken: sie hätten den Platz
nämlich gern verlassen. (Weils νυν
entbehrlich.)
462. ἐξ wie 397 ἐκ κελεύματος,
Choeph. 72 ἐκ μιᾶς ὁδοῦ. ῥύθος 406.
— ἁπάντων. Herod. a. O. κατεφόνευ-
σαν πάντας, Plut. Arist. 9 ἀπέκτει-
νε πάντας, πλὴν ὅσοι τῶν ἐπιφα-
νῶν ζῶντες ἥλωσαν· ἐν δὲ τού-
τοις ἦσαν ἀδελφῆς βασιλέως ὄνομα
Σανδαύκης τρεῖς παῖδες. Die Zahl
der Perser nach Paus. 1, 36 ὅσον
τετρακοσίους.
465. ἀνῴμωξεν. Der Rhythmus
malend, vgl. 251. Westphal², II,

482. — ἕδραν. Her. 8, 90 κατήμε-
νος ὑπὸ τῷ οὔρεϊ τῷ ἀντίον Σαλαμῖνος, τὸ καλέεται Αἰγάλεως. Der
Sessel des Xerxes (δίφρος ἀργυρό-
πους) kam als Weihgeschenk in den
Parthenon: Demosth. g. Tim. 129 u.
Harpokr. — εὐαγής, einen klaren
Blick über das gr. Heer gewährend.
εὐᾱγής (zu untersch. von εὐᾰγής
von ἄγνυμι) eigentl. rein gehalten,
ohne Trübung, klar, z. B. αἰθήρ;
aber dann auch aktiv, vom klaren
Sehen in der Morgenstunde neben
εὔηκοος bei Hippokr. san. vict. rat.
2, 11, u. Eur. Suppl. 651 ἔστην θεα-
τής, πύργον εὐαγῆ λαβών, einen,
der eine freie Aussicht gab. Mit
Genet. so freilich nur hier. — ἵησ',
intr., wie von Flüssen Od. 11, 239.
7, 130 und öfters ἐξίημι: mit persönlichem Subjekt ἵεμεν Rhesus 291.
— ἄφαρ, anders Her. 8, 108. 113:
ἐπισχόντες ὀλίγας ἡμέρας. — ξὺν
wie 755 ξὺν αἰχμῇ, Soph. Ant. 674
σὺν μάχῃ δορός, 1266 νέῳ ξὺν μόρῳ
ἔθανες. Bernh. Synt. 214.
472. δαῖμον. Es liegt schon von

Πέρσας· πικρὰν δὲ παῖς ἐμὸς τιμωρίαν
κλεινῶν Ἀθηνῶν ηὗρε, κοὐκ ἀπήρκεσεν
οὓς πρόσθε Μαραθὼν βαρβάρων ἀπώλεσεν·   475
ὧν ἀντίποινα παῖς ἐμὸς πράξειν δοκῶν
τοσόνδε πλῆθος πημάτων ἐπέσπασεν.
[σὺ δ' εἰπέ, ναῶν αἳ πεφεύγασιν μόρον,
ποῦ τάσδ' ἔλειπες· οἶσθα σημῆναι τορῶς;]

ΑΓΓ. ναῶν δὲ ταγοὶ τῶν λελειμμένων σύδην   480
κατ' οὖρον οὐκ εὔκοσμον αἴρονται φυγήν·
στρατὸς δ' ὁ λοιπὸς ἔν τε Βοιωτῶν χθονὶ
διώλλυθ', οἱ μὲν ἀμφὶ κρηναῖον γάνος
δίψῃ πονοῦντες, οἱ δ' ὑπ' ἄσθματος κενοί·
οἱ δ' ἐκπερῶμεν ἔς τε Φωκέων χθόνα   485
καὶ Δωρίδ' αἶαν, Μηλιᾶ τε κόλπον, οὗ
Σπερχειὸς ἄρδει πεδίον εὐμενεῖ ποτῷ·
κἀντεῦθεν ἡμᾶς γῆς Ἀχαιΐδος πέδον
καὶ Θεσσαλῶν πόλεις ὑπεσπανισμένους
βορᾶς ἐδέξαντ'· ἔνθα δὴ πλεῖστοι θάνον   490
δίψῃ τε λιμῷ τ'· ἀμφότερα γὰρ ἦν τάδε.

Homer an in dem Wort eine Neigung, diejenige dunkle Macht zu bezeichnen, welche ins menschliche Leben verderblich eingreift. Nägelsbach, Nachhom. Theol. p. 115. — ἐψ. φρενῶν, Prom. 472 ἀποσφαλεὶς φρενῶν. Vgl. 392. — ὄρ', Rückschlufs aus den mitgeteilten Thatsachen. Vgl. 733. — τιμωρίαν. Her. 7, 8 ἵνα Ἀθηναίους τιμωρίσωμαι, ὅσα δὴ πεποιήκασι Πέρσας τε καὶ πατέρα τὸν ἐμόν. 5, 105 ὦ Ζεῦ, ἐκγενέσθαι μοι Ἀθηναίους τίσασθαι. — ἀπήρκεσαν, sc. ὀπολέσαι. Freilich ἀπήρκεσαν (so Sch. mit recc.) liegt nahe. — ἐπέσπασεν. Od. 18, 73 ἐπίσπαστον κακόν.

481. κατ' οὖρον, Schol. rec. ὅπου αὐτοῖς ὁ ἄνεμος φέρει.

482. Hier bleibt Mardonios und das in Griechenland zurückgelassene Heer zunächst (s. 796) unerwähnt, um den Eindruck nicht zu schwächen. στρατός in der Tonstelle, weil

Gegensatz zu ναῶν; λοιπός superstes, wie 508; in Hinsicht auf den Verlust auf Psyttaleia. — Das dem ἔν τε Βοιωτῶν χθονί entspr. Glied ἔς τε Φωκέων χθόνα ἐκπ. ist, da in die Teilung eine zweite mit μὲν — δέ eingeschoben ist, anakoluthisch mit οἱ δέ fortgesetzt.

483. κρ. γάνος, Labsal nur aus Quellen, die selbstverständlich für das Heer nicht reichten; εὐμενεῖ πότῳ 487 macht den Gegensatz. ἀμφί wohl örtlich.

484. ὑπ' ἄσθματος prägnant; „sie keuchten vorwärts" auch deutsch möglich. — εὐμενεῖ. Soph. Ai. 418 Σκαμάνδριοι ῥοαί, εὔφρονες Ἀργείοις.

489. Ἀχαιΐδος, nämlich Phthiotis. — λιμᾷ, der nach Her. 8, 115 die Perser sogar Gras, Baumrinde und Blätter zu essen zwang. — ἦν bitterer Gegensatz zu ὑπεσπανισμ. βορᾶς 489.

Μαγνητικὴν δὲ γαῖαν ἔς τε Μακεδόνων
χώραν ἀφικόμεσϑ᾽, ἐπ᾽ Ἀξίου πόρον,
Βόλβης ϑ᾽ ἕλειον δόνακα, Πάγγαιόν τ᾽ ὄρος,
Ἠδωνίδ᾽ αἶαν· νυκτὶ δ᾽ ἐν ταύτῃ ϑεὸς   495
χειμῶν᾽ ἄωρον ὦρσε, πήγνυσιν δὲ πᾶν
ῥέεϑρον ἁγνοῦ Στρυμόνος. ϑεοὺς δέ τις
τὸ πρὶν νομίζων οὐδαμοῦ, τότ᾽ ηὔχετο
λιταῖσι, γαῖαν οὐρανόν τε προσκυνῶν.
ἐπεὶ δὲ πολλὰ ϑεοκλυτῶν ἐπαύσατο   500
στρατός, περᾷ κρυσταλλοπῆγα διὰ πόρον.
χὤστις μὲν ἡμῶν, πρὶν σκεδασϑῆναι ϑεοῦ
ἀκτῖνας, ὡρμήϑη, σεσωσμένος κυρεῖ.
φλέγων γὰρ αὐγαῖς λαμπρὸς ἡλίου κύκλος
μέσον πόρον διῆκε, ϑερμαίνων φλογί·   505

492. Μαγν., im Tempe-Thale, wo die Magneten Μακεδόνων τοῖς Πιεριώταις ὅμοροι, Strabo 443. Vgl. Hesiod fr. 23. — ubi casus obliquus significationem localem aut temporalem habet, ibi prorsus nihil interest utrum praepositionem priori nomini detractam an posteriori ex abundanti additam dicamus. Lobeck zu Soph. Ai. 397. Eum. 692 τό τ᾽ ἦμαρ καὶ κατ᾽ εὐφρόνην ὅμως.

495. Pangäusgebirge und Edonerland liegen jenseits des Strymon; also ταύτῃ zurückgreifend: in der letzten Nacht, bevor sie dorthin kamen. (Sch. nahm ungenaue Ordnung an.) — ἄωρον. Xerxes gelangte an den Hellespont in 45 Tagen (Herodot 8, 115) von seiner Trennung von Mardonios an. Die Schlacht fand am 20. Boedromion, nach Boeckh = d. 21. Sept., statt. Dafs ein Flufs von der Breite des Strymon etwa im Anfang des November in einer Nacht so hart frieren konnte, hält Grote (der auch die vorhergehenden Leiden des Heeres als übertrieben zu erweisen sucht) für unglaublich. Es wird aber beim Aufbruch und in Thessalien mehr Zeit hingegangen sein. Auf dem Hinweg fand das Heer über den Strymon nach Xerxes' Auftrag eine Brücke geschlagen. Her. 7, 24. 114. — ἁγνοῦ. Her. 1, 138 (Πέρσαι) σέβονται ποταμοὺς μάλιστα. Doch auch Suppl. 254 wohl richtig ἁγνὸς Στρύμων hergestellt. Vgl. zu 499.

498. Sch. merkte an: ‚οὐδαμοῦ wie Soph. Ant. 183 τοῦτον οὐδαμοῦ λέγω‘, also: nullo honoris loco habebat. Doch οὐδαμοῦ und γαῖαν οὐρ. τε Gegensatz; also: qui nusquam deos agnoscebat (Xen. mem. I, 1 ἀδικεῖ ὁ Σωκράτης, οὓς μὲν ἡ πόλις νομίζει ϑεοὺς οὐ νομίζων). — γαῖαν οὐρανόν τε wie Soph. Oed. C. 1654. Eur. Med. 57. Hipp. 672 ἰὼ γᾶ καὶ φῶς: da bedarf daher nicht gerade der Hinweisung auf die von den Persern verehrten Gottheiten, Her. 1, 131.

501. διὰ πόρον. ‚Am seltensten wird die vorletzte Thesis aufgelöst, bei d. Trag. nur, wenn eine kurze Silbe vorhergeht u. meist nur mit Cäsur davor.‘ Westph.² II. 494. — ϑεοῦ wie Eur. Med. 350 εἴ σ᾽ ἡ ᾽πιοῦσα λαμπὰς ὄψεται ϑεοῦ. 503, d. Vers wie 465. 509.

505. πόρον Flufslauf, wie 493. —

πῖπτον δ᾽ ἐπ᾽ ἀλλήλοισιν· ηὐτύχει δέ τοι
ὅστις τάχιστα πνεῦμ᾽ ἀπέρρηξεν βίου.
ὅσοι δὲ λοιποὶ κἄτυχον σωτηρίας,
Θρήκην περάσαντες μόγις πολλῷ πόνῳ,
ἥκουσιν ἐκφυγόντες, οὐ πολλοί τινες,   510
ἐφ᾽ ἑστιοῦχον γαῖαν· ὡς στένειν πόλιν
Περσῶν, ποθοῦσαν φιλτάτην ἥβην χθονός.
[ταῦτ᾽ ἔστ᾽ ἀληθῆ· πολλὰ δ᾽ ἐκλείπω λέγων
κακῶν ἃ Πέρσαις ἐγκατέσκηψεν θεός.]

ΧΟ. Ὦ δυςπόνητε δαῖμον, ὡς ἄγαν βαρὺς   515
      ποδοῖν ἐνήλου παντὶ Περσικῷ γένει.
ΑΤ. οἲ ᾽γὼ τάλαινα διαπεπραγμένου στρατοῦ·
      ὦ νυκτὸς ὄψις ἐμφανὴς ἐνυπνίων,
      ὡς κάρτα μοι σαφῶς ἐδήλωσας κακά.
ῷ. ὑμεῖς δὲ φαύλως αὖτ᾽ ἄγαν ἐκρίνατε.   520
      ὅμως δ᾽, ἐπειδὴ τῇδ᾽ ἐκύρωσεν φάτις
      ὑμῶν, θεοῖς μὲν πρῶτον εὔξασθαι θέλω·
      ἔπειτα γῇ τε καὶ φθιτοῖς δωρήματα
      ἥξω λαβοῦσα πέλανον ἐξ οἴκων ἐμῶν·
      ἐπίσταμαι μὲν ὡς ἐπ᾽ ἐξειργασμένοις,   525

δῖκε διελθεῖν καὶ ῥεῦσαι ἐποιη-
σε (von διῖημι) Schol. M.
509. Pronunciandi difficultas la-
borem ab exercitu Persico exhau-
stum optime exprimit. Porson praef.
Eur. Hec. XXVI. — οὐ πολλοί. Her.
8, 115 ἀπάγων τῆς στρατιῆς οὐδὲν
μέρος ὡς εἰπεῖν. — ὡς στένειν =
ὥστε, wie mehrfach bei Aesch. (437,
Ag. 546 ὡς πολλά μ᾽ ἀναστένειν);
später immer seltener. — πόλιν,
das Perservolk, soweit zu ihm jene
Übriggebliebenen schon gekommen
sind (ἥκουσιν 510). — Der Bote
scheint sich nachher dem Gefolge
der Atossa anzuschliefsen. Während des folgenden Chorgesangs erhält dann die Stadt die Unglücks-
kunde.
515. δυςπόνητε, Schol. rec. χαλε-

πούς πόνους ἡμῖν ἐμποιήσας, auch
Soph. Oed. C. 1614 δυςπόνητον
τροφήν in derselben Bdtg. — ἐνήλου wie Soph. Oed. T. 263 νῦν δ᾽
ἐς τὸ κείνου κρᾶτ᾽ ἐνήλαθ᾽ ἡ τύχη.
El. 456 ἐχθροῖσιν .. ἐπεμβῆναι
ποδί. Vgl. 163.
518. ἐμφανής deutlich; ἐμφανῆ
λόγον Eum. 420; nachträglich sieht
sie es selbst. — ἐκρίνατε, 226, κρι-
τῆς 227. — ἐκύρωσεν etwas anders
als 227: entschieden hat, vgl. κυ-
ρῶσαι δίκην Eum. 581, 639.
522. θεοῖς πρῶτον, nach 216;
das Gebet ist während des folg.
Chores zu denken.
523. δωρήματα Apposition. —
ἐπ᾽ ἐξειργασμένοις. Schol. zu Soph.
Ai. 377 ἐπὶ τετελεσμένοις καὶ ἴασιν
οὐκ ἔχουσιν. Ag. 1379, Cho. 739,

ἀλλ' ἐς τὸ λοιπὸν εἴ τι δὴ λῷον πέλοι,
[ἡμᾶς δὲ χρὴ 'πὶ τοῖσδε τοῖς πεπραγμένοις
πιστοῖσι πιστὰ ξυμφέρειν βουλεύματα·
καὶ παῖδ', ἐάν περ δεῦρ' ἐμοῦ πρόσθεν μόλῃ,
παρηγορεῖτε, καὶ προπέμπετ' ἐς δόμους,]   530
καὶ μή τι πρὸς κακοῖσι προςτεθῇ κακόν.

ΧΟΡΟΣ.

Ὦ Ζεῦ βασιλεῦ, νῦν ⟨μὲν⟩ Περσῶν
τῶν μεγαλαύχων καὶ πολυάνδρων
στρατιὰν ὀλέσας
ἄστυ τὸ Σούσων ἠδ' Ἀγβατάνων   535
πένθει δνοφερῷ κατέκρυψας·
   Πολλαὶ δ' ἀπαλαῖς χερσὶ καλύπτρας
κατερεικόμεναι
διαμυδαλέοις δάκρυσι κόλπους
τέγγουσ', ἄλγους μετέχουσαι.   540
   Αἱ δ' ἀβρόγοοι Περσίδες ἀνδρῶν
ποθέουσαι ἰδεῖν ἀρτιζυγίαν,

Herod. VIII, 94 u. ö. ohne ὡς; also
ὡς besser = ὡς ποιήσω ταῦτα
(vgl. 599). — εἰ = πειρασομένη,
εἰ. ἐς τὸ λ., ob wenigstens (Stellung) für die Zukunft (Eum. 708).
   527. ἡμᾶς im Gegensatz zu der
Götterhülfe gedacht. — πιστοῖσι
wohl neutr.: treuen Rat mit treuem
Rate vereinen. Schol. rec. anders:
ἡμῖν πιστοῖς οὖσιν εἰς ὑμᾶς mit der
La. ὑμᾶς. S. Anh.
   531. Vgl. Ag. 500 εὖ γὰρ πρὸς
εὖ φανεῖσι προςθήκη πέλοι. S. Anh.
   536. κατέκρυψας, Choeph. 51 ἀνή-
λιοι δνόφοι.καλύπτουσι δόμους. Il.
17, 591 τὸν δ' ἄχεος νεφέλη ἐκά-
λυψε μέλαινα.
   537, 541 eine Steigerung: πολλαὶ
.. ἄλγους μετέχουσαι, viele Frauen
in ganz Asien, auch Mütter und
Schwestern, teilen die Trauer; αἱ

δ' ἀβρόγοοι Περσίδες .. ἀκορεστά-
τοις, diese vor allen, eben wegen
der ἀβρότης (in ἀβροχίτωνας, χλιδανῆς wiederholt eingeprägt).
   539. διαμυδ. δάκρ. kühne Verbindung: mit zerfließenden Thränen;
aber noch nicht so kühn wie Cho.185
ὀμμάτων δίψιοι σταγόνες, (Plato,
Phaedr. 16 ἱδρὼς ξηρός), einfacher
freilich διαμυδαλέους (γρ. μυδα-
λέους πρὸς τὸ κόλπους rec.), wie
Hesiod. Sc. 270 und Soph. El.
166 δάκρυσι μυδαλέα. — κόλπος
hier offenbar der vom Gewande
bedeckte weibliche Busen, in welchem Sinne βαθύκολπος geradezu
hochbusig zu verstehen ist, vgl.
βαθυλήιος, βαθυχαίτης. Etwas anders Helbig a. O. 215.
   541. ἀβρόγοοι, Schol. M οἱ ἐν-
τρυφῶσαι τοῖς δάκρυσιν. — ἀρτιζυγίαν = τοὺς νεοζυγεῖς ἄνδρας.

λέκτρων εὐνὰς ἀβροχίτωνας,
χλιδανῆς ἥβης τέρψιν, ἀφεῖσαι,
πενθοῦσι γόοις ἀκορεστοτάτοις.   545
κἀγὼ δὲ μόρον τῶν οἰχομένων
αἴρω δοκίμως πολυπενθῆ.

στρ. α'.   Νῦν γὰρ δὴ πρόπασα μὲν στένει   γαῖ' Ἀσὶς
ἐκκεκενωμένα·
Ξέρξης μὲν ἄγαγεν, ποποῖ,   550
Ξέρξης δ' ἀπώλεσεν, τοτοῖ,
Ξέρξης δὲ πάντ' ἐπέσπε δυσφρόνως
βαρίδεσσι ποντίαις.
τίπτε Δαρεῖος μὲν οὔ- τω τότ' ἀβλαβὴς ἐπῆν   555
τόξαρχος πολιήταις,   Σουσίδαις φίλος ἄκτωρ;
ἀντ' α'.   Πεζούς γάρ τε καὶ θαλασσίους   ὁμόπτεροι κυα-
νώπιδες

— ἀφεῖσαι, privatae consuetudine
cum viris in lectis molliter stratis.
(Schütz). — τέρψις wie Ag. 611
οὐκ οἶδα τέρψιν .. ἄλλου πρὸς
ἀνδρός. — αἴρω, Sch. M βαστάζω.
Das Act. auch sonst wie d. Medium:
ἆθλον, δειλίαν αἴρειν Soph. Trach.
80. Ai. 75. (Andere αἴρω = λόγοις
ἐπαίρω; aber der Chor feiert in dem
Folgenden nicht ihren Heldentod.)
— δοκίμως πολυπ., in echter, tiefer
Trauer. S. zu 87.
550—557 sind mit Hermann als
Worte des klagenden Asiens zu
nehmen. ‚ἐπέσπε Aeschylus ab Ho-
mero mutuatus est.' Lobeck zu
Soph. Ai. 805. — δυσφρόνως. Blomfield ‚calamitose', weil, wie εὔφρων freundlich gesinnt und er-
freuend (Ag. 806 εὔφρων πόνος εὖ
τελέσασι), so δύσφρων feindlich und
betrübend; also hier tristi exitu ad-
ministravit, Gegens. ἀβλαβής 555;
indes liegt bei dem persönl. Subjekt die Auffassung, ‚übel beraten'
(nicht so schroff wie ἄφρων), näher;
vgl. Sept. 874, Soph. Ant. 1261. —

βαρίδεσσι π. instrum., zu allen drei
Sätzen, πάντ' ἐπέσπε letzter Grad
der Steigerung. βάρις nach Herod.
II, 96 urspr. ein ägypt. Fahrzeug;
das Fremdwort hilft mit, dem Gesange eine fremdländische Farbe zu
geben; deshalb auch mehrfach in
den Suppl. (836, 874), u. den Ποι-
μένες (Phrygern) des Soph. (fragm.
453); vgl. βαρβάρους βάριδας Eur.
Iph. A. 291; (in d. lat. Litt. baris
nur Prop. III, 11, 44; doch davon
[barica] barca, unser Barke; s. Bücheler, Rh. Mus. 42, 583).
555. Der Gegensatz zu Δαρεῖος
μέν nicht ausgesprochen; τόξαρχος
den βαρίδεσσι gegenübergestellt.
558. πεζούς mit Nachdruck vor-
auf, weil die Perser treffend und
die Kritik enthaltend. — γάρ. Schol.
rec. ἐπειδὴ τὸ τί ποτε διὰ μέσον
εἶπε. (Sch. bezog γάρ auf ein
gedachtes Ξέρξης δ' ἑτέρως.) —
ὁμόπτεροι. Hermann: naves ab
utraque parte pariter remis moven-
dis cursum suum peragentes (Passow: gleich flüchtig). Od. 11, 125

νᾶες μὲν ἄγαγον, ποποῖ,   560
νᾶες δ᾽ ἀπώλεσαν, τοτοῖ,
νᾶες πανωλέθροισιν ἐμβολαῖς,
διά τ᾽ Ἰαόνων χέρας.
τυτθὰ δ᾽ ἐκφυγεῖν ἄνακτ᾽ αὐτὸν ὡς ἀκοίομεν   565
Θρῄκης ἄμ πεδιήρεις δυσχίμους τε κελεύθους.

στρ. β'. Τοὶ δ᾽ ἄρα πρῶθ᾽ ὁμόφοιτοι, φεῦ, λειφθέντες πρὸς
    ἀνάγκαν, ἠέ, ἀκτὰς ἀμφὶ Κυχρείας, ὀᾶ,   570
    – – – στένε καὶ δακνά- ζου, βαρὺ δ᾽ ἀμβόασον οὐ-
    ράνι᾽ ἄχη, ὀᾶ,
    τεῖνε δὲ δυσβάϋ- κτον βοᾶ- τιν τάλαιναν αὐδάν. 575
ἀντ. β'. Γναπτόμενοι δ᾽ ἁλὶ δεινά, φεῦ, σκύλλονται πρὸς

οὐδ᾽ εὐήρε᾽ ἐρετμά, τάτε πτερὶ
νηυσὶ πέλονται. Pind. Ol. IX, 24
ναὸς ὑποπτέρου. — κυανώπιδας,
Homer öfter νεὸς κυανοπρώροιο.
Suppl. 716 καὶ πρῷρα πρόσθεν
ὄμμασι βλέπουσ᾽ ὁδόν (vgl. Helbig,
a. O. S. 161). — νᾶες δ᾽ ἀπώλεσαν,
nicht die athenischen (wie Schol.
rec.); vielmehr alle drei Male die
persischen; ἐμβολαῖς geht wohl auf
das Zusammenrennen der Perserschiffe (415), διά τ᾽ Ἰ. χ. auf die
Angriffe der Griechen, διά, weil
die Perserschiffe durch diese nur
mittelbar Verderben brachten (ἐμβ.
versteht Herm. von den Angriffen
der Perser, Sch. vom beiderseitigen
Anrennen).
565. τυτθά, Acc. des Maßes,
Schol. M ὃ ἡμεῖς λέγομεν παρ᾽
ὀλίγον. Il. XV, 628 τυτθὸν γὰρ
ὑπὲκ θανάτοιο φέρονται. — ἐκφυγεῖν vor dem Satz mit ὡς auffallend; sonst d. Inf. wie 188 nach.
566. Bei Aesch. ist in den Comp.
auf -ήρης das zweite Glied meist
nichts weiter als eine freie Art
von Adjektiv-Suffix; vgl. λευκήρη
τρίχα 1056 (s. Dettweiler, a. O.
S. 27).
568. πρὸς ἀνάγκαν = ἀνάγκῃ,
wie πρὸς βίαν πίνειν u. ä. Schol.
M πρὸς ἀν., τὴν τοῦ θανάτου.

Ὅμηρος· ἐπεὶ κατὰ μοῖρ᾽ ἐπέδησεν
(Od. 11, 291); also: die anfänglich
seine Begleiter waren, blieben nach
Schicksalszwang zurück bei Salamis. In Betr. der Konstr. des Part.
λειφθέντες Schol. M richtig τὸ
ἑξῆς τούτου ἐστίν ,σκύλλονται πρὸς
ἀναύδων'.
570. Schol. M τῆς Σαλαμῖνος,
wie Strabo 9, 393 (Σαλαμίς) ἐκαλεῖτο ἑτέροις ὀνόμασι· τὸ παλαιόν·
καὶ γὰρ Σκιρὰς καὶ Κύχρεια ἀπό
τινων ἡρώων. Danach Κυχρείας
Subst. und Genet. Daneben aber
Steph. Κυχρεῖος πάγος περὶ Σαλαμῖνα, wonach Κυχρ. Adj. und Acc.,
was auch die Stellung empfiehlt
(d. salam. sagenberühmte Heros Κυ-
χρεύς mehrfach bei Hesiod, auch Plut.
Thes. 10, Sol. 9). — οὐράνια. Schol.
M ἕως τοῦ οὐρανοῦ βόησον τὰ ἄχη.
Aber ἄχος ist nicht die Äußerung
des Jammers, darum hier wie Soph.
Ai. 196 ἄταν οὐρανίαν φλέγων,
wo ein Schol. τὴν ἐκ τοῦ οὐρανοῦ
πεμφθεῖσαν, ein anderer besser
εἰς οὐράνιον ὕψος ἀνάπτων τὴν
βλάβην. Das himmelhohe Herzeleid
ist eben das übergroße (ähnl. Zweifel über οὐράνιον ἄχος Soph. Ant.
418, vgl. Ellendt, lex. Soph. s. v.
577). — δυσβάϋκτον κτλ. Ähnliche
Häufung 635. Vita Aesch. ζηλοῖ

ἀναύδων, ἠέ, παίδων τᾶς ἀμιάντου, ὀᾶ.
πενθεῖ δ' ἄνδρα δόμος στερη- θείς, τοκέες τ' ἄ-
παιδα δαι- μόνι' ἄχη, ὀᾶ,   580
δυρόμενοι γέρον- τες τὸ πᾶν δὴ κλύουσιν ἄλγος.

στρ. γ´. Τοὶ δ' ἀνὰ γᾶν Ἀσίαν δὴν   οὐκέτι περσονομοῦνται,   585
οὐδ' ἔτι δασμοφοροῦσιν δεσποσύνοισιν ἀνάγκαις·
οὐδ' ἐς γᾶν προπίτνοντες ἄρξονται· βασιλεία γὰρ
διόλωλεν ἰσχύς.   590
ἀντ. γ´. Οὐδ' ἔτι γλῶσσα βροτοῖσιν   ἐν φυλακαῖς· λέλυται γὰρ
λαὸς ἐλεύθερα βάζειν, ὡς ἐλύθη ξυγὸν ἀλκᾶς.
αἱμαχθεῖσα δ' ἄρουρα, Αἴαντος περικλύστα νᾶ-
σος ἔχει τὰ Περσᾶν.   595

τὸ ἀδρὶν ἀεὶ πλάσμα, ὀνοματο-
ποιίαις καὶ ἐπιθέτοις ὄγκον τῇ
φράσει περιθεῖναι χρώμενος.
577. τᾶς ἀμιάντου, des Meeres,
durch die Nähe des ἁλί verständlich. Es bleibt selbst rein, während
es alle Unreinigkeit tilgt; darum
auch Il. 1, 314 καὶ εἰς ὅλα λύματ'
ἔβαλλον und Eur. Iph. T. 1193 θάλασσα κλύζει πάντα τἀνθρώπων
κακά. ,Hermanno videtur poeta
epitheto sine substantivo propterea
usus esse, ut peregrinum oratio et
orientis populo consentaneum co-
lorem haberet, quemadmodum 612
apem τὴν ἀνθεμουργόν vocavit.
Attamen Aeschylo praeivit Hesio-
dus, cui cochlea dicitur ἡ φερέοικος,
manus ἡ πέντοζος.' Weil. Vgl.
auch Bergk, Litt. I, 1020, Anm. 125.
582. τὸ πᾶν δή, ohne Gegensatz, nur an den vollen Umfang
erinnernd; auch wir: der ganze
Jammer, die ganze Geschichte u. ä.
(Hermann: nihil non esse infortu-
nium audiunt; doch dies wohl auf
Ausdrücke wie ἡ πᾶσα βλάβη Soph.
Phil. 622 von einer Person beschränkt). — δυρόμενοι vorange-
stellt, weil es das eigtl. Prädikat

enthält; einfacher wäre δύρονται
κλύοντες; Methypallage, Lobeck zu
Ai. 196.
585. περσονομοῦνται, Gegensatz
αὐτονομοῦνται. Das Präsens bei
δὴν οὐκέτι (nicht lange mehr) ist
ebenso verständlich wie das zu er-
gänzende Verbum in Soph. El. 1065
δαρὸν οὐκ ἀπόνητοι (Schol. οὐκ ἐπὶ
πολὺ ἔσονται ἀθῷοι); vgl. Hymn.
h. 3, 21. — δεσποσύνοισιν wie δεσποτᾶν ἀνάγκαις Eur. Andr. 132.
— ἄρξονται, passiv; nun Fut., wie
Eur. Andr. 381 ἢν θάνῃς σύ, παῖς
ὅδ' ἐκφεύγει μόρον, . . . σοῦ δ' οὐ
θελούσης τόνδε κτενῶ.
595. Der Hiat nach ἄρουρα zeigt,
dafs die Stelle verderbt ist; meist
wird mit Porson ἄρουραν korrigiert.
Jedoch αἵμ. ἄρουρα von Salamis
kaum denkbar, da doch die Leichen
nur angespült, höchstens dort be-
graben wurden. Etwa αἱμαχθεῖσα
ἀρούρᾳ δ' (von der See, wie πλάξ
952) zu περικλύστα? (vgl. Herod.
VIII, 77 αἵματι δ' Ἄρης πόντον
φοινίξει). Oder αἱμαχθεῖσ' ἐπά-
ρουρος, von Psyttaleia, der Insel
des Aias benachbart?
597. τὰ Περσᾶν, sc. πράγματα.

ΑΤΟΣΣΑ.

Φίλοι, κακῶν μὲν ὅστις ἔμπειρος κυρεῖ,
ἐπίσταται βροτοῖσιν ὡς ὅταν κλύδων
κακῶν ἐπέλθῃ, πάντα δειμαίνειν φιλεῖ·   600
ὅταν δ' ὁ δαίμων εὐροῇ, πεποιθέναι
τὸν αὐτὸν ἀεὶ δαίμον' οὐριεῖν τύχης.
ἐμοὶ γὰρ ἤδη πάντα μὲν φόβου πλέα·
. . . .
ἐν ὄμμασίν τ' ἀνταῖα φαίνεται θεῶν,
βοᾷ δ' ἐν ὠσὶ κέλαδος οὐ παιώνιος·   605
τοῖα κακῶν ἔκπληξις ἐκφοβεῖ φρένας.
τοιγὰρ κέλευθον τήνδ' ἄνευ τ' ὀχημάτων
χλιδῆς τε τῆς πάροιθεν ἐκ δόμων πάλιν
ἔστειλα, παιδὸς πατρὶ πρευμενεῖς χοὰς
φέρουσ', ἅπερ νεκροῖσι μειλικτήρια·   610
βοός τ' ἀφ' ἁγνῆς λευκὸν εὔποτον γάλα,

598. κυρεῖ ohne ἄν, wie auch öfter τυγχάνω. — κακῶν. Weil: „rerum humanarum, non solum adversae fortunae peritus dicendus erat"; doch Aesch. läfst Atossa auch hier (zu 162) vom logischen Gange abgleiten. Die Furcht des Unglücklichen ist ihr Fall und tritt ihr gleich in die Gedanken, und da κακῶν ἔμπειρος jetzt nur für den ersten Teil gilt, ist auch μέν schon hierher gerückt, das erst bei ὅταν κλύδων stehen sollte. — δειμαίνειν φιλεῖ, Schol. recc. ἔθος ἔχει φοβεῖσθαι, wie wenn ὅταν βροτῶν τινι vorhergegangen wäre. Hart; aber πάντα ist als Subjekt nur zu fassen, wenn δειμαίνειν hier heifst: voll Schrecknis sein, wozu der Dat. βροτοῖσιν konstruiert wäre wie in dem parallelen φόβου πλέα 603 ἐμοί; s. Anh. — πεποιθέναι abh. von ἐπίσταται mit veränderter Konstr., wie 755. — δαίμονα τύχης eine ungewöhnliche Verbindung; Pind. Ol. VIII, 67 umgekehrt τύχᾳ δαίμονος, wie öfter αἶσα, μοῖρα δαί-

μονος; vgl. 345 δαίμων . . ἰσορρόπῳ τύχῃ. οὐριεῖν hier intransitiv (Schol. M οὐριοδρομεῖν) wie κατουρίζω Soph. Trach. 827; doch s. Anh.

603. μέν hinter πάντα ohne Beziehung; hinter ἐμοί wäre es richtig, so aber zeigt es den Ausfall eines Verses, wo wohl in der Form der Anapher etwa ἅπαντα δέ fortgefahren war.

604. τε . . δέ entsprechen sich. ἀνταῖα θεῶν, feindliche Zeichen der Götter. — οὐ παιώνιος nicht wie Festgesang (Choeph. 342 ἀντὶ θρήνων παιάν).

609. ἔστειλα, Schol. rec. ἐποιησάμην. Eur. Troad. 168 στείλλουσ' Ἀργεῖοι νόστον. — πρευμενεῖς liebevoll dargebracht, s. zu 220. (Schol. rec. aktivisch εἰς συμπάθειαν ἐπικαλουμένας ἐκείνον, schwerlich möglich.)

611. ἁγνῆς, Schol. M λευκῆς ἢ ἀγελαίας ἢ ἀσινοῦς, das erste verfehlt, das zweite und dritte wohl zugleich zutreffend; Eur. Iph. T. 162 πηγάς τ' οὐρείαν ἐκ μόσχων, Babrius 37, 1 δαμάλης ἐν ἀγροῖς ἀφε-

τῆς τ᾽ ἀνθεμουργοῦ στάγμα, παμφαὲς μέλι,
λιβάσιν ὑδρηλαῖς παρθένου πηγῆς μέτα,
ἀκήρατόν τε μητρὸς ἀγρίας ἄπο
ποτόν, παλαιᾶς ἀμπέλου γάνος τόδε·   615
τῆς τ᾽ αἰὲν ἐν φύλλοισι θαλλούσης βίον
ξανθῆς ἐλαίας καρπὸς εὐώδης πάρα,
ἄνθη τε πλεκτά, παμφόρου γαίας τέκνα.
ἀλλ᾽, ὦ φίλοι, χοαῖσι ταῖσδε νερτέρων
ὕμνους ἐπευφημεῖτε, τόν τε δαίμονα   620
Δαρεῖον ἀνακαλεῖσθε, γαπότους δ᾽ ἐγὼ
τιμὰς προπέμψω τάσδε νερτέροις θεοῖς.

ΧΟΡΟΣ.

Βασίλεια γύναι, πρέσβος Πέρσαις,

τος, ἀτριβῆς ζεύγλης, Il. 1, 66
ὀρνᾶν κνίσης αἰγῶν τε τελείων
(Hesych. τελείων· ἀσινῶν). — Zu
μελικρήτῳ — οἴνῳ — ὕδατι (Od. 10,
518) kommt hier das Öl, wie bei
dem jährlichen Totenopfer für die
bei Plataeä Gefallenen, Plut. Arist.
21. — παμφαὲς μέλι, vgl. Eum. 55
λήναι μεγίστῳ..., ἀργῆτι μάλλῳ,
wo Schol. M εἰάθασιν, ὅταν ἀσα-
φές τι εἴπωσιν, οἱ ποιηταὶ ἐπεκ-
διδάσκειν αὐτό. — μέτα, Cho. 365
μετ᾽ ἄλλῳ λαῷ, selten aufser bei
Homer. — παρθένου epith. ornans,
im Gegensatz zu schon getrübten
Wasserläufen.
614. ἀγρίας, Schol. rec. τῆς ἐν
τῷ ἀγρῷ οὔσης. Bei Homer Wein-
bau in Gärten, später auch auf dem
Felde (das Beiwort nicht recht
charakteristisch; darum Schol. M
ἀγριοποιούσης διὰ τὴν μέθην, doch
die Übertragung vom Wein auf den
Weinstock gerade hier unstatthaft).
— μητρός, bei Eur. Alc. 757 μελαίνης μητρὸς εὔζωρον μέθυ, Schol.
τῆς ἀμπέλου: doch dort die Traube.
Aesch. liebt dergl.: Ag. 265 die Nacht
Mutter der Morgenröte, Sept. 494
λιγνύν .. πυρὸς κάσιν, Ag. 494
κάσις πηλοῦ, κόνις.
615. παλαιᾶς, vom Weine auf

den Weinstock übertragen, der ja
nun auch alt sein mufs. — θαλλούσης βίον, der Baum blüht Leben,
d. i. bringt seine Lebenskraft zur
Erscheinung durch seine immer grü-
nen Blätter: semper frondentis oli-
vae Ovid. Met. 8, 295. Vgl. βιοθάλ-
μιος ἀνήρ Hymn. Ven. 189. — καρ-
πός hier das Öl, wie der Wein
Il. 18, 568 μελιηδέα καρπόν. — ἄνθη, wie die στέφη Choeph. 93 und
περιστεφῆ ἀνθέων θήκην πατρός
Soph. El. 895.
619. νερτέρων entw. zu χοαῖσι,
wie Eur. Iph. T. 159 χοὰς κρατῆρά
τε τὸν φθιμένων, Or. 123 νερτέρων δωρήματα, oder zu ὕμνους,
wie Sept. 867 ὕμνον Ἐρινύος,
Choeph. 475 θεῶν τῶν κατὰ γᾶς
ὅδ᾽ ὕμνος, Eur. Troad. 889 εὐχὰς
θεῶν. Für das letztere spricht, dafs
so der Begriff nicht etwas schon
Gesagtes (610) bringt und ὕμνους
sonst etwas kahl stehen würde.
— γαπότους. Von gleichem Opfer
Stat. Theb. IV, 454 aggeritur quantum bibit arida tellus. γαπ. δ᾽,
parataktisch = während ich etc.
Wegen der Form vgl. Steph. Byz.
s. v. Γῆ über γήπεδον: ὅπερ οἱ τρα-
γικοὶ διὰ τοῦ α φασὶ δωρίζοντες.
623. πρέσβος, vgl. Ag. 515 Ἑρ-

σύ τε πέμπε χοὰς θαλάμους ὑπὸ γῆς,
ἡμεῖς δ' ὕμνοις αἰτησόμεθα　　　　　625
φθιμένων πομποὺς
εὔφρονας εἶναι κατὰ γαίας.
Ἀλλά, χθόνιοι δαίμονες ἁγνοί,
Γῆ τε καὶ Ἑρμῆ, βασιλεῦ τ' ἐνέρων,
πέμψατ' ἔνερθε ψυχὴν ἐς φῶς·　　　　　630
εἰ γάρ τι κακῶν ἄκος οἶδε πλέον,
μόνος ἂν θνητῶν πέρας εἴποι.

στρ. α'.　Ἦ ῥ' ἀΐει μοι μακαρί- τας ἰσοδαίμων βασιλεὺς
　　　　　βάρβαρα σαφηνῆ
ἱέντας τὰ παναίολ' αἰ- ανῆ δύςθροα βάγματ' ἦ
　　　　　παντάλαν' ἄχη　　　　　635
διαβοάσω; νέρθεν ἄρα κλύει μου;
ἀντ. α'.　Ἀλλὰ σύ μοι Γᾶ τε καὶ ἄλ- λοι χθονίων ἀγε-
　　　　　μόνες δαίμονα μεγαυχῆ　　　　　640
ἰόντ' αἰνέσατ' ἐκ δόμων, Περσᾶν Σουσιγενῆ θεόν,

μῆν κηρύκων σίβας. — θαλάμους.
Credebantur libamina sub terram et
ad mortuorum usque sedem pene-
trare. Musgrave zu Soph. Ant. 197
ἃ τοῖς ἔρχεται κάτω νεκροῖς.
624, entweder ὑπὸ θαλάμους γῆς
(hinab zu), wie Eur. Herc. f. 807
(vgl. 839 γῆς ὑπὸ ζόφον), oder (εἰς)
τοὺς κατὰ γῆς θαλ.; jenes anschaulicher.
627. Schol. rec. εἶναι κάτω τῆς
γῆς πραεῖς πρὸς τὸν Δαρεῖον (643).
629. Γῆ. Choeph. 489 ὦ γαῖ',
ἄνες μοι πατέρα. — Ἑρμῆ. Choeph.
165 κῆρυξ μέγιστε τῶν ἄνω τε
καὶ κάτω. Hermes ist ψυχοπομπός
auch zur Oberwelt. So dem Pro-
tesilaus (Hygin. 103); Virgil. Aen.
IV, 242: hac (virga) animas ille evo-
cat Orco.
631. πλέον. Sch. mit Hermann:
'ein weiteres Rettungsmittel', näml.
neben der supplicatio. Der Kom-

parativbegriff trete zurück wie bei
πλέον τι ποιῆσαι ἀπολογούμενοι·
οὐδέν μοι πλέον γέγονε u. a. Doch
schief und matt auch εἰ οἶδε, μόνος
ἂν εἴποι, dsgl. θνητῶν sehr auffällig. S. Anhang.
633. ἀΐω bei Hom. ἄ, bei Pindar
u. d. Trag. öfter ῑ als ᾰ. — Schol.
M μακαρίτης ὁ τεθνεώς, μακάριος
ὁ ζῶν; so wenigstens gewöhnlich.
— ἱέντας, überall in der Stadt,
darum παναίολα (vgl. die ersten
Worte des Dareios 681 f.). — βαρβ.
σαφ. prädikativ: in unserer Sprache,
verständlich genug. — ἦ . . διαβοάσω: oder soll ich erst (darum
633 der Dat. eth. μοι) von Anfang
bis zu Ende alles klagen? — ἄρα
κλύει: hört er demnach (weil er
nämlich die Wehklagen vernommen
hat) auf mich?
644. αἰνέσατ', Schol. rec. συναι-
νέσατε, billigt sein Gehen.

πέμπετε δ᾽ ἄνω 645
οἷον οὔπω Περσὶς αἶ᾽ ἐκάλυψεν.

στρ. β᾽. Ἦ φίλος ἀνήρ, φίλος ὅ- χϑος· φίλα γὰρ κέ-
κευϑεν ἤϑη.
Ἀϊδωνεὺς δ᾽ ἀναπομ- πὸς ἀνείη, 650
Ἀϊδωνεύς, [Δαρεῖον] οἷον ἄνακτα Δαριᾶνα. ἠέ.

ἀντ. β᾽. Οὔτε γὰρ ἄνδρας πότ᾽ ἀπώλ- λυ πολεμοφϑόροισιν ἄταις,
ϑεομήστωρ δ᾽ ἐκικλή- σκετο Πέρσαις, 655
ϑεομήστωρ δ᾽ ἔσκεν, ἐπεὶ στρατὸν ποδούχει. ἠέ.

στρ. γ᾽. Βαλὴν ἀρχαῖος, βαλὴν ἴϑι, ἱκοῦ,
ἔλϑ᾽ ἐπ᾽ ἄκρον κόρυμβον ὄχϑρυ,
κροκόβαπτον ποδὸς εὔμαριν ἀείρων, 660
βασιλείου τιάρας φάλαρον πιφαύσκων.

648. φίλος. Dareios selbst in seiner Grabschrift bei Strabo 15, 322 φίλος ἦν τοῖς φίλοις. — ἀνήρ. Syllaba prima producitur in melicis, Lobeck z. Ai. 1194; nach Homers Vorgang.

651. οἷον. Schol. M τὸν μόνον γενόμενον βασιλέα διὰ τὸ κηδεμονικόν, d. h. ihn, der sich allein als rechter König erwiesen hat. Die Bedtg. zwar ungewöhnlich, doch kaum anzufechten. (Sch. hielt sie für unstatthaft; Schütz ϑεῖον, Dindorf δῖον; doch beides für die folgende Begründung οὔτε γάρ zu unbestimmt.)

654. πολεμοφϑόροισιν, d. i. πολέμῳ φϑειρούσαις; Lobeck zu Ai. 324 vergleicht Eur. Hel. 360 ξιφοκτόνον δίωγμα u. a. — ϑεομήστωρ nach Il. 7, 366 ϑεόφιν μήστωρ ἀτάλαντος. — ἔσκεν Homerische Form wie βάσκε 662; sonst in d. Trag. nicht. — ποδούχει, d. i. ἐκυβέρνα (vgl. σκηπτοῦχος, πηδαλιουχεῖν) von πούς (das Tau, mit welchem das Segel gewendet wird). Pollux I, 98 ὁ κυβερνήτης .. κατ᾽ Ἀντιφῶντα ὁ ποδοχῶν. Ähnlich Bekker Anecd.

I, 297, 5 ποδοκεῖν, τὸ τῷ ποδὶ κυβερνᾶν. πούς γάρ ἐστι τοῦ ἱστοῦ τὸ ἀντίον (τοῦ ἱστίου τὸ σχοινίον Herm.) τὸ κάτω πρὸς τῇ νηΐ.

658. Schol. M βαλλῆνα τὸν βασιλέα. Εὐφορίων δὲ Θουρίων (soll wohl heißen Φρυγίων) φησὶ τὴν διάλεκτον. Nach Hesych und Sextus Empir. φρυγιστί. Neuerdings ist das Wort in dem παλήν (ᾰ) des Monuments von Xanthos durch Bergk und M. Schmidt (lyc. Studien p. 130) erkannt worden, wo es heißt: [Χέρσ]ις ὅδ᾽ Ἀρπάγοι [υ]ἱός, ἀριστεύσας τὰ ἅπ[α]ντα | χερσὶ παλὴν Λυκίων τῶν τότ᾽ ἐν ἡλικίᾳ. S. Kaibel, epigr. gr. ex lap. conl. p. 311. Auch Soph. in den Ποιμένες (fragm. 444) hat das Wort gebraucht, um das fremdländische Colorit zu geben. — κόρυμβον, verwandt mit κορυφή, Herod. VII, 218 ἐπὶ τοῦ ὄρσος τὸν κόρυμβον. Eur. Hec. 94 ἦλϑ᾽ ὑπὲρ ἄκρας τύμβου κορυφᾶς φάντασμ᾽ Ἀχιλέως. — εὔμαρις, Pollux, VII, 90 κοινὸν ἀνδράσι πρὸς γυναῖκας ὑπόδημα, βαρβαρικὸν μὲν εὕρημα, ἐξ ἐλαφῆς δὲ πεποιημένον. — Der König und die Prinzen trugen als

. Βάσκε πάτερ ἄκακε Δαριάν. οἶ.

ἀντ.γ'. Ὅπως καινά τε κλύῃς νέα τ' ἄχη, 665
δέσποτα, δεσπότου φάνηθι.
Στυγία γάρ τις ἐπ' ἀχλὺς πεπόταται·
νεολαία γὰρ ἤδη κατὰ πᾶσ' ὄλωλεν. 670
Βάσκε πάτερ ἄκακε Δαριάν. οἶ.

ἐπῳδ. Αἰαῖ αἰαῖ,
ὦ πολύκλαυτε φίλοισι θανών,
τί τάδε δυνάστας, δυνάστα, 675
περὶ τὰ σὰ δίδυμα διενοεῖθ' ἁμάρτια;
πᾶσαν γᾶν τάνδ'
ἐξέφθισαν αἱ τρίσκαλμοι
νᾶες, ἄναες νᾶες; 680

ΕΙΔΩΛΟΝ ΔΑΡΕΙΟΥ.

Ὦ πιστὰ πιστῶν ἥλικές θ' ἥβης ἐμῆς

Auszeichnung die aufrecht stehende (Xen. Anab. II, 5, 23) Tiara, die Kidaris oder κίταρις (Ktesias 47). Sie war die von den Assyriern übernommene, mit einer blau-weifsen Binde (διάδημα) umwundene (Xen. Cyr. VIII, 3, 13) fez-artige Mütze von Filz (Her. VII, 61), mit einer aus dem oberen Boden hervortretenden Spitze, hier φάλαρον, eigtl. Buckel (Schol. M δεικνύων τῆς περικεφαλαίας τὸν λόφον. Helbig a. O. 308: ein zwar nicht dem Stoffe, wohl aber der Form nach den Hom. φάλαρα, Helmbuckeln, entsprechender Gegenstand).

665. Alia non conjugata sed synonyma arbitrio quodam usus quotidiani coaluerant, ut καινὰ νέα τε, quod iniuria sollicitari ostendit Themistii exemplum Or. 25, 310 καινόν τι καὶ νέον, et latina novus ac recens, contrariumque vetus atque antiquus, παλαιὸν καὶ ἀρχαῖον. Lobeck zu Soph. Ai. 145.

668. Schol. rec. δεσπότου· τοῦ

Ξέρξου, zu ἄχη. Solche Gegenüberstellungen auch ohne besondern Nachdruck bei den Trag. gesucht, nicht selten mit einiger Härte der Stellung; vgl. Soph. Oed. r. 284 ἄνακτ' ἄνακτι . . Φοίβῳ Τειρεσίαν. — ἀχλύς. Eum. 380 δνοφεράν τιν' ἀχλὺν κατὰ δώματος. Sept. 229 ὑπὲρ τ' ὀμμάτων κρημναμενᾶν νεφελᾶν. — κατόλλυμι erst wieder spätgriechisch. — πολύκλαυτε durch Attraktion an den Vokativ wie Soph. Phil. 761 δύστηνε φανείς. Tibull 1, 7, 53 si venias hodierne.

675. δυνάστας, δυνάστα (vgl. 688) .. διενοεῖθ' nur ein Notbehelf (s. Anh.): warum verfiel X. hinsichtlich deines Reiches auf den doppelten Fehlgriff? ἁμάρτιον auch Ag. 537.

678 vgl. 723.

680. νᾶες ἄναες, Schol. M αἱ μηκέτι νῆες, ἀπώλοντο γάρ. Od. 18, 73 Ἶρος Ἄϊρος, u. bes. Eum. 457: ἄπολιν Ἰλίου πόλιν ἔθηκας.

681. Schol. rec. ὥσπερ φαμὲν

Aeschylos, Perser. 6

Πέρσαι γεραιοί, τίνα πόλις πονεῖ πόνον;
στένει κέκοπται καὶ χαράσσεται πέδον·
λεύσσων δ' ἄκοιτιν τὴν ἐμὴν τάφου πέλας
ταρβῶ, χοὰς δὲ πρευμενὴς ἐδεξάμην.   685
ὑμεῖς δὲ θρηνεῖτ' ἐγγὺς ἑστῶτες τάφου
καὶ ψυχαγωγοῖς ὀρθιάζοντες γόοις
οἰκτρῶς καλεῖσθέ μ'· ἐστὶ δ' οὐκ εὐέξοδον,
ἄλλως τε πάντως χοὶ κατὰ χθονὸς θεοὶ
λαβεῖν ἀμείνους εἰσὶν ἢ μεθιέναι.   690
ὅμως δ' ἐκείνοις ἐνδυναστεύσας ἐγὼ
ἥκω· τάχυνε δ', ὡς ἄμεμπτος ὦ χρόνου·
τί ἐστὶ Πέρσαις νεοχμὸν ἐμβριθὲς κακόν;

στρ. ΧΟΡ. Σέβομαι μὲν προσιδέσθαι,
          σέβομαι δ' ἀντία λέξαι   695
          σέθεν ἀρχαίῳ περὶ τάρβει.

κάλλιστοι καλλίστων, βουλόμενοι μεγίστην ὑπεροχὴν δηλῶσαι. Vgl. Soph. Oed. r. 465 ἄρρητ' ἀρρήτων, Oed. C. 1236 κακὰ κακῶν. Indes ist die Erklärung von Schütz ‚o fidi fidorum dominorum consiliarii‘ an sich nicht unmöglich; vgl. Eum. 991 εὐφρόνας εὐφρόνες τιμῶντες. — Das Neutrum πιστά wie 1. — Die Alliteration in 682 wohl nicht zufällig: Sept. 84. 118. 296. 353. 1004. Ag. 43.

683. πέδον bei στένει unmöglich im eigentlichen Sinne zu verstehen; ähnlich ist Sept. 900 διήκει δὲ καὶ πόλιν στόνος, στένουσι πύργοι, στένει πέδον φίλανδρον. Also das Land stöhnt, zerschlägt und zerkratzt sich, oder eher: ist voll von Stöhnen, Wehklagen und erbittertem Grolle; vgl. Herod. VII, 1 Δαρεῖον, καὶ πρὶν μεγάλως κεχαραγμένον τοῖσι Ἀθηναίοισι διὰ τὴν ἐς Σάρδις ἐσβολήν. Eur. Med. 156 κείνῳ τόδε μὴ χαράσσου. (Sch. verstand mit and. χαράσσεται von dem Pochen an die Erde nach Il. 9, 568 πολλὰ δὲ καὶ γαῖαν πολυφόρβην χερσὶν ἀλοία κικλήσκουσ' Ἀΐδην καὶ ἐπαι-

νὴν Περσεφόνειαν, mit Verweisung auf Nägelsbach, Nachhomer. Theol. p. 214. Indes heifst χαράσσειν nicht ‚pochen‘, noch weniger beim Chortanze den Boden stampfen, woran andere denken.) — ταρβῶ, Schol. rec. φοβοῦμαι μή τι κακὸν αὐτῇ ἐπιγίγονε.

690. ἀμείνους. Thuk. 3, 38 ἀπατᾶσθαι ἄριστοι. — ἐνδυναστεύσας, ‚ich habe es durch mein Ansehen bei ihnen dahin gebracht‘, wie Xen. Hell. 7, 1, 42 ἐνδυναστεύει ὁ Ἐπαμεινώνδας, ὥστε μὴ φυγαδεῦσαι τοὺς κρατίστους. Gegen Bruncks ‚principem inter illos locum obtinens‘ spricht das Tempus. Hermann potitus loco primario, doch Dareios ist immer dort ἰσοδαίμων gewesen und ἐκείνοις geht auf θεοί.

693. τί (so M, τί δ' recc.) knüpft lebhaft an τάχυνε die Frage selbst an: sage schnell, was..? vgl. Cho. 660 τάχυνε δ'... ἐξελθέτω τις. Der Hiat bei τί vor einer Hebung: τί οὖν 787 u. ö., τί ἐστι auch Soph. Phil. 733, 753.

696. περί wie Choeph. 35 περὶ

ΔΑΡ. Ἀλλ' ἐπεὶ κάτωθεν ἦλθον σοῖς γόοις πεπεισμένος,
μή τι μακιστῆρα μῦθον, ἀλλὰ σύντομον. λέγων
εἰπὲ καὶ πέραινε πάντα, τὴν ἐμὴν αἰδῶ μεθείς.
ἀντ. ΧΟΡ. Δίεμαι μὲν χαρίσασθαι,   700
δίεμαι δ' ἀντία φάσθαι,
λέξας δύςλεκτα φίλοισιν.

ΔΑΡ. Ἀλλ' ἐπεὶ δέος παλαιὸν σοὶ φρενῶν ἀνθίσταται,
τῶν ἐμῶν λέκτρων γεραιὰ ξύννομ' εὐγενὲς γύναι,
κλαυμάτων λήξασα τῶνδε καὶ γόων σαφές τί μοι
λέξον. ἀνθρώπεια δ' ἄν τοι πήματ' ἂν τύχοι βροτοῖς.
πολλὰ μὲν γὰρ ἐκ θαλάσσης, πολλὰ δ' ἐκ χέρσου
κακὰ   707
γίγνεται θνητοῖς, ὁ μάσσων βίοτος ἦν ταθῇ πρόσω.

φόβῳ, 547 ἀμφὶ τάρβει. — μακιστῆρα. Aesch. liebt die anschau-
lichen, gewisserm. personifizieren-
den Bildungen auf -τήρ: πενθητήρ,
θρηνητήρ u. a. — ἐμὴν αἰδῶ. Il.
19, 321 σῇ ποθῇ.
700. δίεμαι, Hom. Wort (δίημι
= δίω), eigtl. ‚dahineilen', Il. 23,
475 ἵπποι .. πεδίοιο δίενται, dann
‚zurückfahren, zurückschrecken von
etwas' Il. 12, 304 οὐ ῥά τ' ἀπεί-
ρητος μέμονε σταθμοῖο δίεσθαι
(λέων). Vgl. Herm. zur St. — μέν
.. δέ auch hier, wie 694 f., in der
Form der Anapher wesentlich Glei-
ches verbindend: Schol. rec. χαρί-
σασθαι· ὀκνῶ τὸ σὸν θέλημα τε-
λέσαι (ein anderes Schol. τὰ πρὸς
ἀχρὶν λέξαι mit falschem Gegensatz). — λέξας fügt sich leicht zu
χαρίσασθαι, wie Plato Men. 92 D.
εὐεργέτησον φράσας und derselbe
abwechselnd τόδε μοι χάρισαι ἀπο-
κριναμένος und χαρίζου ἀποκρινό-
μενος; aber auch zu φάσθαι, vgl.
Qd. 15, 217 ἐποτρύνας ἐκέλευσεν,
Il. 7, 225 ἀπειλήσας δὲ προσηύδα
u. dgl.

703. φρενῶν, zu ἀνθίσταται:
die Furcht stellt sich dir vor die
Seele, die Besinnung. Der Gen. abh.
von ἀντί, vgl. Soph. C. 1651 ὀμμάτων ἐπίσκιον χεῖρ' ἀντέχοντα
κρατός. Freilich ἀντί als Präp. in
räumlicher Bdtg. für ἀντίον, ἐναν-
τίον (Homer ἄντα) sehr selten (Xen.
An. IV, 7, 6). (Andere ziehen φρενῶν zu δέος.)
706. ἀνθρώπεια, entw. attribu-
tiv, das irdische Leid, oder prädik.
statt ἀνθρ. ὄντα, das Leid trifft als
Menschenschicksal; Stellung und
doppeltes ἄν sprechen für das letztere. Nägelsbach, Nachhom. Theol.
p. 379: das Unglück, das den Sterblichen trifft, das trifft ihn eben
weil er ein Mensch ist, das Leiden
ist mit dem menschlichen Leben
und Wesen unzertrennlich verbunden. (Schol. rec. ἀνθρώπινα καὶ
οὐ καινά, was Sch. unter Vergleich
von I. Cor. 10, 13 πειρασμὸς ὑμᾶς
οὐκ εἴληφεν εἰ μὴ ἀνθρώπινος,
vorzog; doch dagegen die folgenden Verse.) — ὁ μάσσων. Prom.
537 τὸν μακρὸν τείνειν βίον ἐλπίσι.

ΑΤ. ὦ βροτῶν πάντων ὑπερσχὼν ὄλβον εὐτυχεῖ πότμῳ,
ὡς ἕως τ᾽ ἔλευσσες αὐγὰς ἡλίου, ζηλωτὸς ὢν 710
βίοτον εὐαίωνα Πέρσαις ὡς θεὸς διήγαγες,
νῦν τέ σε ζηλῶ θανόντα πρὶν κακῶν ἰδεῖν βάθος·
πάντα γάρ, Δαρεῖ᾽, ἀκούσῃ μῦθον ἐν βραχεῖ χρόνῳ·
διαπεπόρθηται τὰ Περσῶν πράγμαθ᾽, ὡς εἰπεῖν
ἔπος.

ΔΑΡ. τίνι τρόπῳ; λοιμοῦ τις ἦλθε σκηπτός, ἦ στάσις
πόλει; 715

ΑΤ. οὐδαμῶς· ἀλλ᾽ ἀμφ᾽ Ἀθήνας πᾶς κατέφθαρται
στρατός.

ΔΑΡ. τίς δ᾽ ἐμῶν ἐκεῖσε παίδων ἐστρατηλάτει; φράσον.

ΑΤ. θούριος Ξέρξης, κενώσας πᾶσαν ἠπείρου πλάκα.

ΔΑΡ. πεζὸς ἢ ναύτης δὲ πεῖραν τήνδ᾽ ἐμώρανεν τάλας;

ΑΤ. ἀμφότερα· διπλοῦν μέτωπον ἦν δυοῖν στρατευ-
μάτοιν. 720

ΔΑΡ. πῶς δὲ καὶ στρατὸς τοσόσδε πεζὸς ἤνυσεν περᾶν;

ΑΤ. μηχαναῖς ἔζευξεν Ἕλλης πορθμόν, ὥστ᾽ ἔχειν πόρον.

ΔΑΡ. καὶ τόδ᾽ ἐξέπραξεν, ὥστε βόσπορον κλῇσαι μέγαν;

ΑΤ. ὧδ᾽ ἔχει· γνώμης δέ πού τις δαιμόνων ξυνήψατο.

ΔΑΡ. φεῦ, μέγας τις ἦλθε δαίμων, ὥστε μὴ φρονεῖν
καλῶς. 725

ΑΤ. ὡς ἰδεῖν τέλος πάρεστιν, οἷον ἤνυσεν κακόν.

---

710. ὡς ,denn'. — Πέρσαις nicht
mit εὐαίωνα oder ὡς θεός, sondern
mit ζηλωτός zu verbinden, dem
eigenen Urteile ζηλῶ 712 gegenübergestellt. (Sch.: lieber noch mit
διήγαγες, wenig verschieden von ἐν
Πέρσαις.) — ζηλῶ θανόντα. Tac.
Agr. 46 Tu vero felix, Agricola,
non vitae tantum claritate sed etiam
opportunitate mortis. — ἔπος, um
es mit einem starken Worte gerade
herauszusagen; so auch Eur. Or. 1
οὐκ ἔστιν οὐδὲν δεινὸν ὧδ᾽ εἰπεῖν
ἔπος κτλ. Döderlein de brachyl.
p. 13: ut grandi verbo utar (ein-
schränkend), was hier fern liegt.
— χρόνῳ, auf 692 zurückweisend.

715. σκηπτός, vgl. Soph. Oed. r.
28. — ἀμφ᾽ örtlich; darauf im f.
V. ἐκεῖσε.
717. παίδων. Her. 7, 2 ἦσαν
Δαρείῳ γεγονότες τρεῖς παῖδες ἐκ
τῆς προτέρης γυναικός, καὶ βασι-
λεύσαντι ἐξ Ἀτόσσης ἕτεροι τέσ-
σερες.
721. πῶς καί, vgl. zu 297.
723. Schol. M τὸν Ἑλλήσποντον,
vgl. 746. So ist auch εὔριπος selbst
prosaisch als Meeresstraße, Kanal
gebräuchlich. — ξυνήψατο, Schol.
M ἴσως καὶ συνήργησεν αὐτῷ δαίμων τις.
726. ὡς ἰδεῖν, Schol. rec. ergänzt
ναὶ μέγας. — τέλος Acc., dazu οἷον

ΔΑΡ. καὶ τί δὴ πράξασιν αὐτοῖς ὧδ' ἐπιστενάζετε;
ΑΤ. ναυτικὸς στρατὸς κακωθεὶς πεζὸν ὤλεσε στρατόν.
ΔΑΡ. ὧδε παμπήδην δὲ λαὸς πᾶς κατέφθαρται δορί;
ΑΤ. πρὸς τάδ' ὡς Σούσων μὲν ἄστυ πᾶν κενανδρίαν
  στένει,   730
ΔΑΡ. ὦ πόποι κεδνῆς ἀρωγῆς κἀπικουρίας στρατοῦ.
ΑΤ. Βακτρίων δ' ἔρρει πανώλης δῆμος, οὐ δή τις γέρων.
ΔΑΡ. ὦ μέλεος, οἵαν ἄρ' ἥβην ξυμμάχων ἀπώλεσεν.
ΑΤ. μονάδα δὲ Ξέρξην ἔρημόν φασιν οὐ πολλῶν μέτα
ΔΑΡ. πῶς τε δὴ καὶ ποῖ τελευτᾶν; ἔστι τις σωτηρία;
ΑΤ. ἄσμενον μολεῖν γέφυραν γαῖν δυοῖν ζευκτηρίαν.   736
ΔΑΡ. καὶ πρὸς ἤπειρον σεσῶσθαι τήνδε, τοῦτ' ἐτήτυμον;
ΑΤ. ναί· λόγος κρατεῖ σαφηνής· τοῦτό γ' οὐκ ἔνι στάσις.
ΔΑΡ. φεῦ, ταχεῖά γ' ἦλθε χρησμῶν πρᾶξις, ἐς δὲ παῖδ'
  ἐμὸν   739
 Ζεὺς ἀπέσκηψεν τελευτὴν θεσφάτων· ἐγὼ δέ που
 διὰ μακροῦ χρόνου τάδ' ηὔχουν ἐκτελευτήσειν θεούς.

ἡ. κ. erklärend. — πράξασιν, Schol. rec. παθοῦσι.
728 von Herodot 8, 68 nachgeahmt: μὴ ὁ ναυτικὸς στρατὸς κακωθεὶς τὸν πεζὸν προσδηλήσηται. — δορί, vgl. 84. — πρὸς τάδ' ὡς, so dafs deshalb. (Andere: bis zu dem Grade dafs.) — Σούσων μέν, δέ folgt 732. — ἀρωγῆς, Ag. 47 στρατιώτιν ἀγωράν. — οὐ δή τις γέρων, keine altersschwache Mannschaft, sondern (vgl. οἵαν ἥβην) lauter kräftige Männer. Schol. M πάντες νέοι. τις ethisch (zu 264), δή das οὐ γέρων als offenkundig bezeichnend.
734. μονάς als Adjektiv hat auch Eur.; wie λογάς, φυγάς u. ä. Vgl. Her. 6, 15 μετ' ὀλίγων μεμουνωμένοι. Thuk. 6, 101 μονωθεὶς μετ' ὀλίγων.
735. Vgl. Choeph. 528 ποῖ τελευτᾷ λόγος; ‚welchen Ausgang nimmt die Geschichte?' Hier ungewöhnl. von einer Person: was für einen Ausgang nimmt es mit ihm? —

ἔστι praes. hist. — Dafs die Schiffbrücke durch einen Sturm zerstört war, wird hier ignoriert (Schol. M wunderlich: τὸν Ἑλλήσποντον, ὃς ζεύγνυσιν Ἀσίαν καὶ Εὐρώπην). — ἄσμενον wie Il. 20, 350 φύγεν ἄσμενος ἐκ θανάτοιο. — ζευκτηρίαν, vgl. zu 698.
739. στάσις, Schol. M ἀμφιβολία; τοῦτο in Bezug hierauf; es schwebt τοῦτο πάντες ὁμολογοῦσι vor. Das γε ohne bestimmten Gegensatz wie Ag. 368 πάρεστι τοῦτό γ' ἐξιχνεῦσαι, Soph. Phil. 419 ἐπίστω τοῦτό γε.
740. Über dies Orakel s. Einltg. S. 25.
741. ἀπέσκηψεν M, anschaulicher als ἐπέσκ. (recc.): entsandte schleudernd aus seiner Hand wie einen Blitzstrahl. Herod. VII, 10 (ὁ θεὸς) ἀποσκήπτει τὰ βέλεα. Il. 8, 133 ἀφῆκ' ἀργῆτα κεραυνόν (ἀφίημι von Geschossen häufig). — αὐχεῖν ‚voll Vertrauen meinen' (Schol. rec. ἐθάρρουν), beliebt bei Aesch. und

ἀλλ' ὅταν σπεύδῃ τις αὐτός, χὠ θεὸς συνάπτεται.
νῦν κακῶν ἔοικε πηγὴ πᾶσιν εὑρῆσθαι φίλοις·
παῖς δ' ἐμὸς τάδ' οὐ κατειδὼς ἤνυσεν νέῳ θράσει·
ὅστις Ἑλλήσποντον ἱρὸν δοῦλον ὣς δεσμώμασιν
ἤλπισε σχήσειν ῥέοντα, βόσπορον ῥόον θεοῦ·   746
καὶ πόρον μετερρύθμιζε, καὶ πέδαις σφυρηλάτοις
περιβαλὼν πολλὴν κέλευθον ἤνυσεν πολλῷ στρατῷ,
θνητὸς ὢν θεῶν δὲ πάντων ᾤετ', οὐκ εὐβουλίᾳ,
καὶ Ποσειδῶνος κρατήσειν. πῶς τάδ' οὐ νόσος
        φρενῶν   750
εἶχε παῖδ' ἐμόν; δέδοικα μὴ πολὺς πλούτου πόνος
οὑμὸς ἀνθρώποις γένηται τοῦ φθάσαντος ἁρπαγή.

Eurip. — πηγή schon auf 802 ff. vorbereitend. Schol. rec.: ὡς ἡ πηγὴ τὸ μὲν τοῦ ὕδατος ἀναδίδωσιν, ἄλλο δὲ μετ' αὐτὸ ἀναβλύζει.

744. παῖς nachdrücklich: ‚und mein Sohn mußte es sein, der ...' — Plato leg. 3, 698 Δαρεῖος μὲν τεθνάναι ἐλέχθη, νέος δὲ καὶ σφοδρὸς ὁ υἱὸς αὐτοῦ παρειληφέναι τὴν ἀρχήν. — ἱρόν, weil ῥόον θεοῦ. Dagegen Xerxes bei Her. 7, 35: ἃ πικρὸν ὕδωρ ..., σοὶ δὲ οὐθεὶς θύει, ὡς ἐόντι καὶ θολερῷ καὶ ἁλμυρῷ ποταμῷ. — δεσμώμασιν nicht mit Bothe auf Her. 7, 35 ἐκέλευε κατεῖναι ἐς τὸ πέλαγος πεδέων ζεῦγος (vgl. Iuv. 10, 182 ipsum compedibus qui vinxerat Ennosigaeum), sondern wie πέδαις auf die Schiffbrücke zu beziehen, wie die enge Verbindung mit κέλευθον ἤνυσε beweist. σφυρηλάτοις geht wohl auf Bolzen u. Bänder der Balkenlagen (πολύγομφον 71). (Schütz denkt an die eisernen Anker, Schol. rec. ταῖς ἁλύσεσιν, αἷς συνέδησε τὰς ναῦς, von denen jedoch Herodot nichts weiß). — ῥέοντα, Sch. meinte: nicht mit ῥόον (Lobeck zu Soph. Ai. 760), sondern mit σχήσειν zu verbinden: ‚die Brücke trotzt der Strömung des Meeres'. Indes das zwischengestellte βόσπορον spricht

doch für die Auffassung als Appos.: die Meeresstraße, die mit göttlichem Strömen dahinströmt. Auch störte ῥέοντα das Bild ὡς δοῦλον. — θεοῦ, Ποσειδῶνος 750.

747. μετερρύθμιζε, Schol. rec. εἰς ξηρὰν μετέβαλλε, vgl. Isokr. Paneg. 89. Lys. epitaph. 29 ἀλλ' ὑπεριδὼν καὶ τὰ φύσει πεφυκότα καὶ τὰ θεῖα πράγματα καὶ τὰς ἀνθρωπίνας διανοίας ὁδὸν μὲν διὰ τῆς θαλάσσης ἐποιήσατο, πλοῖν δὲ διὰ τῆς γῆς ἠνάγκασε γενέσθαι, ζεύξας μὲν τὸν Ἑλλήσποντον, διορύξας δὲ τὸν Ἄθω und Cic. de fin. 2, 34, 112.

749. δέ erst hinter θεῶν, um den Gegensatz eng zusammen zu halten, vgl. 719, Cho. 761 ἐγὼ διπλᾶς δέ; hier jedoch wegen des folg. πάντων bes. auffällig. — τάδ' εἶχε verkürzt aus πῶς τάδ' οὐ νόσος φρενῶν ἦν, ἃ εἶχε παῖδ' ἐμόν; Gegensatz der νόσος φρενῶν (sonst auch φρενὸς ἄτη) Eum. 535 ὑγίεια φρενῶν. — πόνος, Schol. rec. ὁ πολὺς πλοῦτος ὁ ἀπὸ τοῦ ἐμοῦ πόνου κατορθωθείς. Choeph. 137 ἐν τοῖσι σοῖς πόνοισι χλίουσιν μέγα. Ebenso κάματος Hes. Th. 599. — τοῦ φθάσαντος (vgl. τοῦ πιόντος ἁρπάσαι Soph. Oed. C. 752) eng zu ἁρπαγή, ἀνθρώποις zu γένηται.

ΑΤ. ταῦτα τοῖς κακοῖς ὁμιλῶν ἀνδράσιν διδάσκεται
    θούριος Ξέρξης· λέγουσι δ' ὡς σὺ μὲν μέγαν τέ-
    κνοις   754
    πλοῦτον ἐκτήσω ξὺν αἰχμῇ, τὸν δ' ἀνανδρίας ὕπο
    ἔνδον αἰχμάζειν, πατρῷον δ' ὄλβον οὐδὲν αὐξάνειν.
    τοιάδ' ἐξ ἀνδρῶν ὀνείδη πολλάκις κλύων κακῶν
    τήνδ' ἐβούλευσεν κέλευθον καὶ στράτευμ' ἐφ'
    Ἑλλάδα.

ΔΑΡ. Τοιγάρ σφιν ἔργον ἐστὶν ἐξειργασμένον
    μέγιστον, ἀείμνηστον, οἷον οὐδέπω   760
    τόδ' ἄστυ Σούσων ἐξεκείνωσεν πεσόν,
    ἐξ οὔτε τιμὴν Ζεὺς ἄναξ τήνδ' ὤπασεν,
    ἕν' ἄνδρ' ἁπάσης Ἀσίδος μηλοτρόφου
    ταγεῖν, ἔχοντα σκῆπτρον εὐθυντήριον.

Schol. rec. τῷ διπλῷ τῆς συντά-
ξεως τὸν λόγον ἐποίκιλλεν.

753. τοῖς κακοῖς. ‚Er hat die
Wahl; die Schlechten wählt er.'
Gemeint ist vor allen Mardonios
(νεωτέρων ἔργων ἐπιθυμητὴς ἐών),
aber auch Onomakritos, die Pisistratiden, die Aleuaden. Herod. VII, 13
παρηγορευόμενοι οὐδένα χρόνον
μευ ἀπέχονται, und gar VII, 16 ἀνθρώπων κακῶν ὁμιλίαι (σε)
σφάλλουσι, mit deutlicher Bez. auf
diese St. Vgl. zu 728.

754. λέγουσι δ', Schol. rec. δὲ
ἀντὶ τοῦ γάρ. — ξὺν αἰχμῇ, 470
ξὺν φυγῇ. — ἔνδον αἰχμ. Schol. M
οἰκουρεῖν, ironisch: ‚Zu Hause seine
Heldenthaten ausführen', als ein
Held in Friedenszeiten; vgl. Kör-
ners ‚Pfui über dich Buben hinter
dem Ofen'. (Pind. Ol. XII, 14 ἐνδο-
μάχας ἅτ' ἀλέκτωρ, weil der Hahn
im friedlichen Hofe herausfordernd
kräht.) Vgl. [Eur.] Rhes. 444 δέκα-
τον αἰχμάζεις ἔτος κοὐδὲν περαί-
νεις.

759. σφιν, Schol. M τοῖς προ-
τρέψασιν. Der Dat. nicht gleich

ὑπό, vielmehr: ‚so haben sie es
nun'. ἔστι δὲ ὁ λόγος ἐν εἰρωνείᾳ
Schol. rec. (Sch. verstand σφιν
vom Xerxes, singul., wie es nur
sehr vereinzelt und καταχρήσει vorkommt, s. die Ausl. zu Soph. Oed.
C. 1490). — ἐξεκείνωσεν. Solche
Ionismen (Eur. Iph. T. 418 κεινᾷ
δόξᾳ) im Trimeter selten: Weil erinnert an Prom. 645 πωλεύμεναι,
804 μουνῶπα. Vgl. Welcker, Nachtr.
z. Tril. p. 84, Bergk, gr. L.-G. III,
102, Anm. 354.

761. πεσόν wird dreifach erklärt.
a) zu ἄστυ, wie 252 ἄνθος οἴχεται
πεσόν (Dindorf); das aber ein zweites Bild neben ἐξεκείνωσεν. b) — ἐμπεσόν (so auch Sch.). c) Schol. rec.
πεσόν δίκην κύβου, vgl. Ag.: 32 τὰ
δεσποτῶν γὰρ εὖ πεσόντα. Eur.
El. 639 τοὐνθένδε πρὸς τὸ πίπτον
αὐτὸς ἐννόει. So also nicht wie ἐμπεσόν nur vom feindlichen Schicksale und sich in die Ironie des
Ganzen besser schickend.

763. Nach Archilochos fragm.
26 B. ὁ δ' Ἀσίης καρτερὸς μηλο-
τρόφου ..

Μῆδος γὰρ ἦν ὁ πρῶτος ἡγεμὼν στρατοῦ·   765
[ἄλλος δ' ἐκείνου παῖς τόδ' ἔργον ἤνυσεν]
φρένες γὰρ αὐτοῦ θυμὸν ᾠακοστρόφουν.
τρίτος δ' ἀπ' αὐτοῦ Κῦρος, εὐδαίμων ἀνήρ,
ἄρξας ἔθηκε πᾶσιν εἰρήνην φίλοις·
Λυδῶν δὲ λαὸν καὶ Φρυγῶν ἐκτήσατο,   770
Ἰωνίαν τε πᾶσαν ἤλασεν βίᾳ.
θεὸς γὰρ οὐκ ἤχθηρεν, ὡς εὔφρων ἔφυ.
Κύρου δὲ παῖς τέταρτος ηὔθυνε στρατόν.
πέμπτος δὲ Μάρδος ἦρξεν, αἰσχύνη πάτρᾳ
θρόνοισί τ' ἀρχαίοισι· τὸν δὲ σὺν δόλῳ   775
Ἀρταφρένης ἔκτεινεν ἐσθλὸς ἐν δόμοις,
ξὺν ἀνδράσιν φίλοισιν, οἷς τόδ' ἦν χρέος,
[ἕκτος δὲ Μάραφις, ἕβδομος δ' Ἀρταφρένης].

765. Μῆδος, wohl Eigenname (Μή-δειος Hes. Th. 1001 Sohn des Iason und der Medea; vgl. Kinaithon, fr. 2); dann der Art. ὁ πρ., weil Subj., auf ἕνα ἄνδρα ταγεῖν 763 zurück-gehend. Astyages scheint mit Still-schweigen übergangen zu sein (s. Anh.). Herod. kennt 4 Fürsten der Meder vor Kyros („die Königsnamen Herodots sind durch die neueren Inschriftenfonde jetzt alle direkt oder indirekt beglaubigt', Th. Nöl-deke, Aufs. zur pers. Gesch. S. 4): Deiokes, den Erbauer von Ekbatana, Phraortes (κατεστρέφετο τὴν Ἀσίην, ἀπ' ἄλλου ἐπ' ἄλλο ἰὼν ἔθνος 1, 102), Kyaxares (ὁ τὴν Ἅλυος ποτα-μοῦ ἄνω Ἀσίην πᾶσαν συστήσας ἑωντῷ 1, 103) und Astyages, von dem er keine kriegerischen Thaten zu berichten weifs. Es ist eher an-zunehmen, dafs bei Aesch. die Meder-herrschaft in zwei Regierungen zu-sammengedrängt, oder höchstens, dafs mit Medos Kyaxares gemeint ist (so Scaliger), als dafs man mit Stanley in Medos den Astyages sucht (der nach Cedrenus und Theodoret auch unter dem Namen Darius Me-dus vorkommt) und den von Xeno-phon (in d. Cyrop.) als Sohn und

Nachfolger des Astyages genannten Kyaxares für eine histor. Person nimmt.

769. Xen. Cyr. 8, 7, 7 καὶ τοὺς μὲν φίλους ἐπεῖδον δι' ἐμοῦ εὐδαί-μονας γενομένους, τοὺς δὲ πολε-μίους ὑπ' ἐμοῦ δουλωθέντας. — ἤλασεν, agitare, versare malis, schon Od. 5, 290 ἔτι μέν μίν φημι ἄδην ἐλάαν κακότητος. Soph. Oed. r. 28 ἐν δ' ὁ θεὸς σκήψας ἐλαύνει πό-λιν. Das Unterjochen ist hier nicht ausgedrückt, aber hinzudenken. — ὡς, „wie er denn verständig war'. Hermann. Dieses εὔφρων ist nicht verschieden von σώφρων: Nägels-bach, Nachhom. Theol. 374.

774. Μάρδος, nach Herod. 3, 61 Σμέρδις, in der grofsen Keil-In-schrift des Dareios am Felsen von Behistun Bardiya. — Ἀρταφρένης, Herod. 3, 70 Ἰνταφρένης, in der In-schrift Vindafrana. Schol. M: τοῦτον Ἑλλάνικος Δαφέρνην καλεῖ. — ἐν δόμοις. Herod. III, 78 οἱ δὲ Μάγοι ἔτυχον ἀμφότεροι ἐόντες ἔσω. Da-reios auf d. Inschr. von Beh.: „Es ist eine Festung, Çikajauvati mit Namen, im Bezirk Niçâya mit Na-men, in Medien; dort tötete ich ihn'. — χρέος, denen diese Leistung

κἀγώ· πάλου δ' ἔκυρσα τοῦπερ ἤθελον.
κἀπεστράτευσα πολλὰ σὺν πολλῷ στρατῷ· 780
ἀλλ' οὐ κακὸν τοσόνδε προςέβαλον πόλει.
Ξέρξης δ' ἐμὸς παῖς νέα νέος κυρῶν φρονεῖ,
κοὐ μνημονεύει τὰς ἐμὰς ἐπιστολάς·
εὖ γὰρ σαφῶς τόδ' ἴστ', ἐμοὶ ξυνήλικες·
ἅπαντες ἡμεῖς, οἳ κράτη τάδ' ἔσχομεν, 785
οὐκ ἂν φανεῖμεν πήματ' ἔρξαντες τόσα.

XO.   Τί οὖν, ἄναξ Δαρεῖε, ποῖ καταστρέφεις
λόγων τελευτήν; πῶς ἂν ἐκ τούτων ἔτι
πράσσοιμεν ὡς ἄριστα Περσικὸς λεώς;

ΔΑΡ. εἰ μὴ στρατεύοισθ' ἐς τὸν Ἑλλήνων τόπον, 790
μηδ' εἰ στράτευμα πλεῖον ᾖ τὸ Μηδικόν.
αὐτὴ γὰρ ἡ γῆ ξύμμαχος κείνοις πέλει.

ΧΟΡ. πῶς τοῦτ' ἔλεξας, τίνι τρόπῳ δὲ συμμαχεῖ;

ΔΑΡ. κτείνουσα λιμῷ τοὺς ὑπερπόλλους ἄγαν.

ΧΟΡ. ἀλλ' εὐσταλῆ τοι λεκτὸν ἀροῦμεν στόλον. 795

---

zufiel. Sept. 20 πρὸς χρέος πιστοὶ
τόδε (zur Verteidigung der Stadt).
779. κἀγώ. Herod. III, 78 Δαρεῖος.. ὥσέ τε τὸ ἐγχειρίδιον καὶ
ἐτυχέ πως τοῦ Μάγου. Die Inschr.:
‚ich tötete mit ergebenen Männern
jenen Gaumâta'. — πάλου wohl Hinweis auf das Orakel durch sein Rofs.
780. πολλά, sc. χωρία (Passow:
ich habe viele Feldzüge unternom-
men; doch so στρατεύω, nicht
ἐπιστρ.).
782. νέα φρονεῖ, Suppl. 104 νεά-
ζει. — ἐπιστολάς, anders Her. 7, 4
παρασκευαζόμενον συνήνεικε Δαρεῖον ἀποθανεῖν, οὐδέ οἱ ἐξεγένετο
τοὺς Ἀθηναίους τιμωρήσασθαι, vgl.
cap. 8, 2 ὡράτε μέν νυν καὶ Δαρεῖον ἰθύοντα στρατεύεσθαι ἐπὶ
τοὺς ἄνδρας τούτους.
784. εὖ σαφῶς. Auch Cho. 197
εὖ σάφ' ἦν wohl richtig hergestellt.
787. τί οὖν mit Hiat auch Sept.
208, Suppl. 305, Eum. 902; auch
bei Soph. zweimal. Vgl. 693.

788. ἔτι. Schol. rec. εἰς τὸ ἐξῆς.
Eum. 834 ἔτι .. ἐς ἀεί. Häufiger
bei dem Fut. ist die Bedtg. später
einmal, wie Prom. 907 ἦ μὴν ἔτι
Ζεύς .. ἔσται ταπεινός. So wohl
auch im Orakel Her. I, 65.
790. τόπος. Eum. 249 χθονὸς δὲ
πᾶς πεποίμανται τόπος. Häufiger
so der Plural wie 796. — εἰ mit
dem blofsen Konj. auch bei den
Trag. mehrfach. Suppl. 91, Eum.
234. — πλεῖον. Sch.: ‚noch gröfser
als das letzte'; aber die Stellung
von τὸ Μηδικόν spricht wohl für
‚gröfser als das Griechenheer'. So
εἰ .. ᾖ (wenn es stärker ist, wie
es in der That ist) auch Antig. 710
καί τις ᾖ σοφός (s. Herm. zu dieser
St.). — ἡ γῆ. Artabanus bei Her.
7, 49: ἤν τε πλεύνας συλλέξῃς, τὰ
δύο τοι τὰ λέγω πολλῷ ἔτι πολε-
μιώτερα γίνεται. τὰ δὲ δύο ταῦτα
ἐστι γῆ τε καὶ θάλασσα.
795. λεκτόν, vgl. die sorgfältige
Auswahl des Mardonios, Her. 8,113.
εὐσταλῆ, wohl ausgerüstet, auch

ΔAP. ἀλλ᾽ οὐδ᾽ ὁ μείνας νῦν ἐν Ἑλλάδος τόποις
στρατὸς κυρήσει νοστίμου σωτηρίας.

ΧΟΡ. πῶς εἶπας; οὐ γὰρ πᾶν στράτευμα βαρβάρων
περᾷ τὸν Ἕλλης πορθμὸν Εὐρώπης ἄπο;

ΔAP. Παῦροί γε πολλῶν, εἴ τι πιστεῦσαι θεῶν   800
χρὴ θεσφάτοισιν, ἐς τὰ νῦν πεπραγμένα
βλέψαντα· συμβαίνει γὰρ οὐ τὰ μέν, τὰ δ᾽ οὔ.
κεἴπερ τάδ᾽ ἐστί, πλῆθος ἔκκριτον στρατοῦ
λείπει κεναῖσιν ἐλπίσιν πεπεισμένος.
μίμνουσι δ᾽ ἔνθα πεδίον Ἀσωπὸς ῥοαῖς   805
ἄρδει, φίλον πίασμα Βοιωτῶν χθονί·
οὗ σφιν κακῶν ὕψιστ᾽ ἐπαμμένει παθεῖν,
ὕβρεως ἄποινα κἀθέων φρονημάτων·
οἳ γῆν μολόντες Ἑλλάδ᾽ οὐ θεῶν βρέτη
ᾐδοῦντο συλᾶν οὐδὲ πιμπράναι νεώς·   810

mit Lebensmitteln. Nachführung von Proviant wiederholt bei Herodot erwähnt: 7, 21. 23. 25. 50. — ἀροῦμεν mit ᾱ von αἴρω aus ἀείρω; so auch sonst aufser Soph. Ai. 75, wo Schneidewin ἀρεῖς (ᾱ) in ἀρεῖ von ἄρνυμαι verbessert. — περᾷ Praes. hist. (Sch.: ‚Futurum‘; aber von den mit Xerxes Heimgekehrten (510) ist doch die Rede. Was sollte sonst die verwunderte Frage und πᾶν στρ.?). In der Antwort 800 παῦροί γε πολλῶν mufs das πλῆθος ἔκκριτον (803) gemeint sein; sonst hätte die Begründung durch den zweiten Teil der Orakel keinen Sinn. Aber die Konstr. ist behindert; οὐ περῶσι zu ergänzen wird nicht angehen, da das οὐ vorhin zu πᾶν allein gehört. Die Rede ist anakoluthisch; es schwebt schon das μίμνουσι in v. 805 vor.

803. εἴπερ τάδ᾽ ἐστίν. Schol. rec. εἴπερ τοῦτο οὕτως ἔχει. — λείπει, Xerxes: vgl. 450. — ἐλπίσιν. Mardonios bei Her. 8, 100: ἐμὲ σοὶ χρὴ τὴν Ἑλλάδα παρασχεῖν δεδουλωμένην.

805. μίμνουσι, das Winterquar-

tier in Thessalien wird übergangen. — Schol. rec. Ἀσωπὸς τὸ πίασμα καὶ λίπασμα προσφιλὲς τῇ χθονί; vom Nil ὕδατι πιαίνων λιπαρὸν πέδον Dionys. Per. 227, χώραν ὕδασιν λιπαίνειν Eur. Bacch. 565, γύας λιπαίνειν Hec. 454. (Hermann tilgt das Komma und verbindet πίασμα als Accusativ mit ἄρδει gleich ἄρδων παρασκευάζει. πίασμα ziehen Schütz und Schneider als Nom. zu μίμνουσι, mit Vergleichung von Sept. 587 ἔγωγε μὲν δὴ τήνδε πιανῶ χθόνα; doch dann mit 807 kein Fortschritt.)

807. ἐπαμμένει mit Dat.: bleibt ihnen aufgespart. Eur. fr. 733 τοῖς πᾶσιν ἀνθρώποισι κατθανεῖν μένει. Dagegen Prom. 605 ὅτι μ᾽ ἐπαμμένει παθεῖν: mich erwartet. — Die Rede gleitet auf die Perser im allgem. über; s. bes. 814.

810. συλᾶν, πιμπράναι. Derselbe Vorwurf bei Her. 8, 109. 143 f. Isokr. Paneg. 155. Der Schwur der Griechen vor der Schlacht bei Platää τῶν ἱερῶν τῶν ἐμπρησθέντων ὑπὸ τῶν βαρβάρων οὐδὲν ἀνοικοδομήσω Lyk. g. Leokr. 81. An-

βωμοὶ δ' ἄϊστοι, δαιμόνων θ' ἱδρύματα
πρόρριζα φύρδην ἐξανέστραπται βάθρων.
τοιγὰρ κακῶς δράσαντες οὐκ ἐλάσσονα
πάσχουσι, τὰ δὲ μέλλουσι, κοὐδέπω κακῶν
κρηπὶς ὕπεστιν, ἀλλ' ἔτ' ἐκπιδύεται.   815
τόσος γὰρ ἔσται πέλανος αἱματοσφαγὴς
πρὸς γῇ Πλαταιῶν Δωρίδος λόγχης ὕπο·
θῖνες νεκρῶν δὲ καὶ τριτοσπόρῳ γονῇ
ἄφωνα σημανοῦσιν ὄμμασιν βροτῶν,
ὡς οὐχ ὑπέρφευ θνητὸν ὄντα χρὴ φρονεῖν.   820
ὕβρις γὰρ ἐξανθοῦσ' ἐκάρπωσε στάχυν
ἄτης, ὅθεν πάγκλαυτον ἐξαμᾷ θέρος.
τοιαῦθ' ὁρῶντες τῶνδε τἀπιτίμια
μέμνησθ' Ἀθηνῶν Ἑλλάδος τε, μηδέ τις

---

dererseits Her. 5, 102 (vgl. 6, 101. 7,
8) καὶ Σάρδις μὲν ἐνεπρήσθησαν,
ἐν δὲ αὐτῆσι καὶ ἱερὸν ἐπιχωρίης
θεοῦ Κυβήβης· τὸ σκηπτόμενοι οἱ
Πέρσαι ὕστερον ἀντενεπίμπρασαν
τὰ ἐν Ἕλλησι ἱρά. — Der Vers 811
kehrt ähnlich Ag. 527 wieder. —
δράσαντες πάσχουσι. Ag. 1527
ἄξια δράσας ἄξια πάσχων. 1564
παθεῖν τὸν ἕρξαντα. Choeph. 313
δράσαντι παθεῖν.

815. ἐκπιδύεται. Schütz: Imago
petita est ex natura vasis aut putei,
qui non prius exhauritur, quam ad
fundum perveneris. Wohl eher vom
Aufsuchen eines festen Grundes für
ein Fundament. Hesych. κρηπίς..
καὶ περὶ τὴν ἀρχιτεκτονίαν τῆς κτί-
σεως. Vgl. Hom. πῖδαξ u. πιδήεις.
,Es sickert auf.' — πέλανος, Klum-
pen geronnenen Blutes. αἱματοσφα-
γής = αἵματος σφαγέντος wie Ag.
209 παρθενοσφάγοισιν ῥεέθροις.
Der prägnante Ausdruck αἷμα σφάτ-
τειν, αἵματος σφαγή kommt öfter
vor; die Nebenbeziehung eines den
Göttern wohlgefälligen Sühn- und
Racheopfers (Passow Lex. πέλανος)
ist hier wohl nicht beabsichtigt. —
πρὸς γῇ, vgl. Soph. Trach. 371 πρὸς

μέσῃ Τραχινίων ἀγορᾷ, 423 ἐν
μέσῃ Τρ. ἀγορᾷ. — Πλαταιᾶν, vgl.
Suppl. 16 Ἄργους γαῖαν, in Prosa
ἡ Πλαταιὶς γῆ Her. 9, 25. — Δωρίδος, unrichtig Bothe: i. e. grae-
cae. Aesch. erkennt das Verdienst
gerecht an. Lakedämonier und Te-
gealen fochten gegen die Perser,
μουνωθέντες Herod. IX, 61; die
Athener standen den Thebanern
gegenüber. Vgl. Herod. IX, 71: Ἑλλήνων δὲ, ἀγαθῶν γενομένων καὶ
Τεγεητέων καὶ Ἀθηναίων, ὑπερ-
εβάλοντο ἀρετῇ Λακεδαιμόνιοι.
Pind. Pyth. 1, 75 Ἀρέομαι πὰρ μὲν
Σαλαμῖνος Ἀθαναίων χάριν μι-
σθόν, ἐν Σπάρτᾳ δ' ἐρέω πρὸ Κι-
θαιρῶνος μάχαν, ταῖσι Μήδειοι
κάμον ἀγκυλότοξοι.

818. θῖνες νεκρῶν, Od. 12, 45
θὶς ἀνδρῶν πυθομένων. — ὄμμασιν neben γονῇ, wie Il. 23, 156
σοὶ γάρ τε μάλιστα πείσονται μύθοισι. — ἄφωνα σημανοῦσιν Oxy-
moron, durch den Zusatz von ὄμμασιν gemildert. — ὑπέρφευ, auch
Ag. 377; G. Curtius: von φυ-, gleich
ὑπερφυῶς. — θέρος wie Ag. 1655
τάδ' ἐξαμῆσαι πολλὰ δύστηνον θέρος. — μέμνησθ' Ἀ. auch 285;

ὑπερφρονήσας τὸν παρόντα δαίμονα 825
ἄλλων ἐρασθεὶς ὄλβον ἐκχέῃ μέγαν.
Ζεύς τοι κολαστὴς τῶν ὑπερκόμπων ἄγαν
φρονημάτων ἔπεστιν, εὔθυνος βαρύς.
πρὸς ταῦτ᾽ ἐκεῖνον σωφρονεῖν κεχρημένοι
πινύσκετ᾽ εὐλόγοισι νουθετήμασιν, 830
λῆξαι θεοβλαβοῦνθ᾽ ὑπερκόμπῳ θράσει.
σὺ δ᾽, ὦ γεραιὰ μῆτερ ἡ Ξέρξου φίλη,
ἐλθοῦσ᾽ ἐς οἴκους κόσμον ὅστις εὐπρεπὴς
λαβοῦσ᾽ ὑπαντίαζε παιδί. πάντα γὰρ
κακῶν ὑπ᾽ ἄλγους λακίδες ἀμφὶ σώματι 835
στημορραγοῦσι ποικίλων ἐσθημάτων.
ἀλλ᾽ αὐτὸν εὐφρόνως σὺ πράϋνον λόγοις·
μόνης γάρ, οἶδα, σοῦ κλύων ἀνέξεται.
Ἐγὼ δ᾽ ἄπειμι γῆς ὑπὸ ζόφον κάτω.
ὑμεῖς δέ, πρέσβεις, χαίρετ᾽ ἐν κακοῖς ὅμως, 840
ψυχῇ διδόντες ἡδονὴν καθ᾽ ἡμέραν,

bewußter Gegensatz zu jenem *Δέ-σποτα μέμνεο τῶν Ἀθηναίων* bei Her. 5, 105. — *δαίμονα* = τύχην. 601.

828. *ἔπεστιν.* Eum. 543 *ποινὰ γὰρ ἐπέσται.* Soph. El. 1467 *εἰ δ᾽ ἔπεστι νέμεσις, σὺ λέγω.* — *κεχρη-μένοι,* sc. *αὐτῷ:* mit ihm verkehrend. Plut. Arat. 46 z. E. *ἀνθρω-πον οὐ πονηρόν, ἀλλὰ καὶ κεχρη-μένον ἐκείνῳ.* Der Inf. *σωφρονεῖν* muß von *πινύσκετε* abhängen. Glatter wäre *σωφρόνως* (so Heimsöth) oder *σάφρονες κεχρημένοι* (vgl. Plut. Cic. 9 *τοῖς κινδυνεύουσιν ἀεὶ κεχρημένος ἐπιεικῶς*). Gegensatz zu 753 *ταῦτα τοῖς κακοῖς ὁμιλῶν ἀνδράσιν διδάσκεται.* Soph. Ai. Locr. fr. 12 *σοφοὶ τύραννοι τῶν σοφῶν συνουσίᾳ.* — *θεοβλαβοῦντα,* Schol. rec. *ἐκ θεῶν βλαπτόμενον, ἢ βλάπτοντα τοὺς θεούς.* Da *θεο-βλαβής* immer passiv ist, das erste; also: sich die Strafe durch die Gottheit zuziehen.

833. *ὅστις,* wie er sich für den

König schickt. — *στημορραγοῦσι.* Alles an seinen Kleidern ist zu Fetzen zerrissen; das Verb auf das prädikative *λακίδες* bezogen. (Andere nehmen *πάντα* adverbial.) — *ποικίλων,* Xen. Cyr. 8, 3, 13: *προύφαίνετο ὁ Κῦρος ὀρθὴν ἔχων τὴν τιάραν, καὶ χιτῶνα πορφυροῦν με-σόλευκον (ἄλλῳ δ᾽ οὐκ ἔξεστι με-σόλευκον ἔχειν) καὶ περὶ τοῖς σκέ-λεσιν ἀναξυρίδας ὑσγινοβαφεῖς καὶ κάνδυν ὁλοπόρφυρον.* Vgl. Curt. 3, 3, 17.

837. *αὐτόν,* Gegensatz zu *ἐσθή-ματα.* — *ζόφον,* Od. 11, 57 *πῶς ἦλθες ὑπὸ ζόφον ἠερόεντα;* — *ὅμως,* vgl. zu 295.

840. Sch. setzte das Komma hinter *χαίρετ᾽*; doch der Abschieds-gruß gerade führt auf die Erinnerung an die traurigen Ereignisse. — *καθ᾽ ἡμέραν* hier nicht quotidie, sondern ‚immer für den gegenwärtigen, euch noch gegebenen Tag‘. Eur. Alc. 788 *εὔφραινε σαυ-τόν, πῖνε, τὸν καθ᾽ ἡμέραν βίον*

ὡς τοῖς θανοῦσι πλοῦτος οὐδὲν ὠφελεῖ.

ΧΟΡ. ἦ πολλὰ καὶ παρόντα καὶ μέλλοντ' ἔτι
ἤλγησ' ἀκούσας βαρβάροισι πήματα.

ΑΤ. ὦ δαῖμον, ὥς με πόλλ' ἐςέρχεται κακὰ 845
ἄλγη, μάλιστα δ' ἥδε συμφορὰ δάκνει,
ἀτιμίαν γε παιδὸς ἀμφὶ σώματι
ἐσθημάτων κλύουσαν, ἥ νιν ἀμπέχει.
ἀλλ' εἶμι, καὶ λαβοῦσα κόσμον ἐκ δόμων
ὑπαντιάζειν ⟨εὐφρόνως⟩ πειράσομαι. 850
οὐ γὰρ τὰ φίλτατ' ἐν κακοῖς προδώσομεν.

ΧΟΡΟΣ.

στρ. α΄. Ὦ πόποι, ἦ μεγάλας ἀγα- θᾶς τε πολισσονόμου
βιοτᾶς ἐπε- κύρσαμεν, εὖθ' ὁ γηραιὸς
πανταρκὴς ἀκάκας ἄμα- χος βασιλεὺς 855

λογίζου σόν, τὰ δ' ἄλλα τῆς τύχης.
— ὠφελεῖν findet sich einigemal
bei den Tragikern mit dem Dativ.
Die Schlufsworte des Dareios erinnern an die Inschriften auf Denk-
mälern des Sardanapal, welche von
Arrian Exped. Alex. 2, 5 (ἔσθιε
καὶ πίνε καὶ παῖζε, ὡς τἄλλα τὰ
ἀνθρώπινα οὐκ ὄντα τούτου ἄξια,
sc. τοῦ ἀποκροτήματος), Strabo 14,
672, Athen. 12, 530, Cic. Tusc. 5, 35
u. a. erwähnt werden.
850. εὐφρόνως. M hat anstatt dessen ἐμῷ παιδί, gegen das Metrum.
An πειράσομαι neben dem einfachen ὑπαντιάζειν nahm Meineke
mit Recht Anstofs und schrieb παρη-
γορῆσαι παῖδ' ἐμὸν π., sinngemäfs;
doch bleibt die Entstehung der Kor-
ruptel unklar. Es scheint ein Hinweis auf den zweiten Teil der Aufforderung des Dareios (837) zu fehlen.
— Atossa erscheint nicht wieder (s.
Einl., S. 14). Es ist nicht ganz klar,
ob sie wirklich, wie man allgemein
annimmt, Xerxes entgegengehen
soll und will und nur nicht zeitig
genug mit den Vorbereitungen fertig

wird, oder ob sie überhaupt erst
im Hause mit dem Schmucke sogleich dem Sohne entgegen treten,
entgegen kommen will. Sie wohnt
auch nicht mit Xerxes zusammen,
sondern in dem εὐνατήριον 160. Dafs
Xerxes auf der Strafse seine Kleider wechseln soll, ist doch eine
etwas sonderbare Vorstellung. —
τὰ φίλτατα öfter so von einem
einzelnen. Soph. Phil. 434 Πάτρο-
κλος ὅς σοῦ πατρὸς ἦν τὰ φίλτατα.
852. πολισσονόμον. Schol. rec.
πολιτικῆς. Vgl. Pind. Nem. 9, 31
ἀγλαΐαισιν ἀστυνόμοις = ἀστικαῖς.
Gegensatz zur privaten Wohlfahrt
einzelner. μεγ. ἀγ. τε besser prädikativ zu fassen. — πανταρκής,
Schol. rec. εἰς πάντας ἀρκῶν καὶ
εὐεργετῶν, παντὶ βοηθῶν. Vielmehr in allem tüchtig, allem ge-
wachsen. Παναρκέος· τοῦ μεγάλου
καὶ δυνατοῦ. Suid. — ἀκάκας, oben
662 ἄκακος. Zu Homer. ἀκάκητα
Schol. V ἀμέτοχος κακῶν (Döderlein
u. a. ziehen die Abltg. von ἀκέομαι
vor; schon Schol. L zu Il, 15, 195
θεραπευτικός). — ἄμαχος wie 90.

ἰσόθεος Δαρεῖος ἄρχε χώρας.

ἀντ. α΄.　Πρῶτα μὲν εὐδοκίμους στρατι- ὰς ἀπεφαινόμεϑ᾽,
　　　　ἰδὲ νομίσματα πύργινα πάντ᾽ ἐπηύϑυνον. 860
　　　νόστοι δ᾽ ἐκ πολέμων ἀπό- νους ἀπαϑεῖς
　　　– ◡ ◡ εὖ πράσσοντας ἆγον οἴκους.

στρ. β΄.　Ὅσσας δ᾽ εἷλε πόλεις πόρον οὐ διαβὰς Ἅλυ- ος
　　　　ποταμοῖο, 865

οὐδ᾽ ἀφ᾽ ἑστίας συϑείς,

οἷαι Στρυμονίου πελά- γους Ἀχελωΐδες εἰσὶ πάρ-
　　　οικοι Θρηκίων ἐπαύλων, 870

ἀντ. β΄.　Λίμνας τ᾽ ἔκτοϑεν αἳ κατὰ χέρσον ἐληλάμε- ναι
　　　πέρι πύργον

857. πρῶτα μέν mit folgendem einfachen δέ. (Passows olim . sub Dario, mifsfällt hinter ἐνϑ᾽ ὁ γηραιός κτλ., auch wäre νῦν δέ 905 gar zu weit entfernt.) — ἀποφαίνεσϑαι est spectandum exhibere aliquid quod nostrum est. Hermann. — στρατιάς hier = στρατείας. — νομίσματα πύργινα, das für feste Städte (d. h. bei ihrer Eroberung) geltende Kriegsrecht, welches gewisse Schranken auferlegt, regierte alles. So richtig Schol. M κατὰ νενομισμένα ἔϑη ταῖς πόλεσι ταῖς πορϑουμέναις, οὐ τεμένη ϑεῶν πορϑοῦντες, οὐ τάφους ἀνασπῶντες, ὡς Ξέρξης τολμήσας ἐποίησεν. Aesch. drückt kurz aus, was Xen. Cyr. VII, 5, 73 umschreibt: νόμος γὰρ ἐν πᾶσιν ἀνϑρώποις ἀΐδιός ἐστιν, ὅταν πολεμούντων πόλις ἁλῷ. Auf die Beobachtung des Kriegsrechts geht schon εὐδοκίμους, probatas, weil vorwurfsfrei. — ἐπηύϑυνον, wie wenn νόμοι das Subjekt wäre. — Die Lücke in 863 füllt eine Pariser Hdschr. mit ἡμᾶς aus, Passow ὑμέας, Weise πάντοϑεν, Schwenck εὔφρονας, Heimsöth εὐπολέμως, Wecklein ὀνέρας.

864. ὅσσας, Schol. M τοῦτο ϑαυμαστικῶς φησιν (Sch. nahm es mit Hermann relativ, als Vordersatz zu ἄϊον: doch εἷλε und ἄϊον zu synonym). — Ἅλυος, die alte Grenze des Mederreichs gegen Vorderasien, Her. 1, 72; angegeben, weil in der folg. Aufzählung nur die Kämpfe, welche die Griechen angehen, berücksichtigt werden. Die Reihenfolge: vom Strymon zu den Meerengen, die Inseln, Ionien. Der Zug gegen die Skythen, welchen Dareios selbst anführte, wird ignoriert; übrigens sagt Justin 2, 5 von demselben: quae jactura (80000) abundante multitudine inter damna numerata non est. — πελάγους = κόλπου Στρ. — Ἀχελωΐδες, Schol. rec. παραϑαλάσσιοι. Schol. M Ἀχελῷον γὰρ πᾶν ὕδωρ λέγουσι.

871. λίμνη vom Meere nicht selten, Suppl. 529, Eum. 9. — Ἐληλαμέναι περὶ πύργον dictum existimo pro περιελημαμέναι πύργον, i. e. quibus πύργος περιελήλαται, ut ἐπικείμενος τῇ κεφαλῇ κράνος, et Horatii, laevo suspensi loculos tabulamque lacerto. Et sic Schol. τοῖς τείχεσι κεκυκλωμέναι. Blomf. περίκεισο ἔνϑεα Kaibel a. O. 1129.

τοῖδ᾽ ἄνακτος ἄϊον,
Ἑλλάς τ᾽ ἀμφὶ πόρον πλατὺν εὐχόμεναι, μυχί- α
τε Προποντίς, καὶ στόμωμα Πόντου, 875

στρ. γ'. Νᾶσοί θ᾽ αἳ κατὰ πρῶν᾽ ἅλι- ον περίκλυστοι 879
τᾴδε γᾷ προσήμεναι,
οἷα Λέσβος, ἐλαιόφυ- τός τε Σάμος, Χίος, ἠδὲ
Πάρος, 884
Νάξος, Μύκονος, Τή- νῳ τε συνάπτουσ᾽ Ἄνδρος
ἀγχιγείτων.

ἀντ. γ'. Καὶ τὰς ἀγχιάλους ἐκρά- τυνε μεσάκτους,

Die Mauer ringsum wird von den Binnenlandstädten im Gegensatz zu jenen halb durch die See gesicherten hervorgehoben. — πλατύν, Il. 7, 86 ἐπὶ πλατεῖ Ἑλλησπόντῳ, breit als Strom, 746. — εὐχόμεναι, ohne εἶναι, wie schon Hom. Od. 14, 199 ἐκ μὲν Κρητάων γένος εὔχομαι, auch Aesch. öfter, Suppl. 313 τίς οἷν ὁ Δῖος πόρτις εὔχεται βοός; Noch abgeblafster die Bedtg. Apoll. Rh. IV, 1251 τίς χθὼν εὔχεται ἠδε; Ähnlich hier: ,die Städte, die sich die hellespontischen nennen'; nur noch etwas gewagter, weil hier der Ausdruck mit der Präp. — στόμωμα Π., Schol. Μ ὁ Βόσπορος. 879. πρῶν᾽ ἅλιον, nach Bothe das ganze Kleinasien; wohl kaum griech. Anschauung; vgl. ἠπειρογε- νές 42. Blomfield: innuit peninsulam Ionicam, Chio oppositam; an sich denkbar (von Rhodos sagt Pindar Ol. VII, 18 f. Ἀσίας εὐρυχόρου τρίπολιν νᾶσον πέλας ἐμβόλῳ ναίοντας, ,nahe der keilförmig vorspringenden Halbinsel Peraea Cariens' Böckh); doch 132, wo keine Halbinsel, entscheidet für ,Meeresrand', wohl im bes. eine Steilküste bezeichnend. ,Der Küste gegenüber' liegen freilich eigentl. nur die drei ersten; hinzugefügt sind mit ἠδέ die, welche die Schiffer auf der gew. Fahrt (das Gegenteil πελά-

γιοι, mehrfach bei Thukyd.) berührten (oder der Griechenküste gegenüber?). 888. ἀγχίαλοι heifsen in d. Il. (2, 640. 697) die Seestädte Chalkis in Ätolien und Antron in Thessalien; aber schon Hymn. Apoll. 32 so auch Peparethos; also auch Inseln sind Meeresnachbarinnen, wohl eigentl. erst recht, weil sie genau genommen keine andern Nachbarn haben. (Lobecks Erklärung von einer Insel, die der Küste noch so nahe liegt, dafs sie eher ἀγχίαλος als ἀμφιθάλαττος oder πελαγία heifsen könne, pafst nur auf Salamis, Soph. Ai. 135; nach Hermann und Bothe gilt jenes Beiwort einer gleichnamigen Stadt auf der Insel, die es aber schon auf Lemnos nicht giebt.) Umgekehrt neben Κύπρον ἐναλίης (Hom. hymn. Ven. 3) auch Μίλητον, ἔναλον πόλιν Hymn. Ap. 180. — μεσάκτους, ,mitten zwischen den Küsten von Asien und Europa' (Heath), im Gegensatze zu τᾴδε γᾷ προσήμεναι. Unter diesem Gesichtspunkte sammelt der Dichter den Rest der Inseln; er stimmt freilich eigtl. nur für Lemnos (vgl. die Pindar-Stelle zu v. 879); es bildet Ikaria, Rhodos, Kypros eine Bogenlinie um Kleinasien, die freilich zwischen Samos und Mykonos hindurchgeht (Vofs: ,die umfelseten', wie Schol. rec.

Λῆμνον, Ἰκάρου ϑ᾽ ἔδος,　　　　　　890
καὶ Ῥόδον ἠδὲ Κνίδον Κυπρί- ας τε πόλεις,
Πάφον, ἠδὲ Σόλους,
Σαλαμῖνά τε, τᾶς νῦν .ματρόπολις τῶνδ᾽ αἰτία
στεναγμῶν,　　　　　　896

ἰπῳδ.　*Καὶ τὰς εὐκτεάνους κατὰ κλῆρον Ἰ- αόνιον πο-*
　　　　λυάνδρους
Ἑλλάνων [ἐκράτυνε] σφετέραις φρεσίν,　　900
ἀκάματον δὲ παρῆν σϑένος ἀνδρῶν τευχηστήρων
παμμίκτων τ᾽ ἐπικούρων.
νῦν δ᾽ οὐκ ἀμφιλόγως ϑεό- τρεπτα τάδ᾽ αὖ φέρο-
　　　μεν πολέμοισι,　　　　　　905
δμαϑέντες μεγάλως πλα- γαῖσι ποντίαισιν.

ΞΕΡΞΗΣ.

Ἰὼ,
δύστηνος ἐγὼ στυγερᾶς μοίρας
τῆσδε κυρήσας ἀτεκμαρτοτάτης,　　　　910

ἐπειδὴ τὸ κύκλῳ τᾶν νήσων ἀκταί
εἰσι; dazu neigte auch Sch. mit Anführung von Od. 13, 97, ll. 2, 395;
jedoch wäre die Bezeichnung zu
allgemein). — Ἰκάρου Name der
Insel (wie bei Homer Θήβης, Ἰθάκης
ἔδος); oder vielleicht des dort begrabenen Ikaros (Λέσβος Μάκαρος ἔδος,
ll. 24, 544); doch diese Sage erst
bei Kallimachos; Apollodor, Bibl.
II, 6, 3 τὸ Ἰκάρου σῶμα ἰδὼν (Ἡρα
κλῆς) τοῖς αἰγιαλοῖς προσφερόμε
νον ἔθαψε καὶ τὴν νῆσον ἀντὶ Δο
λίχης Ἰκαρίαν ἐκάλεσεν. — Κνίδον.
Her. 1,174: ἐούσης πάσης τῆς Κνι
δίης πλὴν ὀλίγης περιρρόου. — μα
τρόπολις, Hor. Od. 1, 7, 29 ambiguam tellure nova Salamina futuram.
897. κλῆρος, Landmark (auf dem
Festlande).
900. Er bewältigte sie durch seine

Einsicht; er gab den Gedanken
(οὐδ᾽ ἀφ᾽ ἑστίας συθείς 867), andere, ἄνδρες τευχηστήρες, führten
aus (Sch. erklärte: „nach seinem
unumschränkten Willen‘.) — σφέτε
ρος zuweilen poet. auf einen Sing.,
zuerst bei Hesiod, öfter bei Pindar;
auch Ag. 760. — ἀκάματον primam
producit eodem jure quo ἀθάνατος,
metri necessitate. Sic ἀπαράμυθον
Prom. 185. Blomf. — αὖ, im Gegensatz zu dem früheren Glück, 942.
θεύτρεπτα, vgl. παλιντυχεῖ τριβᾷ
βίου Ag. 464. πολέμοισι, der Plural
verallgemeinernd „wir ernten jetzt
im Kriege das Umgekehrte‘. — δμα
θέντες Erklärung zu τάδε.
908. Xerxes erscheint in dem Aufzuge, in dem er geflüchtet ist. S.
Einltg. S. 15; auf seinem Wagen
(s. 1000).
910. ἀτεκμαρτοτάτης, Schol. rec.

ὡς ὡμοφρόνως δαίμων ἐνέβη
Περσῶν γενεᾷ· τί πάθω τλήμων;
λέλυται γὰρ ἐμῶν γυίων ῥώμη
τήνδ᾽ ἡλικίαν ἐσιδόντ᾽ ἀστῶν.
εἴθ᾽ ὄφελε, Ζεῦ, κἀμὲ μετ᾽ ἀνδρῶν   913
τῶν οἰχομένων
θανάτου κατὰ μοῖρα καλύψαι.
ΧΟΡ. Ὀτοτοῖ, βασιλεῦ, στρατιᾶς ἀγαθῆς
καὶ Περσονόμου τιμῆς μεγάλης,
κόσμου τ᾽ ἀνδρῶν,   920
οὓς νῦν δαίμων ἐπέκειρεν.

προφδός. Γᾶ δ᾽ αἰάζει τὰν ἐγγαίαν
ἥβαν Ξέρξᾳ κταμέναν Ἅιδου
·σάκτορι Περσᾶν· ᾳδοβάται γὰρ

ἀπροσδοκήτου. — ἐνέβη, vgl. 516.
— τί πάθω; ‚was soll aus mir werden?‘ Nach Krüger eig.: ‚was soll
ich über mich ergehen lassen?‘ Es
fällt fast mit dem Futurum (Suppl.
777 τί πεισόμεσθα;) zusammen.
— τήνδ᾽ ἡλικίαν, die anwesenden
Greise. Schol. M ὑπομιμνησκόμενος
γὰρ τῶν παίδων αὐτῶν αἰσχύνῃ
καὶ ἐλέῳ πιέζομαι. . Auch ihren
Tadel mufs er bei der Würde des
Alters bes. fürchten. — ἐσιδόντ᾽
ist Accusativ, wie wenn ein γυίων
ἔκλυσίς με καταλαμβάνει vorher-
ginge; dgl. häufiger bei vorausg.
Dativ. Choeph. 410 πέπαλται . .
μοι φίλον κέαρ κλύουσαν ‚tamquam
si praecessisset τρόμος ἔχει με: om-
ninoque in hujusmodi anacoluthis
frequentissimus est accusativus, ut
qui casus facilius quam caeteri ex
aliqua obscurius cogitata sententia
pendere possit.‘ Herm. Vig. p. 795.
Vgl. auch Soph. El. 479 ὕπεστί
μοι θράσος κλίουσαν. — οἰχομένων, v. 1002 βεβᾶσι. — κατά Tmesis. καλύψαι, so bei Homer öfter

τέλος θανάτοιο κάλυψεν, μοῖρα
δυσώνυμος ἀμφεκάλυψεν.
919. Περσονόμου, nach περσονομοῦνται 585 ‚die persisch-herrschen-
de Ehrenstellung, die Herrscher-
hoheit der Perser‘. (Sch. verstand:
‚die über die Perser herrschende
Herrlichkeit des persischen Königs-
tums. Schol. M τῆς τοῖς Πέρσαις
νεμηθείσης.) Die Genitive hängen
von d. Interj. ab (anders Hermann,
der nach βασιλεῦ kein Komma hat).
— ἀνδρᾶν Gen. epex. — ἐπέκειρεν, Il. 16, 394 πρώτας ἐπέκερσε
φάλαγγας.
922. Hic dialecto mutata proodus
incipit. Hermann. — Die beiden
Gen. zu σάκτορι = τῷ τὸν Ἅι-
δην σάξαντι (πληρώσαντι) Περσῶν.
Eur. Andr. 148 στολμὸν χρωτὸς
ποικίλων πέπλων. Ἅιδου μήτηρ
von der Klytämn. Ag. 1235, Ἅιδου
μάγειρος Eur. Cycl. 397. Non ipse
chorus hoc opprobrio Xerxem ex-
cipit, sed quid cives dicant expo-
nit. Hermann. — ᾳδοβάται, Orci-
colae, mit Hermann nach ᾳδοφοῖται

πολλοὶ φῶτες, χώρας ἄνθος,   925
τοξοδάμαντες, πάνυ ταρφύς τις
μυριὰς ἀνδρῶν, ἐξέφθινται.
αἰαῖ αἰαῖ κεδνᾶς ἀλκᾶς.
Ἀσία δὲ χθών, βασιλεῦ γαίας,
αἰνῶς αἰνῶς ἐπὶ γόνυ κέκλιται.   930

στρ. α΄. ΞΕΡ. Ὄδ᾽ ἐγώ, οἰοῖ, αἰακτὸς
μέλεος γέννᾳ γᾷ τε πατρῴᾳ
κακὸν ἄρ᾽ ἐγενόμαν.

ΧΟΡ. πρόσφθογγόν σοι νόστου τὰν   935
κακοφάτιδα βοάν, κακομέλετον ἰὰν
Μαριανδυνοῦ θρηνητῆρος
πέμψω πέμψω πολύδακρυν ἰαχάν.

ἀντ. α΄. ΞΕΡ. Ἵετ᾽ αἰανῆ πάνδυρτον   940
δύςθροον αὐδάν. δαίμων γὰρ ὅδ᾽ αὖ
μετάτροπος ἐπ᾽ ἐμοί.

ΧΟΡ. ἥσω τοι, καὶ πάνδυρτον

(Aristoph.) st. des hdschr. ἀγδαβάται (Schol. M ἔθνος Περσῶν). Vgl. 39 ἐλειοβάται.

928. Hiat vor d. Interj. — ἀλκᾶς, egregium regni praesidium. Schütz. — ἐπὶ γόνυ, Schol. τεταπείνωται καὶ καταβέβληται. Her. 6, 27 ἡ ναυμαχίη ἐς γόνυ τὴν πόλιν ἔβαλε.

931. Nach der den Threnos einleitenden προῳδός führen die ersten drei Strophenpaare das Geschehene noch einmal vor, wobei das erste Paar einleitet; auch durch den Rhythmus sondert sich diese Gruppe ab (Klageanapästen). — Vgl. αἰακτὰ πήματα Sept. 845.

932. genti et patriae.

935. πρόσφθογγον, als Gruſs (153), hier mit schmerzlicher Ironie. — κακομέλετον, Schol. rec. κακὸν καὶ ἄμουσον μέλος ἔχουσαν ὡς θρηνώδη. — Μαριανδυνοῦ. Die Landleute der Mariandynen feierten mit Klaggesängen zur einheimischen Flöte den Tod eines beim Wasserschöpfen oder auf der Jagd umgekommenen Jünglings Bormos, wie sich solche Klagelieder auf die Vernichtung des blühenden Lebens vielfach in Kleinasien fanden. Vgl. Schol. M. Müller, Orchom. 293. Dorier I, 346. Man darf mit Westphal darin eine Hindeutung, daſs der Threnos in lydischer Tonart gesetzt war, sehen.

940. Häufung der Epitheta wie 574. 635. — ὅδε, prädikativ, ‚jetzt‘ (Sch.: d. Geschick, das ich jetzt oder jüngst erfahren habe). αὖ wie 905. μετάτροπος, conversa in me ruit. Weil.

944. πάνδυρτον zu γόον; freilich die Bez. etwas weit; vielleicht πάνδυρτος. Xerxes gedachte nur des eignen Unheils, der Chor berücksichtigt jetzt auch das Leid des

⟨ἀλιβαφέα⟩ σέβων ἀλίτυπά τε βάρη 945
πόλεως γέννας πενθητῆρος
κλάγξω, κλάγξω γόον ἀρίδακρυν αυ.

στρ. β'. ΞΕΡ. Ἰάνων γὰρ ἀπηύρα,
Ἰάνων ναύφαρκτος 950
Ἄρης ἑτεραλκής
νύχιαν πλάκα κερσάμενος
δυςδαίμονά τ' ἀκτάν.

ΧΟΡ. ὀιοῖ, [βόα, καὶ] πάντ' ἐκπευθοίμαν.
ποῦ δὲ φίλων ἄλλος ὄχλος, 955
ποῦ δὲ σοὶ παραστάται,
οἷος ἦν Φαρανδάκης,
Σούσας, Πελάγων,
Δοτάμας, ἠδ' Ἀγδαβάτας, Ψάμμις,
Σουσισκάνης τ' 960
Ἀγβάτανα λιπών.

Volkes; αὖ, weil er vorher den König beklagt hat. — πόλεως hängt von βάρη ab, γέννας von πενθητῆρος = πενθητρίας, wie τύχη σωτήρ u. a. bei Bernhardy Synt. p. 50. Schol. M τὰ ἐν τῇ θαλάσσῃ συμβάντα ἀτυχήματα τῶν πολιτῶν.

949. Ἴαν scheint eine der kleinasiatischen Sprachen den Griechen genannt zu haben (Arkad. p. 8, 6 zählt Δωριάν und Ἰάν für Δωριεύς und Ἴων als nom. propr. auf). Das fem. Ἴαννα hat Soph. gebraucht; Hesych: Ἴαννα (so accent.; Ἰάννα Lobeck). ἐν μὲν Αἰχμαλωτίσι (fr. 54) Σοφοκλέους ἀπέδοσαν Ἑλληνικῇ, ἐπεὶ Ἴαννας τοὺς Ἕλληνας λέγουσιν. ἐν δὲ Τριπτολέμῳ ἐπὶ γυναικός, ὡς καὶ ἐν Ποιμέσι. τινὲς δὲ τὴν Ἑλένην. Statt Ἴαννας, das hier als masc. aufgeführt wird, schreibt Lobeck Ἰάνας; nach unserer Stelle, wo ᾱ, ist eher Ἴανας zu erwarten. Auch Soph. scheint das Fremdwort gebraucht zu haben, um eine aufser-

hellenische Färbung hervorzubringen. — ἀπηύρα, sc. τὴν γένναν. — Ἄρης. Eur. Phoen. 1097 ὁ Καδμείων Ἄρης κρείσσων κατέστη τοῖ Μυκηναίου δορός. Andr. 106 ὁ χιλιόναυς Ἑλλάδος Ἄρης. So ist auch hier Ἄρης nicht der Kampf (Döderlein, Gloss. III, p. 95), wozu ναύφαρκτος nicht passen würde (vgl. ναύφαρκτον ὅμιλον 1028), sondern die Kriegsmacht, ἑτεραλκής, stark, siegreich auf der Gegenseite. — νυχίαν, Schol. M στυγνήν, Schütz funestam. Diese Deutung auf das Grauenerregende lag, wenn auch das Wort sonst nie so gebraucht ist, nicht gerade fern nach Il. 1, 47 ὁ δ' ἦιε νυκτὶ ἐοικώς, Agam. 459 ἀκοῦσαί τι νυκτηρεφές u. dgl. Pauw u. a. μυχίαν wie 875, passend, doch nicht nötig. — πλάκα, Ebene (718), hier ‚Meeresfläche'. — κερσάμενος, aberntend: Hom. Form für κειράμενος.

955. ποῦ δέ, 334. — ἄλλος, aufser den wenigen, die er dem Wagen des Königs folgen sieht.

7*

ἀντ. β'. ΞΕΡ. Ὀλοοὺς ἀπέλειπον
　　　　Τυρίας ἐκ ναὸς
　　　　ἔρροντας ἐπ' ἀκταῖς
　　　　Σαλαμινιάσι στυφελοῦ
　　　　θείνοντας ἐπ' ἀκτᾶς.　　　　　　　965

ΧΟΡ. οἰοῖ, ποῦ σοι Φαρνοῦχος
　　　Ἀριόμαρδός τ' ἀγαθός,
　　　ποῦ δὲ Σευάλκης ἄναξ,
　　　ἢ Λίλαιος εὐπάτωρ,
　　　Μέμφις, Θάρυβις　　　　　　　　970
　　　καὶ Μασίστρας, Ἀρτεμβάρης τ'
　　　ἠδ' Ὑσταίχμας;
　　　τάδε σ' ἐπανερόμαν.

στρ. γ'. ΞΕΡ. Ἰὼ ἰώ μοί μοι,
　　　　τὰς ὠγυγίους κατιδόντες
　　　　στυγνὰς Ἀθάνας πάντες ἐνὶ πιτύλῳ,　　975
　　　　ἐὴ ἔ, τλάμονες ἀσπαίρουσι χέρσῳ.

ΧΟΡ. ἦ καὶ τὸν Περσᾶν αὐτοῦ
　　　τὸν σὸν πιστὸν πάντ' ὀφθαλμὸν　　　980

---

962. ἐκ ναός wie 313. — ἔρροντας, vgl. 732. — θείνοντας intrans., was 303 θείνεται passiv: ad scopulos alliduntur. — ἄκραις Pauw statt des hdschr. ἀκταῖς, das wegen des folgenden ἀκτᾶς freilich sehr auffällt. Hermann: ne hic quidem est, quod in repetito vocabulo offendas. Die Grenze ist schwer zu bestimmen.

966. Gerade in diesem Abschn. wird nach fünfen gefragt, von deren Tode der Bote schon berichtet hat: Φαρνοῦχος, Ἀριόμαρδος, Λίλαιος, Θάρυβις, Ἀρτεμβάρης. Die Frage also zugleich als Vorwurf zu verstehen.

973. ἐπανερόμαν mit Meineke statt des hdschr. ἐπανέρομαι, da es kein Präsens ἔρομαι giebt. Der Aorist: ,das will ich dich gefragt haben'; verwandt sind Stellen wie

Il. 17, 173 νῦν δέ σευ ὠνοσάμην.

976. πιτύλῳ (vgl. v. 251 ἐν μιᾷ πληγῇ) eigtl. das klatschende Einschlagen der Ruder, Sept. 856.

977. M hat ἒ ἒ ἔ, wonach oben ἐὴ ἔ geschr. ist, um die metr. Geltung deutlich zu machen. Der dreisilbige Klageruf ist ungewöhnlich; sonst ἒ ἔ (Dindorf ἐή) oder ἒ ἒ ἒ ἔ (Dind. ἐὴ ἐή), wie auch hier recc. und die meisten Herausgeber, in d. Gegenstr. μοι oder δ᾽ῆ vor μελέων einschaltend. S. d. metr. Anh. ὀφθαλμόν, im persischen Reiche, wie noch heute im Orient, der Titel bestimmter Aufsichtsbeamten; Schol. M σημείωσαι ὅτι βασιλέως ὀφθαλμὸς ἀριθμεῖ τὰς στρατιάς. Vgl. Xen. Cyr. VIII, 2, 11 πολλοὶ ἐνομίσθησαν βασιλέως ὀφθαλμοὶ καὶ ὦτα· εἰ δέ τις οἴεται ἕνα αἱρετὸν εἶναι ὀφθαλμὸν βασιλεῖ (wie wohl Aesch.,

μύρια μύρια πεμπαστὰν
Βατανώχου παῖδ' Ἄλπιστον
‒ ‿ ‒ ‒
τοῦ Σησάμα τοῦ Μεγαβάτα,
Πάρθον τε μέγαν τ' Οἰβάρην
ἔλιπες ἔλιπες; ὦ ὦ ὦ δᾴων.　　　　　985
Πέρσαις ἀγανοῖς κακὰ πρόκακα λέγεις.

αντ. γ'. ΞΕΡ. Ἴυγγά μοι δῆτα
ἀγαθῶν ἑτάρων ὑπορίνεις,
ἄλαστ' ἄλαστα στυγνὰ πρί'κακα λέγων.　　985
βοᾷ βοᾷ μελέων ἔντοσθεν ἦτορ.

ΧΟΡ. καὶ μὴν ἄλλον γε ποθοῦμεν,
Μάρδων ἀνδρῶν μυριοταγὸν
Ξάνθιν ἄρειόν τ' Ἀγχάρην,　　　　　995
Διαιξίν τ' ἠδ' Ἀρσάκην
ἱππιάνακτας,

wegen πάντα) οὐκ ὀρθῶς οὔεται. Vgl. VIII, 6, 16 u. Herod. I, 114. — πάντα, vgl. Lobeck zu πάντ' ἀγαθῷ Soph. Ai. 1415. — αὐτοῦ zu ἔλιπες: Περσᾶν hängt von μύρια μύρια ab, und dieses (die Verdoppelung hier: ,immer wieder Myr.', also = κατὰ μυριάδας) von πεμπαστάν = πεμπάζοντα, wie Choeph. 22 χοὰς προπομπός. Soph. Ant. 789 σε φύξιμος. ,Die Freiheit, dafs die Struktur des Verbums auch auf d. verb. Nomen ausgedehnt wird, ist häufiger bei d. Griechen als in and. Sprachen, bei d. Tragikern als bei and. Griechen, bei Aesch. als bei seinen Nachfolgern.' Bücheler. — πεμπάζειν allgem. = ἀριθμῆσαι auch Eum. 748.

985. ὦ δᾴων, Bernhardy, Synt. p. 164, mit Schol. rec.: ,ach ihr Feinde!' Schol. M διακοπτικῶν πολεμίων κακῶν. Vielmehr ,heu miseros!' — πρόκακα. Schol. rec. δι' ὅλου κακί; vgl. πρόπας, προβαθίς u. a.

987. ἴυγξ, der Wendehals, schien wegen seiner wunderlichen Bewe-

gungen Zauberkräfte zu haben. Man band ihn auf ein Rad und drehte ihn unter Beschwörungen (wie Theokr. II, 17 ἴυγξ, ἕλκε τὺ τῆνον ἐμὸν ποτὶ δῶμα τὸν ἄνδρα). Nach Pindar gab zuerst Aphrodite dem Iason Medeas wegen den Zauber: Pyth. IV, 214 ποικίλαν ἴυγγα ἐν ἀλύτῳ ζεύξαισα κύκλῳ μαινάδ' ὄρνιν. Übertragen auch Pindar Nem. IV, 35 ἴυγγι δ' ἕλκομαι ἦτορ. Arist. Lys. 1110 σῇ ληφθέντες ἴυγγι, mit Schol. τῷ σῷ πόθῳ. — ὑπορίνεις oder ὑπεγείρεις Hermann, ὑπομιμνήσκεις M; auch die Verdoppelung des ἄλαστα ist von Hermann. Schol. rec. ἀνεπίλησθα; aber zu 354. — ἔντοσθεν mit Blomfield für ἔνδοθεν. Schol. M παρὰ τὸ (Od. 20, 13) κραδίη δέ οἱ ἔντὸς ὑλάκτει.

993. ἄλλον Schütz statt ἄλλο (ἄλλους Prien). — Μάρδοι ein Nomadenstamm des Perservolkes. Her. 1, 125. — M hat μυριόνταρχον, doch das erste ν erst übergeschrieben. Sch. wollte es mit Passow durch Synizese viersilbig lesen, doch Dindorfs μυριοταγόν liegt sehr nahe

Κηγδαδάταν καὶ Λυθίμναν
Τόλμον τ᾽ αἰχμᾶς ἀκόρεστον.
ἔταφον ἔταφον, οὐκ ἀμφὶ σκηναῖς   1000
τροχηλάτοισιν ὄπιθεν ἑπόμενοι.

στρ. δ΄. ΞΕΡ. Βεβᾶσι γὰρ τοίπερ ἀγρέται στρατοῦ.
ΧΟΡ. βεβᾶσιν, οἴ, νώνυμοι.
ΞΕΡ. ἰὴ ἰή, ἰὼ ἰώ.
ΧΟΡ. ἰὼ ἰώ, δαίμονες
    ἔθεντ᾽ ἄελπτον κακόν   1005
    διαπρέπον, οἷον δέδορκεν Ἄτα.
ἀντ. δ΄. ΞΕΡ. Πεπλήγμεθ᾽, οἷαι δι᾽ αἰῶνος τύχαι,
ΧΟΡ. πεπλήγμεθ᾽· εὔδηλα γάρ,
ΞΕΡ. νέᾳ νέᾳ δύᾳ δύᾳ·   1010

(Blomfield μυριάδαρχον). — ἀκόρεστον, Suppl. 742 μάχης ἄπληστον, Il. 13, 639 μάχης ἀκόρητοι, 746 ἀνὴρ ἆτος πολέμοιο. — ἔταφον, miror, miror: non circa carpentum tuum sunt, pone sequentes, Hermann. Der Zeltwagen ist die von Her. 7, 41 erwähnte ἁρμάμαξα: μετεβαίνεσκε δὲ (Ξέρξης), ὅπως μιν λόγος αἱρέοι, ἐκ τοῦ ἅρματος ἐς ἁρμόμαξαν. αὐτοῦ δὲ ὄπισθεν αἰχμοφόροι, Περσέων οἱ ἄριστοί τε καὶ γενναιότατοι. — ἑπομένους Hartung, ἑπομένοις Schütz, zu ἔταφον konstruiert; wohl entbehrlich.

1002. Die folg. beiden Strophenpaare δ΄ u. ε΄ bilden eine Überleitung zu dem mit ε΄ 1037 beginnenden eigentlichen κομμός und Trauerzuge (πρὸς δόμους ἴθι). Man wird das Strophenpaar δ΄ als Abschlufs des Trauerberichts, das folgende ε΄ als Einleitung des κομμός zu betrachten haben; denn dort kehrt Xerxes zu seiner Person zurück und tritt, wenn nicht etwa schon vor 931, Gewand und Köcher zeigend vom Wagen herab zum Chor. — ἀγρέται Toup nach Hesych ἀγρέταν, ἡγεμόνα statt des hdschr. ἀγρόται, das nicht von ἀγείρω

stammt, sondern von ἀγρός und „Landmann‛ bedeutet (ἀγρότας ἀνὴρ Eur. Or. 1270).

1006. διαπρέπον, wenn die Antistrophe richtig ist (s. zu 1013), dreisilbig (Dindorf setzt die äol. Form ζαπρέπον wie in d. gleichen Falle κάρζας für καρδίας Sept. 288 u. ö.); „klar hervorleuchtend, unverkennbar‛, wie der Blick der Ate selbst, die eben nichts als Unglück ist: der Ausdruck noch kühner als Sept. 53 λεόντων ὡς Ἄρη δεδορκότων. (Sch. setzte vor διαπρέπον ein Punctum: „sichtbar ist der Blick der Ate, διαπρέπον οἷον wie θαυμαστὸν ὅσον‛. Weil: „manifestum quale splendet Ate‛, nach Pind. Ol. 1, 94 κλέος τήλοθεν δέδορκε.)

1008. οἷαι . . τύχαι geht, das ἄελπτον des Chores aufnehmend, wie εὔδηλα das διάπρεπον, auf νέᾳ δύᾳ: „bei dem Glücke, das wir in aller Zeit, ununterbrochen hatten, ist dies Unheil neu und unerhört‛. Eum. 563 δι᾽ αἰῶνος δὲ τὸν πρὶν ὄλβον ἕρματι προσβαλὼν δίκας ὤλετο. Suppl. 583 δι᾽ αἰῶνος μακροῦ πάνολβον γένος. τύχαι hier vom Glück, wie Cho. 785 (Ζεῦ) δὸς τύχας u. ö.

ΧΟΡ. Ἰαόνων ναυβατᾶν
κύρσαντες οὐκ εὐτυχῶς.
δυςπόλεμον δὴ γένος τὸ Περσᾶν.

στρ. ε'. ΞΕΡ. Πῶς δ᾽ οὔ; στρατὸν μὲν τοσοῦ- τον τάλας πέ-
πληγμαι. 1015
ΧΟΡ. τί δ᾽ οὐκ; ὅλω- λεν μεγάλως τὰ Περσᾶν.
ΞΕΡ. ὁρᾷς τὸ λοι- πὸν τόδε τᾶς ἐμᾶς στολᾶς;
ΧΟΡ. ὁρῶ ὁρῶ. ΞΕΡ. τόνδε τ᾽ ὀϊστοδέγμονα 1020
ΧΟΡ. τί τόδε λέγεις σεσωσμένον; ΞΕΡ. θησαυρὸν βε-
λέεσσιν;
ΧΟΡ. βαιά γ᾽ ὡς ἀπὸ πολλῶν. ΞΕΡ. ἐσπανίσμεθ᾽ ἀρωγῶν.
ΧΟΡ. Ἰάων λαὸς οὐ φυγαίχμας. 1025

ἀντ. ε'. ΞΕΡ. Ἀγανόρειος· κατεῖ- δον δὲ πῆμ᾽ ἄελπτον.
ΧΟΡ. τραπέντα ναύ- φαρχτον ἐρεῖς ὅμιλον;
ΞΕΡ. πέπλον δ᾽ ἐπέρ- ρηξ᾽ ἐπὶ συμφορᾷ κακοῦ. 1030
ΧΟΡ. παπαῖ παπαῖ. ΞΕΡ. καὶ πλέον ἢ παπαῖ μὲν οὖν.
ΧΟΡ. δίδυμα γάρ ἐστι καὶ τριπλᾶ. ΞΕΡ. λυπρά, χάρ-
ματα δ᾽ ἐχθροῖς.
ΧΟΡ. καὶ σθένος γ᾽ ἐκολούσθη ΞΕΡ. γυμνός εἰμι
προπομπῶν. 1035

1013. Da die Perser doch jetzt erst unglücklich im Kriege geworden sind, so ist wohl mit Westphal ῥ̔δη st. δή zu lesen, wie es 904 νῦν δέ heifst.

1014. Der Acc. στρατόν wird durch die Analogie von τὴν καρδίαν πληγείς Plat. Symp. 218, A., διέφθαρμαι δέμας τὸ πᾶν Soph. Trach. 1056, u. bes. γένους ἄπαντος ῥίζαν ἐξημημένος Soph. Ai. 1178 gestützt. — μέν: was wenigstens dies Heer angeht, so sind die Perser δυσπόλεμοι. Der Chor ergänzt das μέν durch τί δ᾽ οὐκ; — μεγάλως wie 907. — στολᾶς, Schol. M τὸ περίλοιπον ἐμὰ λείψανον τῆς ὅλης στρατιᾶς, also στολή wie Suppl. 764. Nur ist ἐμέ zu wenig gesagt (1000 ff.); sein ganzer Aufzug ist

gemeint. (Andere fassen στολή als amictus, regius ornatus.)

1020. Er zeigt den leeren Köcher, ut significet omnia alia arma armatosque in Graecia periisse. Weil. M hat τάνδε, und so schrieb Sch. („das Femin., weil an φαρέτρα gedacht ist‘). Porson und Hermann τόνδε mit Tilgung des Fragezeichens a. Ende des Verses: nam si ὀϊστοδέγμων per se esset pharetra, non quaesiisset chorus τί τόδε κτλ. — Vgl. Homers φαρέτρῃ, ἰοδόκος. — βελέεσσιν, der Dat. das ‚σχῆμα Κολοφώνιον‘.

1026. κατεῖδον wie videre = erleben. — μὲν οὖν imo vero.

1032. Sch. M ὑπερβαίνει θρῖνον.

1035. Bestätigung u. Begründung zu χάρματα ἐχθροῖς.

ΧΟΡ. φίλων ἄταισι ποντίαισιν.

στρ. ϛ'. ΞΕΡ. Δίαινε δίαινε πῆμα· πρὸς δόμους δ' ἴθι.
ΧΟΡ. διαίνομαι γοεδνὸς ὤν.
ΞΕΡ. βόα νυν ἀντίδουπά μοι.   1040
ΧΟΡ. δόσιν κακὰν κακῶν κακοῖς.
ΞΕΡ. . . . .   ΧΟΡ. . . . .
ΞΕΡ. ἴϋζε μέλος ὁμοῦ τιθείς·
⟨ὀτοτοτοτοῖ.⟩ ΧΟΡ. ὀτοτοτοῖ.
βαρεῖά γ' ἄδε συμφορά σοι μάλα· καὶ τόδ' ἀλγῶ.

ἀντ. ϛ'. ΞΕΡ. Ἔρεσσ' ἔρεσσε καὶ στέναζ' ἐμὴν χάριν.   1046
ΧΟΡ. αἰαῖ αἰαῖ, δύα δύα.
ΞΕΡ. βόα νυν ἀντίδουπά μοι.
ΧΟΡ. μέλειν πάρεστι, δέσποτα.
ΞΕΡ. . . . .   ΧΟΡ. . . . .
ΞΕΡ. ἐπορθίαζέ νυν γόοις·   1050
⟨ὀτοτοτοτοῖ.⟩ ΧΟΡ. ὀτοτοτοῖ.
μέλαινα δ' ἀμμεμίξεταί μοι στονόεσσα πλαγά.

στρ. ζ'. ΞΕΡ. Καὶ στέρν' ἄρασσε κἀπιβόα τὸ Μύσιον.
ΧΟΡ. . . . . ἄνι' ἄνια.   1055
ΞΕΡ. καί μοι γενείου πέρθε λευκήρη τρίχα.
ΧΟΡ. ἄπριγδ' ἄπριγδα μάλα γοεδνά.

1038. Von hier ab ordnet sich der Trauerzug (s. zu v. 1003); man schreitet auf die rechte Seite, dem Ausgange zu. — Schol. M δάκρυε τὸ ἀτύχημα.

1041. Droysen: ‚dem Leid des Leides leid'gen Grufs!' κακῶν ἐμῶν κακοῖς σοῖς. Vgl. hymn. h. 2, 176 δῶκε κακῷ κακόν, Soph. Ai. 866 πόνος πόνῳ πόνον φέρει. — καὶ τόδ' ἀλγῶ, ‚auch über deinen Kummer betrübe ich mich' (wie über den Verlust des Heeres).

1042. Schol. M συντιθεὶς μέλος θρήνει, ἀντὶ τοῦ εὐρύθμως, offenbar falsch, weil in dem Texte der Klageruf des Xerxes weggelassen war und so das ὁμοῦ (sc. mit mir) nicht mehr verstanden wurde.

1046. ἔρεσσε, zum κομμός, wie Sept. 835 ἐρέσσετ' ἀμφὶ κρατὶ χεροῖν πίτυλον. — μέλειν. So antwortet der Chor in Sept. 287 auf die Aufforderung zum Gebet mit μέλει. — μέλαινα, Schol. M πανθήρης, vgl. μελαγχίτων 114. (Sch.: — ‚die Sinne verdunkelnd', wie man die μέλαιναι ὀδύναι versteht. Andere: blutig, nach μέλαν αἷμα.)

1054. κἀπιβόα dreisilbig zu lesen, vgl. Hom. βώσομαι etc. — Μύσιον, bei den Mysern ist die Klage um den Hylas einheimisch. Vgl. zu 937. Im nächsten Verse ist das eigentl. Μύσιον verloren gegangen; vgl. αἰαῖ 1047. — μοι wie vorhin ἐμὴν

ΞΕΡ. αὖτει δ᾽ ὀξύ. ΧΟΡ. καὶ τάδ᾽ ἔρξω.

ΞΕΡ. . . . .

ΧΟΡ. . . . .

ἀντ. ζ'. ΞΕΡ. Πέπλον δ᾽ ἔρεικε κολπίαν ἀκμῇ χερῶν.   1060

ΧΟΡ. . . . . ἄνι᾽ ἄνια.

ΞΕΡ. καὶ ψάλλ᾽ ἔθειραν καὶ κατοίκτισαι στρατόν.

ΧΟΡ. ἄπριγδ᾽ ἄπριγδα μάλα γοεδνά.

ΞΕΡ. δίαινου δ᾽ ὄσσε. ΧΟΡ. τέγγομαί τοι.   1065

ΞΕΡ. . . . .

ΧΟΡ. . . . .

ἐπῳδ. ΞΕΡ. Βόα νυν ἀντίδουπά μοι·
       οἰοῖ οἰοῖ. ΧΟΡ. οἰοῖ οἰοῖ.

ΞΕΡ. αἰακτὸς ἐς δόμους κίε·
       ⟨αἰαῖ αἰαῖ. ΧΟΡ. αἰαῖ αἰαῖ.⟩

ΞΕΡ. ἰὼ ἰώ, Περσὶς αἶα δύςβατος.

ΧΟΡ. ἰωὰ δὴ κατ᾽ ἄστυ.   1070

ΞΕΡ. ἰὼ ἰώ, Περσὶς αἶα δύςβατος.   1073

ΧΟΡ. ἰωὰ δῆτα, ναὶ ναί.   1071

ΞΕΡ. ⟨Ἰὴ⟩ γοᾶσθ᾽, ἁβροβάται.   1072

ΧΟΡ. ἰὴ ἰὴ τρισκάλμοισιν
     ἰὴ ἰή, βάρισιν ὀλόμενοι.   1075
     ⟨ἰὴ ἰή⟩ πέμψω τοί σε δυςθρόοις γόοις.

χάριν. — ἄπριγδα, nur hier vor-
kommend, Schol. M ἐπίφθεγμα ἐπὶ
τῶν μετὰ σφοδρότητος τιλλόντων
τὰς τρίχας. Soph. Ai. 310 κόμην
ἀπρὶξ ὄνυξι συλλαβὼν χερί. Vgl.
Cho. 425.
1066. Die Epode besteht aus zwei
Teilen; im ersten respondieren immer je zwei Zeilen, der zweite steht
für sich und zeigt nichts von dieser
Responsion.
1068. αἰακτίς, aktiv = αἰάζων,
anders v. 931. — κίε. Aeschylos
hat allein unter den Tragikern das
Homerische Wort. — βροβάται.

Her. 1, 55 Λυδὲ ποδαβρέ. „Die
weiche Fufsbekleidung als natio-
nales Kennzeichen.' Teuffel. (Andere verstehen es von der Art des
Zuges, leniter oder lento gradu in-
cedentes, in feierlich-langsamem
Schritte.) — βάρισιν, v. 558 πεζούς τε καὶ θαλασσίους νᾶες ἀπώλεσαν.—πέμψω, Schol. προπέμψω.
Es läfst sich annehmen, dafs der
Chor auf die Bühne steigt und dem
Xerxes auf dem Wege zum Palaste
sich anschliefst. Es ist aber nicht
ersichtlich, ob erst zuletzt, oder
schon mit v. 1038.

ANHANG.

3. καὶ πολυχρύσων streicht Bothe als Glosse zu ἀφνεῶν. Hinter Δαρειογενής hat M die Glosse Δαρείου υἱός im Text.

9. πολύχειρος Weil, πολυάνδρου Wecklein, wie Weil auch πολύχωρος 53 wegen 45 vorschlägt, die Absicht des Dichters verkennend.

13. Aus Ἀσιατογενής ergiebt sich allerdings Ἀσία als Subjekt zu βαΰζει nicht so leicht, wie Sept. 188 τῷ γυναικείῳ γένει· κρατοῦσα γάρ (sc. γυνή) und in den Stellen bei Matthiä Gr. § 435, aber doch nicht härter als Pind. Nem. 8, 22, wo φθόνος aus dem vorhergehenden φθονεροῖσιν ergänzt wird. Hermann hält auch νέον ἄνδρα ⸗ νεότητα für unstatthaft (dergl. freilich ungewöhnlich, Krüger II, 44, 1, 5) und schreibt: κακόμαντις ἄγαν ὀρσολοπεῖται | θυμός, ἔσωθεν δὲ βαΰζει. | πᾶσα γὰρ ἰσχὺς Ἀσιατογενής | οἴχωκε νέων. Doch jede Änderung der Systeme wie auch die Annahme einer Lücke (Schütz, Prien, Mekler) ist wegen der metrischen Gliederung (s. den metr. Anh.) unglaubwürdig. Bothe νέα: et nova nupta virum efflagitat; in demselben Sinne Hartung λέχος, Fritzsche νυός; doch die Erwähnung der novae nuptae stünde hier zu abgerissen. Meineke ᾤχωκ᾽· ἐνεὸν δ᾽ ἁ. βαύζειν. Wollte man ändern, wäre es das leichteste, ἄστυ τὸ Περσῶν hinter νέον δ᾽ zu rücken. — οἴχωκε M, ᾤχωκε recc. vgl. Lobeck zu Soph. Ai. 896.

16. Schol. M ὅτι Ἀκεσσαία πρότερον ἐκαλεῖτο ἀπὸ Ἀκεσσαίου τὰ νῦν Ἐκβάτανα καλούμενα. Zudem schreibt M sonst (535, 961) Ἀγβάτανα, also hier Ἐκβ. Erklärung für ἀκεσσαίας. Der Name sonst unbekannt (alte Ableitung von Κίσσιοι mit semit. Artikel? Vgl. Agenor).

17. Die abgeleitete Form Κίσσινον, statt deren Blomfield Κίσσιον korrigierte, verteidigt Schneider durch Vergleichung von Prom. 811 Βυβλίνων ὀρῶν. Dagegen Choeph. 418 Κισσίας νόμοις ἰηλεμιστρίας, wie Ἑλλὶν ἀνήρ neben Ἑλληνικὴ ναῦς. Das Subst. Κισσίων 120.

18. τοὶ μέν .. τοὶ δέ Blomf. nach Sept. 277. οἱ μέν .. οἱ δέ M, was man zu halten versuchte, indem man gegen M die Zeile hinter ἔβαν abbrach. Syll. anceps ist in Marsch-Anapästen bei Interjektionen und Ausrufen, namentlich im Personenwechsel, nicht selten, z. B. Prom. 877 ἐλελεῦ ἐλελεῦ, ὑπό μ᾽ αὖ σφάκελος. Ob Aesch. sie auch vor einer Interp. zuliefs, ist zweifelhaft; gewifs nicht vor so schwacher. (Die betr. Stellen bei Westph.² II, 412 zusammengestellt.)

28. εὐτλήμονι recc.; so schrieb auch Sch. Statt δόξῃ Hartung θυμῷ, Heimsöth ἐν τλήμονι πείσῃ (Schol. M: πείσματι, Hesych. πείσῃ· πείσματι); Weil πίστει.

43. Hermann erklärt: qui omnes continentis incolas comprehendunt, und denkt dabei wie Blomfield an die Ionier, welche Aeschylos aus Schonung nicht direkt habe nennen wollen; doch ist nicht blofs der Ausdruck bedenklich, sondern auch die Einreihung der Ionier, welche nur zu Schiffe dienten, hier in das Landheer; auch verfiel kaum jemand bei ἠπειρογενὲς ἰθ. auf die an der Küste und auf den Inseln Wohnenden. Schütz trennte οἵ τ᾽, strich τούς und las Μιτραγαθής: et qui gentes .. imperio regunt, Mitr. et A.; ergänzend dazu Weil τούς für καί. — Μιτρογαθής recc. (Μιτραδάτης u. Μιτροβάτης bei Herod.).

45. καί. Herm. mit Blomf. χαί; eine schwer zu entscheidende Frage; das Material bei Dind., Lex. Aesch. p. 234 f.

47. ἁρμάσι πολλοῖς Brunck. Die daktyl. Form des Anap. häufig an erster Stelle, seltener an zweiter und fast nur, wenn auch schon an erster (wie 141). (Vgl. Nauck, Mél. Gr. Rom. V, 208. Klotz, stud. Aesch. Progr. d. königl. Gymn. zu Leipzig 1884, S. 32). Doch gerade Aesch. giebt öfters Glätte und Wohlklang um rhythmisch malenden Ausdruck auf.

49. στεῦνται M, doch das ν getilgt, was zusammen mit dem Schol. στεῦται als echt erweist. Aesch. hat mit Pindars Sprache so viel Berührungen, dafs es wohl glaublich ist, dafs er auch mit dieser Form einen Versuch gemacht hat. Weil ändert πελάτης. — Τμώλου πελάται wird meist noch auf die Lyder bezogen; an sich gewifs zunächst liegend; doch ist nicht glaublich, dafs in dem neuen System noch drei Zeilen den Lydern gewidmet und allein mit den Worten καὶ ἀκοντισταὶ Μυσοί diese abgethan sein sollten. Auf die Strabo-Stelle hat Weil hingewiesen. — ἄκμονες nahm Sch. mit andern für ἀκμῆτες (Pindar, Isthm. 6, 10 Σπαρτῶν ἀκαμαντολογχᾶν); doch so ἄκμων nur einmal spät bei Callim. h. in Dian. 146. — καὶ ἀκ. Μυσοί wird gew. von den Mysern im allg. verstanden (Komma vor καί), wozu στεῦται nicht recht pafst. Auch führt Θάρυβις 323 gar nicht die Myser.

55. Dindorf läfst mit rec. καί weg; doch der Parömiacus dann von falscher Form.

57. δ' E. A. J. Ahrens.

61. Ἀσιῆτις M. Ἀσιᾶτις Dindorf.

71. ὕδισμα, Schol. M: γρ. ἔρεισμα, wohl konjiziert, weil man wegen πολύγομφον an die Schiffe (‚Grundlage‘ der Brücke) dachte.

75. ποιμαντόριον Blomf. — Nach den dorischen Formen Ἕλλας, ἀπάταν, θνατός in M ist auch θαλάσσας, πολυναύτας, Περσᾶν, μαχαναῖς nach anderer Vorgang hergestellt. — Schütz πεζονόμους (πεζονόμον Stadtmüller) und Komma hinter ἔκ τε θαλάσσας; aber dies gleich θαλασσονόμοις τε.

79 u. 89. ἐχυροῖσι M, hier o über s. Schwanken zwischen s u. o in einer Anzahl von Worten: Ἐρχομενός, Κορκύρα, ὀβολός u. s. w. auch inschr. nachzuweisen (Meisterhans, a. O. S. 8). — χρυσονόμου M, dazu Schol. νῦν (‚hier‘) τῆς πλουσίας. γρ. χρυσογόνου.

81. κυανοῦν Blomfield. Das υ urspr. kurz (Suppl. 743: κύανώπιδας); lang nur im dakt. Mafse durch Verszwang (Fragm. 449: κυανέη καὶ τούσδε κτλ.); so auch bei Homer.

87. Heimsöth πόριμος für δόκ. und 92 ἀνύποιστος. — ὑπόστας. Schol. rec. ὑπομείνας τοῦτο, wobei ῥεύματι nicht zu konstruieren; der Schol. zieht es zu ἄμαχον, Herm. als Dat. instr. zu εἴργειν: magna multitudine virorum ut munimento.

93. Sch. schrieb mit Brunck ἀνάσσων, wobei jedoch auch ihm πηδ. εὐπ. weder als Genet. qual. zu ποδί (= εὐπετῶς πηδῶντι) noch adverbiell (Schütz: ‚leichten Sprunges‘) griechisch schien (Hartung πηδήματος εὐπετής). Auch stände ἀνάσσων zu kahl; wie oder wohinaus müfste man springen können? Darum Herm. πήδημ' ἄλις εὐπετὲς, Emperius πήδημα τόδ' εὐπετῶς; mit Tilgung von φιλόφρων bis ἀρκύστατα, τόθεν auf ἀνάσσων zu konstruieren, früher Conradt. — Die aufgelöste Form εὐπετέος ist nicht in εὐπετοῖς (Porson) zu kontrahieren; die Raschheit des Rhythmus ahmt die Schnelligkeit des Sprunges nach.

97. M hat σαίνουσα und εἰς ἀρκύστατα. Schol. M: ἅμα γὰρ δολοῖ καὶ προσαίνει. Hier schreibt Herm. προσσαίνει und schliefst daraus auf ποτισαίνουσα im Text. In ἀρκύστατα vermutete er ἄρκυας ἄτα, was

Hartung verbesserte in ἄτας; ἀπάτα muſs Subj. bleiben. — Für ὑπέρ
Herm. ὑπέκ; indes ὑπερφεύγειν ist sonst zwar nicht nachweisbar, aber
durchaus bezeichnend (ὑπερτελέσαι γάγγαμον Ag. 361; ὑπερθορὼν δὲ
πύργον Ag. 827; φύγῃ ὑπὲρ ἀρκύων Eur. Bac. 866). — Der Satz mit
τόθεν ist eine auffallende Wiederholung des τίς ἀνὴρ θνατὸς ἀλύξει
im 1. Verse; zudem steht βροτόν schon im Hauptsatze. Indes breitere
Ausführung desselben Gedankens auch sonst bei Aeschylos, und das
θνητός neben βροτόν wohl der Eindringlichkeit wegen (Umschlag der
Stimmung gegenüber θεῖον 75).

Seidler teilte die Mesodos in Strophe u. Gegenstr. und korrigierte,
indem er σαίνουσα τὸ πρῶτον παράγει als Glosse statt παρασαίνει nahm:

Φιλόφρων γὰρ παρασαίνει
βροτὸν εἰς ἄρκυας ἄτα·
τόθεν οὐκ ἔστιν ἀλύξαν-
τα φυγεῖν ὕπερθε θνατόν.

Heimsöth τόθεν οὐκ ἔστιν ὕπερθέν νιν ἀλυσκάζειν φυγόντα, Weil
τόθεν οὐκ ἔστιν ὕπερθεν τὸν ἀλυσκάζοντα φεύγειν. Wecklein: ὕπερθέν νιν ἄνατον ἐξαλύξαι (schief, da er überhaupt nicht entweicht, weder
geschädigt noch ungeschädigt).

110. Sch. bezog die Antistr. mit anderen auf die Schiffahrt und
merkte an: ‚Die Ausdrücke in v. 108 lassen den Zuhörer unstreitig vor
allem an die Seefahrt denken, wie denn auch weiterhin in der Tragödie
neben der Vermessenheit des πόρον μεταρρυθμίζειν klar genug die Schiffe
angeklagt werden; s. 553. 562. 728. 905.‘ Allein λεπτοδόμοις πείσμασι
paſst sehr gut auf die Schiffbrücke, während Schiffe doch nicht aus
Tauen gebaut werden (Meineke λεπτοτόνοις, Bergk λεπτοθόνοις), ferner
bei Kriegsschiffen die Ruder, nicht die Taue und Segel das Wesentliche
sind und für die Flotte der Transport von Mannschaften nicht die einzige oder wichtigste Aufgabe ist; wohl aber für die Brücke.

114. μοι recc., μου M.

116. Sch. neigte dazu, Weils Vorschlag στενάγματος anzunehmen,
dann aber auch Περσικοῦ für eine Glosse st. βαρβάρου zu halten. Indes
aus der Gegenstr. geht deutlich hervor (ἀντίδουπον ‚gegenschallend‘,
Schol. M ἀντηχήσει τοῖς θρήνοις, vgl. ἀντηλάλαξε 390), daſs hier
gesagt sein muſs, Susa habe ein Wehgeschrei erhoben, nicht gehört,
wie Weil jetzt vorschlägt: Περσικὴ στενάγματος τοῦδε μὴ πόλις πύθηται. Indes auch die metrische Bildung ist falsch, da sie einen über-
langen troch. Vers ergiebt (s. den metr. Anh.). Etwa Τοῦδε μὴ μέλους
(γόου) ῥόθον | ἤ κ.? (τοῦδε μὴ πάθος πύθηται Stadtmüller).

121. ἀσεται Burney, ἔσεται M. Näher läge freilich ἔσσεται; auch
die Form nicht anstöfsig: 553 βαρίδεσσι, Soph. Ai. 390 ὀλέσσας (anderes
bei Lobeck zu v. 185); auch ἔσκεν 656 vereinzelt. Doch ἔσσεται viel matter.

128. μέλισσα M, μελισσῶν recc. Schol. M: καταλελοίπασι τὴν
πόλιν ἀκολουθοῦντες Ξέρξῃ ὡς μέλισσαι τὸ σμῆνος (σμῆνος Bienenstock,
Hes. Th. 593). Wecklein schliefst hieraus, der Schol. habe μέλισσαι in
seinem Text gehabt. Das ist aber nicht sicher; er könnte den Sing.
kollektiv verstanden haben. Die Lesart μέλισσαι ergäbe wenigstens eine
sehr gezwungene Stellung.

133, 136. πόθῳ .. πόθῳ. Sch. merkte an: ‚Aesch. vermeidet
auch sonst solche Wiederholungen nicht‘. Indes wäre hier geradezu
dasselbe noch einmal gesagt. Schol. M zu dem ersten πόθῳ: ἐπουσίᾳ;
danach Oberdicks ὁδῷ wahrscheinlich (πόνῳ Pauw, ἔρῳ Heimsöth); für
das zweite γόῳ Weil, δίᾳ L. Schmidt, κόπῳ M. Schmidt.

135. ἀκροπενθεῖς M. Paley ἅβροπ., nach Schol. M: ἐπιμόνως πενθοῦσαι, ὡς δοκεῖν ἁβρύνεσθαι ἐπὶ τῷ πενθεῖν. Indes die La in M scheint besser; denn 541 ἁβρόγοοι ist anders; man schwelgt wohl in der Klage, aber nicht in kummervoller Sehnsucht.

138. εὐνατῆρα προπεμψαμένα recc., so auch Brunck u. Hermann; aber sie hat nicht hingeschickt, sondern fortlassen müssen.

141. Man könnte bei στέος an στοά denken (ῥέος neben ῥοή u. ä.); doch würden die Grammatiker das Wort notiert haben.

144. Daſs das ν in δορυκράνου nicht in ι zu korrigieren sei, beweist Lobeck zu Soph. Ai. 211.

146. Statt γένος will Weil τέλος, Vitelli γάνος, Linke σθένος mit Tilgung von πατρωνύμιον. Ξέρξης βασιλεὺς Δαρειογενής als Wiederholung aus v. 5 zu tilgen früher vorgeschlagen von Conradt. Δαρειογενής ist vor dem anders zu deutenden πατρωνύμιον γένος freilich irreführend; aber doch wohl wirklich vom Dichter wiederholt, um den Dareios, der später erscheinen soll, mehrfach vorher zu nennen.

152. προσπίτνω προσκυνῶ M; letzteres Glossem. προσπίτνω ist seit Heath, der den anapästischen Dimeter durch ein davor gesetztes τήν zu vervollständigen suchte, vielfach für unrichtig gehalten worden. Hartung will ein δή nachsetzen, Hermann προπίτνω προπίτνω, leichter Porson προσπίτνωμεν (Elmsley προσπίτνωμεν). Die beiden πρός entsprechen einander, wie Weil bemerkt. — καὶ π. δέ (und auch) ist ohne Anstofs. Porson behauptete mit Unrecht zu Eur. Or. 614, diese Partikelverbindung komme apud istius aevi scriptores nur durch Irrtum der Abschreiber vor; (vgl. 261. 546).

157. εὐνάτειρα recc., εὐνήτειρα M; doch M hat bald 160 εὐνατήριον in einem nicht glaublichen Wechsel (Blomfield hier εὐναστήριον). Das Wort nicht bei Homer und wohl aus der dorischen Lyrik genommen.

161. κάμέ Bothe; doch auch in ταῦτα δή kein Vergleich (τὰ αὐτά); auch hat der Chor nicht ausdrücklich Sorge zu At. geäufsert.

162. οὐδ' ἀδείμαντος Lange-Pinzger, οὐδ' ἀδείμαντον Weil, οὐδάμ' οἷσ' ἐμαυτῆς οὐδ' ἀδ. L. Schmidt; doch ,ich bin meiner nicht mächtig‘ hier viel zu stark; At. tritt mit Pracht und gehaltener Würde auf; auch der Chor antwortet ruhig. — Teuffel οὐδάμ' ἐξ ἐμαυτῆς, der Gegensatz zu μῦθον aber wäre unverständlich.

163. Heimsöth δαίμων für πλοῦτος; so das Bild leichter fafslich; aber der Gegensatz schlechter, weil δαίμων zu weit ist. Der ὄλβος kann stürzen durch Verlust des πλοῦτος oder durch eine Niederlage des Xerxes; das letztere tritt ein, lag aber nicht in der Hand Atossas. — κονίσας οὐδας verstand Sch. mit Schol. rec. ταράξας τὸ ἔδαφος von dem Stäuben des Bodens, wenn das Haus zusammenstürzt.

165. μέριμνα φραστός C. G. Haupt. μέριμν' ἄφραστος M. ἄφραστος wird erklärt ,unaussprechlich‘, gegen den Zusammenhang. Dazu hat es metrisch nur einen zweifelhaften Schutz an Soph. Phil. 1402, wo das Fehlen der Cäsur durch den Personenwechsel entschuldigt ist (Herm., Elem. d. metr. p. 37. 82; Westph. II, 453), oder an der Trennung des α privativum. Porson μέριμν' ἄφραστός ἐστιν ἐν φρεσὶν διπλῆ. Reisig φρακτός, was ,fest‘ heifsen soll, Meineke θρακτός für ταρακτός (cura excitata), Hartung διπλῆς μερίμνης φραστύς, Weil διπλᾶ μέριμνα φράστορ' ἔστον ἐν φρ. — Kirchhoff ἐν φρασίν (so immer).

166. Statt σέβειν Pauw πέλειν, Hartung μένειν, M. Schmidt πρέπειν. — 166 und 167 stellt A. Ludwig um.

167. Schol. M μήτε τοὺς πένητας πᾶν σθένος ὁρᾶν τοῦ φωτός. Die vorne angen. Bez. von σθένος auf ἀχρημάτοις schon in einem jüng. Schol.
168. ἀμφὶ δ' ὀφθαλμοῖς, Schol. rec. ἀμφὶ τῷ Ξέρξῃ. So wollte auch Sch. verstehen; doch dann wenigstens ὀφθαλμῷ mit Heimsöth nötig.
170. Weil ἀλλά für τῶνδε.
171. Περσῶν Blomf.
173. φράσειν Elmsley, σ' ἂν δὶς φράσαι Hartung, μὴ δὶς ἂν φράσαι Paley.
174. M urspr. θέλει. Blomfield δύναμις· ἡγεῖσθαί σε δεῖ, Döderlein ἡγεῖσθαι θέλε. Oberdick σθένη.
179. Die Brachylogie ‚einen solchen deutlichen Traum' statt ‚einen solchen, so deutlichen' ist zwar ohne Beispiel, doch nicht zu ändern; Schneider nimmt τοιόνδε als Adv.; Blomfield τοσόνδ', Weil πώποθ' ὧδ'.
181. μοι recc.; es fehlt in M.
184. ἐκπρεπεστάτα M. εὐπρεπεστάτα recc.
185. ἀμώμῳ Ald. Rob., so schrieb auch Sch. (oder ἀμώμω κάλλος).
189. ἀλλήλαισι Blomfield, M ἀλλήλῃσι. Tournier μολών.
193. ἠνίαισί τ' Blomfield, ἠνίαισιν M.
194. ἔντη hat Scaliger in dem handschr. ἐν τῇ entdeckt.
196. Hartung δεσμοὺς χαλινῶν, Weil ἀχάλινος ἅρμα, Kock ἄνους χαλινόν.
203. M βωμόν. Die Variante βωμῷ ist gewifs eine Korrektur wegen der selteneren Konstruktion. Vgl. Lobeck zu Soph. Ai. 191. Bernhardy Synt. p. 266.
210. M δειματέσιδεῖν, wonach Hartung εἰσιδεῖν; δείματ' ἔστ' ἰδεῖν recc.
211. Nach ἀκούειν setzte Schütz zuerst eine Lücke an, dann änderte er εὖ δ' ἄρ' (ἄρα hier nicht am Platze).
213. Bothe κακῶς δὲ πράξας .. οὐ δ', mit Aposiopese hinter πράξας: ‚wird unermefsliches Unglück folgen'. Andere nehmen denselben Sinn an, ohne Änderung; statt das Schreckliche auszusprechen, erwähne sie das Tröstliche, das auch so noch bleibe; wohl richtig, da δεῖμα den von Sch. gewollten Nebengedanken nicht recht hergiebt. Vgl. Ag. 498. — Weil οὐχ ὑπόδικος ὢν πόλει (nach Hesych. ὑπόδικος· ὑπεύθυνος).
214. δ' nach σωθείς streicht Weil; so glatter, aber weniger charakteristisch; σωθείς steht in der Tonstelle: ‚sondern, wenn überhaupt gerettet heimgekehrt'.
218. τὰ δ' ἀγαθὰ δ' ἐκτ. M; Prien ἀγαθὰ δ', Heimsöth κεδνὰ δ' (Hesych. κεδνά· ἀγαθά), F. W. Schmidt τἄλλα, Wecklein τὰ δ' ἑτερ'. — τέκνῳ recc., von Sch. nach 222 und 227 aufgenommen.
220. πρευμενῆ recc. Weil πρευμναῖς αἰτουμένην (damit πρευμ. zu πέμπειν). M κάτοχ' ἀμαυροῦσθαι, Blomfield stellte die ältere Form μαυροῦσθαι her, die auch durch das Metrum empfohlen wird (Herm. El. d. m. 83. Westph.[2] II, 454).
232. δυσμάς recc. u. so Brunck u. Hermann, δυσμῶν früher Oberdick; Acc. oder Genet. freilich bei Angabe der Himmelsrichtung gewöhnlich, doch der Dat. ‚bei dem Untergange' hier die weite Ferne hyperbolisch bezeichnend. — δυσμαῖς φθινασμάτων wird durch die von Erfurdt zu Soph. Ant. 420 und von Schwenck zu Aesch. Eum. 363 u. Sept. 44 gesammelten Beispiele geschützt: Dindorf u. a. nach Pauw φθινάσμασιν, was auch Hesych vorgelegen zu haben scheint: φθινάσμασι· φθίσεσι. Weil ἄνακτος γείτονας φθινασμάτων.

236. καὶ στρατὸς τοῖος γ', ὃς ἔρξε Hartung, οὐ· στρατὸς δ' οἷός
ποτ' ἔρξας Kirchhoff. ναί· στρατός τοι μοῦνος ἔρξας Kock. γε θοῦρος
F. W. Schmidt.

237. Die Verspaare 237f. u. 238f. umgestellt von Conradt, Abt. lyr.
V. S. 99; sonst ist γάρ ohne Sinn u. πρὸς τούτοισιν ἄλλο befremdlich.

239. σφιν ἐμπρέπει Hermann, διὰ χερὸς αὐτοῖς πρέπει M. Brunck
χερῶν, Elmsley χεροῖν, Wellauer σφισίν, Enger λαοῖς. Merkel καὐτοῖς,
vielleicht richtig (261).

241. στρατοῦ recc.; so auch Herm. („exquisitior structura‘).

244. Weil ὡς γε, fein, aber nicht zwingend.

245. Für ἰόντων μολόντων (Heimsöth) συθέντων (Meineke) oder
βεβώτων (Weil), κιόντων (Wecklein) unnötig. Vgl. auch hymn. h. 11, 4
(Ἀθηναίη) ἐρρύσατο λαὸν ἰόντα τε νισσόμενόν τε.

246. M hat νημαρτῆ, verb. in νημερτῆ; Soph. Trach. 173 alle να-
μέρτεια. Die letztere Form gilt als die bei den Attikern gebräuchliche
nach Porson zu Eur. Or. 26. Blomfield will bei Sophokles η korrigieren,
andere beide Formen stehen lassen.

250. Statt πολύς will A. Nauck wegen des πολύς 251 μέγας (Eur.
Or. 1077 μέγας πλούτου λιμήν), Heimsöth ταῦς (Hesych ταῦς· μέγας),
Weil πλατύς. Aber vgl. z. B. φάος 299 u. 300. Bergk, Lit. III, S. 351:
‚die Wiederholung desselben Wortes in kurzem Zwischenraume wird (von
Aesch.) nicht ängstlich gemieden; auch dies erinnert an die Schlicht-
heit des archaischen Stils‘. Auch aus Soph. Beispiele bei Neue zu
Phil. 267.

253—255. Oberdick streicht 255 und stellt 253, 254 vor 251;
indes schleppt so die Klage, dafs er es zuerst melden müsse, erst
recht zwecklos nach. Wecklein deshalb: malim 253—255 secludere. In
der That ist bes. 254 anstöfsig (vgl. vorn zu 294), u. 253 könnte mit
Anlehnung an die Antigone-Stelle gemacht sein. Es stammt von Aesch.
wohl nur: ὤμοι, στρατὸς γὰρ πᾶς ὄλωλε βαρβάρων; die Einschaltung
könnte ἄμοι haben erklären sollen. — Weil nimmt den Ausfall eines
Verses vor 255 an.

256. Hermann streicht hier κακά (so zwei Dochmien) u. in der Antistr.
γε (Prien ἦ); Weil μάλα für das ἦ, der genauen Respons. wegen, und
πανδάϊ für καὶ δάϊ.

260. ἔστ'. Döderlein vermutete einst ἴστ' wie Soph. Phil. 567 ὡς
ταῦτ' ἐπίστω δρώμεν.

269. Um eine genauere Responsion herzustellen, Lachmann hier
πόλεα, in der Gegenstr. 275, wo M σώματα πολυβαφῆ hat, Kayser und
Heimsöth μέλεα παμβαφῆ (πολυβαφῆ sei Glosse für παμβαφῆ), Prien
πολύδονα σώμαθ' ἀλιβαφῆ. Hiervon ist nur μέλεα (schon in einer
jüng. Hdschr. γρ. μέλεα) für σώματα 275 metrisch nötig; sonst ist in
diesen Dingen bes. in kommatischen Partien sehr vorsichtig zu verfahren,
da die Stimmung durch die eingestreuten weiteren Mitteilungen, hier des
Boten, beeinflufst und weitergeführt wird, so dafs der Dichter öfter absichtlich den Rhythmus leise ändern mag. Z. B. 258 ἄνι' ἄνια ∪∪ ∪ ∪∪,
der erste Schrei des Schreckens, wird passend 264 in der Klage durch
— ∪ ∪ ∪ ersetzt; so hat auch ein ruhigerer Rythmus 269, ein wilderer 275
im Inhalt seine volle Rechtfertigung.

269. δαίαν rec., δάαν Blomf., δίαν M, was Sch. mit Hinweis auf
das geläufige δῖαι Ἀθῆναι halten wollte (auch Achill nenne Il. 22, 93
Ἕκτορα δῖον. Weil etwas kühn, doch alle Härte entfernend: τάςδ' ἀπ'
Ἀσίδος ἦλθεν αἴας δάαν Ἐ. χ.

277. πλάγκτ' ἐν σπιλάδεσσιν Hartung, danach πλαγκτῶν ἐν σπ. Weil, πλαγκτοὺς ἐν σπ. Wecklein. — ἀμφὶ πλάκεσσιν Halm.

279. λεώς st. στρατός recc.

280—282. M hat

ἵνζε ἄποτμον βοὰν
δυσαιανῆ Πέρσαις
δαΐοις, ὡς πάντα παγκάκως ..

Der zweite V. ist jedenfalls falsch (vgl. die hier unverdächtige Gegenstr.); hat nun am Rande Πέρσαις als Erklärung zu δαΐοις gestanden, wie auch Herm. annahm, und war πότμον hinter ἄποτμον übersehen, so konnte βοάν in die 1. Zeile durch Πέρσαις gedrängt werden. Herm. schrieb ἵνζ' ἄποτμον δαΐοις | δυσαιανῆ βοάν, | ὡς πάντα παγκάκως θεοὶ | ἔθεσαν κτλ., um δαΐοις u. ὡς in dieselbe Stellung zu bringen wie in d. Antistr. Indes ist δαΐοις so kaum konstruierbar u. ἄποτμον pafst auch schlecht zu βοάν. Ihm schlofs sich Sch. an, nur schrieb er die 3. Zeile: Πέρσαις, ὡς πάντα παγκάκως, indem er ἔθεσαν, freilich mit Bedenken, auf die Perser bezog; indes ist ἔθεσαν metr. unmöglich (θεοὶ θέσαν Heimsöth, ἔφθισαν Stadtmüller). Enger ἵνζε δύσποτμον βοάν. Wecklein ἴ. ἄποτμον Πέρσαις | δυσαιανῆ βυάν, | ὡς δᾶοι π. παγκ. | ἤνυσαν κτλ. Doch im 1. Verse ist die Syll. anc. unstatthaft; sie ist bei d. Trag. schon im akatal. Dimeter selten, im katal. ganz unzulässig; auch δᾶοι ἤνυσαν ist sehr matt.

286. M στυγναί γ' Ἀθῆναι δάοις. Auch hier scheint Ἀθῆναι Glossem (sonst etwa in der Str. ἵνζε πότμον δάιον | δυσαιανῆ βοάν | ὡς Πέρσαις π. . .); Weil στυγνᾶν γ' Ἀθηνῶν δαΐοις μεμνῆσθαι κτλ.

289. M ἔκτισαν εὔνιδας, εὔνιδας ἔκτισσαν Böckh. Darf man εὖνις als uxor fassen, wie es bei Eur. mehrfach vorkommt, so stellt sich μάτην εὔνιδας ohne Anstofs parallel zu ἀνάνδρους. Weil ἔκτισαν εὔπαιδας; aber μάταν εὔπαιδας hat etwas Schiefes.

297. ἀρχελείων M (ἀρχελάων Rob.) von λεώς, wie εὔγειος neben εὔγεως, ὑπόγειος Variante zu ὑπόγαιος Fragm. 55. (Herm. gregum ductores von λεία.)

299. βλέπει φάος nach Schol. Arist. Ran. 1060: die Hdschr. haben φάος βλέπει, wohl durch den folg. Vers verführt.

300. φέγγος Weil.

306. ἰθαιγενής M., ἰθαγενής recc. Vgl. Göttling zu Arist. Polit. p. 303.

307. σποδεῖ st. πολεῖ Emperius.

310. Sch. fafste νικώμενοι perfektisch (wie νικᾶν, ἡττᾶσθαι öfter), wollte jedoch lieber mit Heimsöth nach d. cod. Vind. κικώμενοι. Wecklein δινούμενοι κύρισσον εἰς σκιρὰν χθόνα.

312. φρεσείης M, Φερεσσεύης recc. Bothe passend φερεσσάκης (zu Φαρν.); näher läge noch φερεσκευῆς, wenn man darunter den obersten Beamten des königlichen Trosses denken darf. Weil ῥαβδοῦχος oder Καρδοῦχος für Φαρνοῦχος (Hartung nimmt Ἀρτεὺς Ἀδεύης als einen Namen, dann: καὶ Φρεσείης καὶ τρίτος). — οἵδε recc., οἵ τε M.

316. πυράν, geänd. in πυρράν M. πυρσήν Porson; die Lautgruppe ρσ geht freilich auch attisch schon früh in ρρ über. S. Meisterhans, a. O. S. 40.

317. πορφυρέα (dreisilbig zu lesen) die Hdschr.: Porson πορφυρᾷ.

318. Μάγος Turnebus, Μάγοι M. — Ἀρτάβης M., Ἀρτάμης recc.

320. Ἀμίστρις M., Var. Ἀμίστρη, wie v. 22. Brunck Ἀμηστρις, was bei Herodot als Frauenname vorkommt.

321. Ἀριόμαρδος Σάρδεσιν M (so schrieb auch Sch.). Die Abweichung von der metrischen Regel (ut, si voce, quae creticum pedem

efficeret, termlnaretur versus, eamque vocem hypermonosyllabon prae-
cederet, quintus pes iambus vel tribrachys esse deberet: Porson praef.
E. Hec. XXX) läfst sich kaum durch die Eigennamen entschuldigen;
dazu ist Ariom. 38 Beherrscher des ägypt. Theben. Bothe ἄρδεσι, Porson
nahm zwischen Ἀριόμ. und Σάρδ. den Ausfall eines Verses an, Weil
σύ τ᾽, ἐσθλὸς Ἀριόμαρδε, Σάρδεσιν.

322. θ᾽ ὁ recc., ὁ M.

325. εὐθέτως passend Weil, εὐτύκως Wecklein (das heifst aber
promptus, paratus); vielleicht ist auch hier ἐν τύχῃ zu schr.

327. ἔπαρχοι recc., ἄπαρχος M, wie auffallenderweise auch Ag.
1227 u. Cho. 664. Herm. ὕπαρχος.

328. εὐκλεῶς M, Herm. nach rec. νηλεῶς.

329. τοιῶνδ᾽ ἀρχόντων ὑπεμνήσθην περί, νῦν vor ὑπ. von spä-
terer Hand zugesetzt M. τοιῶνδε ταγῶν oder ἀνάκτων (968), τοιᾶ῾νδε
γ᾽ ἀρχῶν (ἀρχός Hom.) Canter und so auch Sch., doch steht γέ nicht
gut; Hartung ἐπάρχων. τοσόνδε ταγῶν Weil. τοιῶνδ᾽ ἐπάρχων ταῦθ᾽
Wecklein. Ἀρχόντων scheint Glossem zu dem als Masc. verstandenen
τοιῶνδε zu sein.

330. δ᾽ fehlt in M. Weil ἀπαγγέλλων. Kock τόσων δαμέντων u.
πολλῶν γὰρ ὄντων.

334. πόσον δέ recc., πόσον δή M. Weil νεῶν πόσον δὴ πλῆθος ἦν.

337. βαρβάρων M, Turnebus βαρβάρους, Blomf. leichter βάρβαρον;
ἦν statt ἄν rec. Die Vermutung Wakefields μὲν οὖν .. βαρβάρων ergänzt
Hermann durch ναῦς ἦν, Heimsöth durch ναῦς ἂν κρ. Doch zieht auch
Hermann Blomfields Meinung vor. — βαρβάρων στόλον κρατῆσαι Weil.

341. Döderlein οἶσθα. (Weil: καὶ γὰρ οἶδα Graecum narratorem
prodit, etiam hostium res se probe scire asseverantem. Schwerlich.) —
ὑπέρκοποι Wakefield, ὑπέρκομποι M; dies aber ,übermütig prahlend',
jenes ,über das gewöhnl. Maſs hinausgehend', oft in tadelndem Sinne,
wo es sich dann mit ὑπέρκομπος (827. 831) berührt; daher die stehende
Verwirrung in d. Hdschr.. Lob. zu Ai. 127 ,ὑπέρκομπα, quae sunt et ὑψί-
κομπα, eadem ὑπέρκοπα, immoderata et enormia, dici possunt, sed non
contra'. — νεῶν τὸ πλῆθος Plut. Them. 14, nur um sein Citat in sich
verständlich zu machen.

344. ληφθῆναι recc., ληφθῆναι M, vielleicht doch richtig. — Heimsöth ἦ σοι δοκοῦμεν. Lincke μή, σοι δοκῶμεν (so rec.), wovor ein Vers
ausgefallen sei. — M hat die Zeichen des Personenwechsels vor 347, 8,
9, 50; Schütz hat 347 dem Boten, 348 At., 349 dem B. gegeben. Aber
Atossa, welche 334 Näheres von der Schlacht hören will u. 350 wieder
auf die Schlacht kommt, kann auf Athen nur durch die Erwähnung der
Stadt in den Worten des Boten gebracht worden. Also gehört 347
diesem zu. Auch Herm. giebt diesen Vers dem Boten, die zwei vorhergehenden aber der At.; 347—352 giebt der At. Kirchhoff.

347. Hartung θεοὶ γάρ, sinngemäfs, doch unnötig. Dindorf, Weil
und Paley stellen die Verse um.

358. μένοιεν und ἐκσωσαίατο M, verbessert von Monk.

359. ἐπανθοροντες recc.

362. τῶν θεῶν φθ., verb. in τὸν θ. φθ. M. τόν richtig; der
bekannte Götterneid ist gemeint.

366 setzt Brunck μέν vor στῖφος; glatter, aber der Gegensatz nicht
so scharf.

Zu 367. Köchly stellt den Vers 367 hinter 368, so dafs ἔκπλους
φυλάσσειν die Aufgabe nur der ἄλλαι νῆες wird. Dafs die Hauptmacht

nur in Schlachtstellung, v o r der Enge, ging, wäre denkbar, wenngleich auffällig, warum dann schon mit Beginn der Nacht; dafs aber eine besondere Abteilung abging, um die Engen, namentlich die nach Eleusis zu, zu schliefsen, beruht nur auf der Überlieferung bei Diodor XI, 17 (nach Ephoros) und ist, auch abgesehen von dem Ausdruck νῆσον πέριξ bei Aesch. (s. vorne), nicht glaublich (Grote, gr. Gesch. Meifsner III, S. 101: die von Diodor angegebene Bewegung scheint zugleich unnütz und unwahrscheinlich). Herod. sagt (VIII, 76): ἐπειδὴ ἐγίνοντο μέσαι νύκτες, ἀνῆγον μὲν τὸ ἀπ᾽ ἑσπέρης κέρας (d. h. das n a c h h e r den westlichen Flügel bildete) κυκλούμενοι πρὸς τὴν Σαλαμῖνα (d. h. an der alt. Küste entlang so weit herum, dafs er die Strafse schliefsend an Salamis stiefs). Von einer besonderen Abteilung ist bei ihm überhaupt nicht die Rede, und jedenfalls steht fest, dafs die Flottenbewegungen erst mit dem Dunkel der Nacht anfingen; die Schlacht begann aber in der Morgenfrühe und die Schiffe, die etwa den Auftrag bekommen hätten, Salamis zu umfahren, hätten in der Nacht g e g e n a c h t M e i l e n rudern müssen; denn von Segeln kann keine Rede sein. Und wollte man selbst annehmen, diese Abteilung sei früher abgegangen, so hätte sie unmöglich verborgen bleiben können; denn die Griechen hatten gewifs, schon um etwaiger Überfälle willen, die Insel rings mit Wachtposten besetzt. Trotzdem hat G. Löschke (Über die Schlacht bei Salamis, Fleckeis. Jahrb. 115, 25) die Darstellung des Diodor-Ephoros zur Geltung zu bringen gesucht. Zunächst sei undenkbar, dafs die Perser in den engen Sund während des Dunkels der Nacht hätten einfahren können; sie hätten vielmehr nur den nach Athen zu liegenden Ausgang geschlossen; hierher seien ihnen dann am Morgen die Hellenen entgegengefahren. Indes Ruderschiffe sind verhältnismäfsig sicher zu führen und das Ufer war von den Persern besetzt. Ferner habe die Besetzung der Insel Psyttaleia, die nicht im Sunde, sondern südlich von ihm liegt, nur Sinn, wenn sie im Centrum des Schlachtfeldes lag; wenn man aber im Sunde focht, sei es gleich unmöglich für Perser und Griechen gewesen, sich schiffbrüchig dorthin zu retten. Das scheint auf den ersten Blick etwas für sich zu haben. Aber wenn man bedenkt, dafs Xerxes auf den rechten Flügel seine besten Schiffe, die Phöniker, gestellt hatte und dafs der Kampf dort eröffnet wurde, so wird man schliefsen dürfen, dafs es seine vernünftige Absicht war, die Griechen aus dem Sunde von Salamis ab südwärts ins offene Meer zu drängen; gelang ihm das, so lag, wie Herodot sich ausdrückt, die Insel eben ἐν πόρῳ τῆς ναυμαχίης (VIII, 76) und ihre Besetzung konnte von grofser Wichtigkeit werden. Weiter entscheidet gegen Löschke auch der Verlauf der Schlacht. Fuhren die Griechen zuerst an den Südausgang des Sundes vor, so mufste ihr anfängliches Zurückweichen ein beabsichtigtes sein; denn dafs sie in der Enge kämpfen w o l l t e n, steht doch wohl fest. Ein solches Nachlocken der Perser hätte unmöglich in den Berichten verschwiegen werden können. Obendrein sagt Herodot, die Schiffe der Griechen wären bei dem anfänglichen Zurückweichen daran gewesen, aufzulaufen (ὤκελλον); also hatten sie ein Ufer im Rücken. Andere Bedenken L.'s sind von geringerer Bedeutung: Aesch. sage (388), erst nachdem die Perser das Rauschen der griechischen Ruder gehört hätten, θοῶς πάντες ἦσαν ἐκφανεῖς ἰδεῖν, weil sie ihnen eben zuerst durch die Landzunge am Eingange des Sundes verdeckt gewesen seien. Doch man wird die Worte des Dichters auch von der Ausfahrt aus dem Hafen von Salamis und der Entfaltung der Linie verstehen können. Ferner heifse es bei Aesch. (399): τὸ δεξιὸν

μὲν πρῶτον εὐτάκτως κέρας ἡγεῖτο κόσμῳ; wenn aber die Griechen aus
der Bucht von Salamis gegen eine vor ihnen aufgestellte Linie vorge-
gangen wären, so hätten beide Flügel mit gleicher Schnelligkeit gegen
den Feind gerudert. Jedoch die Griechen hatten auf jeden Fall ihre
Schlachtlinie zunächst zu entfalten; die Schiffe fuhren in Linie hinter-
einander aus dem Hafen aus, der rechte Flügel führte und ging rechtsab
bis an seinen Standort, die übrigen Schiffe setzten sich hinterdrein und
alle machten an ihrem Platze Front gegen den Feind, der linke natürlich,
nachdem er etwas linksab gegangen war. Kurz, Ephoros wird, ohne
andere Quellen als Aesch. und Herodot zu besitzen, nach seiner Weise
durch eigene Schlüsse, hier besonders nach Analogie der früher versuchten Umgehung von Eubōa, das Bild des Kampfes vervollständigt,
vielleicht gerade die Worte des Aesch. ἄλλας .. νῆσον πέριξ falsch
verstanden haben. (Vgl. Busolt, Rhein. Mus. 38, 627).

371. ὅν Hermann, ἥν M. Sch. blieb bei ἥν u. merkte an: ‚ὡς ist
weder consecutiv (Schütz: adeo ut), noch final (Schneider), sondern
causal. Tyrwhitts Änderung οἷς ist unnötig.‘ Aber es ist nicht glaublich,
dafs dicht vor τοσαῦτ᾽ ἔλεξε 372 gegen die Regel der obl. Rede vom
Standpunkt des Boten aus gesprochen wäre (Schol. M ἀπὸ τοῦ διηγη-
ματικοῦ ἐπὶ τὸ μιμητικόν, wie Xen. An. IV, 3, 29 (παρήγγειλε) διαβαί-
νειν ὅτι τάχιστα ᾗ ἕκαστος τὴν τάξιν εἶχεν).

372. εὐθύμου M mit Schol. ὑπὸ ἀλαζόνος καὶ τερπομένης διανοίας. Die anderen Hdschr. ὑπερθύμου, Ald. u. Turn. ὑπ᾽ ἐκθύμου,
welches Stanley ‚alacer‘, Blomfield ‚amens‘, Hermann ‚animi impotens‘
übersetzt. — τοσαῦτ᾽ änderte Brunck in τοιαῦτ᾽.

374. τ᾽ hinter δεῖπνον zugesetzt von Scaliger. Blomfield θοίνας,
Hartung θοίνην (δεῖπνον sei Glosse).

379. πᾶς δ᾽ M, θ᾽ recc. Beispiele für die Anaphora mit δέ geben
Hartung, Part. I, 169, und Krüger, Gr. II, 59, 1, A. 2.

382. Weil διάπλοος sonst nicht als Adjectivum vorkommt (aber
es haben andere Composita die doppelte Bedeutung, ἐπίπλοος, περί-
πλοος, πρόπλοος), kam Blomfield auf δὴ εἰς διόπλοον (δὴ ᾽ς Ludwig),
Hartung δίπλοον (trotz τρισίν 366), L. Schmidt παννύχῳ δὴ διαπλόῳ
oder -οις, Baumeister διὰ πόρον.

388. ἠχοῖ recc., so Schütz; Echoi acclamabant, dem Sinn nach
unhaltbar. ἠχῇ vel ἠχῆς = ἠχῆεις Abresch, εὐχῇ L. Schmidt, ἠχῇ πε-
λαγος Weil, ἠχει .. πάρα· Wecklein.

389. εὐφήμησεν M. Dindorf (nach Brunck) ηὐφήμησεν, 474 ῆ̓ρε,
498 ηὔχετο, 506 ηὐτύχει. — 395. δ᾽ in M über der Zeile.

397. κελεύματος M, κελεύσματος recc. ‚Κεκέλευμαι et κεκέλευσμαι
parem fere auctoritatem habent, nec minus indiscreta κέλευμα et κέ-
λευσμα, inter quae libri nostri ubique nutant.‘ Lobeck zu Soph. Ai.
II. Ausg. p. 323. Dasselbe gilt von θραύμασιν 425 und κλαυμάτων 705.

399. εὔτακτον recc. (wegen κόσμῳ). Weil setzt das Komma nach
ἡγεῖτο.

411. recc. ἴθυνε oder ἴθυνεν, wie die Hdschr. auch sonst zwischen
ἰθύνω und εὐθύνω schwanken. Lob. zu Soph. Ai. 542.

412. Hermann nach recc. καὶ πρῶτα.

413. ἐν στενῷ versteht Löschke nach seiner Auffassung von der
Meerenge, in die jetzt erst die Perser eingefahren seien.

414. Durch das δ᾽ in M wird die Periode unverständlich. Es
widerstrebt dem Gedanken, dafs der Nachsatz mit ἔθανον beginne;
nach Hermann fängt er mit ὑπτιοῦτο δέ an, nach Hartung-mit αὐτοί

8*

δί. Köchly vertauscht die Versteile ἀρωγῇ δ' κτλ. 414 und ἔθρανον κτλ. 416. Sch. meinte: ‚Vielleicht schrieb Aesch. ἀρωγὴ δή (jam) οὗτες ἀ. π. Die Synizese bei δί ist freilich sonst in attischen Dichtern nicht nachzuweisen, so häufig sie bei ἦ und μή ist.' Blomfield nach Butler: αὐτοί ϑ', entspr. dem folg. τε.

415. ὑφ' αὑτῶν recc., ὑπ' αὐτῶν M. — ἐμβόλοις Stanley.

416. Porsons παισθέντ' hat keine Wahrscheinlichkeit, abgesehen von dem Aorist. Hermanns Erklärung des παίοντ' als παίοντα (significat eum qui illiditur) ist weniger glücklich als seine frühere (Praef. Eur. Bacch. XXXV): αὐτοὶ δ' ὑφ' αὑτῶν τάδε ἔπασχον· ἐπαίοντο, ἔθρανον κώπας.

422. ἀκόσμῳ Casaubonus.

424. Die Form τοί sonst nicht im Trimeter, in Anapästen Soph. Ai. 1404, außerdem in lyrischen Stellen (584). Aber Blomfields οἱ ist willkürlich, ebenso Hartungs τούς, das ihm wegen ἀφείλετο notwendig scheint.

425. An dem Verse nehmen zwar Übersetzer und Erklärer keinen Anstoß, indes woher nehmen die Griechen Ruderbruchstücke und Schiffstrümmer? Sie können sie nicht hoch von den Schiffen aus dem Meere auffischen, und an ausgesetzte Bote zu denken verbietet der Zusammenhang. Und wozu auch! Sie haben ja Waffen für solche Fälle und zum wenigsten heile Ruder, die weiter reichten und wuchtiger waren. Es scheint zunächst, von den Schiffstrümmern könnte hier nur gesagt sein, entweder daß sich die schiffbrüchigen Perser an sie klammerten (Her. VIII, 69 νέειν οὐχ ἐπιστάμενοι), oder daß sie das Meer bedeckten. Freilich ergäbe sich eine Änderung nicht ohne Schwierigkeit. Den Vers vor 420 zu versetzen, hindert dort ναυαγίων, wofür man wenigstens ναυαγιῶν lesen und ‚voll von Schiffbruch und Mord der Männer' verstehen müßte; und hier müßte man für ἔπαιον etwa πλέοντας (od. πλάοντας) einsetzen. Jedoch mag der Dichter etwas unklar auf Vorgänge am Strande von Salamis übergehen. Dort standen zwar Hopliten; aber auch Unbewaffnete mögen über die Herantreibenden hergefallen sein. So wurden auch wohl die Thunfische im Netze ans Land gezogen und dann erschlagen. Vgl. die Geschichte vom Κοίρανος Plutarch, de soll. an. 36.

426. οἰμωγή recc., οἰμωγῆς M, εὐχωλή Halm, während Hermann καυχήμασιν statt κωκύμασιν will nach Il. 4, 450 ἔνθα δ' ἅμ' οἰμωγή τε καὶ εὐχωλὴ πέλεν ἀνδρῶν ὀλλύντων τε καὶ ὀλλυμένων. Da hier kein Widerstand geleistet wird, wäre das Frohlocken etwas roh. Die hdschr. Lesart erhält eine Bestätigung durch Eur. Heracl. 833 στεναγμὸν οἰμωγήν ϑ' ὁμοῦ. Merkel οἰμωγῇ δ' ὁμοῦ κώκυμα συγκατεῖχε.

428. ἅρμ' ὑφείλετο Oberdick, ἐφαίνετο Weil.

430. στοιχοιγαροίην, -ο- über α, M. στοιχηγοροίην recc. στοιχαγοροίην Wecklein (wegen des in M versetzten α näherliegend).

431. μηδάμ' (auch Prom. 526) Brunck nach rec., μηδ' ἄν M.

432. τοσοῦτ' ἀριθμόν M, andere τοσουτάριθμον. τοσουταρίθμου στρατεύματος sagt Tzetzes, Exeg. in Il. p. 92, 8; ‚Aeschylum imitans', meint Dindorf. Aber τοσαντάριθμοι wenigstens sagen auch andere Byzantiner, und die bei den Tragikern seltene Neutralform auf -o ist Prom. 801 (τοσοῦτο μέν σοι) notwendig, Eum. 201, 427 in M überliefert (freilich Elmsley und andere entfernen sie durch Konjektur).

435. τόδε ziehen einige zu κακόν; doch die Phrase auch 173 u. 431.

436. ἐπ' αὐτούς Turnebus. Eur. Andr. 302 οὔτ' ἄν ἐπ' Ἰλιάσι ζυγὸν ἤλυθε δούλειον. Soph. Ai. 772 ἐπ' ἐχθροῖς χεῖρα φοινίαν τρέπειν.

438. τῇσδέ τ' M, τῇσδ' ἔτ' recc.
439. φῇς M. Grammatici alii φῇς cum Iota, alii sine Iota scripserunt. Dindorf.
444. αἰσχρῶς M, οἰκτρῶς recc. Die Korrektur entstammt demselben Grunde, wie die Variante δυστυχεστάτῳ rec.; das αἰσχρόν liegt in dem παίουσι, κρεοκοποῦσι v. 463. Ein Schlachten war's, nicht eine Schlacht zu nennen.
446. μόρῳ δὲ ποίῳ Weil.
450. Der Optativ bei ὅταν, das aus der direkten Rede (ὅταν ἐκσώζωνται) beibehalten ist, wird durch Beispiele genügend geschützt. Matth. Gr. 521, A. 1. Bernh. Synt. p. 413. Buttmann § 139, 69. Elmsley ὅτ' ἐκ. Stadtmüller ὅσοι. — Meineke ἐκσωσοίατο, Porson κτείνειαν (κτείνειεν recc.). ἐξοισοίατο Stahl, wie bei Herod. VIII, 76 ἐνθαῦτα μάλιστα ἐξοισομένων τῶν τε ἀνδρῶν καὶ τῶν ναυηγίων. Vielleicht richtig (M zudem von erster Hand ἐξσωξοίατο); doch mufs man dann auch ἐκ νεῶν annehmen und mit φθαρέντες (prägnant) verbinden (Suppl. 443 χρημάτων ἐκ δόμων πορθουμένων).
452. Ἑλλ. ἄγραν Wecklein.
460. Sch. wollte mit Meineke annehmen, die Perser seien es, die mit Steinen und Pfeilen zuerst die Gegner überschütteten. Doch abgesehen von der harten Änderung des Subjekts (Meineke setzte nach νῆσον Ausfall eines Verses an): auf eine Gegenwehr der Perser deutet nichts, αἰσχρῶς τεθνᾶσιν 444 pafste sogar schlecht dazu, und Bogenschützen hatten auch die Griechen (aus Creta, nach Ktesias bei Photius LXXII, p. 39ᵇ B.).
465. ἀνῴμωξ' ἐν Bothe, ἀνῴμωξ' εἰσορῶν κ. Butler.
465—471 hält Paley für interpoliert.
466. Hemsterhuis εὐαυγῆ (τηλαυγὴς σκοπιή Theogn. 550); aber die Einstimmigkeit der Überl. auch in der Euripides-Stelle steht jeder Änderung entgegen.
469. ἵησ' M, ἵισ' Robort., ᾗξ' recc.
471. στένειν πάρα Dindorf, παρὰ στένειν M. πάρα (sowohl wenn für πάρεστι, als wenn in Anastrophe) pflegt Aesch. im Dialoge ans Versende zu setzen (167. 617); ebenso ἄπο u. s. w. 225, 229, 449, 613 u. ö. Eum. 31 καὶ πάρ' Ἑλλήνων τινές, | ἴτων (l. ἴτω?), πάλῳ λαχόντες (wo πάρ' sogar ganz gegen die Regel Elision erleidet), ist von Burges verbessert in καί τις Ἑλλήνων πάρα. Mit ἔνι, Pers. 738 οὐκ ἔνι στάσις, steht es anders.
473. πικράν γε Paley.
477. τοσόνδε recc., τοσῶν δέ M.
478—80. Thurot schrieb 478 οἵ und 479 τοῦσδε, dazu λαῶν Weil: ,hoc quaerere reginam nuntii responsum docet'. Doch kaum; das Masc. pafst erst recht nicht, weder von den Schiffen, noch gar von dem Landheere, von dem überdies erst an zweiter Stelle berichtet wird. Ferner (Conradt, Abt. lyr. V. 104), wie kann Atossa hier den Sohn, dessen weitere Schicksale ihrem Herzen doch so viel näher stehen, vergessen und nach dem Verbleib der entflohenen Schiffe fragen, was sie höchstens nach dem Bericht über Salamis hätte thun können, wenn es ihr Wichtigkeit genug zu haben schien! Wie kann sie ferner den Boten fragen, der doch, weil er mit dem Landheere gegangen ist, davon nichts weifs — und auch danach antwortet! Zu allem kommt noch, dafs ναῶν δὲ ταγοί 480 überliefert ist, nicht γε (so Robort.), das Teuffel mit Recht für unangemessen erklärt. Dieser folgt mit Hermann der Erklärung des

Schol. rec.: οιτος ὁ σίνδεσμοὶ συνάφειά ἐστι πρὸς τὴν ἄνω διήγησιν αὐτοῦ τοῦ ἀγγέλου, εἰ καὶ διὰ μέσου ἡ Ἄτοσσα ἀπεκλαύσατο τὴν τῶν Περσῶν δυςτυχίαν. Doch dagegen sagte Sch. wieder richtig: ‚Aber Atossa hat eben nicht blofs diese Klage dazwischen geworfen‘. Auch die Flickworte οἶσθα σημῆναι τορῶς, die hier im Munde der Atossa so schal und kalt sind, verraten den Interpolator. Atossa ist von so tiefem Schmerz ergriffen, dafs sie das Fragen vergifst.

481. αἵρονται (wie Rhesus 54, 126) Elmsley, αἱροῦνται M, αἱροῦνται recc.

483. In den neueren Ausgaben ist κρηναῖον überall als Appellativum gefafst (κρηναῖον γάνος sagt auch Lycophr. 247): früher las man Κρηναῖον. So auch Schol. M τόπος Βοιωτίας ἡ Κρήνη. Heimsöth Κρηναῖον νάπος.

484. Hartung und Droysen haben Stanleys Konjektur ὑφάσματος wieder aufgenommen. Die von Herodot 8, 115 erwähnte Ruhr sei von Mangel an schützenden Kleidern oder Zelten gekommen.

485. διεκπερῶμεν M, οἵ τ᾽ (Hartung δ᾽) ἐκπερῶμεν Schütz, διεκπερῶμέν τ᾽ Bothe. Die Lesart in M ist nur zu halten, wenn man ὑπ᾽ ἀσθμ. κινοί von allen Weiterziehenden verstehen will; aber das ist doch auch eine Todesursache. Übrigens vgl. Herm. z. Stelle.

488. Ἀχαιΐδος M, wie Ag. 189 Ἀχαιϊκός; Ἀχαΐδος rec.

489. πόλισμ᾽ rec. (pro κοινῷ Spanheim); sieht aus wie eine Korrektur der Lesart des Med. πόλις, in welcher das richtige πόλεις zu erkennen ist.

492. Gegen das hdschr. ἕ τε haben nach Porson Dindorf u. a. ἠδέ aus Rob. aufgenommen.

494. Blafs, Rhein. Mus. 29, 481 will aus der hier von Aesch. gezeigten Ortskenntnis auf Teilnahme des Dichters an der Expedition des Kimon in diese Gegenden schliefsen; doch ist undenkbar, dafs Aesch. bei seinem Alter dazu noch herangezogen wäre.

501. Der Vers ist von zwei Seiten als unrhythmisch angegriffen worden: von Porson wegen der Verbindung des dritten und vierten Fufses in einem Worte, von Enger (Rhein. Mus. 1857, p. 444) wegen der Auflösung der fünften Arsis. Porson verlangte daher Umstellung in κρυσταλλοπῆγα διὰ πόρον στρατὸς περᾷ, ähnlich Hartung περᾷ στρατός, Heimsöth διαπερᾷ πόντον στρατός. Für die hdschr. Lesart Hermann El. doctr. metr. 113. Westphal a. O. II, 484. — σεσωμένος Wecklein.

506. recc. εὐτυχής, aber M. εὐτυχεῖ. Schneider vermutet darin εὐτύχει, Sch. εὐτυχεῖς.

513. Statt ἀληθῆ (vgl. Ag. 680 ἴσθι τἀληθῆ κλύων) hat man allerlei vorgeschlagen: πλήθη, Hermann ταῦτ᾽ ἐστι ταῦτα oder τἄργα (τοιαῦτα ταῦτα Wecklein), Weil ἔτυμα. Doch sind die beiden Verse hier überhaupt nicht recht passend. Die Leiden der Perser hat der Bote in allem Wesentlichen vollständig erzählt; was nach 509 f. noch übrig sein kann, müfste doch nur nebensächlich sein. ἐγκατασκήπτω kommt bei Soph. vor. (Hermann: ἀληθῆ defendi potest, si idem status ac si dixisset οὐχὶ πλαστά. Teuffel: Ist Wahrheit, aber nicht die ganze.)

516. ἐνήλου M, ἐνήλλου recc. und so die meisten Herausg., weil ἑλόμην nur stehe, wo das Metrum ᾰ fordere, wie Eum. 368, Soph. fr. inc. 695. Auch Soph. Oed. r. 1311 hat Hermann das wenig passende Imperf. ἰὼ δαῖμον, ἵν᾽ ἐξήλλου hineinkorrigiert. — 515 u. 516 giebt Lachmann ebenfalls schon der Atossa.

524. οἴχων πάλιν Wecklein.

527. ἡμᾶς M; ὑμᾶς recc., und so die Herausg.; während aber so

der Gegensatz zu dem Voraufgehenden einfacher wird, macht der folgende Vers πιστοῖσι (so recc., auch πιστοῖς γε od. τά recc. πιστοῖς M; Hartung nach Schol. rec. γραφ. πιστούς, Blomfield πιστῶς) πιστὰ κτλ. um so mehr Schwierigkeiten. Sch. ging mit Schol. rec.: ἡμῖν πιστοῖς οὖσιν εἰς ὑμᾶς, wozu ξυμφέρειν nicht recht pafst. Brunck τοῖς πρόσθεν πιστοῖς βουλεύμασι καινὰ συμφέρειν πιστὰ βουλεύματα, was doch wohl wenigstens ἐπιφέρειν heifsen müfste.

531 hat M μηκέτι, μὴ καί τι recc. und so die Herausg., was man mit πρόσθηται (so Turnebus, πρόσθητε M) erklärt: ne scilicet sibi ipse manus inferat (Schütz). Indes ist das doch ein ganz unpassender Gedanke; nachdem Xerxes in seiner kläglichen Flucht bis an seine Hauptstadt gekommen ist, und doch auch nicht ohne Begleiter, soll er plötzlich gehütet werden, dafs er sich nicht auf der Strecke bis zum Palaste das Leben nehme! Da ist wenigstens Schol. rec. unbedingt vorzuziehen: αἰτιώμενοι τοῦτον ὡς τοσοῦτον ἀπολωλεκότα στρατόν, wo soviel klar ist, dafs der Vers verstanden ist wie Od. 4, 754 μηδὲ γέροντα κάκου κεκακωμένον; man könnte etwa denken an μὴ καί τι .. προσθέντες κακόν oder καὶ μὴ κακὸν πρόσθητε πρὸς κακοῖς ἔτι. Indes ist vorne καὶ μή τι und (mit Pauw) προστεθῇ an 526 angeknüpft, weil die voraufgehenden vier Verse sicher unecht sind. Ich habe das Abt. d. lyr. V. 106 nachgewiesen: ‚Wozu liefse der Dichter Atossa von πιστὰ βουλεύματα sprechen, da doch von dem Ratgeben nichts werden soll, weil sie sogleich dem Chore den Rücken kehrt und auch dieser selbst für sich keineswegs überlegt, was zu thun sei. Wozu sollte der Dichter ferner die unnütze Befürchtung aussprechen lassen, dafs Xerxes vor ihrer Rückkehr ankommen möchte, wenn er diesen erst lange nach Atossas Unterredung mit Dareios ankommen lassen wollte u. s. w.' Darauf hat Nikitin die 5 Verse (auch ich wollte damals 531 mit streichen) an den Schlufs der Dareios-Scene versetzt (hinter 851), und ihm schliefst sich neuerdings Wecklein an, ohne zu bedenken, dafs die Worte ἐπὶ τοῖσδε τοῖς πεπραγμένοις offenbar in Hinblick auf den Botenbericht gesagt sind und dort von πιστὰ βουλεύματα noch weniger die Rede sein kann als hier, da garnichts mehr zu beraten, sondern einfach nach den deutlichen Anweisungen des Dareios zu verfahren ist. Die Entscheidung über v. 531 wird freilich unsicher bleiben.

532. ὦ Ζεῦ βασιλεῦ νῦν Περσῶν M; ein nur aus einem Paroim. bestehendes System wäre an sich höchst unwahrscheinlich und ist wegen des mangelnden Sinnesabschnitts ganz unannehmbar. Turn. und Vict. ἀλλ' ὦ Ζεῦ β. ν. Π., unrhythmisch; μέν hat Schütz eingeschaltet, andere δή, γάρ, αἰ, οὖν, τῶν, oder φεῦ vor νῦν. Ich habe (Abt. lyr. V. 108) vorgeschlagen, ὦ Ζεῦ und νῦν zu streichen, wie im Chorgesange nachher Xerxes für den Untergang des Heeres verantwortlich gemacht werde, um so das erste System wie das zweite auf vier Zeilen zu bringen. Indes geht hier wohl der Chor aus seiner auseinandergezogenen Stellung in die für den folgenden Gesang vorgeschriebene über, und so mögen die von den einzelnen στοῖχοι zu machenden Wege verschieden lang sein.

535. ἠδ' Ἀγβατάνων tilgt Paley.

537. Sch. verstand mit anderen πολλαί von den Müttern (vgl. 289); doch vermisse man ungern eine deutlichere Bezeichnung (πολιαί sei unmöglich, weil = πολιαὶ τρίχες). Hermann schaltet μαῖαι γονάδες, Dindorf μητέρες οἰκτραί ein, doch dann ist μετέχουσαι 540 viel zu schwach (Herm. μέγ' ἐχ.). Blomfield und andere beziehen πολλαί auf die Jungfrauen. — ἀπαλαῖς M, ἀταλαῖς recc.; ἀμαλαῖς (von den Müttern) Prien

und Herm. (Eur. Her. 75 γέροντα ἀμαλόν). Aber χεῖρας .. ἀτρίπτους ἀπαλάς Od. 21, 150.

545. Hermann ἀκορέστοις, um die Katalexe zu gewinnen; eher könnte man wohl 537—540 vor 546 stellen.

546. νόμον für μόρον Paley. Zwischen 546 u. 547 setzt Dindorf eine Lücke an (φρένος ἐκ φιλίας θρηνῶν παιᾶν').

548. νῦν γάρ ohne δή recc., νῦν δή ohne γάρ Porson; der Fehler steckt wohl in der Antistr. (s. zu 558).

549. Ἀσίας M, mit dem Accent von Ἀσίς; so Blomfield (wie 270 u. 763). — ἐκκεκενωμένα Hermann u. Prien, ἐκκενουμένα M. Das Praes. könnte man von den noch fortdauernden Folgen nach dem Tode so vieler Gatten verstehen; in der Gegenstr. wäre dann κυανώπιδος als Diiambus zu lesen (vgl. 81). Indes liegt jene Bez. doch abseits.

550. μὲν γάρ M, γάρ strich Arnaud; es scheint eingefügt, weil man die Form der dir. Rede nicht auffafste. — ἄγαγεν st. ἤγαγεν Blomf. nach der Antistr.

553. ἐπέσπασ' ἀφρόνως Hartung, δυςφόρως Dindorf. — βαρίδες τε ποντίαι M, mit d. Accenten des Dativs.

555. τίπτε statt τί ποτε mit Hermann nach rec. wie Agam. 975. — Δαριάν Dindorf (s. zu v. 652). — Σουσίδαις Blomfield nach recc., gewifs echter als Σουσίδος, obwohl jenes Gentile sonst nicht vorkommt. Σουσίδες mit o über dem ε M.

558. πεζούς τε γάρ m, πεζούς τε recc. Hermann πεζούς τ' 'δὲ καὶ θαλ., leichter γάρ τε Schneider.

559. αἱ δ' ὁμόπτεροι m. αἱ δ' streicht Brunck; woher es stammt, ist unklar; doch stört es Metr. und Zusammenhang. Paley αἵδ' εὔπτεροι. Besser Schütz λινόπτεροι, Heimsöth λαιφόπτεροι, in αἱ δ' Spuren einer zweiten La. suchend; doch in der Schlacht, und diese ist die Hauptsache, führten die Schiffe keine Segel.

563. πανολεθρίοισιν M, o in ω ab m mutato; πανωλέθροισιν recc.

564. M διὰ δ' ἰαόνων χέρας, was mehrere mit dem folgenden verbanden (wie Schol. M) unter Änderung des τυτθὰ δ' in τυτθά γ' (Pauw); dagegen spricht die Gliederung der Strophe u. sachlich, dafs Xerxes nicht verfolgt wurde. Hermann korrigiert διό γ' Ἰαόνων χέρας, Schiller διά τ', Enger αἴ τ' (Dindorf ἠδ') Ἰαόνων χέρας.

565. Statt ὡς ist vielleicht ὧδ' (unter diesen von dem Boten berichteten Umständen) zu schreiben (αἰτὸν ὡς Heath, vgl. Ag. 930); Pauw vermutete εἰςακούομεν, Dindorf αὐτόπουν.

567. δυςχίμους Arnaud, δυςχειμέρους M.

568. πρωτόμοροι φεῦ M, fehlerhaft, wie das Metr. zeigt. Blomfield: πρωτομόροιο, φεῦ, ληφθέντες (handschr. Variante) πρὸς ἀνάγκας. Brunck streicht in der Gegenstr. φεῦ. (Herm. πρώτομοιροι nach rec. u. dann in der Gegenstr. δὲ δίνα, φεῦ). Sch. wollte mit Heath die fehlende Silbe durch δή (Prien durch γε, Schneider durch αἴ φεῦ und in d. Gegenstr. δεῖν' αἴ φεῦ) ergänzen. Indes wäre πρωτόμοροι doch nur dann von den bei Salamis Gefallenen, wie man es versteht, denkbar, wenn dann weiterhin auch die auf Psyttalea und die auf der Flucht Umgekommenen beklagt würden. πρωϊμόροιο Weil. ὁμόφοιτος kommt bei Pindar vor.

569. ἠέ erklärt Dindorf für eine abgeschmackte Form statt ἠή, streicht übrigens die sämtlichen den drei ersten Versgliedern der Strophe u. Antistr. angehängten Interjektionen.

571. In die Lücke (bemerkt von Canter) setzte Schütz passend διαίνου, Enger ὀᾶ mit Streichung von ἄνδρα 580, Hermann das 581 hinter

ἄπαιδις in jüng. Hdschr. stehende ἔρρανται (über die Form s. seine Anm.). Aber M hat dort blofs ἐραδαιμόνι’ ἄχη, woraus Blomfield wieder ἔρροντες, Dindorf ἔρρουσι machen (die Versetzung des Wortes stamme aus dem Nebeneinanderstehen von zwei Columnen). Doch ist zu bedenken, dafs die Periodenteilung in der Gegenstr. (u. Schol. M, s. vorne) auf eine Interp. hinter Κυχρείας weist, was auch gegen die Ergänzungen (Κυχρείαν) στέμβοντες (Sorof), στέμβονται (Wecklein), πύθονται (Lincke) spricht. — In jenem ἔρα 581 habe ich ein über die Schlufssilbe von ἄπαιδις gesetztes γρ. α gesehen (deshalb ἄπαιδα), Wecklein eine Vermischung der La. οὐράνι’ und δαιμόνι’ (deshalb οὐράνι’). Jedenfalls ist die Kürze am Ende von ἄπαιδις (-δα) nötig.

576. Bothe und Dindorf verlangen als attische Form κναπτόμενοι. ‚Si κνάπτειν et derivata in arte fullonia percrebuerunt, id ipsum fortasse Tragicos impulit ut alteram formam γνάπτω vel γνάμπτω praeferrent Epicorum usu nobilitatam.‘ Lobeck zu Soph. Ai. 1031 (vgl. auch Meisterhans, a. O. 42). Naber δ’ Ἀλοσύδρας.

583. Enger δυρόμεσθ’ οἱ γέροντες . . κλίοντες (dies schon rec.); doch nirgends tritt der Chor so mit persönlichem Leide aus seiner zuschauenden Stellung hervor.

584. Blomfield wollte θήν, oder lieber Ἀσιάτιν mit Streichung des δήν, Meineke schrieb Ἀσιηνάν.

556. οὐδ’ ἔτι δασμ. M. Hermann mit recc. οὐκ ἔτι (praestat oratio defectu copulae commotior). In v. 588 behält Hermann das hdschr. οὔτ’ bei, das Brunck in οὐδ’ änderte; aber ein οὐ . . οὔτε, das seinen Platz hat, wo man bei dem ersten Gliede bereits an die Gegenüberstellung des andern denkt (— οὔτε . . οὔτε), pafste auch nach dem mit Affekt wiederholten οὐκ ἔτι nicht recht.

588. προσπίτνοντες M, προπίτνοντες recc.

589. Meineke mit H. Vofs ἄρχονται, Halm ἄζονται.

598. ἔμπειρος recc., ἔμπορος M, (ἔμπερής Wecklein). — Schütz βίου μὲν ὅστις ἔμπορος. Gröfsere Veränderungen verlangen Hartung (βροτοῖσιν οἶσιν ἄν . . φιλεῖν), Heimsöth (βροτῶν ὅπως ὅτῳ), Weil (φίλοι, βροτείων . . ἐπίσταται κακῶν μὲν ὡς ὅτῳ κλύδων καινῶν, Wecklein ὡς ὅταν τινὰ κλύδων), Halm (βροτοῖσιν ὅστις σύμπορος).

600. Meineke δεῖμ’ ἄγειν, Sch. schlug vor δειματοῦν, δεῖν’ εἶναι, δεῖμ’ ἔχειν. Vielleicht δεῖμα πνεῖν, wie κότον, φόνον πνεῖν. — δειμαίνειν φίλον Weil.

602. Blomfield τύχας. Doch auch die Wiederholung des δαίμονα ist verdächtig; Weil ἄνεμον οὐρισῖν τύχην, wobei indes ἄνεμος etwas zu stark ist u. τύχης mitgeändert wird. οἶμον οὐρ. τύχης?

603. Weil meint, post coniunctionem μέν variata orationis forma infertur τοιγὸρ κέλευθον (607). Wecklein verweist auf 482 ff., wo aber die Sache ganz anders steht, da wirkliche Gegensätze, nicht der blofs stilistische einer Anapher, vorliegen.

603. ὄμμασι τ’ ἀνταῖα (-σι ohne Accent) M, wonach Hermann πάντα μέν . . τἀνταῖα und βοᾷ δί gegenüberstellt. Sehr gezwungen.

604. Weil setzt hinter diesem Verse eine Lücke von einem Verse an, in quo erat substantivum (omina, prodigia) ad ἀνταῖα referendum.

609. ἔστειλα recc., ἐστείλατο M.

613. Wakefield μίγα statt μέτα.

616. Statt βίον sind viele unnötige Änderungen versucht worden: χεροῖν, ἴσον, βρίον, λίβος, πίων. εὐφύλλοισι θαλλούσης κλάδοις Nauck.

621. Dindorf ἀγκαλεῖσθε.

631. κακῶν ἄκος οἶδε scheint Erklärung zu πέρας ἂν εἴποι. Vielleicht:
εἰ γάρ τι πέλον,
μόνος ἂν μόχθων πέρας εἴποι.

(πέλον für πλέον Kiehl; Weil εἰ γάρ τι κακῶν ὅκος οἶδί τις ὄν, Gomperz
θρήνων für θνητῶν); freilich μάκαρες θνητοί Hes. O. 141.
633. Sch. schrieb mit den übr. Herausg. hier μου (so recc., μοι
M) und 635 ἱέντος mit M. Aber παναίολα .. βάγματα pafst nicht auf
die Worte des Chors, und an seinen vorigen Gesang ist doch nicht zu
denken. Auch βάρβαρα σαφηνῆ wäre vom Chore ohne Bedeutung, und
die Erklärung von διαβοάσω gab Sch. selbst auf; das Fut. heifse δια-
βοάσομαι und der Conj. dub. sei nach jeder versuchten Auslegung unangemessen. ἱέντας C.; oder ἱέντων?
636 βάγματ' ἦ Dindorf, βάγματα M, ἀμβοᾶσαι Prien, διαβοᾶσαι
Hermann, διαβαὔξω Rofsbach, δ' ἀμβαὔξω Weil.
642. μεγανχῆ rec., μεγαλανχῆ M.
645. M hat die Worte πέμπετε δ' ἄνω οἷον οὔπω in einer Zeile.
Heimsöth korrigiert τοῖον οὐ, in der Strophe δ' ἀμβοῶ; aber ein rela-
tives τοῖος wird nicht früher als bei Nikander nachgewiesen. Bothe
τὸν οἷον οὔπω (οἷον mit verkürztem οι). Angemessener scheint es, die
Versteilung zu ändern (s. den metr. Anh.).
648. Dindorf sagt freilich: ἀνήρ a brevi, sed producto in formis
epicis et melicis ἀνέρος etc. Vgl. über die Streitfrage Ellendt im Lex.
Soph. s. v. Burney auch hier ἀνήρ, trotz ὄχθος. — Nach ἀνήρ wiederholt M ᾗ, gestr. von Arnaud.
650. ἂν εἴη M; ἀνείης Brunck; aber ἀνείη zu korrigieren reicht,
wenn man dahinter den Vers abschliefst (s. den metr. Anh.).
652. δαρειὰν M, mit dem Schol. ἔοικε δὲ ὁ Δαρεῖος καὶ Δαρειὰν
λέγεσθαι. In v. 664 hat M δαριανοί, m δαριὰν οἱ, 672 δαριὰν οἱ.
Ist dort Δαριάν als Voc. richtig, mufs an unserer Stelle der Acc. Δαριᾶνα heifsen, wie der Vers verlangt und Dindorf schreibt, der zugleich
Δαρεῖον am Versanfang als ein eingedrungenes Glossem tilgt. Schiller
neigte zu Δαρειᾶνα mit verkürztem ει (vgl. Δαρεῖος 555, wo indes auch
wohl Δαριάν zu lesen ist); doch ist bei dem Schwanken in M das
Eindringen eines ει statt ι aus der gew. Form wahrscheinlicher als umgekehrt. Persisch Dārajavahus; zu vergl. ist vielleicht Δωριάν im
Komm. zu 949. Wecklein schlägt Δαριαῖον und Δαριαῖε vor, eine auch
bei Xenophon und Ktesias vorkommende Form. Auffallend Strabo, XVI,
p. 785 αἱ δὲ τῶν ὀνομάτων μεταπτώσεις καὶ μάλιστα τῶν βαρβαρι-
κῶν πολλαί· καθάπερ τὸν Δαριήκην Δαρεῖον ἐκάλεσαν. — Δαρεῖ
ἄνα Siebelis. — Den Weheruf ἠέ wollte Sch. mit Blomfield u. a. tilgen.
Er befremdet freilich; fast möchte man meinen, er erschalle in der Stadt,
also hinter der Scene. Ebenso οἱ zu Ende des nächsten Strophenpaares.
653. Dindorfs οὐδέ für οὔτε hat zwar etwas für sich (Hartung, Part.
I, 211), doch ist es nicht absolut nötig.
656. ὑπεδώκει M, σὺ ἐποδώκει m, Tan. Faber εὖ ἐποδόχει, Dindorf
εὖ ποδούχει. Das εὖ stand nicht in M (ὑπ stammt wohl aus dem Schol.
ὑπὸ τὸν ἑαυτοῦ πόδα ἡνιόχει) und macht den Sinn matt. Läfst man
es fort, braucht man nicht in der Gegenstr. mit Dindorf ἀνάκτορα zu
ändern (Passow ἐποδήγει, Paley διᾴχει).
656. βαλήν recc., wohl aus Eustathios, der die Stelle zweimal so
citiert. M hat βαλλήν. Teuffel nahm an, dafs die Hellenen das ihnen
in der Suffixform entgegen tretende semitische Wort (hebräisch בְּצֵלֵדּ

unser Herr) für die eigentliche Namensform gehalten hätten. Nach der lykischen Form sehr zweifelhaft. Vielleicht von ders. Grundform (Mittelform βαριλάν?) βασιλεύς?

661. τιήρας M, τιάρας Schol. M im Lemma.

665. Stolberg κοινά. Wegen der bedenklichen Dehnung des auch an sich auffallenden τε Enger καίν᾽ ἄλγη oder αἰανῆ, Weil καινά τοι, Rauchenstein καίν᾽ ἐμοῦ.

666. Sch. hielt die Erklärung des Schol. für falsch und wollte δέσποτα δεσπότου als unrichtige Fassung der orientalischen Formel δέσποτα δεσποτᾶν verstehen, oder so mit Dindorf ändern (Enger δέσποτ᾽ ὤ).

670. Hermann spricht κατόλλυμι dem Aeschylos ab und schreibt mit Blomfield κατὰ γᾶς wie Eur. Or. 674 τὸν κατὰ χθονὸς θανόντα (schon recc. κατὰ γῆς). Dindorf erinnert an das viermal in den Persern gebrauchte καταφθείρω.

675 f. δυνάτα δυνάτα M, δυνάστα δυνάστα recc. — περὶ τᾷ σᾷ δίδυμα διαγόεν ἀμαρτια (δι᾽ ἀμάρτια m); recc. διάγοιεν, woraus Blomfield δι᾽ ἄνοιαν machte, Schütz δυναστείᾳ παρὰ τᾷ σᾷ διάνοι᾽ ἄν, quis sub tuo regno istam calamitatem deflesset (von διαίνω), Schneider διαγόεδν᾽ ἀμάρτια (aus γοεδνός gebildet). Andere haben für die Restitution der ganzen Stelle viel weiter greifende Veränderungen für nötig gehalten, wie Dindorf (ὦ πολύκλαυτι θανὼν δυνάστα, τί τάδε φίλοισι περιβαλὲς δίδυμα γοᾶν ἀμάρτια). — Weiterhin hat M πᾶσαν γᾶν τάνδε (πᾶσαι γᾶι τᾶιδε m) ἐξίφυντ᾽ αἰ (οι über υ gesetzt von m); ἐξίφθινθ᾽ αἰ recc. Sch. setzte den Herstellungsversuch Hermanns in den Text:

τί τᾷδε, δυνάστα, δυνάστα,
περὶ τὰ σὰ διδύμᾳ
δι᾽ ἄνοιαν ἀμαρτίᾳ
πάσᾳ γῇ τᾷδ᾽
ἐξίφθινται τρίσκαλμοι
νᾶες, ἄναες νᾶες;

wo sich γᾷ kaum konstruieren läfst, was auch von Kocks εἰ τᾷδε, δ. δυναστᾶν, περισσᾷ διδύμαν δι᾽ ἄνοιαν (sonst wie Herm.) gilt.

682. νᾶες ἄναες ἄναες, für das letzte recc. νᾶες, Vofs al al, Dindorf oἰoῖ.

683. Hermann möchte den Vers hinter 693 stellen (τί δή, τί Πέρσαις .. κακὸν στένει κτλ.), weil sonst der metaphorische Gebrauch von στένει zu fern liege (στένει δὲ κόμπος Weil, ταράσσεται recc. χαρόσσεται πέπλον früher Conradt).

684. Blomfield τήνδ᾽ ἐμήν.

685. πρευμενεῖς recc.

687. ὀρθιάζοντες Robort., ῥοθιάζοντες M.

692. τάχυνε M, über ε ein α m. ἥκω ταχύνας, ὡς Brunck.

693. τί δ᾽ ἐστί recc. Hartung τί δὴ ἐστί, Weil τί νεοχμὰ Πέρσαις ἐστὶν ἐ. κ.

696. Hartung behält die ältere Interpunktion, Komma nach σίθεν (Od. 15, 377 ἀντία δεσποίνης φάσθαι), aber die Antistrophe dagegen.

700. δίεμαι Hermann, δείομαι M, δίομαι recc., Pauw δέομαι.

702. Hermann hält das Part. Aor. λίξας für unmöglich und korrigiert προλέγων, Heimsöth ἐρέων δύσερπτα. Die Entstehung des hdschr. Textes bleibt bei beiden unaufgeklärt.

703. παλαιόν σοι M, σοί wegen des Gegensatzes Porson. Blomfield mit Wakefield φρενῶν ἀνθάπτεται, weil ἀνθίστασθαι mit dem Dativ verbunden zu sein pflegt.

706. Wegen des doppelten *ἄν* (das aber auch sonst in gleicher Nähe wiederholt vorkommt, vgl. Matthiä gr. Gr. § 600), haben die älteren Ausg. *ἐντύχοι* nach Robort.; Dindorf früher *δή τοι*, Paley *γάρ τοι*.

709. M *εὐτυχῆ πότμον*, was sich zu *ζηλωτὸς ὤν* konstr. liefse; doch M hat *εὐτυχεῖ* gehabt, das erst in -*ῆ* geändert ist.

710. M *ωσέωστ'*, andere *ὡς ἕως*, oder *ὃς ἕως*. Aus dem letzteren scheint die von Hermann und den meisten vorgezogene Lesart *ὃς θ' ἕως* erst durch Konjektur hervorgegangen zu sein.

713. M hat nicht *ἀκούσει*, sondern -*ση*. ,Man wird bei d. Trag. die Form auf *η* vorziehen müssen', Brambach, Jahresb. d. phil. Ver. zu Berl. 1886, S. 40. Vgl. Bergk, Gr. Lit. III, 101, Anm. 352 und in den Neuen Jahrb. f. Philol. 1868, p. 362. — *χρόνῳ* M, *λόγῳ* recc.; dies nicht unbedingt nötig. Blomfield erinnert an Eur. Phoen. 921 *ὦ πολλὰ λέξας ἐν βραχεῖ χρόνῳ κακά*.

714. *ἔπος εἰπεῖν* M, *εἰπεῖν ἔπος* recc.

720. M *στρατηλάτοιν*, aber ein Neutr. *στρατήλατον* unglaublich.

721. Trotz der seltenen Struktur *ἤνυσεν περᾶν* (Soph. Oed. R. 720 *οὔτ' ἐκεῖνον ἤνυσεν φονέα γενέσθαι*) ist wohl doch nicht mit Döderlein (Syn. VI, 395) zu ändern *ἤνυσεν* (intrans.) *πέραν*; freilich hat M beide Accente (*πέρᾱν̄*).

726. *ἤνυσε στρατῷ* Enger. Andere ziehen ohne Komma *κακόν* zu *τέλος*.

730. *μέγ' ἄστυ* W. Meyer.

732. *οὐ δή τις γ'*. Dindorf, M *οὐδέ τις γέρων*, was Sch. festhielt (*οὐδέ* ,und zwar'; jedoch müfste man dann doch *τις γέρων* substantivisch nehmen). Hartung *δῆμος οὐ δή τοι γ'*., Heimsöth *εἰ μή τις γ'*., Halm *οὐδ' ἔσται γ'*.

734. *δρομάδα* Weil u. F. W. Schmidt.

735. *τελευτᾷς* Schütz. *πᾶς γε* Merkel.

736. *γαῖν* nach Askew und Hermann statt des hdschr. *ἐν*.

738. Lange-Pinzger setzen das Kolon vor *οὐκ*, aber es ist weder die Interpunktion nach *τοῦτό γ'* wahrscheinlich, noch pafst das *γε* zum ersten Satz. Blomfield *τῷδε γ'* oder *κ' οὐκ ἔνι στάσις*, aber auch die Verbindung *λόγος κρατεῖ τοῦτο* vereinzelt (sonst das Verb absolut, Suppl. 293 *φάτις πολλὴ κρατεῖ*).

739. Blomfield *ταχεῖ ἄρ' ἦλθε*, an sich sehr passend, doch das Asynd. mit *γε* lebendiger.

740. Weil meint, durch *ἀπέσκηψεν* notatur ultimus eventus, sicut verbis *ἀποβαίνειν ἀποτελεῖν ἀποπληροῦν* aliisque.

744. setzt Heimsöth vor 743, indem er *ἤνυσεν* in *νήπιος* ändert, und *πηγήν* und *εὑρέσθαι* aus recc. aufnimmt, unter Zustimmung von Meineke und Weil, nur dafs jener in *ἤνυσεν* lieber *ἔνεος ὤν* sucht, dieser *ἤνυσεν νέῳ θράσει νῦν, κακῶν δ' ἔοικε* schreibt.

747. *πεζήν* .. *πεζῷ* F. W. Schmidt.

749. *θνητὸς ὤν* kann nicht von seinem Gegensatze *θεῶν κρατήσειν* getrennt werden, weshalb die Interp. erst nach *ὤν* zu mifsbilligen ist. Die zuerst von Schneider versuchte Erklärung, dafs *θνητὸς ὤν* einem Vordersatze zu *θεῶν δέ* entspreche (ob er gleich ein Sterblicher ist, glaubte er dennoch), ist an sich gezwungen und läfst eine Verbindung mit d. vorherg. Satze vermissen. *θνητὸς ὢν δὲ θεῶν τε* Döderlein; *θεῶν δὲ θνητὸς ὢν ἁπάντων* Weil, vielleicht richtig.

750. *πρὸς τάδ'*, *πῶς ἄρ'* sind unnötige Konjekturen; als solche erscheint auch 751 das von der Ald. und Turn. gebotene *πόρος*.

753. Dindorf *τοι* für *τοῖς*.

754. Ξέρξης λέγουσιν (Partic.) ὡς C. G. Haupt.

760. ἀειμν. M, αίειμν. rec. Vgl. zu 176.

761. Pauw korrigierte ἐξεκείνωσ' ἐμπεσόν, Hermann ἐξερήμωσεν (ohne Augment) πέσος, später um nichts wahrscheinlicher ἐξεκαίνωσεν πέσος, quantum nunquam haec Susorum civitas excogitavit malum. ἐξεκή- ρανεν πεσόν Hartung. Weil ἐξεκεινώθη παθών. Merkel ἐξεκίνυσσεν πέσος.

763. ἐξ οὗ γε rec., so auch Herm. (mit Porson), während er Eum. 26 ἐξ οὗτε und oben 297 ὅστε stehen läfst.

766. Der Vers ist sehr matt (Bentley vermutet, ἄλλος habe einen Namen verdrängt, Φράτης Hartung, Πέρσης Hannak) und ungeschickt (Schol. rec. τόδ' ἔργον· τὸ βασιλεύειν. Schiller: das ταγεῖν ἀπάσης Ἀσίδος); zudem ist die Charakteristik des ungenannten ἄλλος im folg. Verse sehr auffallend, wo Schol. M ὁ Ἀρταφέρνης, ὃν ἐτυμολογεῖ ὁ ἀρτίας ἔχων φρένας. Sch. nahm das an. Indes konnte doch darauf kaum irgend ein Zuschauer verfallen. Ein unbekannter barbarischer Name, und dabei soll das Wesentlichste, ἄρτιος, erst erraten werden! (Siebelis hat deshalb v. 767 hinter 776 gesetzt. Doch dagegen bemerkte Sch. treffend: Dort ist er zwischen ἔκτεινεν und ξὺν φίλοισιν unbequem.) Es kann aufserdem Aesch. nicht unbekannt gewesen sein (vgl. 769), dafs Kyros die Herrschaft des letzten Mederkönigs mit Gewalt stürzte und dafs dieser der schuldige Teil war; also kann von diesem kaum 766, sicher nicht 767 gesagt sein. Wohl aber ist es denkbar, dafs (mit Tilgung von 766) Dareios über Astyages und jene innern Kämpfe mit Stillschweigen hinwegging und auf sie nur durch Hervorhebung der Gegensätze, 767 des ersten Fürsten, 769 des Kyros, hindeutete. So bezeichnen die beiden αὐτοῦ 767 und 768 auch dieselbe Person. Die Charakteristik stimmt zu dem, was Herod. von Deiokes erzählt.

767. οἰακοστρ. M, ᾠακοστρ. Porson.

769. εὐδίαν φίλοις Weil.

773. ἤθυνε, geändert in ἴθυνε M. ηὔθυνε Brunck (wie auch M 411).

774. Schol. M ἡ γραφὴ ἥμαρται. τὸν γὰρ ἐπιθέμενον τῇ Καμβίσου ἀρχῇ, μάγον ὄντα οὐδεὶς Μάρδον εἶπεν, οὔτε γένος, οὔτε ὄνομα. μήποτε οὖν γραπτέον Μάρδις κτλ. Dieser Vorschlag, Μάρδις zu schreiben (nach dem Bruder des Kambyses Μερδίας, wie ihn der gelehrte Schol. weiterhin nennt), wäre dem von Rutgers Μέρδις vorzuziehen. M hat δ' ἐμάρδοσ (ισ über οσ m).

778. ἕβδομος δ' recc., ἕβδομος M. Schol. M κακῶς. μετὰ γὰρ τὴν τῶν μάγων καθαίρεσιν Δαρεῖος ὁ μέγας ἦρξεν. Wichtig ist dann das in M am oberen Seitenrande (vor 749) stehende Schol.: Κῦρος πρῶτος προσεκτήσατο Πέρσαις τὴν ἀρχὴν Μήδων ἀφελόμενος, Κύρου υἱὸς Καμβύσης, ἀδελφοὶ δὲ κατὰ Ἑλλάνικον Μάραφις, Μέρφις. Joh. Müller suchte den Vers 778 zu halten: Agnoscas Maraphin in Maraphio Cyri filio, quem in Hellanico penes scholiasten vides, Artaphernes numero septem virorum erat, a quibus Magi perempti sunt. Praefuisse credo breviter illum, inauspicato; ad tempus hunc, dum gliscente licentia, variis votis diadema, suffragio septemvirali, Dario collatum esset. Aeschylum cunctis reliquis eruditiorem vides. Aber nach dem Schol. ist doch Maraphis (ob Μέρφις ein anderer, bleibt zweifelhaft) ein Bruder des Kyros; sonst wäre doch natürlich gewesen: Κύρου υἱοὶ κτλ. Die Annahme ferner jener doppelten Zwischenregierung widerspricht aller, auch der inschriftl. Überlieferung. Schütz strich den Vers. Er nahm an, dafs die Namen der sämtlichen Verschworenen von irgend einem Scholiasten in drei Trimeter gebracht und an den Rand geschrieben wurden und dafs der letzte

davon, weil das ἕκτος zu dem πέμπτος in 774 paſste, später in den Text
geriet. Aber unter den Verschworenen ist kein Μάραφις, auch kein ähnlicher Name. Hermann hält den Vers für echt, und glaubt (wie Bentley
und Siebelis), daſs vor demselben mehrere über den Verlauf der Ver-
schwörung ausgefallen seien, wobei er denn auch jenes ὑπόξυλος, das
nach dem Scholiasten des Hermogenes (Walz, Rhet. gr. 5, p. 486) in den
Persern vorkommen soll, als Prädikat des Smerdis unterbringt, woran
auch Blomfield dachte Praef. p. XXIV, der aber lieber annehmen will,
statt Αἰσχύλος ἐν Πέρσαις habe . gestanden ἐν Πιῤῤ. d. i. Πεῤῥαιβοῖς.
Wieder eine andere Entstehung des interpolierten Verses denkt sich Schöll
(Philol. X, 185): statt οἷς τόδ᾽ ἦν χρέος habe ursprünglich gestanden αὐτὸς
ἕβδομος, Artaphrenes mit sechs andern Verschworenen. Vielleicht aber
hat jene aus dem Hellanikos beigeschriebene, gelehrte Notiz des Schol.
selbst an dem Verse schuld. Wer nicht eine nebensächliche Belehrung,
sondern eine Texterklärung darin sah, konnte darauf verfallen, von Μάραφις werde berichtet, weil Aesch. selbst auch ihn genannt habe. Wenn
er nun ferner hinter χρέος 777 voll interpungierte, glaubte er aus der Erwähnung des Artaphernes hier in der Aufzählung der Könige schliefsen
zu müssen, auch dieser habe die Herrschaft innegehabt. (Ein Μαράφιος
Sohn des Menelaos bei Kinaithon, 3.)

779. Im Texte ist die La. des M. πάλου δ᾽ durch Änderung der
Interpunktion gehalten. Sch. begann mit den übr. Herausg. bei κἀγά
eine neue Periode und schrieb mit recc. πάλου τ᾽. Eine jüng. Hdschr.
κἀγὼ δ᾽ (κἄγωγ᾽ Porson) ἔκυρσα τοῦπερ ἦϑ. πάλου.

782. M hat νέος ἐὼν νέα φρονεῖ. Das sonst unerhörte ἐὼν zusammen mit ᾱ vor φρ zeigt die Verderbnis. ὢν νέος Turneb., φρονεῖ
νέα Erfurdt. Meineke ἐντὸς ὢν ἐνεὰ φρονεῖ, geschickt, doch ist ἐνεός
im Munde des Dareios sehr hart; auch ist der Tribrachys im 5. Fufse
bedenklich.

784. Statt εὖ wollte Bothe ἕν, Heimsöth οὐ γάρ, σαφῶς τόδ᾽ ἴστ᾽.

787. τί οὖν hat Blomfield, da Porson zu Eur. Phön. 892 den Hiatus
nach τί den Tragikern absprach, in τί δ᾽ οὖν geändert, Hartung in τίν᾽
οὖν, auf τελευτήν bezogen. εἴπ᾽ οὖν Nauck.

791. πληϑύοι für πλεῖον ᾖ Dindorf, weil auch πλεῖον st. πλέον
nicht attisch sei. Meisterhans, a. O. S. 68: ‚a) vor langen Vokalen durchweg -ει: πλείων, πλείω, πλείους. b) vor kurzen Vok. in d. klass. Zeit
(bis 300 v. Chr.) blofses -ε: πλέονος u. s. w.‘ Indes stehen πλείονος,
πλειόνων, πλείοσιν bei den Dramat. metrisch fest. Vgl. v. Bamberg,
a. O. S. 35.

794. ὑπερπόλλους M, ὑπερπώλους m, ὑπερκόμπους recc., eine Erklärung zu ὑπερπάλους.

795. M hat εὐστελῆ, danach recc. εὐσταλῆ und εὐτελῆ.

796. τόποις recc., τρόποις M.

803. ἔκκριτον m, ἐκκριτῶν M.

804. Prien und Hermann nehmen den Ausfall eines Verses mit
dem Subjekt Xerxes an; Heimsöth οὕτω δ᾽ ἐμὸς παῖς; die Worte κείπερ
τάδ᾽ ἐστί seien zur Erklärung über οὕτω geschrieben gewesen.

806. φίλον recc., φίλος M.

807. σφίν, ‚pro αὐτούς‘ Dindorf im Lex. Aesch. S. 161 für diese
St. u. Sept. 927, wo der Text verderbt ist, wie die Strophe zeigt.

811. δαιμόνων ϑ᾽ recc., δαιμόνων M.

815. Das hdschr. ἐκπαιδεύεται unmöglich (Schol. M αὔξεται, Schol.
rec. εἰς παιδείαν ἐκείνων αὐξάνεται τὰ κακά. Volckmar im Philol. IX

nimmt Xerxes als Subjekt). Hermann nimmt κρηπίς für ‚Anfang‘ und schreibt sonderbar ἐκμαιεύεται.

816. αἱματοσταγής recc.; unnötige Änderung.

817. Πλαταιῶν recc., Πλατίων M. — Δωρίδος recc., δωριάδοσ M.

818. νεκρῶν δὲ θῖνες Hermann, glatter, aber nicht so eindrucksvoll.

819. ὄμμασιν Porson, ὄμμασι M. Was Hermann zu Eur. Hel. 3 zur Bestreitung der figura ἐκ παραλλήλου an unserer Stelle sagte (er übersetzte ‚apud tertiam generationem‘), hat er im Commentar zum Aesch. unter Hinweis auf Soph. Oed. C. 1318 ὁ πέμπτος δ' εὔχεται κατασκαφῇ Καπανεὺς τὸ Θήβης ἄστυ δῃώσειν πυρί wieder aufgegeben. Heimsöth will κἂν τρίτοσπ. γ.

827. ὑπερκόπων Blomfield, vgl. zu 342.

828. Valckenaer ἔπεισιν.

829. κεχρημένοι. Wellauer: ‚sapientia usi‘; sprachlich unstatthaft. Schneider: ‚da ihr es bedürft, da euch daran gelegen sein muſs, daſs jener besonnen sei‘, im Gedankengange schief und matt. σωφρονεῖν κεκτημένοι recc. Meineke σωφρόνη (= σωφροσύνῃ) κεχρημένοι. Schol. rec. vermutet κεχρημένον, ἀντὶ τοῦ χρείαν ἔχοντα καὶ ἄξιον ὄντα σωφρονεῖν; so auch Sch., doch sprachlich kaum möglich und sehr matt. κεχρημένον auch Weil: ‚nescio an pro neutro accipiendum sit, ut σωφρονεῖν εἰρημένον Ag. 1620‘.

831. Passow Lex. nimmt θεοβλαβοῦντα aktiv ‚gegen die Götter sündigen‘; aber vgl. Naegelsbach de relig. Orest. com. p. 14.

834. Canter παντί, Weil κάρτα.

841. Die Redensart ‚seiner Seele die Freude gönnen‘, ähnlich dem ψυχῇ τῶν ἀγαθῶν τλῆθι χαριζόμενος des Simonides fr. 69 Schn., wie auch Theokrit 16, 24 sagt ἀλλὰ τὸ μὲν ψυχᾷ δοῦναι und Horaz Od. 4, 7, 15 amico quae dederis animo, war nicht anzufechten. Weil Ald. und Rob. ἡδονήν haben, korrigierte Pauw ψυχὴν διδόντες ἡδονῇ. Für die hdschr. Lesart läſst sich auch die Grabschrift bei Athenäus 8, 336 anführen: Πιέν, φαγέν, καὶ πάντα τᾷ ψυχᾷ δόμεν. Die Stelle des Aeschylos selbst ist von dem Parömiographen Apostolius bei Leutsch Corp. Paroem. II, p. 732 in dieser Form excerpiert: Ψυχὴ (d. i. ψυχῇ) δίδου σύγ' ἡδονὴν καθ' ἡμέραν.

842. Beiläufig sei hier bemerkt, daſs nach Firnhaber dem ‚lustigen Rat‘, mit welchem Dareios scheidet, der vorangehende ‚nichts an Lächerlichkeit nachgiebt‘, wo Atossa einen neuen Rock für Xerxes zu holen beauftragt wird. Die ganze Stelle samt der Antwort der Atossa v. 845 ff. hat nach seiner Meinung einen komischen Charakter. Jahrb. f. Phil. 1642, p. 191.

845. Statt des ihm durch den Hiatus auffallenden κακά hat Schütz κακῶν vermutet wie 855, Heimsöth φρένα oder κέαρ.

850. Lobeck vermutete παῖδ' ἐμόν, Dindorf παιδὶ μου, Weil μου τέκνῳ, Hermann παιδὶ πειρασώμεθα. Sch. las mit recc. παῖδ' ἐμῷ und merkte an: ‚Die in der epischen Sprache übliche Elision des Dat. Sing. ist in der attischen sehr selten; Lobeck zu Soph. Ai. 802 und andere greifen sämtliche Beispiele als verdächtig an. Darum hat man lieber eine Synizese in παιδὶ ἐμῷ annehmen oder durch Änderungen helfen wollen.‘

857. εὐδοκίμους στρατιάς Wellauer. M hat εὐδοκίμου στρατιᾶς, welches man mit πρῶτα (primas tulimus oder primi fuimus) oder mit ἀπεφαινόμεθα (celebrabamur ob clarum exercitum) verbinden wollte. εὐδόκιμοι στρατιᾶς Schütz, εὐδόκιμοι στρατιάς Prince, στρατιᾶς ἀπ'

ἐφαίνομεϑ᾽ Bothe. — *νομίσματα* Hermann, *νομίματα* M. *πύργινα* nur
hier. Todt vergleicht *λαγίναν γίνναν* Ag. 119. Brunck erklärt: civilia
instituta, Spanheim urbana, indem sie an die Verwaltung im Frieden
dachten. C. G. Haupt *τακτικά*, leges quae valent in acie, da *πύργος*
acies sei; Sch. meinte: ‚vielleicht sind es durch Türme geschützte, durch
unsere in den bekriegten Ländern angelegten Festungen aufrecht erhaltenen Gesetze‘. Bothe: leges turritae, turmfeste. B. Todt: scientia, quae
ad muros expugnandos pertinet. Keiper ändert *πολίσματα*, Pallis neuerdings gar *πολίσματα* . . *πάντ᾽ ἐπίρϑομεν*. — Statt *ῥδέ* schreibt Hermann *οἷ δέ*. — Bothe: melius plurali *νομίσματα* conveniret *ἐπευϑυνεν*.
— *οἴκους* Porson, *ἐσοίκους* M.
    865. *ποταμοῖο* Burney u. Hermann, *ποταμοῦ* M. Vgl. 108 *εὐρυπόροιο*.
    868. Andere, z. B. Eustathius: *Ἀχελῷος πᾶν πηγαῖον ὕδωρ*, auf
das Flufswasser beschränkt; so heifst insbesondere nach hieratischem
Sprachgebrauch das bei Schwüren, Gebeten, Opfern gebrauchte Quell-
wasser *Ἀχελῷος* nach Ephoros bei Macrob. Sat. 5, 18. Darum erklärt
hier Wellauer *Ἀχελωΐδες* de iis urbibus, quae ad flumen Strymonem
jacent, ubi in immensum dilatatus mare fere efficit. Weil denkt an die
Pfahlbauten der Päonen in dem See Prasias (Her. 5, 16), durch welchen (?)
der Strymon gehe. Hunc lacum, qui flumine Strymone efficitur, *Στρυμ.
πέλαγος* dixit; civitates in eo conditas, hyperbolicam illam appellatio-
nem quasi corrigens, fluviales vel lacustres vocavit. Aber nach Herodot
schlug der Versuch des Megabazus gerade gegen jene Seebewohner fehl;
ferner wäre *πέλαγος* von einem Landsee doch sehr irreführend, *Θρ. πάρ-
οικοι* andrerseits für eine so merkwürdige Sache zu wenig charakteristisch, und schliefslich, Aesch. nennt wohl überhaupt die unterworfenen
Barbaren nicht, sondern nur die Griechen; wie könnten sonst die Thraker
selbst, die Makedonen u. s. w. fehlen! — Es scheint doch etwas zu viel
behauptet zu sein, wenn Weil sagt: nomen Acheloi ad fluvialem tantum
aquam, nunquam ad marinam transferri, und dafs die Gramm., bei denen
die Beschränkung *πηγαῖον* fehlt, nur ungenau sprechen.
    871. Pauw vermutet *περίπυργοι*.
    874. *Ἕλλας τ᾽* recc., *Ἕλλας* M.
    875. Für *εὐχόμεναι* Blomfield *ἀρχόμεναι*; auch Sch. hielt es für
unstatthaft und dachte an *εἰρόμεναι* oder *ἀμφὶ πόρον συναγειρόμεναι*,
Volckmar an *ἀγρόμεναι*. (Wecklein *εὐρύχοροι*, Rauchenstein *εὐκτίμεναι*.)
    877. Dieselbe Unsicherheit zwischen *νυχίη* und *μυχίη* auch Hesiod.
O. 523.
    879. Brunck *αἱ*. Hermann: Pronomen relativum cum participio
coniunctum est.
    884. *οἶα* M. *οἷα* rec. *οἷά τε* Bothe.
    888. Pauw *ἀμφιόλους* (Soph. Phil. 1464 *Λήμνου πέδον ἀμφίαλον*).
Wecklein hier *καὶ νηριτοτρόφους*, dem die hier nötige besondere Bdtg.
fehlt; vgl. zu 913. — M hat *μεσάγκτους*, und Schol. M *μεσάγκτους δὲ
μεσακτίους*, und auch nachher zu 890 *αὖται δέ εἰσιν αἱ μεσάγκτιοι*.
Butler vermutete *μεσάγχους*.
    890. Vict. *ἕλος*, nach Schol. M *τὸν κλύδωνα*; so auch Lange-Pinzger:
‚Zusammenfassung der Inseln des Ikarischen Meeres.‘ — *τὰς νῦν ματρό-
πολις* rec., *τὰς ν. ματροπόλεις* M. — *στεναγμῶν* Hermann, *στεναγμάτων* M.
    891. Hermann El. d. m. 364 *Ῥόδον τ᾽*. Westph.², II, 374 stellt aber
mit Recht die äolische Basis für die Daktylen der Trag. ganz in Abrede.
    897. *Ἰαόνιον* Hermann, *ἰόνιον* M.
    900. Hermann mit recc. *ἐλαύνων* statt *Ἑλλ.* (*Ἑλλάνων ἔλασε σφ.*

Weil.) — ἐκράτυνε tilgte Hermann früher; wohl mit Recht: denn auch metrisch ist es sehr anstöfsig und Schol. M hat schon zu dem ersten ἐκράτυνε 889: ὑπὸ τὸ ἴδιον κράτος εἶχεν, hat es also schwerlich hier noch einmal gelesen, da er σφετ..ρφ. schon miterklärt. (Später schrieb Hermann ἐκράται und so auch Sch.; ἐκράτυν' ὀχυροῖς Hartung, ἐκράτυνε σοφαῖς Herwerden. φρεσὶν σφετέραις C. G. Haupt. Klarer würde der Gegensatz durch σφετέραις γε φρεσίν (vgl. das Metrum v. 855) oder φρεσὶ μὲν σφετέραισιν.

904. θεότρεπτα recc., dagegen M θεόπρεπτα (Schol. M ὑπὸ θεῶν ἐνεχθέντα καὶ θεοῖς δόξαντα, ,quarum interpretationum haec ad codicis scripturam, illa ad θεόπεμπτα spectat', Weil), was Schneider ,einer göttlichen Fügung ähnlich sehend' erklärt (Soph. Ai. 534 πρέπον δαίμονος τοὐμοῦ), Bothe divino numine dignas poenas, Hartung als Offenbarung einer göttlichen Schickung, wofür man das von Buttmann Lexil. I, 8 Gegebene anführen könnte. — Statt αὖ φέρομεν will Hermann ἀμφέρομεν, welches heifsen soll τάδ' ἀναφέρομεν εἰς θεοὺς τρέψαντες.

905. Weil πολέμοιο. — πλαγαῖσί τε recc., πλαγαῖς τε Brunck; so las auch Sch.

913. Das in jüng. Hdschr. über ἐμῶν geschriebene ἐμοί soll die Konstruktion erleichtern. — Hinter 914 möchte Hermann zwei Verse einsetzen τὰς ἀμφιρύτους ἢ περὶ νήσους νηριτοτρόφους ἀπόλωλεν, um das Citat des Athenäus 3, 86 B Αἰσχύλος δ' ἐν Πέρσαις τὰς νήσους νηριτοτρόφους εἴρηκεν hereinzubringen (früher hinter 916 in der Form περί που νήσους νηριτοτρόφους). Blomfield nahm an, Athenäus habe die Perser eines andern Dichters, etwa des Epicharmus, gemeint, Passow die des Timotheus von Milet: möglich ist auch die Vermutung (s. Welcker, Nachtr. z. Tril. p. 178), dafs das Citat, ebenso wie das andere ὑπόξυλος (vgl. oben zu 778), dem Glaukos angehört, indem mit dem Namen Perser die ganze Trilogie bezeichnet wurde. Welcker selbst wollte später ἐν Πέρσιδι korrigieren, wogegen Hermann Non videri Aesch. Ἰλίου πέρσιν scripsisse 1841.

915. ὄφελε ohne Augment im anapästischen Vers wie Eur. Med. 1385. Blomfield ὤφελεν, ὦ Ζεῦ.

918. βασιλεῦ recc., βασιλεῦς M.

923. Heimsöth tilgt Ξέρξᾳ u. ᾄδον, u. setzt νεκρῶν für Περσᾶν ein.

926. πάνυ ταρφύς τις Franz (das Wort auch Sept. 535 ταρφὺς ἀντέλλουσα θρίξ, ebenfalls fem.), πάνυ γὰρ φύστις M. Schol. M will φύστις wie φυστή von φύρω ableiten: ἡ πεφυρμένη καὶ ἐπὶ γῆς πεσοῦσα. (Ein and. Schol. φύστις· ἔκφυσις, γονή). Übrigens schon Bothe πάνυ ταρφής τις.

928 ist in M dem Xerxes gegeben; auch αἲ αἲ M; beides schon in recc. verbessert.

931. M hat ἐγών, doch Dindorf wohl richtig ἐγώ: hiatus nil offensionis habet in interiectione. Auch Suppl. 740 hat M ἐγών; dort sicher nur Schreibfehler.

933. Heimsöth will eine genaue Responsion und korrigiert γᾷ τε πατρῴᾳ γέννᾳ τε μέλεον (zweisilbig), Weil folgt ihm, nur läfst er das Masculinum μέλεος. Das handschriftliche πατρίᾳ verbesserte Heath nach dem Schol.

935. πρόσφθογγόν σοι recc., προφθόγγουσοι M; aber schon Schol. M προσφώνησίν σοι τοῦ νόστου πέμψω. Doch προσφθόγγους σοι nicht ganz undenkbar.

936. Bothe: rectius fuerit κακομέλεον, nam κακομέλετος caret ana-

logia. Die Ableitung von μελέτη (Schneider, Lange-Pinzger) ist in der That unmöglich. Hartung κακομελικόν, Weil κακοκέλαδον. Doch darf man ὑπερμενέτης neben ὑπερμενής, 'τρύγετος, ἀλάμπετος, ἀριδείκετος, ἀπεύχετος u. ä. vergleichen.

940. καὶ πανόδυρτον M. καί tilgten Schneider und Passow; πάνδυρτον Blomfield.

944. M hat ἤσω τοι καὶ πανόδυρτον | λαοπαθῆ τε σεβίζων. Blomfield auch hier πάνδυρτον. — καὶ πάνδ. zieht man zu ἤσω τοι, sc. αὐδάν (so auch Sch.); aber καί (Schol. καὶ λίαν) könnte nur steigern, wenn δυρτόν, nicht πάνδυρτον, vorausginge, auch wäre der Zusatz σέβων βάρη πόλεως unangemessen, da Xerxes von sich gesprochen hat (πάνδυρτος Hermann, τὰν πάνδυρτον Weil). — Weiterhin besserte nach Schol. M τὰ πάθη τῶν λαῶν σέβων Elmsley σέβων. So läge jetzt λαοπάθεα σέβων (Prien) am nächsten, doch α wäre lang (Enger λαπαθέα ohne Analogie), auch ergiebt sich dadurch weder Gegensatz noch Parallelismus zu ἀλίτυπα (die von Schol. rec. versuchte Erklärung ‚die vom Landheere erlittenen Leiden‘ ist gewaltsam). In der Strophe stehen sich κακοφάτιδα — κακομέλετον gegenüber; danach Lange-Pinzger ἀλιπαθῆ (Weil ἀλιπάθεα σέβων ἀλιτυπέα βαρῆ). Aber Heimsöths ἀλιβαφέα ist besser, und λαοπαθῆ τε σεβίζων ist wohl nur als Erklärung von σέβων βάρη πόλεως in den Text gedrungen (vgl. das angeführte Schol. M). Hermann δαϊπαθέα. — Heimsöth und Weil verstehen βάρη von den ins Meer gestürzten Leibern, wozu σέβων nicht paſst.

947. M hat κλάγξω δ᾽ αὖ γόον ἀρίδακρυν. Porson strich das eine πέμψω in d. Strophe, κλάγξω verdoppelt hier Passow. Hermann schreibt, damit ἀρίδακρυν dieselbe Stelle einnehme wie πολύδακρυν in der Strophe, κλάγξω κλάγξω δ᾽ ἀριδ. ἰαχάν, Weil dort πέμψω πολ. ἰαχάν, hier κλάγξω δ᾽ ἀριδ. αὐτάν (aus αὖ γόον).

949—953 ist in M noch dem Chor gegeben, 954 dem Xerxes, wahrscheinlich weil ἐκπευθου dem letzteren zu gehören schien.

954. Med. ἐκπεύθοι. Heimsöth οἳ οἵ, πάντ᾽ ἐκπευθοίμαν (βοῖ; Glosse zu οἳ οἵ), Weil καὶ πάντ᾽ ἐκπέρθου; Hermann schrieb mit recc. ἐκπεύθου, ‚sine omnia ex te quaeri‘. Doch πυνθάνεσθαι ist in der klass. Gräcität nie Passivum. Nach Droysen und Hartung ruft ein Teil des Chors die Worte dem andern zu. Sch. stimmte dem bei; doch in der Gegenstr. findet ein Wechsel zwischen den Choreuten an dieser Stelle sicher nicht statt. Zu so gewaltsamen Erklärungen also könnte man sich höchstens nötigen lassen, wenn ἐκπεύθου wirklich überliefert wäre; daſs freilich ἐκπεύθοι so verstanden, oder daſs es neben diesem gelesen wurde, macht das eingeschobene βόα καί wahrscheinlich, das zu streichen ist, um den Vers mit der im ganzen unverdächtigen Gegenstr. in Übereinstimmung zu bringen, wo nur mit Hermann in ποῦ δὲ Φαρν. (so M) das δέ zu tilgen ist. Denn liest man mit Herm. hier οἰοιοῖ ⟨βόα⟩, ποῦ σοι Φαρνοῦχος, so schlieſst ein akatalektischer Dimeter auf syll. anceps, was unstatthaft ist.

958 f. M hat καὶ δοτάμας ἠδ᾽ ἀ|γαβάτας. καί tilgte Robort. Ἀγδαβάτας recc. Sch. wollte auſserdem mit Hermann Ψάμμις vor Δοτάμας rücken, so daſs Σούσας, Πελάγων, Ψάμμις, Δοτάμας einen Dimeter bildeten; unnötig. Andere gehen weiter.

964. στυφελούς .. ἐπ᾽ ἀκτάς recc. Überflüssige Änderung, vgl. 449. — Σαλαμινιάσι Hermann, Σαλαμινῖσιν M.

967. κ᾽ ἀριόμαρδέστ᾽ M, Ἀριόμαρδός τ᾽ Brunck. Das Homerische καί τε gehört nicht hierher.

972. Schon Brunck wollte *ἐπανηρόμαν*; *ἐπανέρωμαι* rec., was Porson vorzieht: ‚laſs mich fragen‘, Bernh. Synt. p. 397.

980. Stanley *παντόφθαλμον*.

981. Da mit *μυρία μυρία* (so M) wohl auf die bestimmte Zählung nach Myriaden angespielt ist, von welcher wir durch Herodot 7, 60 wissen, so muſste nach der Unterscheidung der griechischen Grammatiker *μύρια* geschrieben werden, wie Schneider bemerkte.

983. Excidisse aliquid antistrophicorum metrum docet, quae suspicio eo quoque confirmatur, quod nimia videtur Alpisti genealogia. Wellauer. Der letztere Grund spricht auch gegen Wecklein *ἄλπιστον* (süſs, lieblich, bei Pindar); drei Zeilen hat nirgends ein Name. An dies Wort freilich mag sich die Namenbildung angeschlossen haben (vgl. *Τόλμον, αἰχμᾶς ἄκ.* 999). — *Σησάμα* M, *Σεισάμα* recc. wie 322, *Σισάμνα* L. Dindorf.

985. *ὦ αἰ δαῖων* M, Dindorf des Metrums wegen *ὦ ὦ ὦ δάων* (Hermann *οἷ*, *ὦ ὦ δάων* .. *λέγεις*; prout ex illis colligo, quae .. narras).

987. *δῆτ'* M, noch *ἀγα-* zu diesem Vers ziehend. Die Apostrophierung des katalektischen Verses ist fehlerhaft; deshalb ist hier *δῆτα* zu schreiben, nicht mit recc. das zweite *μοι* in der Strophe zu streichen, vgl. *ἰώ μοι μοι* Prom. 742.

989. Andere suchen den Fehler nicht in *ὑπομιμνήσκεις*, sondern in der Strophe, wo nach *κατιδόντες* ein *τάς* (Blomfield) oder *φεῦ* (Volckmar) einzusetzen sei. Wecklein wollte *ὑποσαίνεις* nach Prom. 835 *τῶνδε προσσαίνει σέ τι*; doch da ist von einer erfreulichen, schmeichelnden Erinnerung die Rede.

990. Wegen der Ähnlichkeit der Worte mit denen des Chores hat Hermann mit *ἄλαστ'* einen neuen Satz begonnen und *λέγων* per anacoluthon für *λέγοντί μοι* auf *βοᾷ* bezogen.

993. Heimsöth *ἄλλον πενθοίμαν*, Weil *ἄλλων ἱμείρω*.

995. *Ξάνθιν* Hermann, *Ξάνθην* M. *Ξάνθην Ἀρίον τ' Ἀγχάρην* H. L. Ahrens.

998. *Κηδαδάτην, Κιγδ., καὶ Δαδ.* recc., *κἀγδαδ.* Keiper.

999. *τ'* fehlt in M.

1000. Valkenaer *ἔταξεν* (Sch. rec. *ἐτάγησαν*, Schol. M *ἀπέθανον οὐκ ἐπὶ ὀχημάτων ὄντες, ἀλλὰ γυμνοὶ καθεστηκότες*), wie bei Eur. Hipp. 1247 *ἔκρυφθεν* steht. Dazu neigte auch Sch., wollte aber das Ganze als Frage fassen (mit Heimsöth). — *ὄπιθεν* Bothe, *ὄπισθεν δ'* M. — Die Personeneinteilung ist durch den strophischen Bau angezeigt; die Hdschr. geben v. 1000—1003 dem Xerxes, 1004 dem Chor.

1002. *τοίπερ* Passow, *οἵπερ* M. — Blomfield *ἀρχέται*, Hartung *ἀγέται* (Sept. 42 *λοχαγέται*). M *γρ. καὶ ἀκρόται*, wonach Hermann *ἀκρῶται*, während er früher (Ztschr. f. d. Alt. 1835, Nr. 47 ff.) selbst die lange Thesis verworfen hatte. Vgl. Bergk zu Alkman 16, 8, wo auffallender Weise auch *ἀγρόταν*.

1005. Früher Herm. mit Schneider *ἔθεσθ'*, zuletzt *δαίμονες δ' ἔθεντ'*.

1006. Hermann *πάγκακον οἷον δέδρακεν ἄτα*, Heimsöth *παμπρέπον*.

1008. In M ist zu *δι' αἰῶνος* beigefügt: *γρ. δαίμονος τύχαι*, weshalb Dindorf *δαίμονες*. Sch. wollte: *οἶαι δὲ δαίμονος τύχαι!* oder *οἶον δὲ δαίμονος τύχα!*

1010. *νέα νέα δύᾳ δύᾳ* Weil, *νέαι νέαι δίαι δίαι* M.

1011. *Ἰάνων ναυβάτων* M, *Ἰαόνων* recc., *ναυβατᾶν* Robort.

1015. Schol. M *κόπτομαι, θρηνῶ ὀλέσας τοσοῦτον στράτευμα*, doch diese Bdtg. von *πέπληγμαι* schwerlich griechisch (mit *ὀλέσας* wollte der

9*

Schol. wohl nur den Acc. erklären; Heimsöth φθίσας, Weil σφαλείς statt τάλας). Hermann γάρ st. μέν.

1016. μεγάλως τά rec. und Hermann, μεγάλα τε M. Wecklein μέγ' ἄλαστε (mit Hinweis auf Il. 22, 261, wo der grimme Achill Ἕκτορ ἄλαστε); doch dies als Anrede des Xerxes unpassend. μεγάλ' ἦν τὰ Περσῶν Weil.

1020. Hermann verglich früher τάνδ' ὀϊστοδέγμονα mit ἡ ἀμίαντος 579 u. ἡ ἀνθεμουργός 612.

1022. βελέσσιν Hermann, βέλεσσιν M.

1023. μεμίξεται schreibt hier auch Kirchhoff; aber πάμμεικτον 53 nach d. Inschr. (vgl. v. Bamberg, a. O. S. 15; ebenda über οἰκτίρω, wie wohl V. 198 zu schreiben ist).

1025. Schol. M faſst den Vers ἐρωτηματικῶς. — Ἰαόνων M, Ἰάνων Passow; doch hat dies 949 ἄ; Ἰάων Hermann.

1035. Der Gedankengang würde flieſsender, wenn man γυμνός .. ποντίαισιν mit 1024 ἐσπανίσμεθ' .. φυγαίχμας vertauschte. — Wecklein mit recc. ἠκολούθη.

1037. Lange-Pinzger setzen ein Komma hinter φίλων.

1038. Von den verschiedenen Meinungen, welche Hermann über das zweite δίαινε aufgestellt hat, Gestattung des Anapäst im lyrischen Trimeter, Synekphonese, Trennung der beiden Imperative durch eine Pause, ist die letzte am wenigsten anzunehmen und scheint die zweite die probabelste. δίαιν δίαινε Dindorf (nach dem παῦ der Komödie), δίαινε δεῦε Weil.

1039. διαίνομαι entspricht sichtlich der Aufforderung δίαινε. Daher sind mit Butler die Verse 1039 und 1047 im Texte vertauscht worden. Weckl. vermutet, v. 1041 δόσιν κ. habe auf 1046 (ἐμὴν χάριν) gefolgt. Weil setzt d. Vers 1047 αἰαῖ hinter 1048 βόα; dies ganz unstatthaft, da die Strophe zeigt, daſs die Klagerufe ausgefallen sind.

1041. Die eben angekündigten Rufe sind offenbar ausgefallen. Desgl. das ὀτοτοτοῖ des Xerxes 1043, wo freilich eher anzunehmen, daſs Xerxes u. der Chor unisono rufen.

1045. M hat οἶ μάλα, wobei καὶ τόδ' ἀλγῶ unverständlich wird. Sch. merkte an: „Weil sucht zu erklären: καὶ τόδε τὸ οἰοῖ μετ' ἄλγους φθέγγομαι. Aber ἀλγῶ ist nicht ὀδύρομαι. Der Vers scheint verdorben. Hermann setzt τοι statt καί, Hartung καὶ τόδ' αὐδᾷ, nochmals weh! (οἶ μάλα — οἶ μάλ' αὖθις) ja so sprech' ich'.

1052. ἀμμεμίξεται Dindorf. Vulg. αὖ μεμίξεται. αὖ (aus ἄν oder ὅμ) M. — Hermann hat ganz Recht, daſs μέλαινα nicht von πλαγά getrennt werden könne. Statt aber μέλαινα in μάραγνα zu ändern, hätte er eben beide Verse dem Chor geben sollen. — Statt μοι schreibt Hermann οἴμοι, Lachmann οἶ.

1054. Dindorf κἀπιβῶ, Hermann καὶ βόα nach Eustath. zn Dionys. 791 θρηνητικοὶ δὲ καὶ — οἱ Μυσοί. διὸ καὶ Αἰσχύλος φησί, βόα τὸ Μύσιον, ἤγουν θρήνει.

1055. ἄνια ἄνια M. Hartung αἴλιν' αἴλινε.

1056. πέρθε Robert. ὕπερθε M.

1059. Der Chor sagt ausdrücklich καὶ τάδ' ἕρξω; also muſs er es doch auch thun. Und zwar wird Xerxes auch hier mit dem Weheruf vorangehen. Am Schlusse der Strophe sind wohl dafür nicht zwei Halbverse, sondern voller austönend zwei ganze anzusetzen.

1061. ἔρεικε recc., ἔρειδε M.

1062. κατοίκιζε recc., hat Hermann dem κατοίκτισαι in M vorgezogen, weil die Strophe an derselben Stelle einen Spondeus hat.

1063. *ἄπριγδα ἄπριγδα μάλα γοεδνά* M.

1066. Den V. *βόα νῦν ἀντίδουπά μοι* nebst *οἰοῖ οἰοῖ* strich Sch.,
weil er schon zweimal, 1040 u. 1048, vorkomme. Indes wenn jedesmal
zu andern Klagerufen aufgefordert wurde, wird man nicht viel gegen
ihn einwenden können. — Nach 1068 setzte Hermann *αἰαῖ αἰαῖ* ein, der
Aufforderung *αἰακτός* entsprechend: wegen *δυσβατός* (so M) kann v. 1069
allerdings nur dem Xerxes gehören (*δύσβακτος* in recc., wonach Brunck
und Porson *δυσβάϋκτος*, ist nur Konjektur). Die Gestaltung des Textes
in dem ganzen Schlusse ist sehr unsicher. Zu der vorne vorgenommenen
Anordnung sind nur Umstellungen erforderlich. Sie ist auf Konjekturen
zu gründen, wenn man, wie Hermann es thut, das Ganze in Strophen
und Gegenstrophen ordnen will. Im Texte ist zunächst, wie es das *ἀντί-
δουπα* des Xerxes 1066 verlangt, ein *οἰοῖ οἰοῖ* auch ihm noch gegeben, u.
demgemäfs ebenso das *αἰαῖ αἰαῖ* Hermanns in d. folg. Verspaare. Zweitens
gehört der unvollständige Vers *γοᾶσθ' ἀβροβάται* vor 1074, wo der
Chor der Aufforderung nachkommt, wie er auch 1076 ausdrücklich sagt.
Hier ist wohl vor dem auffallenden trochäischen Anfange noch ein *ἰὴ ἰή*
verloren gegangen. (In M ist von 1046—1071 der Wechsel der Personen
nur durch die Paragraphos — angezeigt, 1072 *Ξ.*, 1073 dem *X.*, 1074—75
Ξ., 1076 dem *X.* gegeben.) Dafs Xerxes den Vers *ἰὼ ἰώ, Περσὶς αἶα* κτλ. doppelt sagt, läfst sich vielleicht so erklären, dafs er sich nicht entschliefsen
kann, den schweren Gang durch die jammernde Stadt anzutreten. Freilich
glatter würde alles, wenn man etwas kühner umstellte:

στρ.   *Ξ. Βόα νῦν ἀντίδουπά μοι·*
      οἰοῖ οἰοῖ.   X. οἰοῖ οἰοῖ.
      Ξ. ἰὼ ἰώ, Περσὶς αἶα δύσβατος.
      X. ἰωὰ δὴ κατ' ἄστυ.
ἀντ.   *Ξ. Αἰακτὸς ἐς δόμους κίε.*
      αἰαῖ αἰαῖ.   X. αἰαῖ αἰαῖ.
      Ξ. ἰὼ ἰώ, Περσὶς αἶα δύσβατος.
      X. ἰωὰ δῆτα, ναὶ καί.

1071 schreibt Weil *ἰώα δῆτ' ὀν' αἰαν.*

1074 f. hat M beide Male *ἠΐ ἠΐ.*

Im übrigen ist die Schlufspartie so zahlreichen und verschiedenen
Herstellungsversuchen unterzogen worden, dafs es zu weitläufig wäre
sie aufzuführen (s. den Anhang in Weckleins Ausg.).

METRISCHES.

I.

a) Anapästische Parodos, v. 1—64.

Sie enthält neun Hypermetra, d. h. Perioden, für die nicht vorausgesetzt wird, daſs sie in einem Atem gesprochen werden, die also den einzelnen κῶλα ein gewisses Maſs von Selbständigkeit, durch Wortende, nicht aber durch Hiat und syll. anceps, geben und in ihrer Ausdehnung an keine Grenze gebunden sind, während sonst Verse, so viel κῶλα sie auch enthalten mögen, nach antiker, im allgemeinen zutreffender Beobachtung über die Grenze von 30 (nach anderen von 32) χρόνοι πρῶτοι nicht hinausgehen.

Anapästische Marschlieder waren durch Tyrtäos in seinen Embaterien in die Litteratur eingeführt worden; doch bildete er sie aus selbständigen monokolischen oder dikolischen Versen. Wann und durch wen die hypermetrische Bildung auf sie angewandt ist, die uns nun in der Tragödie zuerst entgegentritt, entzieht sich unserer Kenntnis. Sie begegnet uns in der erhaltenen Litteratur nicht zuerst im anapästischen Rhythmos, sondern in den glykoneischen Liedern κατὰ ἀνομοιομερεῖς περικοπάς des Anakreon.

Die metrische Bedeutung und der Zweck der eingestreuten Monometer ist dunkel. Die bequeme Annahme, daſs sie durch eine etwa mit Musik ausgefüllte Pause zu einem Dimeter ergänzt wären (Westphal), ist unstatthaft, da Hiat und syll. anceps nicht gestattet sind. Sie werden in den Wendungen des Reigens, den der Chor zu schreiten hatte, und den Maſsen derselben ihren Grund haben. Auch über ihre Stellung ist kein durchgreifendes Gesetz aufzufinden: sie stehen oft vor dem schlieſsenden Parömiacus, doch auch mittenein, bisweilen sogar mehrfach in demselben Hypermetron, wie hier v. 30 und 32 und durch die metrische Form gesichert Ag. 51 und 53, 74 und 77 u. ö. Oft schlieſst mit ihnen ein Gedankenabschnitt; aber auch das keineswegs immer (vgl. Ag. 83). Man ist in der Hauptsache auf die im Med. gegebene, auf Aristophanes von Byzanz[1])

---

[1]) „Der Erfinder der Accente, der erste Herausgeber wissenschaftlich festgestellter lyrischer und dramatischer Texte, der Begründer der wissen-

zurückgehende Abteilung angewiesen, die sich auf ursprüngliche Überlieferung oder wenigstens auf unmittelbare Kenntnis der musikalischen und choreutischen Kompositionsweise gründet.

Die alte, Heliodoreische Bezeichnungsweise berücksichtigte sowohl die Zahl der Kola als die der Metra und würde z. B. das erste Hypermetron eine περίοδος τρισχαιδεχάμετρος ἑπτάχωλος nennen.

Das Wesentliche ist die Zahl der Kola; denn oft entsprechen sich zwei Hypermetra, in denen doch einem Dimeter ein Monometer gegenübersteht[2]).

Die neun Hypermetra hier enthalten 7; — 8, 5, 8, 5; — 8, 8, 10; — 6 Kola. Die Gruppen sondern sich dem Inhalte nach klar von einander, nur das erste Hypermetron etwas weniger bestimmt von den folgenden. Zieht man nun in Betracht, dafs das Schreiten des Chorreigens in Absätzen und Wendungen naturgemäfs eine Regelmäfsigkeit gehabt haben mufs, dafs ferner in den Septem, wo der Chor mit dochmischen Versen einzieht, nach einem kurzen freien Einleitungssatze alsbald strophische Gliederung einsetzt, so wird die hier hervortretende regelmäfsige Gliederung (nicht Responsion, ihr widerstreiten die Monometer) nicht für zufällig gehalten werden dürfen. Die erste der beiden Hauptgruppen in der Mitte enthält ferner im ganzen 26 Kola, die zweite in einer Umbildung der Ordnung ebensoviele, das einleitende Hypermetron mit dem abschliefsenden zusammen halb so viele, 13; das ganze Marschlied also 65 Kola.

Was die Vortragsweise angeht, so ist musikalische Begleitung durch den oder die Flötenbläser (vgl. A. Müller, a. O. 210, Anm. 2. Bergk, a. O. III, 128) sicher; wahrscheinlich ist, dafs gesungen, nicht gesprochen wurde, dafs wir also den Text eines Recitativs vor uns

---

schaftlichen Lexicographie hat eben auch in diesem viel minder wichtigen, aber doch unerläfslichen Stücke der Philologie für alle Zeit die Wege gewiesen; und wer von diesen Leistungen etwas weifs und ihre Bedeutung zu schätzen fähig ist, kann nicht anstehen, in Aristophanes den gröfsten Grammatiker des Altertums anzuerkennen.' v. Wilamowitz, Phil. Unters. IX, 12. Ebendort wird behauptet, eine Überlieferung in diesen Dingen von den Zeiten der Dichter her habe so wenig existiert wie von ihrer Musik. Aber es ist nicht abzusehen, dafs z. B. die Musik zu den Persern, die doch immer wieder aufgeführt wurden, in dem Zeitalter des Plato und Aristoteles sollte abhanden gekommen sein. Man machte doch nicht immer eine neue Musik dazu! Natürlich wurde das alte Musikbuch schon für die Aufführungen aufbewahrt.

[2]) Vgl. die Ausleger zu Soph. El. 99—116, Westphal und Christ. — Da die 12 Choreuten ein Rechteck, nicht ein Quadrat bildeten, so entstand durch jede Wendung, welche die Front veränderte, eine Ungleichmäfsigkeit, welche diese Unregelmäfsigkeit und andere, wie sie in späteren Einzugsliedern vorkommen, verursacht haben mag.

haben. Nach Westphal, dem Muff (de choro Pers. p. 17) beistimmt,
hat alles der Chorführer, nach Christ die drei Protostaten je ein
Hypermetron umschichtig; Guhrauer hält es nicht ohne Grund für
wahrscheinlich, daſs der Chor bei seinem ersten Auftreten voll-
stimmig gesungen habe. Nach der nachgewiesenen Gliederung möchte
nahe liegen, daſs bei dem ersten Hypermetron alle zwölf Choreuten
schreiten, dann bei der ersten Mittelgruppe nach einander die vier
ζυγά zu dreien, dann bei der anderen die drei στοῖχοι zu vier, zum
Schluſs wieder der ganze Chor.

Anm. In dem Parömiacus v. 32 steht an dritter Stelle ein Spondeus statt des Anap., was in Marschanapästen nur bei Aesch. vorkommt
(auch v. 152).

b) Melische Parados.

Der erste Gesang des Chors pflegt besonders bei Aeschylos am
weitesten und reichsten ausgeführt zu sein. Öfter besteht er aus
mehreren selbständigeren Teilen, wie im Agam. sehr klar der erste
daktylische Teil sich durch eine Epodos von den folgenden iamb. und
troch. Strophen absondert. Auch hier ist die Scheidung in einen
ionischen und einen troch. Teil deutlich; dabei ist die den ersteren
abschlieſsende Epodos, wahrscheinlich irrtümlich, vor das letzte volle
Strophenpaar versetzt.

Erster, ionischer Teil. v. 65—113.

Das ionische Maſs ist verhältnismäſsig spät in die griechische
Litteratur eingeführt. Es begegnet zuerst in der Litt. bei Alkman,
also in Sparta; doch dieser war in Sardes geboren und wird es
schon aus Ionien mitgebracht haben; weiterhin wurde es besonders
von Anakreon mannigfaltig ausgebildet, dessen Kunstweise bei einem
Aufenthalte in Athen auf den jungen Aesch. einen unmittelbaren leb-
haften Eindruck machte (Schol. M zu Prom. 128). Das Metrum hat den
Charakter weicher Erregbarkeit und wird deshalb sonst nur weiblichen
Chören gegeben; hier drückt sich in ihm der weniger feste und ge-
haltene Barbarencharakter aus; von dunkler Sorge flutet die Stimmung
des Chors zu stolzer Hoffnung und wieder zurück zu tiefer Angst.

In M sind die Verse durchgängig in ihre Kola aufgelöst. Diese
Abteilung ist zunächst an der überlieferten Maximalgrenze zu prüfen,
welche für geradteilige Reihen 16 χρόνοι πρῶτοι, für dreiteilige
18 χρ. πρ., für fünfteilige 25 χρ. πρ. beträgt.[2]) Im ionischen Maſse

---

[2]) S. Westphal, Metr.[2], II, 127. Abweichende Aufstellungen über
die Bdtg. und Entstehung dieser Grenzbestimmungen bei Giltlbauer, phil.
Streifzüge, S. 31 ff.

kann es also nur $\varkappa\tilde{\omega}\lambda\alpha$ zu zwei und drei Takten geben; denn vier Takte hätten 24 $\chi\varrho.$ $\pi\varrho.$, gingen also weit über die obere Grenze für geradteilige Reihen hinaus, und fünf Takte mit 30 $\chi\varrho.$ $\pi\varrho.$ ebenso über die der fünfteiligen. In der That überschreitet M in der Abgrenzung der Kola nicht das Mafs von drei Takten.

In Bezug auf die Verbindung der Kola zu Versen sind wir auf eigene Beobachtungen und Schlüsse angewiesen; die handschr. Überlieferung hat diese noch wichtigere Einteilung fallen lassen. Die Aufgabe der Wiederauffindung ist bei den Tragikern schwieriger als bei Pindar; denn dessen Strophen wiederholen sich meist oft genug, dafs Wortende und syll. anceps zur Entscheidung ausreichen; bei der einmaligen Wiederholung hier hat man sich auch nach anderen Entscheidungsgründen umzusehen [1]. Für unsere Strophen fällt der Hiat als Merkmal fort, da sie, wie die ionischen Strophen meist, $\varkappa\alpha\tau\grave{\alpha}$ σvv-$\acute{\alpha}\varphi\epsilon\iota\alpha\nu$ gebildet sind, d. h. so, dafs der Rhythmus sich ohne die Fermate, die sonst den Versschlufs zu kennzeichnen pflegt, fortsetzt. Nur v. 112 schliefst mit Hiat.

$$\sigma\tau\varrho.\ \alpha' - \grave{\alpha}\nu\tau.\ \alpha',\ \text{v. } 65-73 = 74-81.$$

$$\cup\cup-- \ \cup\cup-- \ \cup\cup--$$
$$\cup\cup-- \ \cup\cup--, \ \cup\cup-- \ \cup\cup--$$
$$\cup\cup-- \ \cup\cup--, \ \cup\cup--, \cup\cup\!\!\!\!\sqcup \ \cup\cup--$$
$$\cup\cup\!\!\!\!\sqcup \ \cup\cup--, \ \cup\cup\!\!\!\!\sqcup \ \cup\cup-- \ \cup\cup--$$

Die Taktgleichheit in der ganzen Strophe ist so klar, dafs man an der Dehnung der Längen ($\tau\epsilon\tau\varrho\acute{\alpha}\sigma\eta\mu o\iota$) in den Anapästen des letzten Verses nicht zweifeln kann. Die Vereinigung der $\varkappa\tilde{\omega}\lambda\alpha$ zu den $\sigma\tau\acute{\iota}\chi o\iota$ ist überall durch Wortbindung sicher bis auf das letzte des dritten Verses $'A\vartheta\alpha\mu\alpha\nu\tau\acute{\iota}\delta o\varsigma\ "E\lambda\lambda\alpha\varsigma$. Doch da M die fünf Füfse dieses Verses in drei Kola zu 2, 1, 2 Füfsen teilt, was doch kaum zufällig ist, da ja M selbst das erste Kolon der ganzen Strophe zu drei Füfsen ansetzt, so spricht die Eurhythmie dafür, die 2, 1, 2 Takte in einen Vers zusammenzufassen, um so mehr, als der im wesentlichen gleiche und in M ebenso geteilte Vers 112—113 durch Wortbindung sicher gestellt ist. Freilich liegt es in der Natur der Sache, dafs ein einzelner Fufs keine Reihe bilden kann; doch das ionische Mafs ist wegen seiner nahen Verwandtschaft mit dem Diiambus (s. zum folgenden Strophenpaare) in gewissem Mafse schon an sich als ein zusammengesetztes anzusehen (vgl. Christ, Metr. § 520).

$$\sigma\tau\varrho.\ \beta' - \grave{\alpha}\nu\tau.\ \beta',\ \text{v. } 81-86 = 87-92.$$

$$\cup\cup-- \ \cup\cup--, \ \cup\cup-- \ \cup\cup--$$
$$\cup\cup-- \ \cup\cup--, \ \cup\cup-- \ \cup\cup--$$
$$\cup\cup-- \ \cup\cup--, \ \cup\cup-\cup-\cup-$$

[1] Vgl. Conradt, die Abteilung lyr. V. im gr. Drama, 1. Heft, Aesch. Prom. und Perser. Berlin 1879.

Nur die Kola des letzten Verses sind durch Wortbindung zusammengeschlossen; doch bei dem gleichmäfsigen Bau der Strophe ver-
einigt man allgemein auch die ersten vier zu zwei Versen. — Im letzten
Kolon Anaklasis: für ∪∪⏜– ∪∪⏜– tritt ∪∪⏜∪–∪⏜– ein, indem
die minderbetonten vier χρόνοι πρῶτοι zwischen den fest bleiben-
den Haupticten anders aufgeteilt werden (es wird der ³/₄-Takt ⏜–∪∪
durch den ⁶/₈ - Takt ⏜∪–∪ vertreten).

μεσῳδός, oder vielmehr ἐπῳδός, s. S. 11 (v. 93—101).

∪∪–– ∪∪––, ∪∪–– ∪∪– –
∪∪–– ∪∪––, ∪∪–∪∿∪– –
∪∪–– ∪∪–– ∪∪––
∪∪–⏘ ∪∪–– ∪∪––
∪∪–– ∪∪––, ∪∪–– ∪∪–

Im zweiten und fünften Verse sind die beiden Kola durch Wortbindung zusammengeschlossen, im ersten nach dieser Analogie. Der
dritte und vierte Vers sind in M auf drei Zeilen zu je zwei Takten gesetzt. Sie zu einem Verse von sechs Takten (36 χρ. πρ.) zu vereinen,
wie Sch. es that, widerrät die Überschreitung der oberen Grenze von
32 χρ. πρ.; man hat die Wahl, sie in zwei Verse zu vier und zwei
Füfsen, oder, wie oben geschehen ist, in zwei zu je drei Füfsen zu
zerlegen. Die Teilung in M könnte freilich darin ihren Grund haben,
dafs diese beiden dreifüfsigen Verse urspr. in zwei Kola zu 2, 1 und
1, 2 Füfsen zerteilt waren und dann die beiden kurzen Kola zusammen-
geschrieben wurden.

στρ. γ΄ — ἀντ. γ΄, v. 102—107 = 108—113.

∪∪–– ∪∪–⏘ ∪∪––
∪∪–⏘ ∪∪–– ∪∪–⏛
∪∪–– ∪∪––
∪∪–– ∪∪––, ∪∪–⏘, ∪∪–∪–∪–

Die letzte Reihe schliefst katalektisch wie der vorige Satz
∪∪–– ∪∪–, nur hier mit Anaklasis. — Die drei Kola des letzten
Verses sind durch Wortbindung vereint; dafs das eine Kolon des
dritten Verses als selbständiger Vers aufzufassen ist, beweist der Hiat
nach λάβρῳ; die sechs Takte der ersten beiden Verse sind in M wieder wie im vorigen Satze in drei Zeilen zu zwei Takten aufgeteilt, so
dafs hier derselbe Zweifel wie vorher bestehen bleibt, ob nicht unsere
dreitaktigen Verse in je zwei Kola zu 2, 1 und 2, 1 Füfsen zu zerlegen sind. Die Aufteilung zu zwei Versen von vier und zwei Füfsen
ist hier durch Wortbindung ausgeschlossen.

Zweiter, trochäischer Teil. v. 114—139.

Die trochäischen und iambischen Rhythmen hatten längst vor der
Entstehung des Dramas, seit Archilochos sie aus den Demetrisch-Dio-

nysischen Volksfesten in die Litteratur eingeführt hatte, bei Alkman,
den Lesbiern, Anakreon eine vielseitige Ausbildung erfahren. Tro-
cliäische Strophen wurden dann ein Lieblingsmafs des Aesch., während später Sophokles sie gar nicht und Euripides nur vereinzelt an-
wandte, und dienten ihm zum Ausdrucke mannigfacher Stimmungen,
zu dem einer tiefen, ängstlich pochenden Angst wie hier auch Ag. 975.

Eigentümlich sind ihnen katalektische Bildung der Kola, lange
Reihen, Seltenheit alloiometrischer Kola, wie hier nur ein iambisches
und ein daktylisches begegnet.

στρ. δ' — ἀντ. δ', v. 114—119 = 120—125.

$$-\cup-\cup \ -\cup L \ , \ -\cup-\cup \ -\cup\overset{\smile}{-}$$
$$L \ L \ , \ -\cup-\cup \ -\cup L \ , \ -\cup-\cup \ -\cup-$$
$$-\cup L \ -\cup-\cup \ -\cup-$$

Die Zusammengehörigkeit der ersten beiden Kola wird durch
Wortbindung bewiesen. In der zweiten Zeile zu Anfang ist nach Westphal ὁᾱ mit Dehnung als Ditrochäus angesetzt. Der ganze Vers kommt
so auf 10 Takte, 30 χρ. πρ., also auf die höchste Taktzahl, die im
ganzen statthaft ist[5]). — Wenn die La. πόλις πύϑηται richtig wäre,
müfste man die zweite und dritte Zeile zu einem Verse verbinden, der
auf die selbst für Ausnahmsfälle, wie sie besonders bei Pindar vorkommen, unerhörte Ausdehnung von 48 χρ. πρ. käme. An hypermetrische Bildung aber ist in trochäischen Strophen bei Aeschylos gar
nicht zu denken.

στρ. ε' — ἀντ. ε', v. 126—132 = 133—139.

$$-\cup L \ -\cup L \ , \ -\cup-\cup \ -\cup-$$
$$-\cup L \ -\cup L \ , \ -\cup L \ -\cup-\cup \ -\cup\overset{\smile}{-}$$
$$\cup L \ L \ -\cup-\cup \ L \ L \ , \ -\cup-\cup\cup L \ , \ -\cup-\cup--$$

Die beiden Kola des ersten Verses werden allgemein mit Recht
nach Analogie zusammengelegt, die des zweiten wegen Wortbindung.
In der dritten Reihe hängen die beiden ersten Kola durch Wortbindung
zusammen; das dritte gehört der rhythmischen Gliederung nach[6])
auch noch in diesen Vers (wohin es auch Sch. stellte mit Hinweis auf
Westph.[2] II, 469: ‚ἀμφοτέρας ἅλιον eurhythmisch respondierend
mit einer darauf folgenden trochäisch-akatalektischen Tripodie πρῷνα
κοῖνον αἴας, welche letztere hiernach eine wirkliche Tripodie ohne
Dehnung des auslautenden Spondeus ist‘). Freilich steigt so der Vers

---

[5]) Darauf scheint sich Arist. Equ. 546
αἴρεσϑ' αὐτῷ πολὺ τὸ ῥόϑιον, παραπέμψατ' ἐφ' ἕνδεκα κώπαις
zu beziehen. 11 Taktschläge gehen über das sonst geltende Mafs. Vgl.
die Scholien z. St.

[6]) Wollte man es selbständig fassen, so müfste man ihm vier Takte
geben, da Aesch. sonst in iamb. und troch. Strophen nie Verse unter
vier Takten bildet.

auf 36 χρ. πρ.; doch auch sonst, bes. bei Pindar, kommen öfter sicher zusammengehörige Verse vor, die etwas über die Maximalgrenze hinausgehen, auch bei ihm öfter gerade zum Schlufs.

Die Vortragsweise des Chors war hier, wie es die Regel ist, unisoner Gesang unter Flötenbegleitung[7]).

Als Summe der Verse der einzelnen Strophen ergiebt sich a) 2 × 4, 2 × 3, 2 × 4, 5 = 27, b) 2 × 3, 2 × 3 = 12. Auf den ionischen Teil kommen also ungefähr zwei, auf den trochäischen ein Drittel. Zusammen sind es 39 Verse. Die ganze Parodos, mit den Anapästen, hat demnach 104 Verse, d. i. 8 × 13.

II.

a) v. 140—149, zwei anapästische Hypermetra zu vier und sechs Gliedern. Sie werden gesprochen, bevor Atossa erscheint, und vom ganzen Chore oder vom Chorführer vorgetragen.

b) v. 150—248, Atossa und der Chor. Zunächst zwei anap. Hypermetra von zusammen fünf Gliedern, in denen Atossa angekündigt wird. (Köchly in seiner Verdeutschung beginnt mit ihnen überhaupt erst das erste Epeisodion.) Sie gehören, wie das πάντας 154 beweist, dem Chorführer.

v. 155—248, trochäische Tetrameter, in welche die Traumerzählung der Atossa in Trimetern eingeschaltet ist. Die ersten vier Tetrameter trägt der Chor in seiner Gesamtheit vor, für die stichischen Metra entschieden eine Ausnahme; nachher spricht der Chorführer.

Der trochäische Tetrameter herrschte ursprünglich in den nichtchorischen Teilen der Tragödie vor (Aristot. poet. 4). So auch noch

---

[7]) Vgl. Muff, de choro Pers. p. 16 ff., wo auch die früheren Vermutungen behandelt werden; Wecklein, Fleck. Jahrb. Suppl. 13, 211 über d. Technik u. den Vortr. d. Chorg. des Aesch.; Muff, Fleck. Jahrb. 127, 27. Muff giebt durchgehends die Strophen dem ersten, die Antistr. dem zweiten Halbchor, Wecklein nur von dem troch. Teile das erste Strophenpaar dem ersten, das zweite dem anderen. Gegen die Aufteilung an Halbchöre steht das wichtige Bedenken, dafs der Chor unisono sang, also die Teilung keinen Kontrast ergab, wie etwa die in Tenor und Bafs oder die Gegenüberstellung der jüngeren und älteren Männer in der Braut von Messina. Wo also eine oder einzelne Stimmen begannen und der volle Chor mit einem Refrain einfiel und schlofs, hat die Teilung Bedeutung, hier aber kaum irgendwelche, am wenigsten in den letzten Strophen, wo sie nur die Wirkung lähmen würde. Vgl. Guhrauer, Jahresb. üb. d. Fortschr. d. kl. A.-W. Bd. 41, S. 33. Bergk a. O. 130: ‚die eigentlichen Chorgesänge wurden in der Regel vom ganzen Chore vorgetragen'; dazu Anm. 431. — Über die verfehlten Versuche, die Chorverse von 232 an den einzelnen Choreuten zuzuweisen vgl. Muff, a. O. S. 7.

bei Phrynichos. Uns liegt hier und in der Dareios-Scene das letzte
Beispiel dieser Verwendung vor. In der weiteren Entwickelung der
Tragödie wurde dies Maſs aufgegeben, bis es mit dem Agamemnon in
einer neuen Verwendung wieder aufgenommen wurde, nämlich zum
Ausdrucke einer lebhaft erregten Stimmung; zuerst nur in sehr be-
schränktem Umfange, dann mit dem letzten Jahrzehnt des peloponnesischen Krieges mehr und mehr. Selbst noch in der römischen Komödie bei Terenz erscheint es nur in Scenen, die als Cantica bezeichnet
werden, und ist im griechischen Drama sicher stets mit musikalischer
Begleitung vorgetragen worden. Man wird sich hier für die ersten vier
Tetrameter des Chors recitativischen Vortrag, für die übrigen melodramatischen denken dürfen.

Die iambischen Trimeter sind in unserém Stücke von Aeschylos
als ein Maſs von mehr vordringender Kraft gegenüber den Tetrametern
angewandt worden. Sie stehen, wo durch Erzählung wichtige Mo-
mente in das Stück eintreten (hier, in den Botenberichten und in der
Auskunft, die Dareios giebt), und zur Einführung von Personen und
Scenen, die einen Fortschritt bringen, des Boten, der Atossa, als sie
mit den Opfergaben kommt, des Dareios. Dagegen sind die betrach-
tenden und zurückschauenden Partien der Scene hier und der Dareios-
Scene in Tetrametern gehalten. Da nun dieser Inhalt der Tetrameter
keineswegs sich mehr zu musikalischer Begleitung eignet und sogar
die beiden einzigen Stichomythien des Stückes (232 ff. und 715 ff.)
gerade in Tetrametern verlaufen, so wird wenigstens dies älteste
Drama keinen Grund geben, an der Nachricht der Alten zu zweifeln,
daſs die Tragödie auch für die Trimeter die παρακαταλογή, d. h.
Recitation unter Musikbegleitung, melodramatischen Vortrag, mit diesen
Maſsen selbst von Archilochos übernommen hat[8]).

Anm. Auflösungen sind am häufigsten unmittelbar nach der Haupt-
cäsur, also im fünften Fuſse des Tetrameters: δύναμις 174, κάτοχα 223,
βασιλέως 234, διὰ χερός 239, πολεμίους 243; im dritten Fuſse des Trimeter: δύο 181, ἀποτρόποισι 203, πέλανον 204. Seltener im ersten
Fuſse des Tetrameters: τὰ δ' ἀγαθά 218, πότερα 239 (hier also zu
Anfang beider Vershälften, was· nur selten). Die Auflösung trifft am
häufigsten die ersten beiden Silben eines mehrsilbigen Wortes, demnächst die einer Wortverbindung (τὰ δ' ἀγαθά, διὰ χερός), etwas sel-

---

[8]) Vgl. Westph.[2] II, 480; Christ, § 643; Conradt, Abt. d. lyr. V. 37.
Bergk, a. O. III, 126 dagegen: „die iambischen Trimeter wurden einfach
gesprochen'. Die Stellen aber, die er in d. Anm. aus Arist. dafür an-
führt, beweisen nichts, weil dieser nur eine Zweiteilung des Vortrags
διὰ μέτρων und διὰ μέλους macht und sehr wohl in die erstere Art die
παρακαταλογή einschlieſsen kann. — Der komische Trimeter, auch schon
durch seinen Bau dem musikalischen Rhythmus entfremdet, wurde wohl
einfach gesprochen.

tener ein einzelnes Wort (δύο). Nach beiden Gesichtspunkten ist 174
γηραλέα mit Synizese zu lesen. — Der Anapäst μεγεθεῖ 184 entspricht
der Norm bei Aesch.: erste Stelle des Trimeters, einem einzigen längeren
Worte angehörend, Naturlänge.

c) v. 249—289. Bote und Chor. Fünf Trimeter des Boten und
ein die erste Hälfte des Epeisodions in Vertretung eines Chorgesanges
abschliefsender Kommos. In diesem hat nach jedem lyrischen Satze
des Boten der Chor zwei Trimeter, die jedoch nicht in die Responsion
eingeschlossen sind, da sie hinter der letzten Antistrophos wie auch in
ähnlichen Fällen fortbleiben.

στρ. α' — ἀντ. α', v. 256—259 = 262—265.

$$\overline{\smile\smile}\smile\smile\smile \ \ \smile\smile\smile\smile, \ \ \smile-\,-\smile-\,-$$
$$\smile-\,-\smile-, \ \ -\smile\smile-\smile-\,-$$

Zuerst ein kretischer Dimeter und ein hyperkatalekt. Dochmius
(ähnlich Eum. 268, Prom. 595). M giebt hier dem zweiten Kolon
noch die letzten drei Kürzen des ersten; vielleicht soll die Messung
$\smile\underset{\smile}{=}\smile\smile\underset{\smile}{=}$, $\smile\smile\smile\smile-\,-\smile-\,-$ zu Grunde liegen. Im zweiten Vers
folgt auf einen Dochmius ein Kolon, das zwar an sich auch als ein
hyperkat. Dochmius verstanden werden kann, aber im Vergleich mit
dem Schlufsverse des nächsten Strophenpaares eher ein Pherekrateus
ist. M teilt die beiden Kola um eine Länge später; der Dochmius wird
so hyperkatalektisch, das zweite Glied aber müfste man ionisch verstehen, was doch schwerlich hierherpafst.

στρ. β' — ἀντ. β', v. 268—271 = 274—277.

$$\smile\smile\smile-\smile-, \ \ \smile\smile\smile\smile\smile \ \ \smile\smile\smile\smile-$$
$$-\smile-\smile\smile \ \ -\smile-\,-, \ \ -\,-\,-\smile\smile-\,-$$

Im ersten Verse waren der Dochmius und die iamb. Tetrapodie
(Ag. 1407 f.), und im zweiten die beiden logaödischen Kola zusammenzufassen, da Aesch. weder je einen einzelnen Dochmius noch eine logaödische Tripodie oder Tetrapodie als selbständigen Vers gebraucht[9]).

στρ. γ' — ἀντ. γ', v. 280—283 = 286—289.

$$\smile-\smile\text{L} \ \ -\smile-$$
$$-\text{L} \ \text{L} \ \ -\smile\underset{\smile}{\smile}$$
$$-\text{L} \ \text{L} \ \ -\smile-\smile-$$
$$-\smile\smile\text{L} \ \ -\smile- \ \smile-\underset{\smile}{\smile}$$

Iambische Verse. Der Rhythmus wird, nach dem ersten Anprall
des Schreckens und Schmerzes, den die Kretiker und die vorherrschen-
den Dochmier in dem ersten Strophenpaare ausdrücken, schon in dem
zweiten Strophenpaare ruhiger, wo nur noch ein Dochmius; hier

---

[9]) S. Conradt, a. O. 14.

klingt er klagend aus. Iambische Strophen pflegen im Gegensatz zu
den trochäischen aus kurzen, meist monokolischen Versen zu bestehen. Tetrapodien und Hexapodien sind am häufigsten, doch auch
Pentapodien, wie hier der dritte Vers, nicht selten. Im vierten ist für
die erste iambische Dipodie ein Choriambus eingesetzt, dessen letzte
Silbe nur deshalb dreizeitig anzunehmen ist, weil sie die Kürze des
folgenden Iambus mit ausfüllen muſs; die Versform wird öfter, aber
nur zum Periodenschluſs angewendet (Westph.² II. S. 516).

Westphal giebt alle Strophen dem Koryphaios; schwerlich mit
Recht; es ist nicht das Natürliche, daſs irgend ein Teil der Choreuten
Schmerz und Schreck bemeistert und schweigt. — Die Trimeterpaare
des Boten hat man sich wohl auch in lyrischer Weise vorgetragen zu
denken, worauf auch die sonst bei Aesch. seltene zweifache Auflösung
284 zurückzuführen ist.

Anm. Aesch. baut seine Trimeter mit der Penthemimeres (etwas
über zwei Drittel) oder mit der Hephthemimeres (ungefähr ein Drittel);
in den wenigen Fällen, wo beide fehlen wie 251 (vgl. 352), pflegt
Diärese nach dem zweiten Fuſse einzutreten.

Die Trimetergruppe der Atossa (v. 176—214) enthält 39, d. i.
3 × 13 Verse[10]). Ihr geht eine Dialogpartie in troch. Tetr. (v. 159—
175) von 17 Versen voraus, es folgt eine ebensolche (v. 215—248)
von 34 Versen, die sich bei v. 232 mit dem Beginn der Stichomythie
in zwei Hälften zu je 17 Versen scheidet. Durch die Anapäste des
Chors, mit denen die Scene beginnt (v. 150—154), und die vier Tetrameter des ganzen Chors (155—158) ergänzt sich die erste Gruppe
von 17 Tetrametern auf 26 Verse (2 × 13), durch die fünf Trimeter
des Boten vor dem Kommos (v. 249 — 255 mit Tilgung von zwei
Versen) die zweite Gruppe von 34 Tetrametern auf 39 (3 × 13) Verse.

---

[10]) Daſs die dramatischen Dichter über die Zahl der Verse auch in
stichisch gebildeten Abschnitten sich bewuſst gewesen und auf sie mit
die Gliederung der Dichtung gegründet haben, geht zunächst aus der
bei Aristophanes hervortretenden Form des Syntagma und Antisyntagma
(nach Westphals Bezeichnung; neuerdings Zielinski: epirrhematische Komposition) hervor; namentlich ist von Wichtigkeit, daſs mehrfach groſse
Gruppen anapästischer Tetrameter gleichen iambischer Tetrameter gegen-
überstehen, also von einer Responsion nicht die Rede sein kann (s. Helbig,
Rh. Mus. XV, 251; Oeri, Fleck. Jahrb. 1870, 355; Zielinski, Die Gliederung
der altattischen Komödien, Leipzig 1885). Für Sophokles giebt die von
M. Schmidt in seiner Übersetzung bemerkte Gliederung der Scenengruppe
Oed. r. 911 ff. (13, 26, 39, 19, 39, 26, 13), und die von Oeri (zuletzt in:
Die groſse Responsion der spät. Soph. Tragödie, Berlin 1880) in der
Elektra nachgewiesenen drei Scenen von je 144 Trimetern, desgl. im
Philoktet je zwei zu 134 und 107 sichere Ausgangspunkte.

Die ganze erste Scene enthält demnach 26, 39, 39 = 104 (d. i. 8 × 13) Verse, ist also der Parodos gleich.

Der Kommos hat 26, d. i. 2 × 13 Verse.

d) v. 290—531, Botenbericht in Trimetern. Er sondert sich in die Teile

1) v. 290—328, 39 (3 × 13) Trimeter. Die beiden abschliefsenden Verse des Boten 329 f. entsprechen den beiden ersten folgenden Versen der Atossa und sind deshalb in der Komposition zu dem folgenden Gespräch gezogen [11]).

2) v. 329—354, 26 (2 × 13) Trimeter.

3) v. 355—432, 78 (6 × 13) Trimeter. Erst mit 355 geht der Bote von dem Gesprächstone zur Erzählung über.

4) v. 433—471, 39 (3 × 13) Trimeter. Das einleitende Gespräch hat hier kein eigenes Thema und scheint deshalb mit der folgenden Erzählung zu einem Gliede verbunden zu sein.

5) v. 472—512 (mit Tilgung von 478 f.), 39 (3 × 13) Trimeter.

6) v. 515—531 (mit Tilgung von 513 f., 527—530), 13 Trimeter.

Der ganze Botenbericht hat also 39, 26, 78, 39, 39, 13 = 234 (d. i. 18 × 13) Trimeter.

Anm. Neben den gebräuchlichsten Auflösungen im dritten Fufse treten die demnächst häufigsten im zweiten ($\H{A}\rho\alpha\beta\sigma\varsigma$ 318, $\pi\rho\sigma\gamma\acute{\sigma}\nu\omega\nu$ 405, $\kappa\rho\varepsilon\sigma\kappa\sigma\pi\sigma\tilde{\upsilon}\sigma\iota$ 463) und vierten ($\pi\sigma\lambda\acute{\upsilon}\pi\sigma\nu\sigma\nu$ 320, $\pi\varepsilon\lambda\alpha\gamma\acute{\iota}\alpha\nu$ 427, 467. $\Sigma\alpha\lambda\alpha\mu\tilde{\iota}\nu\sigma\varsigma$ 447, $\dot{\varepsilon}\nu\alpha\lambda\acute{\iota}\omega\nu$ 453, $\lambda\iota\gamma\acute{\varepsilon}\alpha$ 332, $\dot{\alpha}\mu\varphi\acute{\sigma}\tau\varepsilon\rho\alpha$ 491) auf; drei auch im fünften Fufse ($\varphi\iota\lambda\acute{\sigma}\chi\sigma\rho\sigma\varsigma$ 448, $M\alpha\kappa\varepsilon\delta\acute{\sigma}\nu\omega\nu$ 492, $\delta\iota\grave{\alpha}\ \pi\acute{\sigma}\rho\sigma\nu$ 501; vgl. zu 501). Meist trifft die Auflösung die ersten Silben mehrsilbiger Worte, einmal die einer Wortverbindung ($\delta\iota\grave{\alpha}\ \pi\acute{\sigma}\rho\sigma\nu$ 501), zweimal selbständige Worte ($\H{\sigma}\lambda\iota\gamma$' 330, $\pi\acute{\alpha}\tau\rho\iota\delta$' 403), zweimal, was seltener, die Endsilben mehrsilbiger Worte ($\lambda\iota\gamma\acute{\varepsilon}\alpha$ 332, $\dot{\alpha}\mu\varphi\acute{\sigma}\tau\varepsilon\rho\alpha$ 491). — Auf die ohne Cäsur gebildeten Verse ist schon im Kommentar aufmerksam gemacht. Nebencäsuren und Diäresen sind mehrfach für dergl. Verse geltend gemacht worden; in der That könnte man in 465 und 469 Diärese nach dem vierten Iambus annehmen, wie nach dem zweiten Iambus in Versen wie 489, 509 üblich ist (Bury, Caesura in the iambic trimeters of Aesch., Journ. of Phil. XV, 29, s. im Jahresb. üb. d. F. d. A.-W. 46, 222). — Auch über den Anap. im Versanfang $\dot{\varepsilon}\kappa\alpha\tau\acute{\sigma}\nu$ 343 ($\Theta\acute{\alpha}\rho\upsilon\beta\iota\varsigma$ 323 ist Nom. pr.) s. d. Komm. zur St.

e) v. 532—597. Zunächst drei anapästische Hypermetra zu 5, 4, 7, zusammen 16 Gliedern. Der Chor tritt aus seiner aufgelösten Stellung in eine geschlossene Ordnung zurück, woraus sich die

---

[11]) Versuche, in den einzelnen Gruppen eine regelmäfsige Gliederung nachzuweisen, bei Weil in seiner Ausg. und Conradt, Abt. d. lyr. V.

Ungleichheit der Systeme erklärt. Dem Inhalte nach wird alles dem ganzen Chore gehören.

Erstes Stasimon.

στρ. α' — ἀντ. α', v. 548—557 = 558—567.

Die trochäischen Verse des ersten Chorgesangs werden zunächst wieder aufgenommen, und zwar mit den auch dort schon auftretenden anlautenden dreizeitigen Längen; nur in der ersten und letzten Reihe treten allöometrische, logaödische Glieder auf. Da diese nicht selbständig von Aesch. verwandt werden, sind sie in dem letzten Verse paarweise zu verbinden; im 1. Verse rät auch schon der den Rhythmus fortsetzende Auftakt das zweite Glied an das erste zu knüpfen.

στρ. β' — ἀντ. β', v. 568—575 = 576—583.

Die Klage wird bewegter und unruhiger; logaödische Kola treten in den Vordergrund, trochäische sind nur noch vereinzelt und unselbständig beigemischt. Dafs die zu Ende der ersten drei Kola in M überlieferten Interjektionen aufserhalb des Verses stehen, geht aus den vorher schliefsenden Längen und ihrer unrhythmischen Anfügung hervor. Ob für sie eine Pause freiblieb oder sie in den Gesang hineingerufen wurden, wird sich nicht entscheiden lassen. Jedenfalls sind die ersten drei dreitaktigen Kola als eine Reihe aufzufassen (wie oft; vgl. Westph.³ II, 830 f.). Die Ansetzung der zweiten Reihe (zwei Glykoneen und eine troch. Dipodie, 30 χρόνοι πρῶτοι) wird durch die Teilung in M nahe gelegt, wo ῥάνι' ἀχῇ, ὀᾶ eine Zeile hat. Auch ὀᾶ steht unrhythmisch. In dem letzten Verse (so verbindet auch Westph. a. O.) tritt der Ditrochäus wieder auf, von zwei dreitaktigen Reihen umgeben (M teilt die Reihe vor βοᾶτιν in zwei Kola, was nicht gut möglich).

στρ. γ' — ἀντ. γ', v. 584—590 = 591—597.

Das unruhige logaödisch-daktylische Element dringt durch, die Trochäen sind verschwunden. Durch den Hiat v. 585 und die Interpunktion vor den letzten drei Pherekrateen (vgl. Cho. 387 ff.) wird für die Gliederung eine sichere Grundlage gegeben.

Die Interjektionen der ersten beiden Strophenpaare, besonders des zweiten, machen es wahrscheinlich, daſs in ihnen nur ein Teil den Text gesungen, die übrigen mit den Klagerufen eingefallen sind. (Wenn Westphal im ersten Paare die ersten zwei Verse dem Hemichorion *A*, den 3. *B*, den 4. u. 5. *A*, den Rest *B* geben will, scheint er doch Zusammengehöriges zu zerreiſsen).

Der Chor enthält 2×7, 2×3, 2×3 Verse, zusammen 26, d. i. 2×13.

Der ganze II. Hauptabschnitt hat also 10, 104, 26, 234, 16, 26 Verse. Wenn die 10 anapäst. einleitenden Kola im Gegensatz zu den folgenden dem ganzen Chore gehören und der Chor zum Schluſs des Epeisodions mit den 16 Kola aus der damals mit jenen 10 eingenommenen Stellung zurücktritt, so scheint es denkbar, daſs der Dichter für dies Vor- und Zurückgehen trotz der räumlichen Trennung ein zusammengehöriges Glied seiner Komposition verwendet hat. In der That sind es zusammen 26, d. i. 2×13 Verse. So kommt der ganze Hauptabschnitt auf 416, d. i. 4×104 Verse, ist also viermal so grofs als die Parodos.

III.

a) v. 598—622, (mit Annahme des Ausfalls eines Verses nach 603) 26 Trimeter.

Anm. 613 λιβάσιν Auflösung des ersten Fuſses; bei Aesch. ein Tribrachys so nur, wenn er ganz einem Worte angehört (in der Form des Daktylus auch mit einem einsilbigen Wort beginnend, οὐ Σύριον Ag. 1312 u. ö.).

b) v. 623 — 680. Zwei anapästische Hypermetra zu 5 und 5, zusammen 10 Kola. Dann zweites Stasimon.

στρ. α' — ἀντ. α', v. 633—639 = 640—647.

$$-\cup\cup- \quad -\cup\cup-, \quad -\cup\cup- \quad -\cup\cup-, \quad -\smile\smile\cup-\smile$$
$$\cup- \quad -\cup\cup- \cup-, \quad -- \quad -\cup\cup- \cup-, \quad -\smile\smile\cup\smile$$
$$\smile\smile\cup--, \quad -\cup-\cup\cup-\smile$$

Der erste Vers ist choriambisch[12]); das letzte Kolon hat durch Anaklasis $\smile\smile\smile\cup\_$ und ist auſserdem hyperkatalektisch zur rhythmischen Anknüpfung an die folgende Reihe. Das dritte zweitaktige Kolon war noch in den Vers zu setzen, da dergleichen bei Aeschylos

---

12) Über die Verwandtschaft des choriambischen Maſses mit dem ionischen s. Conradt, a. O. 9.

nicht selbständig stehen. Der zweite Vers hat in Eyrhythmie mit dem ersten auch 4, 4, 2 Takte, doch gehen hier die Choriamben in die nah verwandten Glykoneen über. In M sind die beiden kleinen Kola zu Ende des 2. und zu Anfang des 3. Verses zu einer Reihe vereint; hier sind sie getrennt, weil in der Antistr. ein Hiat überliefert ist. (Vofs, Lachmann, Rofsbach sehen in den zweitaktigen Kola katalektische Päone $-\cup\cup\cup$, $-\smile$ etc.; doch diese Rhythmen zu zerstückelt und hier fremdartig.)

$$\sigma\tau\varrho.\ \beta' - \dot{\alpha}\nu\tau.\ \beta',\ \text{v. 648—652} = 653—657.$$

$$-\cup\cup-\ -\cup\cup-,\ -\cup\cup-\ \cup-\cup-\smile$$
$$\cup\cup--\ \cup\cup--,\ \cup\cup-\smile$$
$$\cup\cup--,\ -\cup\cup-\cup-\cup-\smile$$

Der 1. Vers choriambisch, im 2. Gliede mit Anaklasis und Hyperkatalexe (wie in Strophe α', 1), mit Kontinuität des Rhythmus zum 2. Verse überleitend, der hier nicht zu Logaöden, sondern mit steigender Leidenschaftlichkeit in den wogend aufsteigenden ionischen Rhythmus übergeht. Im letzten Verse ein Ionicus mit einem log. Schlufsgliede, das in der Form mit dem zweiten Kolon des 1. Verses übereinstimmt, aber nicht in der rhythmischen Anknüpfung. M teilt die vier Ionici in zwei Kola Ἀϊδονεὺς δ' ἀνατομ|πὸς ἀνείη Ἀϊδονεὺς, was ohne Änderung von ἀνείη und Streichung von δ' hinter θεομήστωρ nicht angeht. — Die Interjektionen ἠέ stehen aufserhalb des Verses.

$$\sigma\tau\varrho.\ \gamma' - \dot{\alpha}\nu\tau.\ \gamma',\ \text{v. 658—664} = 665—671.$$

$$\cup--\bar{\cup}-,\ \cup-\cup\cup\smile$$
$$-\cup\cup-\ \cup-\cup-\ -$$
$$\cup\cup--\ \cup\cup--\ \cup\cup--$$
$$\cup\cup\llcorner\ -\cup--,\ \cup\cup-\cup--$$
$$-\cup\cup\cup,\ \cup\cup\cup-\cup-$$

Die eigentliche Beschwörung mit stürmischeren Rhythmen, kürzeren Versen und Refrain. Die im ersten und letzten Verse auftretenden dochmisch-päonischen Rhythmen sind sonst dem eigentlichen Chorgesange fremd und gehören den κομμοί. (In M sind die beiden Dochmien des ersten Verses wunderlich so geteilt, dafs der letzte Kretikus das zweite Kolon bildet.) Der zweite, choriambische Vers ($-\cup\cup-\ -\cup\cup--$ mit Anaklasis) führt wie vorher, aber schneller, durch Hyperkatalexe zu ionischem Mafse über (M teilt $-\cup\cup-\cup-|$ $\cup---\cup\cup--|\cup\cup--\cup\cup--|$, die ersten beiden Glieder wohl logaödisch fassend; man könnte diese vereinen und das dritte Kolon selbständig nehmen, wenn nicht das enkl. τις in der Gegenstr. hinderte). Der 4. Vers auffallend, weil scheinbar $\cup--$ für $\cup\cup--$; doch die Grundform ist wohl $\cup\cup-\cup-\cup--$, mit seltener Anwendung der

10*

dreizeitigen Länge, um den Übergang zu dem letzten päonisch-dochmischen Verse zu vermitteln (doch könnte man, von der Gliederung in M abgehend, auch messen ⌣⌣ − −, ⌣ − − ⌣⌣ − ⌣ − −, vgl. β' 3). — Über das in Volksweisen seit Alters übliche ἐφύμνιον oder ἐπιφθεγματικόν vgl. Hephaest. π. ποιήμ. 7, Bergk, Lit. II, 115. — Die Interjektionen οἶ stehen auch hier aufser dem Verse.

ἐπῳδός, v. 673—680.

− −   − −
− ⌣⌣ − ⌣⌣ − ⌣⌣ −
⌣ ⌣⌣⌣ ⌣ −   − ⌣ − ⌣̱
⌣ ⌣⌣⌣ ⌣ ⌣⌣ ⌣ ⌣⌣ ⌣ −   ⌣ − ⌣ ⌣̱
− −   − −
− −   ⌣⌣ −   − −   −
− ⌣⌣ − −   − −

Leidenschaftliche Klage, die den Schritt des Dareios heraufzieht (Anapästen). Noch kürzere Verse als in γ'. Anfang und Schlufs die kurzen Verse der Klageanapästen (vgl. den Schlufsthrenos); die vorletzte Reihe ein Parömiacus, sonst Dipodien und eine Tripodie. Dazwischen ein daktylischer und zwei iambische Verse.

Was die Vortragsweise anbetrifft, so wird man im dritten Strophenpaar den Refrain dem ganzen Chore, die voraufgehenden vier Verse also dem Koryphaios allein oder etwa auch einem Teile des Chors geben; Wecklein (a. O. über die Techn. S. 227) weist sie einem στοῖχος zu und will dann weiter den andern beiden στοῖχοι das erste und das zweite Strophenpaar zuteilen; so seien fast stets, wo Ephymnien aufträten, drei Strophenpaare für die drei στοῖχοι und eine Epodos für den ganzen Chor da. Indes hat Muff dagegen Fleck. Jahrb. 127, S. 27 ff. gegründete Einwendungen erhoben. Daran, dafs etwa im zweiten Strophenpaare ἠέ den Refrain vertrete, ist nicht zu denken, da in der dritten noch aufser dem Refrain ein οἶ erscheint, von dem man gar nicht sagen kann, wer es noch auf der Bühne könnte gerufen haben.

Der Chor enthält 2 × 3, 2 × 3, 2 × 5, 7, zusammen 29 Verse. Dazu die einleitenden Anapästen mit 10 Kola 39 Verse. Im übrigen ist dieser III. Abschnitt mit dem IV. zu e i n e r Hauptgruppe vereint, dessen Gliederung im Zusammenhang nachher zu betrachten ist.

IV.

a) v. 681—693. 13 Trimeter des Dareios.

b) v. 694—758. Zunächst ein Strophenpaar des Chors mit drei eingeschobenen Tetrametern des Dareios.

$$\cup\cup--\ \cup\cup--$$
$$\cup\cup--\ \cup\cup--$$
$$\overline{\cup\cup}-\ --\ \cup\cup-\ -$$

Auf zwei ionische Dimeter folgt ein anapästischer Parömiacus. Der Chorführer allein spricht.

Es folgen weitere troch. Tetrameter, bei denen die Gliederung in Gruppen zu 6 Versen auffällt; nur hat Dareios zuletzt 14 Verse (6, 8). Die Strophen mit den eingeschalteten 3 Tetrametern haben 9 Verse, weiter folgen 56, zusammen 65, d. i. 5 × 13 Verse.

c) v. 759—851, Trimeter. Die erste Rede des Dareios enthält (mit Tilgung von v. 766 und 778) 26 Verse, das Gespräch des Chors mit Dareios 13, dessen ausführlicher Bescheid von 800 an bis zur Ankündigung seines Abgangs 838 39 Verse, der Schluß wieder 13, alles zusammen 91, d.. 7 × 13 Verse.

Anm. v. 814 verteilen sich die beiden Kürzen einer aufgelösten Länge auf zwei Worte τὰ δέ, gegen die Regel, aber entschuldigt durch die enge Zusammengehörigkeit (vgl. Sept. 547 ebenso ὁ δέ). — In den Tetram. finden sich seltnere Auflösungen 720 ἀμφότερα, ὦ μέλεος 733, beide noch dazu im zweiten Fuße, während Auflösungen sonst meist nur die ersten Längen der Dipodien treffen. — In Trimetern wie 821 ἐξανθοῦσ᾽ ἐκάρπωσεν nehmen manche wohl richtig Cäsur innerhalb der Elision an.

d) v. 852—906. Drittes Stasimon. ‚Nicht nur im metrischen Bau, sondern auch in Ton und Inhalt schliefsen sich die daktylischen Chorlieder an die epische Lyrik des Stesichorus und an die alte hieratische Nomendichtung an‘. Westphal², II, 373.

σтρ. α᾽ — ἀντ. α᾽, v. 852—857 = 858—863.

$$-\cup\cup\ -\cup\cup\ -\cup\cup,\ -\cup\cup\ -\cup\cup\ -\cup\cup\ -\cup\cup,\ -\cup\cup\ -\cup\ --\ \overset{\smile}{}$$
$$--\ -\cup\cup\ -\cup\cup,\ -\cup\cup\ -$$
$$-\cup\cup\ --\ -\cup\ -\cup\ --$$

Die Abteilung der Kola in M ist beibehalten (abgesehen davon, dafs dort die mitten im Verse zusammenstofsenden Kola wie gewöhnlich nach Art der Cäsur $-\,|\,\cup\cup-$ geteilt werden). Sie folgt ihrer Weise so bestimmt und im Einklang mit der Gliederung Ag. 104, dafs es rätlich scheint, nicht etwas Unsicheres an die Stelle zu setzen. Schwierig ist die Beurteilung der Trochäen im 1. und 3. V.; M fafst sie logaödisch, und es wird sich nichts Entscheidendes dagegen geltend machen lassen; auch der Spondeus an 2. Stelle des 3. V. beweist nichts dagegen (Westphal, a. O. 726 f.). Meist versteht man die Trochäen als selbständige Kola und teilt den 1. V. in zwei dakt. Tetrapodien und eine troch. Tripodie, den 3. V. ähnlich in Dipodie und Tripodie, was ja in der That nahe liegt. Doch auch dann wird es geraten sein, die erste troch. Tripodie in Hinblick auf γ᾽ 4, ἐπ. 6 dem

1. Verse zuzurechnen. Er kommt freilich, die Daktylen kyklisch gemessen, auf 36 χρ. πρ.

στρ. β' — ἀντ. β', v. 864—870 = 871—878.

$$-- -\cup\cup\ -\cup\cup,\ -\cup\cup\ -\cup\cup,\ -\cup\cup\ -\breve{}$$
$$-\cup-\cup\ -\cup\breve{}$$
$$-- -\cup\cup\ -\cup\cup,\ -\cup\cup\ -\cup\cup,\ -\cup\cup\ --,\ -\cup\ -\cup\ --$$

Die troch. Tetrapodie ist, wie Hiat und syll. anc. zeigen, selbständig; die schliefsende troch. Tripodie ist nach Analogie auch hier
als unselbständig anzusehen.

στρ. γ' — ὀντ. γ', v. 879—887 = 888—896.

$$-- -\cup\cup\ -\cup\cup,\ -\cup\cup\ --$$
$$-\cup-\cup\ -\cup\breve{}$$
$$-\overline{\cup\cup}\ -\cup\cup\ -\cup\cup,\ -\cup\cup\ -\cup\cup,\ -\cup\cup\ -$$
$$\overline{\cup\cup}-\cup\cup\ --,\ -\cup\cup\ --,\ -\cup\ -\cup\ --$$

Hermann, El. d. metr. p. 322: antistrophica quum sunt (syste-
mata dactylica) plerumque diligentissime curatur, ut dactylus dactylo,
spondeus spondeo respondeat: neglectam pedum responsionem vide-
mus in nominibus propriis [13]).

ἐπῳδός, v. 897—906.

$$-- -\cup\cup\ -\cup\cup\ -\cup\cup,\ -\cup\cup\ -\cup\cup\ --$$
$$-- -\cup\cup\ -\cup\cup(?)$$
$$-\cup\cup\ -\cup\cup\ -\cup\cup\ --,\ --\ --$$
$$-- -\cup\cup\ --$$
$$-- -\cup\cup\ -\cup\cup,\ -\cup\cup\ -\cup\cup,\ -\cup\cup\ -\breve{}$$
$$-- -\cup\cup\ --,\ -\cup\ -\cup\ -\cup$$

Das in den 2. Vers eingedrungene ἐκράτυνε scheint hier die
Abteilung in M verwirrt zu haben: von σφετέραις an schliefst dort
ein Kolon mit παρῆν, das nächste mit τευχηστήρων; gerade dies
Wort wird aber eine selbständige Dipodie sein, da sonst der Spondeus
nur im ersten Fufse zugelassen ist (aufser den nom. pr.), wie gewöhnlich in kyklischen Daktylen. Der Chor hat 2 × 3, 2 × 3, 2 × 4, 6,
zusammen 26, d. i. 2 × 13 Verse. Die Abschnitte III und IV also 26,
39, 13, 65, 91, 26, zusammen 260 (5 × 52) Verse.

V.

a) 909—921, zwei anapästische Hypermetra von 9 und 4, zusammen 13 Kola. Der Chorführer allein scheint dem Könige zu antworten.

---

[13]) V. 896 will Reiter wie auch in ähnl. Fällen (s. dissert. Vindob.
I, 144 ff.) στεναγμάτων (so M) beibehalten und dem ∪ — in d. Strophe
hier - ∪ — gegenüberstellen, von Bergks Anm. L. G. III. Anm. 500 aus-
gehend; doch ist der Nachweis von dergl. ihm nicht gelungen.

b) 922—1076, T h r e n o s (*κόμμος δὲ θρῆνος κοινὸς χοροῦ
καὶ ἀπὸ σκηνῆς* Arist. poet. 12, 9). Zunächst Klageanapästen, die
sich von den Marschanapästen durch volle Freiheit der Auflösung und
Zusammenziehung deutlich unterscheiden. Da sie monokolische Reihen
haben und diese sich in der Ausdehnung zwischen dem Monometer
und Dimeter halten, darf man schliefsen, dafs sie sich aus den Marsch-
anapästen entwickelt haben.

προῳδός, v. 922—930. Der Schlufsvers $\_ \_ \_\_ \cup\cup\omega \cup\cup\_$
ist hier in M wie auch später öfter in zwei Monometer zerlegt; irrtümlich, wie auch allgemein angenommen wird. Es sind also 9 Verse.
Die Vortragsweise ist hier und in allem folgenden gewifs Gesang mit
Flötenbegleitung. Mufſ meint (a. O. S. 9), die Proodos singe der Chorführer allein; sicher ist das nicht.

σ τ ρ. α' — ἀντ. α', v. 932—939 = 940—948.

Ξ. ⏑⏑‒ ‒‒ ‒‒ ‒
‒‒ ‒‒ ‒‒ ‒‒ ‒‒ ‒
⏑⏑⏗ ⏑⏑‒

Χ. ‒‒ ‒‒ ‒‒ ‒
⏑⏑⏗ ⏑⏑‒ ⏑⏑⏗ ⏑⏑‒
⏑⏑‒ ‒‒ ‒‒ ‒‒
‒‒ ‒‒ ⏑⏑⏗ ⏑⏑‒

Durchweg Klageanapäste.

σ τ ρ. β' — ἀντ. β', v. 949—960 = 961—972.

Ξ. ⏑⏑‒ ⏑⏑‒ ‒
⏑⏑‒ ‒‒ ‒
‒‒ ⏑⏑‒ ‒
⏑⏑‒ ⏑⏑‒ ⏑⏑‒
‒‒ ⏑⏑‒ ‒

Χ. ⏑⏑‒ ‒‒ ‒‒ ‒
‒⏗ ‒‒ ⏑⏑‒
‒⏑‒⏗ ‒⏑‒
‒⏑‒⏑ ‒⏑‒
‒‒ ⏑⏑‒
‒‒ ‒‒ ⏑⏑‒
‒‒ ‒‒
‒‒ ‒‒
‒‒ ⏗ ⏑⏑‒

Im 3. und 4. Verse des Chors treten troch. Tetrapodien auf;
sonst Klageanapäste [14]). In den letzten Versen ist Text und Reihen-
teilung unsicher (s. d. krit. Anhang).

---

[14]) v. Wilamowitz, Phil. Unters. IX, S. 150, fafst die Verse des
Xerxes ionisch auf; sicher irrig.

στρ. γ' — ἀντ. γ', v. 973—987 = 988—1001.

Ξ. ∪–∪– ⊏⊻
‾∪‾– ∪∪– ∪∪– –
σ–∪– ––∪∪∪∪∪–
∪–∪–∪∪– ––∪––

X. 8 Verse Klageanapäste, zuletzt

σ–∪– σ∪∪∪∪∪∪–

Neue Metra treten hier in gröfserem Umfange und reicherer
Form ein: von den Versen des Xerxes ist der 1. iambisch. Den 3. und
4. fafst M monokolisch, also als logaödische Pentapodien; durchsichtiger werden sie, wenn man sie in die Glieder σ–∪–, σ–∪∪–∪–
und ∪–∪–∪∪–, ⊻–∪–– (im wesentl. Umkehrung des vorigen)
zerlegt. · Ähnlich ist es mit dem Schlufsverse des Chors: σ–∪–,
σ–∪–∪–.

στρ. δ' — ἀντ. δ', v. 1002—1007 = 1008—1013.

Ξ. ∪–∪⊏ –∪– ∪–∪–
X. ∪–∪⊏ –∪⊻
Ξ. ∪–∪– ∪–∪⊻
X. ∪–∪⊏ –∪⊻
σ–∪⊏ –∪–
σ∪∪∪⊏ –∪– ∪––

Die Klageanapäste sind ganz ausgeschieden, lauter iambische Verse.
Was die Vortragsweise der ersten vier Strophenpaare anbetrifft,
so wird im zweiten und dritten auf Seiten des Chors Solovortrag anzunehmen sein (so Muff, der die Strophen dem κορυφαῖος, die Anti-
strophen dem παραστάτης giebt). In dem ersten Paare spricht der
Inhalt und die Aufforderung des Königs ἵετε 940 für Gesang des ge-
samten Chors; ebenso in dem vierten die Klagerufe (Muff nimmt auch
hier Einzelvortrag an).

Die Verszahl der vier Paare ist 2 × 7, 2 × 13, 2 × 13, 2 × 6,
zusammen 78, d. i. 6 × 13.

στρ. ε' — ἀντ. ε', v. 1014—1025 = 1026—1037.

∪–∪⊏ –∪⊏, –∪– ∪––
∪–∪– –∪∪– ∪––
∪–∪– –∪∪– ∪–∪–
∪–∪– –∪∪– ∪–∪⊻
∪∪∪∪– ∪–∪–, –––∪∪––
–∪–∪∪––, –∪–∪∪––
∪⊏⊏ –∪– ∪––

Den 2. und 3. Vers giebt M in je einer Zeile, fafst sie also wohl
als abgewandelt aus einem iambischen Trimeter, mit Einsetzung eines
Choriambus für die zweite Dipodie; übersichtlicher wäre ∪–∪–,
–∪∪–∪–∪–; im 4. Verse sind wegen des Personenwechsels in der

That so zwei Reihen angesetzt. Im 5. und 6. Verse konnten die drei-taktigen logaödischen Glieder nicht selbständig stehen.

στρ. ϛ΄ — ἀντ. ϛ΄, v. 1038—1045 = 1046—1053.

Iambische Verse, nur das letzte Glied wieder ein Pherekrateus, der nicht selbständig vorkommt.

στρ. ζ΄ — ἀντ. ζ΄, v. 1054—1059 = 1060—1065.

Die drei ersten Verse einfach iambisch (der 2. verstümmelt); die folgenden mit Synkope.

$$\cup \llcorner \llcorner \quad - \cup \omega \quad \cup - -$$
$$\cup \llcorner \llcorner \quad - \cup - \quad \cup - -$$

M verteilt den letzteren auf zwei Reihen, offenbar wieder nur des Personenwechsels halber.

Den Schlufs bilden die in ihrer Ordnung verwirrten Verse, aus denen sich zunächst eine Gruppe von acht iamb. Versen, zum teil mit Synkope, ausscheidet, die noch dem antistrophisch gebildeten Threnos angehört.

Vorgetragen scheinen die Partien des Chors im Paare ε΄ von einer einzelnen Stimme (so auch Muff, bei dem in dem voraufgehenden Paare Koryphäos und Parastates beschäftigt sind und der hier die je fünf Chorworte den zehn übrigen Choreuten giebt). In allen übrigen Strophen scheint sich der König an den ganzen Chor zu wenden und auch dieser ganz zu antworten; z. B. das Haar raufen, das Kleid zer-reifsen können doch nicht gut einzelne (Muff anders).

An Versen enthalten die Strophen von ε΄ an 2 × 7, 2 × 8, 2 × 7, 8, zusammen 52, d. i. 4 × 13.

Den Schlufs machen vier offenbar nicht strophisch gebildete Verse,

$$\langle \cup - \rangle \cup \llcorner \quad \omega \cup -$$
$$-- \;\; -- \;\; -- \;\; --$$
$$\cup - \cup - \;\; - \cup \cup \omega \cup - (?)$$
$$\langle \cup - \cup - \rangle \;\; \llcorner \llcorner \;\; - \cup - \;\; \cup - \cup -$$

von denen der zweite anapästisch, der erste und, mit der Ergän-zung zu Anfang, auch der letzte iambisch, der vorletzte iambisch-pherekrateisch ist (durch βαρίδεσσιν würde auch dieser iambisch: $\cup - \cup \llcorner - \cup - \;\; \cup \omega \cup -$; und auch den 2. könnte man iamb. messen: $\cup - \cup \llcorner \llcorner \llcorner \llcorner -$). Mit dieser eigentlichen Epodos wird die Proodos von 9 Versen auf 13 ergänzt. Der ganze V. Abschnitt hat also 13, 9, 78, 56, 4, zusammen 156, d. i. 3 × 52 Verse.

Also ergiebt sich für das ganze Stück I 104, II 4 × 104, III und IV 5 × 52, V 3 × 52, d. i. III—V 4 × 104 Verse.